HEYNE BÜCHER

W0472295

SCIENCE FICTION

Herausgegeben
von Wolfgang Jeschke

Ein Verzeichnis aller STAR TREK-Romane finden Sie am Schluß des Bandes.

STAR TREK

DEEP SPACE NINE

GREG COX &
JOHN GREGORY BETANCOURT

DER TEUFEL IM HIMMEL

Roman

STAR TREK®
DEEP SPACE NINE™
Band 13

Deutsche Erstausgabe

WILHELM HEYNE VERLAG
MÜNCHEN

HEYNE SCIENCE FICTION & FANTASY
Band 06/5513

Titel der Originalausgabe
DEVIL IN THE SKY
Übersetzung aus dem Amerikanischen von
BERNHARD KEMPEN

Umwelthinweis:
Dieses Buch ist auf chlor- und säurefreiem Papier gedruckt.

Redaktion: Rainer Michael Rahn

Printed in Germany 1997
Umschlagbild: Pocket Books / Simon & Schuster
Umschlaggestaltung: Atelier Ingrid Schütz, München
Technische Betreuung: M. Spinola
Satz: Schaber Satz- und Datentechnik, Wels
Druck und Bindung: Ebner Ulm

ISBN 3-453-11908-8

STAR TREK
DEEP SPACE NINE

HISTORISCHE ANMERKUNG:

Der Teufel im Himmel
spielt während der zweiten Staffel von
Star Trek: Deep Space Nine.

1

STATIONSLOGBUCH,
COMMANDER BENJAMIN SISKO,
STERNZEIT 47384.1

In der Hoffnung auf eine Wiederbelebung der bajoranischen Bergbauindustrie, die nach der cardassianischen Besatzungszeit darniederliegt, hat die Föderation mit privaten bajoranischen Investoren vereinbart, eine Horta-Familie nach Bajor zu bringen. Die natürlichen Fähigkeiten der Hortas zum Tunnelbau sollen dazu genutzt werden, Vorkommen von Mineralien und Erzen aufzuspüren, die von den Cardassianern entweder nicht gefunden oder als nicht abbauwürdig eingestuft wurden.

Zur Zeit erwarten wir die Ankunft des Föderationskreuzers *Puyallup,* der die Hortas von Janus VI abgeholt hat. Ich habe eine Gruppe von Offizieren abgestellt, um die Hortas auf *Deep Space Nine* zu empfangen ...

Die Schleusentür rollte wie das Zahnrad eines gigantischen Uhrwerks zur Seite. Die mattrote Farbe der Tür, die an trocknendes menschliches Blut erinnerte, hob sich in schroffem Kontrast von den tristen grauen Wänden des Andockrings ab.

Verdammte cardassianische Architektur, dachte Major Kira Nerys, als sie mit energischen Schritten durch die Schleuse zum Andockplatz acht ging. *Auch nach so langer Zeit in der Station habe ich mich immer noch nicht daran gewöhnt, wie häßlich dieses Design ist. Mit der cardassianischen Ästhetik ist es genauso wie mit ihrer Ethik,* überlegte sie, *das heißt, sie existiert überhaupt nicht.*

Kira vermutete, daß Commander Sisko solcherlei Ansichten niemals billigen würde – zumindest nicht öffentlich. In seiner Föderation herrschte die unerfreuliche Angewohnheit vor, auf jede Kritik an fremden Kulturen zu verzichten, selbst wenn es um ihre verachtenswertesten Feinde ging. Verdammt, sie hatten sogar mit den Klingonen Frieden geschlossen! Kiras Ansicht nach grenzte es an ein Wunder, daß die Föderation nicht schon vor Jahrhunderten von ihren Feinden unterworfen worden war. Doch Kira war sich gar nicht mehr sicher, ob sie überhaupt noch an Wunder glauben sollte.

Vor ihr öffnete sich ein weiteres Schleusentor, dessen Zähne so knallrot wie die eines bajoranischen Seetigers waren und durch das die Bajoranerin in einen kleinen Warteraum vor der Andockstelle gelangte. Ein dreieckiger Bildschirm zeigte in roten und blauen Farben die Ankunfts- und Abflugzeiten verschiedener Raumschiffe an. Ein veralteter Plan der Station hing unter einer Scheibe aus durchsichtigem Aluminium an einer Wand und erfüllte offenbar nur den Zweck, Neuankömmlinge auf *DS Nine* in die Irre zu führen. Zwei ihrer Kollegen, Lieutenant Jadzia Dax und Dr. Julian Bashir, warfen ihr einen kurzen Blick zu, als sie sich ihnen näherte. Obwohl es eine nackte Metallbank aus cardassianischer Produktion gab, die an einer Wand festgeschraubt war, zogen es die beiden Offiziere vor zu stehen. Kira konnte es ihnen nicht verdenken, denn die Bank wirkte keineswegs einladend und gemütlich, sondern ähnelte eher einem Foltergerät, das besser in einen Kerker als in eine Raumstation gepaßt hätte.

Dax nickte Kira freundlich lächelnd zu, während Bashir weiter auf die junge Frau einredete und dabei enthusiastisch mit den Armen gestikulierte. Nicht zum ersten Mal bemerkte Kira, daß Bashir geradezu um Dax' attraktive Gestalt herumscharwenzelte, fast wie ein Ferengi. Kira hatte niemals verstanden, warum Dax dem Arzt nicht längst gesagt hatte, wohin er sich beamen lassen sollte.

»Als Spezialist für Multispezies-Medizin«, sagte Bashir gerade, »finde ich die Hortas natürlich außerordentlich faszinierend. Sie waren die erste Lebensform auf Siliziumbasis, der die Menschheit jemals begegnet ist. Sie sind außerdem in der Lage, eine stark ätzende Säure abzusondern, womit sie sich durch festen Stein genauso schnell wie Humanoide durch Luft bewegen können. Sie ernähren sich sogar von Eisen und Mineralien!«

Kira fragte sich, wovon Bashir am meisten fasziniert war – von Dax' hellblauen Augen und ihrem anmutig gesprenkelten Hals oder vom Klang seiner eigenen Stimme? *Bitte, Jadzia,* dachte Kira stumm, *machen Sie ihm keine Hoffnungen!*

»Tatsächlich, Julian?« erwiderte Dax nachsichtig. »Das ist ja höchst interessant.«

O nein! Kira seufzte und schüttelte den Kopf. Jetzt konnte ihn niemand mehr bremsen. Bashir lehnte sich gegen die Wand, auf eine Weise, die er selbst zweifellos für weltmännisch und charmant hielt, und setzte seinen Vortrag fort. An einem Riemen, den er sich über die Schulter gelegt hatte, hing eine Starfleet-Arzttasche. »Aber das ist noch nicht alles«, sagte er beiläufig, während er Dax' aufmerksames Gesicht nicht einen Moment lang aus den Augen ließ. »Da wäre noch der äußerst ungewöhnliche Fortpflanzungszyklus der Hortas …«

Jetzt reicht's aber! dachte Kira wütend. Dax jedoch stand in ihrer typischen gelassenen Haltung da, die Hände locker hinter dem Rücken verschränkt. Obwohl Kira inzwischen erfahren hatte, daß Dax eine äußerst lebenslustige Ader besaß, die man niemals unterschätzen durfte, verbreitete der Trill oftmals eine Aura der Abgeklärtheit, die schon fast etwas Religiöses hatte. Nicht zum ersten Mal war Kira insgeheim eifersüchtig auf sie. *Ist Dax so, wie bajoranische Frauen einmal waren,* fragte sie sich, *bevor die Jahrzehnte der cardassianischen Unterdrückung uns in Flüchtlinge und Revoluzzer verwandelten? Hätte ich jemals zu einem solchen Seelenfrieden gelangen können?* Kira berührte den silbernen Ohrring, der an ihrem rechten Ohr hing. Die Bajoraner waren einmal ein tief religiöses Volk gewesen. Kira hätte gerne daran geglaubt, daß dem immer noch so war, doch in ihrer eigenen Seele herrschte häufig große Verwirrung.

Ungeduldig ging sie im Warteraum auf und ab. Ihre dunkelroten Stiefel erzeugten ein lautes Echo auf dem nackten Fußboden ohne Teppich. Nach der Anzeige war die *Puyallup* schon ein paar Minuten überfällig. Weshalb brauchten sie nur so lange? Kira hatte wichtigere Dinge zu erledigen, als einen weiteren von Bashirs vergeblichen Versuchen zu beobachten, mit Dax anzubändeln.

»Ich habe gehört«, sagte Dax zu Bashir, »daß die Hortas sich nur alle fünfzigtausend Jahre fortpflanzen.« Kira stöhnte leise auf und verdrehte die Augen. Manchmal hatte sie den Verdacht, daß es Dax sogar Spaß machte, auf diese Weise mit Bashir zu spielen. Kira konnte es jedenfalls nicht ausschließen, da die Trill sich sogar mit großem Vergnügen in die Gesellschaft von Ferengi begab.

»Dabei handelt es sich um einen weit verbreiteten Irrtum«, erklärte der Arzt. »Richtig ist, daß nach fünfzigtausend Jahren die gesamte Spezies ausstirbt – bis auf eine einzige Horta, die sich um die vielen tausend Eier kümmert, aus denen schließlich ein völlig neues Volk von Hortas schlüpft. Doch zwischen diesen epochalen Momenten des Beinahe-Aussterbens gibt es durchaus mehrere Generationen von Hortas, die sich auf reguläre Weise fortpflanzen.«

Kira war es ziemlich egal, ob irgendein bestimmter Horta einem Ei oder einem ursprünglichen Lavastrom entsprungen war, solange sie nur hielten, was sie versprachen, und neue Schätze in Bajors ausgeplünderten Bergwerken fanden. Sie hätte ihre Ansicht beinahe laut ausgesprochen, doch dann schenkte die verdammte Jadzia dem Arzt wieder ein viel zu perfektes Lächeln. »Wirklich faszinierend, Julian. Gibt es in medizinischer Hinsicht Vorteile, die für einen derartigen Zyklus sprechen?«

»Das ist eine *sehr* scharfsinnige Frage, Jadzia!« erwiderte Bashir überschwenglich. Kira betete zu sämtlichen Propheten, daß der Föderationskreuzer möglichst bald eintraf. Sie klopfte ungeduldig mit dem Fuß auf den Boden, während sie sich wünschte, sie hätte Bashirs Kehlkopf unter ihrer Sohle. »Natürlich können wir die Biologie der Hortas erst seit einem knappen Jahrhundert studieren, aber die plausibelste Theorie geht davon aus, daß dieser Zyklus eine Bevölkerungsexplosion verhindert. Die Hortas sind prinzipiell unsterblich und unzerstörbar. Sie haben keine natürlichen Feinde. Deshalb räumt alle fünfzig Jahrtausende eine ganze Horta-Generation den Platz für eine neue. Gleichzeitig sorgt die Horta-Mutter, die durch einen Prozeß ausgewählt wird, den wir noch nicht ganz verstehen, für eine gewisse kulturelle Kontinuität.« Der junge Arzt beugte sich zu Dax hinüber. »Stellen Sie sich das nur einmal vor! Zur Mutter einer völlig neuen Generation von Lebewesen erwählt zu werden! Stellen Sie sich nur einmal diese Verantwortung ...«

»Wenn Sie mich fragen«, unterbrach Kira ihn in der Hoffnung, einen erneuten Vortrag im Keim ersticken zu können, »ich freue mich darauf, den Hortas zu begegnen.« *Und zwar möglichst bald,* betete sie. Da Bashirs endloses Geschwätz ihr inzwischen auf die Nerven ging, dachte sie bereits ernsthaft darüber nach, ob sie sich doch auf die cardassianische Bank setzen sollte, ob sie nun gepolstert war oder nicht.

»Sie sollten sich vielleicht auf den Anblick gefaßt machen, Major«, sagte Bashir. Obwohl er Kira ansprach, schob er sich noch ein Stück näher an Dax heran. Während seine dunklen Augen glühten und er allem Anschein nach davon überzeugt war, daß die hübsche Trill mit schmachtendem Blick an seinen Lippen hing, senkte er seine Stimme zu einem verschwörerischen Flüstern. »Ganz unter uns gesprochen, ein Horta ist nicht gerade ein sehr attraktives Wesen«, sagte er, blinzelte Dax zu und bemühte sich, auf beiläufige, schockierende und liebenswürdige Weise respektlos zu klingen. »Ein voll ausgewachsener Horta sieht im Grunde wie eine überdimensionierte Nacktschnecke aus zähflüssigem Gestein aus!«

Unvermittelt verschwand das Lächeln von Dax' Lippen. Der Wissenschaftsoffizier der Station blieb äußerlich völlig ruhig, doch ihre Stimme war spürbar kälter als zuvor. »Einige meiner engsten Freunde sehen wie Nacktschnecken aus, Doktor, wie Ihnen bewußt sein dürfte.« Sie kehrte Bashir den Rücken zu und ging mit eleganten Schritten davon – ein dreihundert Jahre alter Symbiont, der in einem jungen humanoiden Körper steckte.

Die niedergeschlagene Miene, die Bashir plötzlich aufsetzte, als er seinen Fauxpas erkannte, war ein Genuß, zumindest für Kira. Der selbstbewußte Dozent und Liebling aller Frauen hatte sich mit einem Mal in Luft aufgelöst. »Jadzia«, stammelte Bashir, »ich wollte doch nicht … ich meine, ich würde nicht einmal im Traum daran denken … Sie wissen, daß ich eine sehr hohe Meinung von Ihnen habe und … also, wenn ich es Ihnen erklären dürfte …!«

Nachdem Dax so viel Raum wie möglich zwischen sich und Bashir gebracht hatte, warf sie ihm einen

Blick über die kalte Schulter zu. »Was ich noch hinzufügen möchte, Julian: Ich habe an der Seite Dutzender Hortas das Innere mehrerer Planeten erkundet, während Sie noch Ihre ersten Krabbelversuche machten.«

Mit anderen Worten, du aufgeblasener kleiner Dummkopf, dachte Kira, *sie hat sich schon die ganze Zeit über dich lustig gemacht.* Jetzt wurde es spannend! Sie mußte sich alles einprägen, damit sie es später Odo erzählen konnte. Für den Augenblick hatte Dax erreicht, daß es ihm die Sprache verschlagen hatte. Natürlich würde es nicht dabei bleiben, aber Kira wollte ihre Schadenfreude so lange auskosten, wie es ging.

Ein kurzes Signal aus ihrem Kommunikator unterbrach die vorübergehende Stille. *Verdammt,* dachte Kira, *gerade als Bashir drauf und dran war, sich sein eigenes Grab zu schaufeln, während Dax vermutlich nur darauf wartete, ihm noch eine Handvoll Erde hinterherzuwerfen.* Der Doktor war buchstäblich durch den Gong vor dem K.o. bewahrt worden. Sie schlug mit der Hand auf den Insignienkommunikator an ihrem linken Kragen. »Kira hier.«

Commander Siskos tiefe Stimme war zu hören. »Wir haben womöglich ein Problem, Major. Unsere Sensoren haben ein weiteres Raumschiff neben der *Puyallup* entdeckt, das sich auf Abfangkurs befindet. Das fremde Schiff reagiert nicht auf unsere Anrufe, und es scheint aus dem cardassianischen Sektor gekommen zu sein.«

Cardassianer! Kira schaltete sofort auf Gefechtsbereitschaft um und hatte im nächsten Augenblick jeden Gedanken an Bashirs peinliche Lage verdrängt. Reflexhaft ballte sie die Hände zu Fäusten. Sie warf einen Blick auf den Stationsplan an der Wand, korrigierte automatisch die Fehler und ermittelte schnell die Position des nächsten Flitzers. »Bin schon unterwegs«, sagte sie zu Sisko. »Ich gehe mit Dax und Bashir an Bord des neuen Flitzers. Wie hieß er noch gleich ...? Die *Amazonas.*«

»Verstanden«, antwortete Sisko. »Seien Sie vorsichtig.«

Kira wandte sich mit einem Ruck zum Ausgang und rannte los. Sie zwängte sich bereits ungeduldig an der viel zu langsam aufrollenden Tür vorbei, als sich kaum mehr als ein schmaler sichelförmiger Spalt geöffnet hatte. Ohne ein weiteres Wort folgten ihr die zwei Starfleet-Offiziere. Bashir hielt seine Arzttasche fest, während er Dax und Kira hinterherrannte. Die *Amazonas* stand in einem Wartungshangar im Habitatring, auf der anderen Seite des nächsten Verbindungssegments. *Nimm den Turbolift*, dachte Kira, *damit bist du schneller als zu Fuß*. In Gedanken befand sie sich bereits an der Navigationskonsole, während sie mit Höchstgeschwindigkeit von der Station startete und sich wieder einmal ihrem Feind stellte.

Sie hatte keine Probleme mit Schnecken – ob es sich nun um Hortas, Trills oder terranische handelte. Wenn es sich allerdings um Schleimkriecher von Cardassia handelte, war das etwas anderes.

In ihrer Vorstellung feuerte sie die Phaser ab und fegte die Schleimkriecher aus diesem Universum. Sie war zu allem bereit.

Wenn sie nur rechtzeitig an Ort und Stelle war.

Ttans großer unförmiger Körper grub sich mit einem mahlenden Geräusch auf die Brücke der *Puyallup* zu. Die hintere Hälfte des kleinen Kreuzers war mit leichtem synthetischem Beton ausgefüllt worden, um die gewohnte feste Umgebung der Hortas zu simulieren, doch Ttan spürte, daß es nur wenige Zentimeter voraus leere Luft gab. Sie brannte sich durch eine schmale Wand aus Beton und ließ sich in den Korridor gleiten, der zur Brücke führte. Hinter ihr wehten Rauchschwaden aus dem soeben geschaffenen Tunnel. Wie gewöhnlich reizte das Nichts, das ihre Verbündeten von der Föderation ›eine Atmosphäre‹ nannten, die Nerven in ihrem Außenpanzer und vermittelten ihr ein unangenehmes Gefühl der Blöße. *Erste Mutter*, flehte sie stumm, *mach, daß der Weltstoff von Bajor fest und hart ist!*

Vor ihr öffnete sich eine Tür, durch die sie die Brücke betrat. Die metallische Höhlenkammer, in der gerade eine dreiköpfige Besatzung Platz fand, roch intensiv nach Tritanium und Duranium. Eine gute, stabile Konstruktion, wenn auch für ihren Geschmack ein wenig zu luftig und geräumig. Captain Dawson erhob sich vom Kommandosessel und begrüßte Ttan, während die Horta sich rumpelnd vorwärtsschob und ihre Fransen an der Körperunterseite über den kühlen Metallboden glitten. Dawson war ein großer, stämmiger Terraner, dessen Kiefer von rötlichen Fransen geziert wurde. Ttan glaubte, daß es sich um ein männliches Wesen handelte, war sich aber nicht ganz sicher. Die Humanoiden waren sehr sonderbare Lebensformen, sie bestanden fast ausschließlich aus weichen Kohlenstoffverbindungen und besaßen mehrere dünne Auswüchse am Körper. Wenn sie nicht über das Stützgerüst aus Kalzium, Spuren von Eisen und anderen Mineralien verfügten, hätten sie keinerlei Ähnlichkeit mit Leben, wie sie es kannte.

»Prospektorin Ttan«, begrüßte er sie freundlich. »Vielen Dank, daß sie zu uns gekommen sind. Wir dürften in Kürze *Deep Space Nine* erreichen.«

»Ich wünsche Ihnen einen wohligen Flug, Captain.« Der Föderationstranslator, der an Ttans Panzer befestigt war, verlieh ihr eine melodiöse Stimme mit einem leichten fernöstlichen Akzent. »Und auch Ihnen ein hemmungsloses Reisen, Navigator Shirar.«

Ttan hatte die Anwesenheit der vulkanischen Navigatorin gespürt, bevor Shirar von ihrer Konsole zurücktrat und in Sicht kam. Die Strahlung des Kupfers, das durch den Körper strömte, war unverkennbar.

»Ich grüße Sie, Prospektorin«, sagte Shirar. Schwarze Stränge aus Proteinfasern, die in ordentlichen parallelen Reihen aufgereiht waren, rahmten das blasse Gesicht der Vulkanierin ein. Die Spitzen ihrer akustischen Organe – die ›Ohren‹, erinnerte sich Ttan – waren so spitz wie Stalagmiten. In früheren Gesprächen hatte Ttan erfahren, daß Shirar weiblich war. »Ich hoffe, Ihren Nachkommen geht es gut.«

»Ja, sehr gut.« Ttan dachte stolz an die zwanzig Eier, die sie sicher in einer kleinen Höhle im Beton verstaut hatte, den Starfleet ihr zur Verfügung gestellt hatte. »Und noch einmal vielen Dank für die zusätzliche Abschirmung, die sie für meine reisenden Kinder konstruiert haben.«

Shirar nickte leicht mit dem Kopf. »Angesichts der Wichtigkeit und Empfindlichkeit Ihrer Eier war es nur logisch, sie durch ein Stasisfeld zu schützen, das unabhängig von den regulären Schiffssystemen arbeitet.«

»Wobei ich hinzufügen möchte«, sagte Captain Dawson, »daß wir keineswegs mit irgendwelchen Gefahren für Ihre Kinder rechnen. Trotzdem kann es nie schaden, Vorsicht walten zu lassen, vor allem, wenn es um den Nachwuchs geht. Ich habe selbst drei Kinder, wissen Sie.«

Drei Eier? Ttan versuchte, diese Aussage mit dem Geschlecht Dawsons in Einklang zu bringe, bis der Captain ihre Aufmerksamkeit auf den großen Hauptbildschirm lenkte, der sich auf der vorderen Seite der Brücke befand. Die optische Anzeige, die fast die gesamte Wand einnahm, enthüllte eine gewaltige und furchteinflößende Schwärze, in der ferne Sterne wie Funken vorbeirasten, die aus Feuersteinen geschlagen wurden.

Die Große Leere jenseits der Kleinen Leere. Es war nicht das erste Mal, daß Ttan den Weltraum erlebte, doch diese unermeßliche Leere, die im völligem Gegensatz zur unterirdischen Heimat ihres Volkes stand, machte ihr immer wieder Angst. Sie war so *offen*. Wie konnte ein Horta ohne den beruhigenden Druck des allgegenwärtigen Gesteins überleben? Und woher hatte sie den Mut genommen, fragte sie sich, dieses gigantische Nichts zu durchqueren, um neue Tunnel auf einer fernen Welt zu graben? Doch dann empfand Ttan großen Stolz und Vorfreude. Es war eine einzigartige Gelegenheit, ihre Zeichen im Fels der Erinnerung zu hinterlassen. Und vielleicht würde sie oder eins ihrer Kinder in vielen Jahrhunderten sogar die Erste Mutter der nächsten Erneuerung werden! Ttan würde niemals so unbescheiden sein, eine solche Hoffnung gegenüber einem anderen Lebewesen auszusprechen, doch wenn sie sich Mühe gab und ihre bevorstehende Aufgabe mit Erfolg erfüllte … Nun, es war nicht verboten, Träume zu haben, oder?

»Wir nähern uns *DS Nine*«, kündigte eine aufgeregte junge Stimme an. Ein Benzit, erkannte Ttan, als sie den deutlichen Chlorgeruch registrierte, der vom künstlichen Beatmungsapparat stammte, der unter dem Kinn des Fähnrichs angebracht war. Obwohl er im großen und ganzen humanoide Gestalt besaß und eine blaue Starfleet-Standarduniform trug, waren das Gesicht und die Hände des Benziten von einer blaßblauen chitinartigen Hülle mit silbrigem Glanz bedeckt. Seine Ohren, die höher am Schädel saßen als bei Dawson oder Shirar, waren außerdem tiefer versenkt und nicht so kompliziert geformt wie bei anderen Humanoiden. Ttan war stolz, daß sie in der Lage war, sie alle zu identifizieren. Mit seiner glatten, haarlosen Hülle wirkte der Benzit irgendwie lebendiger als die anderen Humanoiden an Bord der *Puyallup*, obwohl Ttan natürlich taktvoll genug war, diesen Gedanken nicht laut auszusprechen.

»Gehen Sie auf Impulskraft«, befahl Dawson.

»Ja, Sir!« erwiderte der Benzit, wobei er einen Schwall Kohlenstofftrichlorid entließ. Sekunden später hatte sich der Dilithium-Beigeschmack, der während eines Fluges mit Warpgeschwindigkeit allgegenwärtig war, von der Brücke verzogen. Die glühenden Sternenstreifen auf dem Bildschirm verlangsamten sich. Sie waren fast da, dachte Ttan voller Ehrfurcht. Bajor – ihre neue Heimat und der künftige Geburtsort ihrer Kinder.

Die faserigen Mineralfransen rings um die untere Kante ihres Körper raschelten vor Aufregung, als sie sich näher an den Bildschirm heranschob. Captain Dawson trat neben sie. Er strich mit der Hand durch seine eigenen Fransen am Kinn.

»Ich möchte Ihnen gerne eine der beeindruckenderen Sehenswürdigkeiten dieses Sektors zeigen«, sagte er vergnügt. »Fähnrich, Seitenansicht, mittlere Vergrößerung.«

»Ja, Sir«, antwortete der junge Benzit von seinem Posten. Sofort verschob sich das Bild auf dem Hauptschirm und zeigte dann ein Objekt, das wie ein Mond oder Planetoid aussah, der viel näher als die übrigen Sterne schien. Der große Mond war unregelmäßig geformt, von einem chaotischen Muster aus grauen und braunen Bergen und schattigen Kratern überzogen und von Adern aus einem harten, rötlichen Material durchzogen. Im Gegensatz zu anderen Monden hatte dieser Himmelskörper keine Kugelgestalt. Er war durch unbekannte Kräfte verformt worden, die seine östliche Hemisphäre plattgedrückt und die andere Hälfte langgezogen hatten. Die Hülle war wie ein menschlicher Schädel, der gegen eine harte Oberfläche geschmettert worden war, aufgeplatzt, worauf durch die Bruchstellen weichere Substanz nach außen gequollen war. Die Oberfläche dieses Mondes deutete auf äonenlange vulkanische Aktivitäten hin, die zu einer zerrissenen, zernarbten und zerfurchten Gestalt geführt hatten, die niemals durch die geduldige Arbeit von Wind oder Wasser poliert worden war. In gewisser Weise, bemerkte Ttan, hatte dieser riesige treibende Fels eine entfernte Ähnlichkeit mit einem Horta. Sie fragte sich, ob dies der eigentliche Grund gewesen war, warum Dawson sie auf die Brücke eingeladen hatte.

Doch der Captain ließ mit keinem Wort erkennen, ob ihm diese Ähnlichkeit aufgefallen war. »Was Sie dort sehen«, sagte er, »ist der äußerste von Bajors Monden. Man nennt ihn den Verlorenen Sohn, weil er eine ungewöhnlich weite und elliptische Umlaufbahn hat, die ihn nur alle fünf Jahre in Sichtweite Bajors führt. Für uns ist von viel größerer Bedeutung, daß er in wenigen Tagen in die Nähe von *Deep Space Nine* kommt. Wenn Sie dann noch auf der Station sind, dürfte sich Ihnen ein spektakulärer Anblick bieten. Der Mond enthält irgendein Mineral, das ihn zum Leuchten bringt, wenn er sich dem nähert, was wir inzwischen als den Eingang zu einem Wurmloch identifiziert haben. Touristen und Schaulustige aus der ganzen Föderation strömen in Scharen nach *DS Nine*, um mit eigenen Augen die ›Erleuchtung des Verlorenen Sohnes‹ zu beobachten.«

»Bei den früheren Gelegenheiten«, bemerkte Shirar, »war der Mond der Station nicht so nahe gekommen. Und die Cardassianer waren während der Besatzungszeit auch nicht geneigt, Besucher an Bord der Station zu dulden. Seit Generationen hat es keine günstigere Chance gegeben, das Spektakel mitzuerleben.«

Eine verlockende Aussicht, dachte Ttan; doch sie wollte lieber so schnell wie möglich nach Bajor weiterreisen. Bei ihrem Aufenthalt in der Station handelte es sich eher um eine Föderationsformalität. Da sich *DS Nine* außerhalb der Transporterreichweite der Planetenoberfläche befand, war ein bajoranisches Shuttle gemietet worden, um sie und ihre Eier auf dem letzten Stück ihrer Reise zu befördern. *Bald*, rief sie sich begeistert ins Gedächtnis, *werden meine Kinder und ich in die angenehme Dichte einer völlig neuen Welt eindringen.* Sie fragte sich, wie Bajor wohl schmecken würde.

Plötzlich richtete sich der Benzit kerzengerade in seinem Sitz auf. Eine Chlorwolke drang aus seiner Atemröhre. »Captain! Ein nicht identifiziertes Raumschiff befindet sich genau vor uns. Es nähert sich mit hoher Geschwindigkeit.« Seine Hände bewegten sich hektisch über seine Konsole. Ttan hörte seine Chitin-Finger leise klicken, wenn sie die Kontrollen berührten. »Sie laden ihre Phaserbänke.«

»Schilde hochfahren!« befahl Dawson. »Alarmstufe Rot!« Er eilte zu seinem Sessel im Zentrum der Brücke zurück. Shirar nahm ebenfalls wieder ihren Posten links von der Station des Benziten ein. »Halten Sie sich fest, Ttan«, sagte der Captain.

Der Alarm schrillte wie kreischende Babys. Ttan kämpfte ihren instinktiven Impuls nieder, sich in Sicherheit zu graben, denn dadurch würde sie nur die empfindlichen Schaltkreise unter der Brücke beschädigen. Statt dessen zwängte sie sich unter eine unbesetzte Computerstation. Obwohl sie sich zusammenriß, tropfte ein wenig Säure von ihrer Haut und verätzte den Fußboden. *Meine Eier!* dachte sie verzweifelt. *Meine Kinder!*

Dawson bombardierte seine Besatzung mit Befehlen. »Navigator, übernehmen Sie die Steuerung. Fähnrich, legen das feindliche Schiff auf den Schirm.«

Der Benzit ließ den Angreifer auf dem Hauptbildschirm erscheinen. Das sich nähernde Schiff hatte einen hammerförmigen Bug, der nicht gerade auf friedliche Absichten hindeutete. Durch die dunkle, rötlichbraune Außenhülle war es nur schwer in der Dunkelheit des Weltraums zu erkennen – bis ein Blitz aus Phaserfeuer den Bildschirm erhellte.

Der erste Treffer schlug wie ein Erdbeben ein. Die *Puyallup* erzitterte heftig. Ttan spürte die Vibrationen, die trotz der Abschirmung auf die Hülle trafen und durch das Schiff liefen.

»Die Leistung der Schilde ist um dreiundvierzig Prozent gefallen, Captain«, gab Shirar von ihrer Station bekannt. »Dreiundvierzig Komma sieben sieben sieben neun, um genau zu sein.«

»Sparen Sie sich die Stellen hinter dem Komma«, erwiderte Dawson trocken und mit bewundernswert gelassener Stimme. Unter den rötlichen Gesichtsfasern war seine Haut allerdings bleich geworden. Ttan spürte das Eisen, das durch seine Adern strömte. »Waffensysteme?« fragte er.

»Außer Funktion«, antwortete Shirar. »Ich leite ein Ausweichmanöver ein.« Ttan bemerkte, daß die Körperflüssigkeiten der Vulkanierin sich im Gegensatz zu Dawson nicht schneller als vor dem Angriff bewegten.

»Verdammt!« fluchte der Captain, als die *Puyallup* den Kurs änderte, um vor dem Angreifer zu fliehen. »Waffenmäßig sind wir ihnen hoffnungslos unterlegen.« Er schlug mit der Faust auf die Armlehne seines Sessels. »Das hier sollte eigentlich nur ein gemütlicher Passagiertransport werden!«

Wieder wurde der Föderationskreuzer von einer Phasersalve getroffen, worauf ein neuer Ruck durch das Schiff ging. Die Brückenbeleuchtung flackerte. Ein Regen aus grünen Funken explodierte in der Konsole vor dem jungen Benziten. Er kippte aus seinem Sessel und lag dann nur wenige Meter von Ttan entfernt zuckend am Boden. Die dünne bläuliche Hülle seines Körpers war an mehreren Stellen aufgeplatzt. Dicke orangefarbene Flüssigkeit sickerte durch die Risse. Eine Mischung aus Quecksilber und Platin, erkannte Ttan. Sie bedauerte es, daß sie nie den Namen des Fähnrichs erfahren hatte.

»Die Leistung der Schilde ist um hundert Prozent gefallen«, warnte Shirar. Sie ließ die Anzeigen ihrer Konsolen nicht aus den Augen. »Warpantrieb außer Funktion.«

»Öffnen Sie die Grußfrequenzen«, befahl Dawson, während er entsetzt auf den gestürzten Benziten blickte. »Stellen Sie fest, was sie von uns wollen.«

»Keine Antwort, Captain«, erwiderte die Vulkanierin.

Der Hauptschirm zeigte immer noch das Schiff mit dem Hammerkopf. Der Bug wurde größer und größer, während das Schiff näher kam, bis es den ganzen Bildschirm auszufüllen schien. »Schicken Sie einen Notruf an *Deep Space Nine*«, sagte Dawson. »Sagen Sie, daß wir Hilfe brauchen... und zwar sofort!«

Ttan, die ihr Versteck nicht verlassen hatte, spürte, wie ihr gesamtes Wesen von einem ungewöhnlichen Gefühl erfüllt wurde. Es war, als würde sie sich langsam in Rauch oder noch weniger auflösen. Ein weißes Rauschen schien sich laut und knisternd zwischen sie und den Rest der Brücke zu schieben. Kurz bevor die *Puyallup* völlig aus ihrer Wahrnehmung verschwand, hörte sie Shirar sagen: »Sie aktivieren ihren Transporter...«

Meine Kinder, meine Kinder! rief Ttans Seele, als sie in die absolute Leere gerissen wurde.

»Das nicht identifizierte Schiff hat auf die *Puyallup* gefeuert«, gab Dax bekannt, die an der Ortungskonsole des Flitzers saß. Kira, die neben ihr die Navigation der *Amazonas* übernommen hatte, ließ das Schiff mit maximaler Impulskraft beschleunigen. Hinter Dax und Kira klammerte sich Dr. Bashir mit weißen Fingerknöcheln an die Armlehnen seines Sitzes, während der Flitzer abrupt nach rechts ausscherte.

»Nicht identifiziertes Schiff – daß ich nicht lache!« knurrte Kira. Sie wußte genau, wie ein cardassianischer Angriff aus dem Hinterhalt aussah. Mit einem Blick auf ihre Monitore stellte sie fest, daß sie nur noch Sekunden vom Kampfschauplatz entfernt waren. Ein hartes, entschlossenes Lächeln erschien um ihre Mundwinkel. Sie stellte sich vor, wie sie die angreifenden Cardassianer mit ihren eigenen Halssehnen erdrosselte. Es genügte nicht, daß sie dieses System jahrzehntelang geplündert hatten – nein, selbst nach der langen Besatzungszeit kamen sie immer wieder zurück, um sich das wenige zu holen, was noch übriggeblieben war!

Diesmal nicht, schwor sie sich, als sie in Sichtweite des Kampfes kamen. In der Ferne sah sie den verunstalteten und geschwärzten Rumpf des kleinen Föderationskreuzers, der antriebslos im Raum schwebte. Der Kommandodiskus war noch intakt, stellte sie erleichtert fest, doch beide Warpgondeln trugen deutliche Spuren direkter Phasertreffer. Aus eigener Kraft würde der Kreuzer sich nicht mehr von der Stelle bewegen können. Hinter der *Puyallup* schwebte das angreifende Schiff von unverkennbar cardassianischer Konstruktion knapp innerhalb der Phaserreichweite. Es war kein ausgewachsenes Kriegsschiff der Galor-Klasse, wie Kira erleichtert registrierte, sondern nicht wesentlich größer als ihr eigener Flitzer. Sie vergrößerte die Bildschirmdarstellung. Seltsamerweise war das Schiff ohne jede Markierung. Es gab weder militärische Insignien noch sonstige Schriftzeichen auf der Hülle. Ein allein operierender Pirat oder vielleicht eine Geheimmission? Da Kira die Cardassianer kannte, tippte sie auf letzteres.

»Ich empfange immer noch Lebenszeichen von der *Puyallup*«, teilte Dax ihr mit. Trotz der wilden Flugmanöver des Flitzers geriet keine einzige Strähne von Jadzias langem, braunem Haar in Unordnung. *Wie macht sie das nur?* fragte Kira sich unwillkürlich. »Zumindest von Humanoiden. Für Hortas müßte ich die Sensoren rekalibrieren.« Plötzlich riß Dax ihre violetten Augen weit auf. »Major, die Angreifer haben etwas von der *Puyallup* gebeamt!«

Diebe! dachte Kira und veränderte leicht den Kurs, um den Flitzer über den angegriffenen Kreuzer zu bringen. Sie wollte auf jeden Fall vermeiden, daß die

Puyallup ins Kreuzfeuer geriet. Sie wurden im Flitzer nicht mehr so heftig durchgeschüttelt, als sie auf Kampfgeschwindigkeit gingen. »Lieutenant Dax, aktivieren Sie die Schilde und Waffensysteme. Machen Sie sich bereit, auf mein Kommando zu feuern.«

Sie hatte noch nicht zu Ende gesprochen, als ein Strahl aus roter Energie aus dem Bug des cardassianischen Schiffes schoß und den beschädigten Transportkreuzer traf. Eine Sekunde lang setzte Kiras Herzschlag aus, als sie befürchtete, daß sie zu spät gekommen waren, daß das Föderationsschiff explodieren würde, kurz bevor sie die Gelegenheit erhalten hatte, die Besatzung zu verteidigen. *Diese Mistkerle!* verfluchte sie die Cardassianer. Es sah ganz danach aus, daß sie keine Zeugen am Leben lassen wollten. *Wenn sie die Hortas vernichtet haben,* dachte sie wütend, *werde ich sie alle zu interstellarer Asche pulverisieren!*

Grün strahlendes Plasmafeuer wogte über die Oberfläche der *Puyallup*, und das gesamte Schiff schlug Purzelbäume im All, doch immerhin existierte der Kreuzer noch. Kira seufzte voller Erleichterung auf, weil sie zumindest einen kleinen Aufschub erhalten hatten. Die Propheten ließen ihr noch eine Chance.

Zum Teufel mit Warnschüssen! »Mikrotorpedo – jetzt!« befahl sie. Dax' Finger flogen über die Kontrollen. Kira sah mit grimmiger Genugtuung zu, wie der Torpedo direkt auf die Brücke des Feindes zuschoß. Eine Photonenladung explodierte vor den Schilden der Cardassianer und schüttelte das Schiff der Angreifer durch. »Den zweiten Torpedo – jetzt!« Das war ihr letzter, aber Kira wollte trotzdem nicht lockerlassen. Die *Puyallup* würde höchstwahrscheinlich keinen weiteren Treffer überstehen, also wollte sie den Cardassianern jetzt keinen Augenblick Ruhe gönnen. Schließlich hatte die *Amazonas* noch die Phaser.

Der zweite Torpedo detonierte an der Unterseite des cardassianischen Schiffs. Die Schilde hielten auch diesmal, aber die Gewalt der Explosion ließ das Feindschiff für einen Moment schwanken, wie eine Boje, die von einer plötzlichen Welle auf und ab geworfen wurde. Wenige Sekunden später drehte das Schiff von der *Puyallup* ab. Wollte es sich jetzt dem Kampf mit der *Amazonas* stellen? Kira hielt den Atem an. »Die Schilde des Angreifers haben fünfundachtzig Prozent Leistung verloren«, sagte Dax ruhig. »Unsere Phaserbänke verfügen über volle Energie.«

Dann begann sich das cardassianische Schiff zu Kiras Überraschung und Enttäuschung horizontal zu drehen, bis es dem Flitzer seine Rückseite zuwandte. Der Warpantrieb blitzte mit einem prismatischen Leuchten auf, und dann zogen sich die Cardassianer zurück. »Kurs?« fragte sie Dax schnell.

»Richtung cardassianische Grenze. Fort von *DS Nine*.«

Kiras Blut drängte sie dazu, die Cardassianer zu verfolgen, sie zu stellen und dafür zu sorgen, daß sie für diesen hinterhältigen Angriff bestraft wurden, nachdem sie ihnen entrissen hatte, was immer sie der Föderation und Bajor gestohlen hatten. Sie betrachtete den angeschlagenen Kreuzer, dessen zuvor strahlende Hülle jetzt verbrannt und verbeult war. Die *Puyallup* trieb steuerlos davon und war um fast 180 Grad von ihrem ursprünglichen Kurs abgekommen. Kira hoffte, daß die künstliche Schwerkraft nicht ausgefallen war, so daß die Besatzung einen sicheren Halt hatte, auch wenn das Schiff durch den Weltraum taumelte. Aber gab es überhaupt Überlebende? Während sie sich diese Frage stellte, entfernten sich die Cardassianer immer weiter vom Tatort.

»Verdammt!« knurrte sie leise. Dann sagte sie mit festerer Stimme: »Rufen Sie die *Puyallup!* Stellen Sie fest, ob man dort medizinische Hilfe benötigt.« Sie drehte sich in ihrem Sitz herum und sah Bashir an. Der junge Arzt erwiderte ihren Blick. »Machen Sie sich bereit, Doktor. Ich glaube, es gibt Arbeit für Sie.« Kira wandte sich wieder Dax zu. »Erfassen Sie den Kreuzer mit einem Traktorstrahl. Wir werden ihn später nach *DS Nine* schleppen. Fürs erste wollen wir seine Position fixieren.«

Dax hatte bereits eine Verbindung mit dem Captain der *Puyallup* hergestellt. Kira war froh, daß es anscheinend noch Leben auf dem anderen Schiff gab. Trotzdem starrte sie mit kalter Wut in den Raumsektor, in den die Cardassianer geflüchtet waren. *Es ist noch nicht vorbei*, schwor sie sich. *Niemand dringt ungebeten in das Bajor-System ein und kommt ungestraft davon, nicht solange ich am Leben bin. Erst recht nicht, wenn es sich um Cardassianer handelt.*

»Major?« unterbrach Dax ihre rachsüchtigen Gedanken. »Schlechte Neuigkeiten. Die Horta-Mutter wurde von Bord der *Puyallup* gebeamt. Man hat sie entführt.«

2

Siskos Büro war früher einmal das von Gul Dukat gewesen, dem ehemaligen cardassianischen Kommandanten von *Deep Space Nine*. Er hatte offenbar keinerlei Wert darauf gelegt, daß seine Besucher es bequem hatten. Benjamin Sisko saß hinter dem imposanten schwarzen Schreibtisch, während sein Kopf und seine Schulter von einem Fenster in der Form eines Katzenauges eingerahmt wurden, durch das man auf die Sterne hinausblicken konnte. Er betrachtete sein versammeltes Personal und dachte nicht zum ersten Mal daran, daß es zu wenige Sitzgelegenheiten in seinem Büro gab.

Dr. Bashir, der zwischen Dax und Kira stand, setzte seinen Bericht über den medizinischen Einsatz in der *Puyallup* fort. »Nach unseren Informationen gab es bislang keine Todesopfer. Fähnrich Muluck wurde schwer verletzt, aber sein Zustand scheint sich stabilisiert zu haben. Schwester Kabo kümmert sich gegenwärtig um ihn. Ich habe ihr detaillierte Instruktionen über die Behandlung und Versorgung von Benziten gegeben.« Sisko bemerkte orangefarbene Flecken an den Ärmeln von Bashirs Uniform. Mulucks Blut? Er fragte sich, wie schwer die Verletzungen des Benziten gewesen sein mochten und ob Muluck noch am Leben gewesen wäre, wenn der junge Arzt sich nicht mit vollem Einsatz um ihn gekümmert hätte. »Captain Dawson und Lieutenant Shirar trugen nur ein paar Prellungen und geringfügige Brüche davon. Sie wurden bereits aus der Krankenstation entlassen.« Bashir zögerte, bevor er weitersprach. »Captain Dawson möchte sich an einer eventuellen Rettungsmission beteiligen, aber als Medo-Offizier halte ich das für keine gute Idee.«

Sisko war ganz seiner Meinung. Obwohl er Verständnis dafür hatte, daß Dawson seine Verpflichtungen gegenüber Ttan erfüllen wollte, schien es nicht so, als wären er oder Lieutenant Shirar in der Verfassung, die Angreifer zu verfolgen. Sie sollten lieber die Reparaturen der *Puyallup* überwachen, zumal das Schiff zweifellos für andere wichtige Missionen eingeplant war.

»Was ist mit den Eiern der Horta?« fragte Sisko. Da er selbst Vater war, schmerzte ihn der Gedanke, die ungeborenen Hortas könnten vernichtet oder zu Waisen werden.

»Alle zwanzig Eier sind intakt und scheinen unbeschädigt zu sein«, sagte Bashir. »Ich muß allerdings zugeben, daß die pränatale Diagnose von Hortas für mich absolutes Neuland darstellt. Horta-Eier sehen im Prinzip wie glatte Siliziumknollen aus. Man kann sie leicht mit leblosen Mineralablagerungen verwechseln – was schon einmal geschehen ist, wie vermutlich bekannt sein dürfte.«

Die Nachkommen werden irgendwann schlüpfen, dachte Sisko. *Was passiert dann? Zwanzig neugeborene Hortas, die von ihrer Mutter getrennt sind! Das könnte sich zu einem Problem entwickeln.* Doch im Augenblick gab es dringlichere Probleme, zum Beispiel den Verbleib der Horta-Mutter. Später mußte er Chief O'Brien damit beauftragen, die Eier sicher in einem unbenutzten Frachtraum unterzubringen.

Allerdings handelte es sich bei diesen Eiern nicht um Fracht, sondern um Gäste der Station, stellte er in Gedanken richtig. Also sollten sie ihnen lieber eine leere Suite im Habitatring zur Verfügung stellen.

Dax trat mit einem Datenblock in der rechten Hand vor. »Die Eier wurden durch ein geschlossenes Stasisfeld geschützt, Benjamin. Ich vermute, daß dieses Feld die Eier vor der größten Wucht des Angriffes abschirmte. Vielleicht wurde dadurch gleichzeitig verhindert, daß die Angreifer auch die Eier von Bord beamten.«

»Angreifer?« sagte Kira. »Sie meinen die Cardassianer.« Sie stützte sich mit den Handflächen auf Siskos Schreibtisch und beugte sich zu ihm vor. Er kannte den wilden Blick in ihren Augen. Kira wollte Rache. »Commander, das war ein rücksichtsloser Überfall auf Bajor und die Föderation. Dagegen *müssen* wir uns wehren.«

Sisko sprach langsam, während er sorgfältig seine Worte wählte. »Ich habe mit Gul Dukat geredet. Er hat mir versichert, daß die cardassianische Militärregierung nichts über den Angriff auf die *Puyallup* weiß – oder über den gegenwärtigen Aufenthaltsort der entführten Horta.« Als Kira schnaufte, unterdrückte Sisko ihren Einwand mit einer Handbewegung. »Ja, ich weiß. Ich glaube auch nicht, daß das die ganze Wahrheit ist. Ohne Beweise kann ich jedoch auf keinen Fall eine Armada gegen die Cardassianer in Bewegung setzen, selbst wenn ich über eine entsprechende Flotte verfügen würde, was nicht der Fall ist.«

»Aber wir müssen doch etwas unternehmen!« protestierte Kira.

»Das werden wir auch, Major«, sagte Sisko entschlossen. »Die Horta Ttan stand unter dem Schutz von Starfleet. Unsere oberste Priorität besteht darin, eine Rettungsaktion zu starten, aber zuerst müssen wir herausfinden, wohin sie gebracht wurde.« Er stützte sein Kinn auf die verschränkten Hände. »Wenn wir einmal davon ausgehen, daß die Cardassianer dafür verantwortlich sind, warum könnten sie Ttan entführt haben?«

»Um die Entwicklung der bajoranischen Wirtschaft zu sabotieren?« spekulierte Bashir.

»Unwahrscheinlich«, sagte Dax. Sie konsultierte ihren Datenblock. »Das Bergbauprojekt in Zusammenarbeit mit der Horta sollte ein Experiment sein, das sich nur auf eine einzige kleine Mine auf dem südlichen Kontinent beschränkt. Obwohl es sich theoretisch um einen vielversprechenden Versuch handelt, ist der Erfolg keineswegs garantiert, ganz zu schweigen vom Einfluß auf die bajoranische Wirtschaftsentwicklung.«

Kira zog sich von Siskos Tisch zurück, doch ihr Körper zitterte immer noch vor Entrüstung. »Seit wann brauchen die Cardassianer einen Grund zum Rauben und Töten?«

»Akzeptiert«, sagte Sisko diplomatisch. »Trotzdem ist deutlich geworden, daß sie mit diesem Angriff einen ganz bestimmten Zweck verfolgten, und zwar die Entführung Ttans. Also noch einmal: Warum stiehlt jemand eine Horta?«

»Um sie für den Bergbau einzusetzen«, sagte Dax. »Das muß der Grund sein. Die Hortas sind von Natur aus die besten Bergleute in der bekannten Galaxis. Die Kooperation zwischen Humanoiden und Hortas hat dazu geführt, daß Janus VI die produktivste und profitabelste Quelle für Roherze und seltene Elemente in der gesamten Föderation wurde.«

Ja, dachte Sisko, das ergab Sinn. Sklavenarbeit und Gier. Sogar Kira mußte zugeben, daß diese Kombination ein plausibles Motiv für eine cardassianische Aktion darstellte. »Also müssen wir nach einem cardassianischen Bergwerk suchen. Dort werden wir auch Ttan finden.« Sisko erhob sich von seinem Sessel, als er zu einer Entscheidung gelangt war. »Dax, konsultieren Sie den Stationscomputer. Erstellen Sie eine Liste mit den Koordinaten der fünf nächstgelegenen Bergbauplaneten der Cardassianer. Kira, Sie bestücken die *Amazonas* mit neuen Waffen und stellen ein Sicherheitsteam zusammen.« Sisko hielt kurz inne, bevor er weitersprach. »Nehmen Sie Wilkens, Muckerheide, Parks, Jonsson und Aponte mit.« Kira holte tief Luft, während er sprach. Es war ausschließlich Starfleet-Personal, aber sie verzichtete vorläufig auf einen Kommentar, so daß Sisko ihren Gesichtsausdruck ignorierte.

Später, dachte er. Er war nicht so dumm zu glauben, daß ihm diese Konfrontation erspart bleiben würde. »Das Einsatzziel besteht darin, Ttan zu retten und sie nach Möglichkeit unbehelligt zurückzubringen. Ein schneller Vorstoß und ein schneller Rückzug.«

»Commander«, meldete sich Bashir zu Wort. »Ich bitte um Erlaubnis, mich der Rettungsmission anzuschließen zu dürfen. Ttan könnte verletzt sein, und ich habe mich über Erste Hilfe für Hortas sachkundig gemacht.«

»Was ist mit Fähnrich Muluck?« fragte Sisko. Er warf wieder einen Blick auf die Blutflecken an Bashirs Handgelenken.

»Bei Schwester Kabo ist er in guten Händen. Meine Anwesenheit ist nicht mehr erforderlich.«

»Ich denke, ich sollte ebenfalls mitkommen, Benjamin«, fügte Dax hinzu. »Ich habe vermutlich mehr Erfahrung mit Hortas als sonst jemand auf der Station. Eine meiner Enkeltöchter lebt sogar auf Janus VI.«

Sisko nickte. Er fragte sich kurz, ob Dax die Großmutter oder der Großvater dieser Frau war. »Kira«, sagte er, »auch Bashir und Dax gehören zu Ihrem Team. Machen Sie sich bereit, in einer Stunde aufzubrechen.« Er schaute die Anwesenden der Reihe nach an. »Schließlich möchte ich Ihnen noch ans Herz legen, vorsichtig zu sein. Das wäre vorerst alles.«

Die Tür des Büros schloß sich hinter Dax und Bashir, nachdem sie hinausgegangen waren. Es überraschte Sisko nicht, daß Kira noch zurückgeblieben war. *Also gut*, dachte der Commander, *wollen wir es hinter uns bringen.* »Gibt es noch etwas, Major?« fragte er, ohne daß seine Stimme etwas von seinen Gedanken verriet.

»Darf ich offen sprechen, Commander?« fragte Kira.

»Bitte«, antwortete er, während er gleichzeitig überrascht und beeindruckt war, daß sie ihn tatsächlich um Erlaubnis gefragt hatte.

»Das Sicherheitsteam, das Sie ausgewählt haben, besteht ausschließlich aus Starfleet-Personal. Kein einziger Bajoraner, von mir selbst einmal abgesehen. Warum?«

»Muß es dafür einen besonderen Grund geben?« erwiderte Sisko.

»Die Mehrheit des Sicherheitspersonals der Station besteht aus Bajoranern. Die Horta wurde von den Bajoranern eingeladen, um an einem bajoranischen Projekt zu arbeiten. Der Angriff auf den Kreuzer erfolgte in bajoranischem Hoheitsgebiet.« Kiras Stimme wurde mit jedem Punkt, den sie aufzählte, eindringlicher. »Trotzdem sind praktisch keine Bajoraner an der Rettungsmission beteiligt. Ich bin davon überzeugt, daß es einen besonderen Grund gibt, Commander, und ich möchte ihn gerne erfahren.«

Sie ist mein Erster Offizier, dachte er. *Sie hat das Recht auf eine ehrliche Antwort.* »Ich möchte nicht, daß die Situation eskaliert, Kira. Aufgrund ihrer Vergangenheit sind Bajoraner und Cardassianer eine brisante Kombination. Aus diesem Grund widerstrebt es mir, ein Team aus bewaffneten Bajoranern in cardassianisches Territorium zu schicken.«

»Sie befürchten, daß wir die Beherrschung verlieren?« fragte Kira voller Sarkasmus.

»Ich vertraue *Ihnen*«, betonte Sisko. »Aber Ihr Auftrag besteht darin, Ttan zurückzubringen, nicht einen Krieg anzuzetteln oder alte Rechnungen zu begleichen. Wir haben viele gute bajoranische Sicherheitskräfte, aber für diese besondere Mission würde ich lieber Starfleet-Personal einsetzen. Tut mir leid.«

Kiras Augen funkelten, aber sie behielt ihre Stimme unter Kontrolle. »Ich habe schwere Einwände. Bajor hat ein großes Interesse an dieser Mission, und man sollte uns nicht wie schießwütige Kinder behandeln.«

»Gut«, sagte Sisko. »Ich habe Ihre Einwände zur Kenntnis genommen. Trotzdem werden wir es so machen, wie ich entschieden habe.«

»Verstanden«, sagte Kira. Sie drehte sich um und ging mit steifem, geradem Rücken zur Tür hinaus. »Ich werde alles Nötige veranlassen.« Die doppelten Türflügel schlossen sich mit einem Zischen hinter ihr.

»Viel Glück«, sagte Sisko. Er atmete tief durch und setzte sich wieder in seinen Sessel. Er dachte einen Augenblick lang nach, dann tippte er auf seinen Kommunikator. »Chief O'Brien, melden Sie sich in etwa fünfzehn Minuten in der Zentrale. Ich möchte mit Ihnen über Eier sprechen.«

Dax kehrte zu Siskos Büro zurück, bevor O'Brien eingetroffen war. Eine schwarze Ausrüstungstasche hing an einem Riemen über ihrer Schulter. Sie blickte Sisko zugleich freundlich und besorgt mit ihren blauen Augen an. »Du wolltest mich sprechen, Benjamin?«

»Ja.« Er warf einen Blick auf die kunstvolle Uhr der Saltah'na, die auf seinem Schreibtisch stand. »Hast du erfolgversprechende Koordinaten gefunden?«

Dax setzte sich auf die Schreibtischkante. Sie kannten sich schon viel zu lange, um sich noch an das Starfleet-Protokoll halten zu müssen – zumindest wenn sie unter sich waren. »Die nächste cardassianische Bergbaukolonie befindet sich auf einem Planeten der L-Klasse im Xoxa-System, mit Warp drei in etwa zwölf Stunden zu erreichen. Es gibt noch andere Möglichkeiten, aber sie sind viel weiter entfernt. Natürlich könnten sie Ttan auch zu einem neuen Bergwerk gebracht haben, von dem wir noch nichts wissen, oder vielleicht sogar zu einer archäologischen Ausgrabungsstätte.«

»Daran habe ich auch gedacht«, sagte er. Er hatte sogar überlegt, ob die Cardassianer auf irgendeine verrückte Idee verfallen waren, wie sie die Horta für militärische Zwecke einsetzen könnten. Schließlich hatte eine einzige Horta es während der ersten Begegnung zwischen der Föderation und ihrer Spezies vor einem knappen Jahrhundert geschafft, mehrere bewaffnete Menschen zu töten. Glücklicherweise wurde dieses anfängliche Mißverständnis damals recht schnell geklärt.

»Aber die Xoxa-Kolonie klingt recht vielversprechend«, sprach er weiter. »Wir müssen es dort versuchen – und das Beste hoffen.« Er blickte erneut auf die bronzene Saltah'na-Uhr, die er vor einiger Zeit zusammengebaut hatte, als er unter dem Einfluß einer fremden Matrix gestanden hatte. Fast drei Stunden waren vergangen, seit die Horta von der Brücke der *Puyallup* verschwunden war. Zum Glück waren wenigstens ihre Kinder in Sicherheit. »Jadzia, haben wir einen Anhaltspunkt, wann die Nachkommen voraussichtlich schlüpfen werden?«

»Nach den Einwanderungsdateien im Computer der *Puyallup* frühestens in ein oder zwei Wochen«, sagte sie. »Die Geburtsprognostik der Hortas ist natürlich genauso mit Unsicherheiten behaftet wie bei Menschen, aber ich denke, du hast noch ein wenig Luft, bevor die Kinder auf die Welt kommen. Und vergiß nicht, daß die Eier außerdem in einem Stasisfeld eingeschlossen sind, was sie für eine Weile ruhigstellen dürfte.«

In seinem Geist erschien das Bild von über einem Dutzend riesiger allesfressender Regenwürmer, die ohne ihre Mutter erwachten. Womit sollte er sie füttern, nachdem sie geschlüpft waren? Mit reinen Rhodinium-Barren? *Kira,* dachte er, *bringen Sie Ttan schnellstmöglich zurück!* »Ist das Rettungsteam einsatzbereit?« fragte er Dax.

»Fast. Der Flitzer wird gerade mit einem größeren Passagiermodul und zusätzlichen Torpedos ausgestattet. Julian stellt eine medizinische Spezialausrüstung zusammen. Das Sicherheitsteam ist bewaffnet und eingewiesen. Kira wird mir Bescheid sagen, wenn sie fertig ist, was nicht mehr lange dauern dürfte.« Sie musterte Sisko eindringlich. »Benjamin, worüber wolltest du wirklich mit mir reden? Ich habe nicht mehr viel Zeit.«

»Es geht um Kira«, sagte er. »Du weißt, wie temperamentvoll sie manchmal reagiert, vor allem, wenn Cardassianer im Spiel sind.«

»Das ist kein Wunder«, entgegnete Dax. »Sie hat ihr ganzes Leben lang gegen die Cardassianer gekämpft, hat immer wieder erlebt, wie ihre Freunde und Verbündete den Cardis zum Opfer fielen.«

»Sicher«, sagte er. »Offen gesagt, Gul Dukat und ich sind auch nicht gerade die dicksten Freunde. Aber ich möchte nicht, daß diese Geiselnahme zu einem bewaffneten Konflikt eskaliert, vor allem nicht, wenn *DS Nine* so nahe an der Grenze steht und Starfleet so weit weg ist.« Sisko schwieg einen Moment. Die polierten Zahnräder der Saltah'na-Uhr drehten sich Zahn um Zahn weiter. »Ich möchte nur, daß du alles im Auge behältst und einen kühlen Kopf bewahrst. Kira und Bashir sind gute Offiziere, aber sie beide können sehr ungestüm werden. Julian aufgrund seiner Jugend und Kira... weil sie eben Kira ist. Beide gemeinsam auf einer riskanten Rettungsmission jenseits der cardassianischen Grenze...« Sisko gestattete sich einen verzweifelten Gesichtsausdruck. »Versuche bitte nach Möglichkeit, weitere Komplikationen zu verhindern, ohne Kiras Autorität zu untergraben. Ich kenne dich länger als jeden anderen in dieser Station, also weiß ich, daß ich mich auf dich verlassen kann.«

»Sogar in diesem neuen Körper?« fragte sie. Sisko lächelte. Manchmal sah er sie immer noch als den durchtriebenen silberhaarigen Mann, der sie gewesen war, als sie sich zum ersten Mal begegnet waren.

»Sogar wenn dein nächster Wirtskörper ein Ferengi ist«, erklärte er.

Dax zog eine Grimasse, als hätte man ihr eine besonders unappetitliche Mahlzeit vorgesetzt. »Bitte übertreibe es nicht, Benjamin.« Dann grinste sie ihn verschmitzt an. »Ich komme ja ganz gut mit ihnen zurecht, aber ich möchte keiner von ihnen *sein*.«

Ihr Kommunikator unterbrach das Gespräch. »Kira an Dax«, sagte die Stimme des Majors. »Ich warte an der Startplattform zwei auf Sie.«

Dax tippte sich auf die Brust. »Bin schon unterwegs. Dax Ende.« Sie sprang vom Schreibtisch und überprüfte den Tricorder in ihrer Tasche. »Mach dir keine Sorgen, Benjamin. Damit ist niemandem geholfen.«

Sisko blickte ihr nach, als sie aus seinem Büro und durch die Zentrale zum nächsten Turbolift eilte. »Paß gut auf dich auf, alter Knabe«, sagte er, als sie im Lift verschwand.

Und auf Kira und die anderen.

3

Im Passagierabteil der *Amazonas* ging Major Kira vor dem versammelten Rettungsteam auf und ab, während sie die Mitglieder kritisch musterte. *Wenn Sisko nicht so verbohrt wäre,* dachte sie wütend, *hätte ich dafür gesorgt, daß dies eine rein bajoranische Mission wird.* Sie hätte sich viel heftiger dafür eingesetzt, wenn sie nicht so sehr unter Zeitdruck gestanden hätten. Sie durfte keine weiteren Verzögerungen riskieren, denn es war ihre vordringlichste Aufgabe, Ttan wiederzufinden.

Die fünf Föderationsoffiziere – drei Männer und zwei Frauen, allesamt Menschen – hatten Haltung angenommen und den Blick starr auf die Wand gerichtet.

Kira mußte ein stilles Lächeln unterdrücken. *Mein Ruf eilt mir voraus,* dachte sie nicht ohne Stolz. *Wenn ich jetzt »Buh!« mache, würden sie vermutlich auf der Stelle an einem Herzinfarkt sterben.*

Sie war stolz auf ihren Ruf als knallharter bajoranischer Offizier. Und bei jeder sich bietenden Gelegenheit bemühte sie sich, genau diesen Eindruck zu erwecken. Die jetzige Situation stellte keine Ausnahme dar. Wenn sie unter Beschuß gerieten, mußten diese Männer und Frauen bereit sein, ihren Befehlen ohne Zögern Folge zu leisten.

Sie berichtete noch einmal über die Ereignisse, die zur Gefangennahme der Horta geführt hatten. Dabei war sie in Gedanken schon beim bevorstehenden Kampf gegen die Cardassianer. Sie hatte noch eine Menge alter Rechnungen zu begleichen – auch wenn sie dazu nur ein Sicherheitsteam aus Menschen zur Verfügung hatte.

Wenigstens hatte Sisko bei der Zusammenstellung der Gruppe einige sinnvolle Entscheidungen getroffen. Die Fähnriche Duane Wilkens und Ian Muckerheide hatten beide die gleiche kupferne Haarfarbe. Sie waren ein gutes Team. Kira hatte gelegentlich beobachtet, wie sie Odo dabei halfen, die Schlägereien zu beenden, die immer wieder in Quarks Bar ausbrachen. Fähnrich Delia Parks war blond und hatte ihr Haar hinter dem Kopf zu einem festen Knoten zusammengebunden. *Auch eine gute Wahl,* dachte Kira. Parks war intelligent, ehrgeizig und konnte wahlweise als Pilot oder Navigator eingesetzt werden, wenn sich die Notwendigkeit ergab. Der große, blasse Fähnrich Sven Jonsson hatte die cremige Hautfarbe von Kaafa-Milch. Er bestand nur aus sehnigen Muskeln. Kira hatte einmal gesehen, wie er zwei betrunkene Klingonen in die Arrestzellen geschleift hatte. Und zu guter Letzt kam Fähnrich Natalia Aponte, eine schwarzhaarige und dunkelhäutige Schönheit. Aponte hatte für Kira immer ein Rätsel dargestellt. Sie schien ständig alles und jeden in ihrer Umgebung zu beobachten, als würde sie jederzeit damit rechnen, daß etwas Ungewöhnliches und völlig Unerwartetes geschah. Ihre Art war Kira oft unangenehm, aber jetzt konnte sie ihre Wachsamkeit gut gebrauchen. Niemand würde sich unbemerkt an sie heranschleichen, wenn Fähnrich Aponte auf Posten war.

Kira beendete ihre Zusammenfassung mit den Worten: »Noch Fragen?«

»Sir«, meldete sich Fähnrich Jonsson.

»Was gibt es, Fähnrich?«

»Sollten wir uns nicht mit Schutzanzügen ausrüsten?«

Eine gute Frage, dachte Kira. »Dax?« rief sie. »Was meinen Sie dazu?«

»Überflüssig«, antwortete Dax, die an ihrer Station

letzte Überprüfungen durchführte. »Cardassianische Bergwerke finden sich fast ausschließlich auf Planeten der M-Klasse. Andernfalls könnten sie nicht kostendeckend arbeiten.«

»Was ist, wenn sie Ttan irgendwo abgesetzt haben, wo nur eine Horta überleben kann?« hakte Jonsson nach.

»Unwahrscheinlich«, sagte Kira. »Die Cardassianer sind Kontrollfanatiker. Für sie dürfte eine Horta nicht mehr als ein neues Spielzeug darstellen. Glauben Sie mir, sie werden nach einer Möglichkeit suchen, sie zu ihrem Nutzen in irgendeinem ihrer Bergwerke einzusetzen. Noch weitere Fragen?«

Niemand meldete sich zu Wort. Gut, dachte Kira, alles andere wäre Zeitverschwendung.

»Schnallen Sie sich an«, sagte sie und sah zu, wie die Gruppe ihrer Aufforderung Folge leistete.

Kira drehte sich um und ging zu Dax hinüber. Als wäre die Situation nicht schon schlimm genug, schaute Bashir ihr über die Schulter und redete ohne Atempause auf sie ein – wie aufregend die bevorstehende Mission war und so weiter. Wenn Kira während der ganzen Reise den Arzt im Nacken hatte, würde sie irgendwann verrückt werden.

»Major«, sagte Dr. Bashir. »Glauben Sie, daß wir in richtige Kampfhandlungen verwickelt werden könnten?«

»Machen Sie sich keine Sorgen, ich werde darauf achtgeben, daß Sie nicht in die Schußlinie geraten«, sagte Kira. Sie wandte sich an Dax und fragte: »Wie ist unser Status?«

»Alles in Ordnung«, antwortete Dax. »Die Zentrale hat uns gerade Starterlaubnis erteilt.«

»Doktor?« Kira warf Bashir einen Blick zu. »Sind Sie bereit?«

Er zeigte grinsend auf eine kleine schwarze Tasche, die neben ihm auf dem Boden stand. »Ich habe alles dabei, was von Nutzen sein könnte. Dank Dr. Leonard McCoys bahnbrechender medizinischer Erkenntnisse über die Hortas kann ich Ttan sogar behandeln, falls sie schwer verletzt wurde.«

»Sehr gut«, sagte Kira. »Nehmen Sie hinten bei den anderen Platz. Wir fliegen in einer Minute los.«

Kira unterbrach den Arzt, als er den Mund zu einem Protest öffnen wollte. »Das ist ein *Befehl*, Doktor.« Das letzte, was sie gebrauchen konnte, war ein aufgeregter Arzt, der während des Starts von *DS Nine* in der Kabine herumsprang.

»Es könnte sein, daß wir unterwegs kräftig durchgeschüttelt werden«, fügte Dax hinzu. »Deshalb sollten Sie gut auf die Besatzung achtgeben.«

»Richtig!« sagte Bashir, während sich seine Miene aufhellte. Er nahm seine Tasche und ging nach hinten.

»Alle Humanoiden haben ihre Eitelkeiten, Major.«

Einen kurzen Augenblick lang fragte Kira sich, ob Dax über telepathische Fähigkeiten verfügte. »Bin ich so leicht zu durchschauen?« fragte sie schließlich. *Wenn ja, dann sollte ich noch etwas an meinem Auftreten arbeiten,* dachte sie.

»Sie verstecken Ihre Motive ganz gut. Aber im Prinzip, ja.« Dax lächelte ihr flüchtig zu.

»Warum ... nun, Sie wissen schon ... ermutigen Sie ihn?«

»Ich muß zugeben, daß mein Wirt ihn durchaus ... attraktiv findet.«

»Attraktiv? *Ihn?*«

»Wenn Sie ihn vielleicht etwas besser kennen würden ...«

Kira schnaufte verächtlich, als eine Reihe dumpfer Schläge durch den Flitzer hallten. Es mußten die Andockklammern sein, die gerade gelöst wurden, dachte sie. Sie beugte sich vor und studierte die Anzeigen auf der Konsole. Die Maschinen hatten volle Energie, die künstliche Schwerkraft war aktiviert, die Waffensysteme bereit. Sie hoffte, daß es nicht tatsächlich zu Gefechten kam, denn ein cardassianischer Kampfkreuzer könnte sie mühelos atomisieren. Nein, sie mußten sich auf einen schnellen Vorstoß und einen schnellen Rückzug beschränken, wie Sisko gesagt hatte. Sie erlaubte sich ein knappes Lächeln. Und genauso wie in alten Zeiten würde es wieder ein paar cardassianische Schleimteufel weniger geben, wenn Kira aus dem Einsatz zurückgekehrt war.

Sie aktivierte den Antrieb und ließ den Flitzer mit einer leichten Drehung aufsteigen. Durch eine Serie leichter Triebwerksstöße, die nicht vollständig von der künstlichen Schwerkraft abgefangen wurden, brachte sie das Schiff von *DS Nine* fort.

»Wir haben uns vom Andockring gelöst«, meldete Dax.

Kira sagte: »Wir gehen auf Impulsantrieb.« Sie beobachtete auf dem Bildschirm, wie sich der Flitzer elegant drehte und dann beschleunigte. *Deep Space Nine* schrumpfte zu einem Stern und verschwand schließlich ganz. Kira beschleunigte immer noch. Schließlich wußten sie nicht, welche Torturen Ttan durchmachte, während sie unterwegs waren.

»Kurs eins neun acht Komma vier«, sagte Dax.

Das war die Stelle, wo die Cardassianer die *Puyallup* angegriffen hatten, erkannte Kira nach einer schnellen Berechnung. »Warum nehmen Sie nicht Kurs auf Xoxa?« wollte sie wissen.

»Chief O'Brien hatte eine bessere Idee«, antwortete Dax. »Ich hatte noch keine Zeit, Ihnen davon zu erzählen. Er hat die Sensoren der *Amazonas* so kalibriert, daß wir damit ionisierte Partikel orten können, die durch eine Subraumverzerrung verursacht wurden.«

»Sie wissen, daß das Wurmloch sämtliche Subraumspuren durcheinanderbringt und verwischt ...«

»Richtig. Aber wenn wir schnell genug dort eintreffen, denke ich, daß wir noch einige Restspuren finden können. Und je weiter wir uns vom Wurmloch entfernen, desto deutlicher müßte die Spur werden.«

»Es wäre einen Versuch wert, schätze ich«, sagte Kira langsam. *Aber ich würde es vorziehen, wenn ich das nächste Mal als erste informiert würde,* fügte sie in Gedanken hinzu.

»Wenn es nicht funktioniert, haben wir nur eine halbe Stunde Zeit verloren. Und wenn *doch* …«

»Wenn doch«, vervollständigte Kira ihren Satz, »haben wir uns eine Menge unnötiger Sorgen erspart … und womöglich einen großen Fehler.« *Das ist das einzige, was am Ende zählt,* dachte sie.

Ttan spürte, daß sie von einem gewaltigen Nichts umgeben war. Ihre Fühler rotierten ohne Halt; ihre Sinnesorgane registrierten nur schwache Spuren von Sauerstoff, Stickstoff und Kohlendioxid; sie hatte das Gefühl, in einen bodenlosen Abgrund zu stürzen. Nirgendwo der vertraute Geschmack von Mineralien, keine tröstende Festigkeit, in die sie sich bohren konnte.

Sie versuchte, dagegen anzukämpfen, doch sie wurde wieder von derselben Panik überwältigt wie damals, als sie zum ersten Mal den Himmel über Janus VI gesehen hatte. Sie begann entsetzt zu schreien, ein schrilles, kreischendes Geräusch, das nicht aufhörte. Ihre Fransen flimmerten hektisch. Säure schoß unkontrolliert aus ihren Drüsen.

»Hör damit auf, Horta!«

Als die Stimme sprach, wurde es gleichzeitig hell, und das Licht offenbarte ihr eine riesige Höhle. Ttan stellte fest, daß sie mitten zwischen Boden und Decke schwebte und langsam entgegen dem Uhrzeigersinn rotierte. Die Wände der Kammer bestanden aus stabilen Metallträgern. Der Boden schien mit Metallplatten ausgelegt zu sein … genauso wie der Boden des Föderationsschiffes, das sie nach Bajor gebracht hatte.

Ttan brachte sich wieder unter Kontrolle. Ihre Körpersäuren hatten bereits Spuren im Boden und auf den Wandplatten hinterlassen, wie sie peinlich berührt feststellte. Erste Mutter, hatte sie tatsächlich wie ein gerade geschlüpftes Junges die Beherrschung über sich verloren?

Sie erkannte, daß sie sich in einem anderen Schiff befinden mußte, das nicht mit einer speziell auf ihre Bedürfnisse abgestimmten Betonfüllung versehen war. Sie wurde durch eine Art Traktorstrahl in der Schwebe gehalten. Das erklärte ihr Gefühl des Fallens und die Abwesenheit einer Masse, in die sie sich graben konnte.

»Kreatur!« brüllte die Stimme.

Ttan schaffte es, sich auf den Humanoiden zu konzentrieren, der sich mit ihr im Raum befand. Er trug glänzend schwarze Kleidung, die nur seinen Kopf, den Hals und die Hände freiließ. Er stand in einer offenen Schleusentür und beobachtete sie. Seine blasse Haut wirkte seltsam gerippt, als wäre sein kleiner Kopf mit dicken Muskelsträngen an seinem Körper befestigt.

»Kreatur!« brüllte er noch einmal. »Antworte mir!«

»Ich heiße Ttan«, sagte Ttan. Der automatische Translator, der an ihrem Rücken befestigt war, sprach für sie und fügte ihrer Stimme ein kaum wahrnehmbares Zittern hinzu.

»Ttan«, erwiderte der Humanoide etwas sanfter. »Du wirst dir meine Anweisungen anhören und ihnen gehorchen. Ich bin Gul Mavek, und du befindest dich jetzt an Bord meines Schiffes, der *Messerklinge*.«

»Warum haben Sie das getan?« wollte Ttan wissen. »Wohin bringen Sie mich? Was ist mit meinen Kindern geschehen?«

»Keine Fragen, Ttan. Wir wollen, daß du für uns einige sehr spezielle Aufgaben erfüllst. Wenn du sie zu unserer Zufriedenheit erledigst, werden wir dich belohnen. Wenn du kooperierst, wirst du vielleicht sogar die Freiheit zurückbekommen … und deine Kinder ebenfalls.«

»Bitte, ich muß wissen …!« sagte Ttan.

Doch der Humanoide hatte sich bereits zurückgezogen. Als die Schleusentür sich rollend schloß, wurde es wieder dunkel.

Erneut begann Ttan zu schreien.

4

Sisko war zu der Erkenntnis gelangt, daß Bajoraner sich von anderen humanoiden Völkern durch die Falten auf der Nase unterschieden – und durch ihre Dünnhäutigkeit. Der Sekretär des Rates für Ökologische Aufsicht, der gerade auf dem Hauptbildschirm in der Zentrale zu sehen war, gab ihm keinen Anlaß, diese Erkenntnis zu revidieren.

»Nein! Auf gar keinen Fall«, erklärte der Sekretär mit Nachdruck. Nur sein Kopf und die Schultern waren auf dem ovalen Schirm sichtbar. Pova war ein junger Mann mit perfekt frisiertem blondem Haar und strahlend weißen Zähnen. Er hatte die selbstgerechte Art eines Menschen, der plötzlich in eine Machtposition gelangt war und sie mehr genoß, als gut für ihn war. »Sie werden die Horta-Eier unter gar keinen Umständen auf die Oberfläche Bajors transferieren.«

»Sekretär Pova«, sagte Sisko diplomatisch, »ich war davon ausgegangen, daß die Hortas ausdrücklich nach Bajor eingeladen wurden, um ein Bergbauprojekt zu unterstützen.«

»Dieses Abkommen«, erwiderte Pova, »wurde von einem Konsortium privater Unternehmer getroffen, die ihre verantwortungslosen Pläne in die Tat umsetzten, ohne sich um eine Genehmigung der provisorischen Regierung zu kümmern. Nachdem wir durch die bedauernswerte Entführung Kenntnis vom gesamten Projekt erhalten haben, können wir nicht mit gutem Gewissen tatenlos zusehen, wie fremdartige Lebensformen die empfindliche Ökologie unseres Planeten stören.«

Sisko unterdrückte ein Stöhnen und bemühte sich, eine zuversichtliche Haltung zu wahren, auch wenn die Ereignisse jetzt diese unangenehme Wendung genommen hatten. Er wußte nicht, ob die offiziellen Stellen von Bajor wirklich nicht über das Bergbauprojekt mit den Hortas informiert gewesen waren. Vermutlich hatten sich die politischen Kräfteverhältnisse wieder einmal verschoben, so daß jetzt der konservative Flügel größeren Einfluß gewonnen hatte. Das war nichts Ungewöhnliches, denn die provisorische Regierung, die nach dem Abzug der Cardassianer hastig zusammengestellt worden war, stellte eine lockere Koalition aus konkurrierenden Fraktionen dar, die ihre Politik bei jedem Vollmond änderte, wie es schien. Und Bajor hatte mehrere Monde …

Diese politische Instabilität, rief er sich ins Gedächtnis, war einer der Hauptgründe für die Präsenz von Starfleet in diesem System. Er überlegte, ob er sich an Vedek Bareil wenden sollte, der vermutlich der einflußreichste Freund der Föderation auf Bajor war. Doch im Gegensatz zur nicht mehr verfügbaren Kai Opaka war Bareils Macht begrenzt – und seine religiöse Autorität dürfte es ihm kaum erlauben, sich in Probleme des bajoranischen Bergbaus einzumischen.

Sisko holte tief Luft und versuchte noch einmal, an die Vernunft des Sekretärs zu appellieren. »Es mag durchaus sein, daß bei der Planung nicht alle Vorschriften eingehalten wurden«, gestand er ein, »doch die Tatsache bleibt bestehen, daß ich hier zwanzig Eier habe, und in jedem steckt ein Intelligenzwesen, das mit Sicherheit ausschlüpfen wird, bevor sich die Möglichkeit ergibt, sie nach Janus VI zurückzubringen. Es könnte sich inzwischen um *Waisenkinder* handeln, Pova, und sie sind biologisch nicht an das Leben in einer Raumstation angepaßt.« Wieder stellte Sisko sich eine Horde von Horta-Babys vor, die außer Kontrolle geraten war. Welche Seite würde mehr unter einer solchen Situation leiden – die Hortas oder *Deep Space Nine*? »Sie gehören auf einen Planeten, in den festen Untergrund, nicht in den freien Weltraum.«

Es bestand kein Zweifel, daß Sekretär Pova sich nicht von dem Hinweis auf die Waisenkinder rühren ließ. »Das ist ein Problem der Föderation«, erklärte er. »Meine oberste Priorität ist die ökologische Unversehrtheit Bajors. Die Eier bleiben, wo sie sind.«

»Wenn wir sie jetzt mit einem Shuttle nach Bajor schicken«, erwiderte Sisko, »muß es sich keineswegs um eine dauerhafte Lösung handeln.«

»Nein.« Das Büro des Sekretärs sah tadellos sauber aus und war vielleicht sogar frisch gestrichen. Wenn Bajor sich in Transporterreichweite befände, überlegte Sisko mürrisch, würde er die Eier direkt auf Povas Schreibtisch beamen lassen.

»Sie haben unter Umständen ihre Mutter verloren, Pova.« Genauso wie Jake Jennifer verloren hatte, dachte Sisko und spürte einen Stich der Sympathie für die ungeborenen Hortas. Er fragte sich, ob Ttan einen Partner oder eine Familie auf Janus VI hatte, und hoffte, ihnen keine Todesnachricht schicken zu müssen.

»Sie verschwenden meine Zeit, Commander«, sagte Pova. »Unsere Entscheidung ist endgültig. Die Hortas erhalten keinen Zutritt zu Bajor.«

Bis die Koalitionsregierung es sich wieder anders überlegt, dachte Sisko. *Aber wie lange wird es diesmal dauern? Diese Angelegenheit ist noch nicht erledigt, Pova,* schwor er sich, während er völlig ruhig feststellte: »Ich gehe davon aus, daß wir noch einmal über die Sache reden werden. Vorläufig will ich Sie nicht länger bei Ihrer Arbeit stören. Sisko Ende.«

Povas Bild verschwand vom Schirm und wurde durch den Anblick des Weltalls ersetzt. Auf Siskos Befehl sollte der Hauptschirm die cardassianische Grenze zeigen, bis Kira zurückkehrte, falls er nicht für andere Zwecke benötigt wurde. Das Wurmloch war im Augenblick ohnehin unsichtbar. Sisko entspannte seine Schultern, beugte sich vor und stützte sich auf das Geländer, das die obere Ebene der Zentrale begrenzte. Er blickte sich in der Operationszentrale um. Alle wichtigen Stationen waren mit Ersatzleuten besetzt, der Situationstisch allein von vier Offizieren, doch die OPS wirkte ohne Dax oder Kira leer. Links von Sisko bastelte Miles O'Brien an einem trapezförmigen Anzeigeschirm der technischen Station herum. In *Deep Space Nine* schien die Kette der kleineren Pannen niemals abzureißen, so daß O'Brien ständig zu tun hatte.

O'Brien blickte von seiner Reparaturarbeit auf und grinste Sisko voller Mitgefühl an. »Er war nicht gerade sehr kooperativ, was?« sagte O'Brien, während er mit einer Kopfbewegung auf den Hauptschirm deutete.

»Nein. Ich denke, wir sind vorläufig auf uns selbst gestellt. Wurden die Eier sicher untergebracht?«

»Ja, Sir. In einer unmöblierten Suite auf Deck fünfzehn. Es war ein Wunder, daß überhaupt noch ein Zimmer frei war, nachdem die Massen eingefallen sind, um diese ›Erleuchtung‹ zu bestaunen.« O'Brien kam zu Sisko herüber. »Dürfte ich Sie fragen, ob Sie schon etwas von Major Kira und den anderen gehört haben?«

Sisko schüttelte den Kopf. »Solange sie sich im cardassianischen Sektor befinden, sollen sie absolute Funkstille halten.« Seine Hände klammerten sich fester um das Geländer. »Es ist eine vernünftige Vorsichtsmaßnahme. Wir können nur abwarten – und auf diese Eier aufpassen.«

»Ach, Sie kennen sicher das Sprichwort: Zähle niemals deine Hortas, bevor sie geschlüpft sind.« O'Briens breites Grinsen verschwand bald wieder, als Sisko ihn mit verständnislosem Blick anstarrte. »Ähem, das sollte ein Scherz sein, Sir.«

»Ich weiß, Chief. Machen Sie weiter.« Sisko marschierte in sein Büro und ließ hinter sich die Tür zugleiten. *Dieser verdammte Sekretär Pova,* regte er sich auf, *und sein genauso verdammter Rat für Ökologische Aufsicht! Lieber würde ich mich mit Quark herumärgern, denn einen Ferengi kann man wenigstens bestechen!* Der Gedanke, daß diese zwanzig jungen Hortas von demselben Planeten zurückgewiesen wurden, für den ihre Mutter vielleicht ihr Leben gelassen hatte, machte ihn wütend, zumal die Situation ihn auf unangenehme Weise an seinen eigenen mutterlosen Sohn erinnerte. *Was wäre gewesen,* spekulierte er unwillkürlich, *wenn Jennifer und ich in der Schlacht bei Wolf 359 gestorben wären und Jakes Schicksal in den Händen irgendeines aufgeblasenen Bürokraten gelegen hätte?* Sisko schwor sich, daß er alles tun würde, was in seiner Macht stand, um Ttans Kinder zu beschützen, bis Kira die Horta-Mutter unversehrt zurückgebracht hatte.

Gott sei Dank, dachte er, mußte er sich wenigstens keine Sorgen um Jakes Sicherheit machen.

»Du mußt verrückt sein!« flüsterte Jake Sisko aufgeregt. »Odo wird uns bestimmt dabei erwischen!«

Nog wischte Jakes Einwände mit einer beiläufigen Handbewegung beiseite. »Weißt du, daß du richtig paranoid wirst, wenn es um Odo geht? Er kann doch nicht überall sein.«

»Ja«, erwiderte Jake, »aber er könnte *alles* sein.«

Die zwei Jugendlichen kauerten hinter einem grauen Trägerelement aus Rhodinium vor der Suite Nummer 959. Es war noch früh am Tag, und dieser Abschnitt des Habitatrings war nicht sehr bevölkert. Nur ein paar ermüdete Händler, die nach den Spielen und Saufgelagen einer langen Nacht in Quarks Bar zu ihren Schiffen zurücktaumelten, waren während der vergangenen halben Stunde an Jake und Nog vorbeigekommen. Eine bajoranische Sicherheitswächterin fand sich in regelmäßigen Zeitabständen zu einem Routinecheck an der Suite ein. Nach Nogs Schätzung würde sie frühestens in zwanzig Minuten zurückkehren. Jake war sich nicht sicher, ob er sich auf Nogs Berechnungen verlassen konnte. Schließlich hatte er oft genug gesehen, wie Nog seine Schulaufgaben gelöst hatte …

»Ich verstehe überhaupt nicht«, sagte Jake, »was an ein paar Eiern so interessant sein soll.« Obwohl beide knieten, war Jake immer noch einen Kopf größer als der junge Ferengi. Um nicht aufzufallen, hatte Jake seinen dunkelsten Overall angezogen. Der unverschämte Nog dagegen trug ein helles orangefarbenes Hemd und eine knallrote Hose. Die metallischen Fasern seines Kopfschmucks hinter den Ohren glitzerten auffällig.

»Aber es sind doch *Horta*-Eier!« Nogs Augen leuchteten mit derselben Begeisterung, die er normalerweise nur für in Gold gepreßtes Latinum entwickelte – oder für alles, was halbwegs weiblich aussah.

»Na und?« fragte Jake.

»Nun … äh … das heißt …« Nog schien nicht bereit zu sein, die Vorstellung von einem traumhaften Profit aufzugeben, nur weil es keine stichhaltige Begründung dafür gab. »Die Cardassianer wollten sie haben, richtig? Also müssen sie etwas wert sein!«

»Aber das wäre Diebstahl«, protestierte Jake. Er wollte nicht schon wieder der Spielverderber sein, und die Möglichkeiten, auf *DS Nine* Spaß zu haben, waren dünn gesät, doch er hatte das Gefühl, daß er und Nog drauf und dran waren, mit dieser Sache eindeutig zu weit zu gehen. Sein Gewissen ermahnte ihn pausenlos mit einer Stimme, die verdächtig der seines Vaters ähnelte.

Natürlich war Diebstahl für einen Ferengi nur eine Kleinigkeit. Jake sah, wie Nog die Einwände seines Freundes mit einem Augenzwinkern abtat, während er sich gleichzeitig das Hirn zermarterte, weil er wußte, daß für Jake ein ›Na und?‹ als Antwort nicht genügte.

»Wir werden uns nur eines *ausborgen*«, sagte Nog statt dessen. »Außerdem ist es ein ganzer Haufen Eier, und niemandem wird es auffallen, wenn eines fehlt.«

»Ich dachte, es wären Horta-Eier von ausgesuchter Kostbarkeit«, sagte Jake, wobei er Nogs inbrünstige Gier treffend nachahmte. *Ha!* dachte er. *Jetzt habe ich dich.*

Nog ließ sich durch logische Argumentationen nicht beeindrucken. »Konsequenz ist eine menn-schliche Eigenschaft«, sagte er, wobei er das Wort ›menschlich‹ auf eine Art und Weise dehnte, die es geradezu obszön klingen ließ. »Komm schon, bist du nun ein Spielverderber oder nicht?«

Jake dachte kurz darüber nach, ob er mit dem Kopf gegen den Stahlträger schlagen sollte. Wieso wurde er immer wieder in solche Schwierigkeiten hineingezogen? Dabei kannte er die Gründe sehr gut. Erstens langweilte er sich, und zweitens war Nog sein einziger richtiger Freund. Trotz der gemeinschaftlichen Bemühungen seines Gewissen und seines Verstandes konnte er sich selbst nicht davon überzeugen, daß irgendein seltsames Alien-Ei wichtiger als einer dieser zwei Gründe sein sollte. »Okay, ich bin dabei. Wir wollen es hinter uns bringen.«

»Ja, ja, ja!« jubelte Nog begeistert. Die Jungen sprangen auf, schossen hinter dem Träger hervor und wären fast mit einer großgewachsenen bajoranischen Sicherheitswächterin zusammengestoßen.

Die Frau war mindestens 1,80 Meter groß, hatte gut entwickelte Muskeln – und eine beeindruckende Figur –, die sich deutlich unter ihrer braunen Uniform abzeichneten. Ihr strenger Gesichtsausdruck schien sich fest in ihre Züge eingebrannt zu haben. »Solltet ihr zwei nicht in der Schule sein?« sagte sie. Es klang eher wie eine Feststellung als eine Frage.

Nogs Kiefer klappte herunter. Sein Mund stand offen, ohne daß er ein Wort herausbrachte, so daß er wie eine Forelle aussah, die an einem Angelhaken hing. War er sprachlos vor Angst, überlegte Jake, oder überwältigt von der Nähe der imposanten Kurven dieser Frau? Vermutlich spielte beides eine Rolle. *Ich werde ihn umbringen,* dachte Jake, *vorausgesetzt, wir überstehend diese Sache lebend.*

»Die Schule beginnt erst in einer Stunde«, erklärte Jake schnell. »Wir sind dabei, den Umfang des Habitatrings zu vermessen ... eine Projektaufgabe für die Geometriestunde.« In Wirklichkeit hatte Nog schon seit Tagen nicht mehr an Mrs. O'Briens Unterricht teilgenommen, doch Jake sah keinen Grund, auf diesen Punkt hinzuweisen. »Wir waren genau bis fünfhundertfünfzig Schritte gekommen, stimmt's, Nog?« Er versetzte seinem Freund einen unsanften Ellbogenstoß. »Stimmt's?«

»Ja, sicher«, platzte Nog heraus. »Fünfhundertsechzig, natürlich!«

Die Sicherheitswächterin musterte die zwei Jungen skeptisch. Die Falten auf ihrer Nase schienen sich noch zu vertiefen. »Für eine sorgfältige Zählung seid ihr aber recht schnell gelaufen.«

»Wenn wir rennen, können wir besser zählen!« redete Nog sich heraus. Jake stöhnte innerlich auf.

»Außerdem wollen wir auf keinen Fall zu spät zum Unterricht kommen«, fügte er hinzu. *Bitte,* dachte er, *rufen Sie nicht meinen Vater. Ich habe immer noch Schwierigkeiten wegen dieser Sache mit Odos Eimer und dem Haferschleim.*

Die Frau starrte sie schweigend an – wie es schien, für die Dauer einer transgalaktischen Reise, und zwar mit Impulskraft. Eine dünne Schweißschicht bildete sich auf Jakes Rücken. Nog schützte nervös seine riesigen Ohren.

»Also gut«, sagte sie schließlich. »Dann will ich euch nicht länger aufhalten.«

»Ja, Sir, Madam!« sagte Jake, der vor Erleichterung beinahe geplatzt wäre. Er packte Nog am Arm und entfernte sich mit langen, eiligen Schritten von der Suite 959. »Fünfhunderteinundfünfzig, fünfhundertzweiundfünfzig, fünfhundertdreiundfünfzig …«

»Fünfhundertvierundsechzig«, sagte Nog an seiner Seite, »fünfhundertfünfundsechzig …«

Bei allen Wurmlöchern der Galaxis! fluchte Jake stumm. Als er einen Blick über die Schulter warf, sah er, daß die Sicherheitswächterin ihnen nachschaute, die Hände in die Hüften gestemmt und das Gesicht mißtrauisch verzogen. »Menschliche Schritte entsprechen eins Komma fünf Ferengi-Schritten«, rief er ihr zur Erklärung zu. Er hoffte, daß er nicht so idiotisch klang, wie er sich fühlte.

Endlich bogen sie um eine Ecke und verließen das Blickfeld der Bajoranerin. Jake ließ sich erschöpft gegen die Korridorwand sinken. Sein Herz pochte rasend. Der Schweiß auf seinem Rücken kühlte sich zu einer Eisschicht ab. *Wenn das hier ein schlechtes Holoprogramm gewesen wäre,* dachte er, *würde ich jetzt in Ohnmacht fallen.*

Nog jedoch schien erst richtig aufzuleben, nachdem sie in Sicherheit waren. »Wir haben den Gesetzeshütern ein Schnippchen geschlagen!« jubelte er und vollführte mit ein paar Luftsprüngen einen Siegestanz. »Gibt es etwas Aufregenderes?« Er grinste seinen skeptischen Kameraden an. »Eine Projektaufgabe! Das war einfach genial … fast so gut wie das, was ich sagen wollte. Bist du sicher, daß sich unter deinen Vorfahren kein Ferengi befand?«

»Absolut«, antwortete Jake, während er sich klarzumachen versuchte, daß Nog diese Frage als Kompliment gemeint hatte. Allmählich schlug sein Herz wieder in normalem Tempo.

Nog drehte seine Ohren in die Richtung, aus der sie gekommen waren. »Sehr gut«, sagte er begeistert. »Ich kann ihre Schritte hören. Sie geht in die andere Richtung.« Ohne Jake nach seiner Meinung zu fragen, rannte er zur Suite zurück. Auf halber Strecke blieb er nur so lange stehen, um sich nach Jake umzusehen. »Worauf wartest du?« fragte er mit ehrlicher Verwunderung. »Beeil dich!«

Ich glaube es einfach nicht! dachte Jake. *Und ich glaube es nicht, daß ich immer noch dabei bin!* Er lief los und holte Nog vor der Tür zur Suite ein. Der Ferengi war bereits damit beschäftigt, einen weißen Kristall am Schloß neben der Tür zu befestigen. Jake mußte nicht fragen, woher das Gerät plötzlich gekommen war. Wie die meisten Ferengi hatte Nog seine Taschen auf der Innenseite der Kleidung. »Ist das etwas, das du dir von deinem Onkel ›geborgt‹ hast?« fragte Jake.

»Ich habe es von einem felinoiden Einbruchspezialisten bekommen, und zwar im Austausch gegen ein eeiauoanisches Pornoprogramm.« Er zuckte beiläufig mit den Schultern. »Ich stehe nicht auf Katzen.«

Der Kristall begann zu funkeln, während seine Färbung schnell das gesamte Spektrum von weiß bis schwarz durchlief. Er arbeitete völlig lautlos, was Jake überhaupt nicht wunderte, wenn er bedachte, für welchen Zweck das Gerät entworfen worden war. Daß es vorher einem professionellen Dieb gehört hatte, machte die Angelegenheit für Jake keinen Deut angenehmer. »Warte doch mal, Nog!« setzte er zu einem Protest an.

Zu spät. Beim dritten Durchlauf fixierte sich das Gerät auf einen Farbton zwischen Rosa und Hellviolett. Es blinkte dreimal, dann glitten die zwei Hälften der robusten Tür in die angrenzenden Wände zurück. Nog rieb sich die Hände und flitzte in den Raum. Mit einem resignierten Seufzer folgte Jake ihm.

Als sie eintraten, wurde automatisch eine schwache Beleuchtung aktiviert. Jake stand in einer gruftartigen Kammer, die etwa halb so groß wie das Wohnquartier war, das er mit seinem Vater teilte. Graffiti in fremdartigen Schriftzeichen verunstalteten die Wände, der Boden war zerschrammt und mußte dringend erneuert werden. Kein Wunder, dachte Jake, daß die Suite bis auf die Eier völlig leer war.

Sie lagen wie Bowlingkugeln aufgereiht auf einer etwa einen Meter hohen dreieckigen Plattform. »Vorsicht«, sagte Nog, »hier gibt es so eine Art Stasisfeld.« Um es zu demonstrieren, schob er seine Hände in die Nähe der Eier. Sofort wurden seine Finger durch knisternde blaue Energie zurückgestoßen. Nog schien über die Abschirmung eher belustigt als besorgt zu sein, wie Jake bemerkte, als er sich ihrem Ziel näherte. Er hielt sich mindestens einen halben Meter vom unsichtbaren Feld entfernt und starrte die Eier an, während Nog auf Knien herumkroch und den Feldgenerator inspizierte. Die Eier sahen alle völlig identisch aus. Es waren vollkommene Kugeln mit einem metallischen Schimmer, die etwas kleiner als ein altertümlicher Basketball waren. Im schwachen Licht hatte er Schwierigkeiten, die genaue Färbung der Eier zu bestimmen. Sie lag irgendwo zwischen violett und kupferrot, je nachdem, aus welchem Winkel man sie betrachtete. Wuchsen in ihrem Innern tatsächlich Lebensformen heran? Es war schwer zu glauben, denn die Kugeln sahen eher wie eine geologische Kuriosität als etwas Lebendiges aus.

Aber schließlich war er während seiner Reisen zusammen mit seinem Vater schon anderen ungewöhnlichen Lebensformen begegnet. Humanoide Spezies waren am häufigsten, doch Jake wußte sehr gut, daß nicht alles Leben terranischen Vorbildern entsprach. Das Universum – und sogar die Föderation – war voller seltsamer und exotischer Lebewesen, wie zum Beispiel die ›nichtlinearen‹ Intelligenzen, die sein Vater im Wurmloch entdeckt hatte. Oder Q, der wie ein Mensch aussah, aber keineswegs einer war. Oder *das*, was während ihres ersten Jahres auf der Station in den Rollen von Buck Bokai, Lieutenant Dax und diesem Troll aufgetreten war. Oder auch Constable Odo.

Als er an den Sicherheitsoffizier der Station dachte, schoß Jake wieder durch den Kopf, in welche Schwierigkeiten sie geraten konnten, wenn sie erwischt wurden. Er blickte sich nervös in der leeren Suite um und war froh, daß es keine herumliegenden Objekte gab, als die der Gestaltwandler sich hätte tarnen können – falls er sich nicht in eins der Eier verwandelt hatte!

»Was machst du da?« fragte er Nog flüsternd. »Wo liegt das Problem?«

»Es gibt kein Problem«, antwortete Nog. Er berührte mit den Fingern eine Kontrollfläche, die am unteren Rand der Plattform angebracht war. »So! Jetzt kannst du zugreifen.«

Jake streckte zögernd die Hände nach einem Ei aus, während er insgeheim mit einem Energieschock rechnete. Doch nichts geschah. Er spürte keinen Widerstand. Seine Hand berührte die glatte, metallische Hülle, die sich überraschend kühl anfühlte. Er mußte grinsen. Es war viel zu einfach! Offenbar war das Feld nur dazu gedacht, die Eier vor äußeren Einflüssen zu schützen, aber nicht … vor dem Ausborgen.

Nog sprang auf und flitzte um die ungeschützten Eier herum, während sein rotbraunes Gesicht strahlte. »Nimm das da!« schlug er vor. »Nein, nein, *das* da! Oder warte mal, vielleicht lieber dieses hier …!«

»Nog!« sagte Jake geduldig. »Sie sind alle völlig gleich.« Er erkannte plötzlich, daß er genauso wie sein Vater klang, wenn er mit Dr. Bashir sprach. »Such dir eins aus, und dann laß uns gehen.«

»Aber welches nur?« jammerte Nog, der sich vor lauter Gier nicht entscheiden konnte. »Vielleicht sollten wir vorsichtshalber mehrere mitnehmen …«

»Kommt nicht in Frage!« sagte Jake.

»Aber ...« Nogs Blicke huschten in schneller Folge zwischen seinem Freund und den Eiern hin und her.

»Nein«, sagte Jake entschlossen. Er holte ein Handtuch hervor, das er sich vor der Aktion in den Stiefel gesteckt hatte. Irgendwo gab es für ihn eine Grenze. Selbst Nog konnte ihn nicht bis zum Äußersten treiben. Er suchte sich wahllos irgendein Ei aus und hob es vorsichtig von der Plattform, um es in das weiche weiße Handtuch zu wickeln. Einen Moment lang hatte er das Gefühl, im Ei hätte sich etwas bewegt, als hätte sich plötzlich der Schwerpunkt verschoben, aber dann schrieb er es seiner Aufregung zu. Diese Bajoranerin konnte jeden Augenblick zurückkehren!

Das gestohlene Ei hinterließ eine leere, kreisrunde Mulde auf der Oberfläche der Plattform, eine vorwurfsvolle Lücke, die Jake wie eine stumme Anklage ins Auge stach. Er wandte schnell den Blick ab. »Wir müssen verschwinden«, sagte er zu Nog. »Und zwar sofort!«

Der Ferengi zögerte noch einen Moment und starrte auf die übrigen Eier, als wollte er die gesamte Beute mit den Augen stehlen. Er strich mit der Zunge über seine spitzen, ungleichmäßigen Schneidezähne.

»Nog!«

Mit einem schmerzvollen Gesichtsausdruck wandte Nog sich von den Eiern ab und lief mit Jake nach draußen in den Korridor. Jake blickte sich im Gang um, während Nog hastig den Kristall vom Verschlußmechanismus entfernte. Zum Glück war niemand zu sehen. Als die Tür der Suite wieder zuglitt, waren die zwei Jungen bereits einige Meter entfernt. Jake drückte das eingewickelte Horta-Ei an seine Brust und lief schnell zum nächsten Turbolift, während Nog mit ihm Schritt zu halten versuchte.

Es könnte sein, dachte Jake, *daß menschliche Schritte wirklich eins Komma fünf Ferengi-Schritten entsprechen.*

Nog war ziemlich außer Atem, als sie den Turbolift erreichten. Er knurrte leise vor sich hin. Warum mußten Menschen so lange Beine haben? Das war ein ungerechter Vorteil, während ungerechte Vorteile eigentlich das Vorrecht der Ferengi waren. Doch wenn es um weibliche Menschen ging, hatte er im Grunde nichts gegen diese erstaunlichen Beine ohne Ende einzuwenden. Zu schade, daß sie die Angewohnheit hatten, sie meistens zu verhüllen. Lieutenant Dax zum Beispiel. Wenn er nur an sie dachte, ohne Uniform, und überhaupt ohne alles, dann juckten ihn bereits die Ohren. Wenn er sich vorstellte, sie beide wären allein irgendwo gestrandet...

»Sag mal, Nog«, riß Jake ihn aus seinen reizvollen Träumen, »mir ist gerade etwas eingefallen. Hast du das Stasisfeld um die Eier reaktiviert?«

Ein grober Patzer, dachte Nog und fluchte leise. Er hatte das Stasisfeld völlig vergessen. »Ich dachte, das hättest du getan«, erwiderte er hastig und verlegen. Irren war ferengisch, sagte er sich, der Trick bestand nur darin, schnell genug die Schuld auf andere zu schieben.

Zu seiner Überraschung ging Jake gar nicht weiter auf die Schuldfrage ein. »Ich schätze«, sagte sein Freund mit einem Schulterzucken, »es ist ohnehin ziemlich offensichtlich, daß ein Ei fehlt, auch wenn wir das Feld so hinterlassen hätten, wie wir es vorgefunden haben. Und wir erwarten ja in nächster Zeit kein Erdbeben oder eine ähnliche Katastrophe. Die Eier dürften also in Sicherheit sein, richtig?«

»Richtig!« antwortete Nog automatisch. Jake ging offenbar gerade dieser seltsamen menschlichen Angewohnheit nach, seine Handlungen zu ›rechtfertigen‹, um ›sein Gewissen zu beschwichtigen‹. Nog verstand zwar nicht, warum Menschen so etwas taten, aber er kannte die Symptome dieses Verhaltens. Manchmal mußten Menschen regelrecht dazu überredet werden, im Sinne ihrer eigenen Interessen zu handeln. *Jake hat Glück,* dachte er, *daß er einen Partner wie mich hat, der ihn auf die richtige Bahn bringt.*

Der Turbolift setzte sie auf der Promenade ab. Wie Nog sich ausgerechnet hatte, herrschte zu dieser Tageszeit nicht viel Betrieb zwischen den Geschäften und Ständen. Obwohl Tag und Nacht auf *DS Nine* natürlich völlig abstrakte Begriffe waren, hielten sich die meisten Leute aus Bequemlichkeit an die Starfleet-Zeit. Vor allem auf der Promenade war es praktisch, regelmäßige Stunden für die Geschäfte – und das Vergnügen – zu haben. So früh am Morgen wurden die meisten Geschäfte, je nach ihrem Angebot, gerade geschlossen oder geöffnet.

Theoretisch hatte Quarks Bar rund um die Uhr geöffnet, doch als die beiden dort eintrafen, war so gut wie nichts los. Nur eine Handvoll Unentwegter und frisch Eingetroffener besetzten die Tische, wo sie Mahlzeiten aus dem Replikator einnahmen oder erfolglos versuchten, sich mit extrem verdünntem Synthehol zu betrinken. (Nog wußte, daß die harten Sachen erst dann serviert wurden, wenn Hochbetrieb an den Spieltischen herrschte.) Ein knochiger, lindgrüner Asominier, dessen Spezies nur alle zwanzig Jahre Schlaf brauchte, flirtete schamlos mit einem Dabo-Mädchen.

Quark selbst war nirgendwo zu sehen, was Nog nicht überraschte. Sein Onkel war selten vor Mittag auf den Beinen, und dann verbrachte er erst einmal ein oder zwei Stunden in einer Holokammer. Ein entfernter Vetter namens Chram hielt die Bar während der Morgenschicht besetzt. Büschel aus grauem Haar wuchsen dem Barkeeper aus den großen Ohren. *Wenn ich einmal so alt bin,* schwor sich Nog, *werde ich nicht mehr für meine reicheren Verwandten arbeiten.* Er winkte Chram flüchtig zu, während er Jake nach hinten in die Lagerräume führte. Chram blickte ihn nur finster an. Der ältere Ferengi war von Natur aus kein Frühaufsteher.

Im Gegensatz zum Glamour der öffentlich zugänglichen Bar waren die hinteren Räume ein Labyrinth aus Kisten, Kammern und Kabuffs, die großzügig mit schrägen Winkeln und Nischen ausgestattet waren. Schließlich wußte man nie, wie Nog schon mehrere Male erfahren hatte, wann man einmal einen abgeschiedenen Ort brauchte, um … was auch immer zu erledigen. Er führte Jake zu einer kaputten Kühleinheit, die von einer Kiste mit geschmuggeltem cardassianischem Wein und einem Stapel aus Datenscheiben mit antibajoranischer Propaganda flankiert wurde. Mehrere mit einer dicken Staubschicht überzogene Fünfliterflaschen mit Kamoy-Sirup standen auf den Kisten.

»Seit die Cardassianer abgezogen sind«, erklärte er, »fragt kaum noch jemand nach diesen Sachen. Mein Onkel wartet nur auf einen günstigen Zeitpunkt, um den Krempel abzustoßen – mit angemessenem Profit, versteht sich.« Er tippte auf die Kontrollen der Kühleinheit und schlug dann mit der Faust gegen die seitliche Verkleidung. Mit einem lauten Schmatzgeräusch öffnete sich der Deckel. »Da drinnen wird das Ei in Sicherheit sein. Gib es her.« Innerlich gratulierte er sich, daß er Jake dazu gebracht hatte, das gestohlene Ei die ganze Zeit an seinem Körper zu tragen. Auch wenn die menschliche Vertrauensseligkeit manchmal verwirrend war, hatte sie eindeutig ihre praktischen Seiten.

»Hier«, sagte Jake, während er langsam das Ei auswickelte. »Junge, bin ich froh, das Ding endlich loszuwerden.«

Um so froher bin ich, es mir nehmen zu können, dachte Nog.

Unter den Stoffschichten kam das schimmernde Horta-Ei zum Vorschein. Zum ersten Mal fragte sich Nog, was ein Horta eigentlich war und was er jetzt mit dem Ei anfangen sollte. Er streichelte nachdenklich sein rechtes Ohr. Ganz gleich. Es würde auf jeden Fall Profit abwerfen. Das wußte er ganz genau.

Seine Finger juckten ihn, das Ei zu berühren. Warum brauchte Jake so lange? Er wollte das Ei jetzt haben!

Doch sein menschlicher Freund gab es ihm nicht sofort, sondern blickte verwundert auf die halb enthüllte Kugel. »Seltsam«, sagte Jake. »Es fühlt sich wärmer an als zuvor.« Nachdem er es ganz ausgewickelt hatte, kam seine Hand erstmals wieder in direkten Kontakt mit der metallisch schimmernden Hülle. »Autsch! Verdammt! Aah!« schrie Jake plötzlich und riß seine Hand vom Ei zurück. Entsetzt sah Nog, wie seine Beute auf den harten Molybdänitboden fiel.

»Du ... du Menn-sch!« rief er wütend. Das Ei polterte mit einem lauten Knall auf den Boden, so daß Nogs Ohrmuscheln zusammenzuckten. Dann rollte es in den hinteren Bereich des Lagerraums. Jake wedelte heftig mit den Fingern und blies sich dann in die Handfläche.

»Ich habe mich daran verbrannt!« sagte Jake und zeigte ihm die gerötete Haut an seiner Hand. Nog bedachte die Verbrennung, die so schlimm nun wirklich nicht sein konnte, mit einem kurzen Blick, bevor er sofort dem Ei nachsetzte. Seine Hauptsorge war, daß das Ei vielleicht beschädigt worden war. Er sah, wie die rollende Kugel von einer Kiste mit klingonischen Kriegsspielen aufgehalten wurde. Nog streckte begierig die Hände danach aus. »Warte!« schrie Jake hinter ihm. »Sei vorsichtig!«

In der letzten Sekunde riß Nog seine Hände zurück. Sein Widerwille gegen Schmerz war fast genauso groß wie seine Gier nach Profit. Er beugte sich über das Ei und suchte die Oberfläche mit seinen kleinen Knopfaugen nach irgendwelchen Rissen oder sonstigen Verformungen ab.

Auf den ersten Blick war keine Beschädigung zu erkennen. *Gesegnet sei der Reinerlös!* dachte Nog dankbar. Dann begann das Ei plötzlich zu zittern. Nog riß die Augen auf. »Jake, komm schnell her! Irgend etwas passiert!« Ein helles knirschendes Geräusch kam aus dem Innern des Eies. Während die zwei Jungen zusahen, begann eine Seite der Kugel in einem schwachen rötlichen Schein aufzuglühen. Dünne Rauchfäden stiegen von der glühenden Seite auf. »Es wird explodieren!« rief Nog und kroch hektisch auf allen vieren zurück. »Lauf!«

Jake packte Nogs Fuß und verhinderte seine Flucht. »Nein, Nog, nein! Verstehst du denn nicht? Es schlüpft!«

Was? Natürlich! »Das wußte ich doch«, sagte Nog sofort in herablassendem Tonfall. »Versteht ihr Menschen denn gar keinen Spaß?«

»Psst!« sagte Jake. »Es geht los!«

Das Ei brach nicht auf. Statt dessen brannte sich etwas durch die Hülle und hinterließ darin ein rauchendes Loch. Das Wesen sah wie ein großer scharlachroter Wurm aus, der etwa einen halben Meter lang war. Seine Haut wirkte wie rohes Fleisch, nur daß darin stellenweise winzige mineralische Bröckchen eingebettet schienen. Ein Saum aus winzigen Fühlern oder Härchen verlief an der Unterkante des Wurmes. Damit schien sich das Geschöpf langsam über den Boden zu schieben, wobei es eine Spur aus verätzten Bodenplatten hinterließ. Das war also ein Horta, dachte Nog. Er fragte sich, wieviel es wohl wert sein mochte. Und wieviel mehr er dafür verlangen konnte.

Doch bevor er mit seiner Kalkulation zu einem Ergebnis gekommen war, kroch das neugeborene Horta – oder besser: ätzte es sich zum nunmehr leeren Ei zurück. Jake und Nog beobachteten, wie es sich ein neues Loch in die Schale brannte und anschließend wieder darin verschwand. »Was ...?« wollte er fragen, doch dann glühte das ganze Ei wie zuvor in rötlichem Schein auf und begann sich dann vor ihren Augen aufzulösen. Weißer Rauch stieg auf und verflüchtigte sich, während die harte Metallschale schmolz und vom Horta-Baby offensichtlich aufgesaugt wurde. Es schien sämtliche Materie zu absorbieren, die nicht verdampft war. Ein oder zwei Sekunden später war nichts mehr von der Eierschale übrig, nur noch ein sich windender roter Wurm, der ein ohrenbetäubendes Kreischen von sich gab, obwohl Nog keine entsprechende Körperöffnung entdecken konnte.

»Was hat es?« fragte er Jake verzweifelt. »Was machen wir jetzt damit?« Und wie, überlegte er in stummem Entsetzen, sollte er dieses kleine ätzende Monstrum vor seinem Onkel geheimhalten?

Jake sah nicht so zuversichtlich aus, wie Nog es sich gewünscht hätte. »Ich glaube, es hat Hunger«, sagte er.

5

»Wann dürfen wir mit etwas mehr Aufregung rechnen, meine Damen?«

Julian Bashir hatte gelangweilt seine Arme auf die Rückenlehne von Major Kiras Sessel gestützt und blickte über ihren Kopf auf die Konsole. Soweit er erkennen konnte, führten Kira und Dax eine Reihe von Sensorsuchläufen durch, die das Weltall rund um das Schiff erfaßten, aber er hätte es nicht beschwören wollen. Kiras Hände tanzten so schnell über die Kontrollen, daß er ihnen kaum noch folgen konnte, und sie nahm sich nicht die Zeit, jeden Schritt zu erklären, den sie gerade ausführte, wie es Chief O'Brien meistens tat. Es überraschte ihn jedoch nicht, wenn er bedachte, unter welchem Zeitdruck ihre Mission stand.

Kira sagte: »Sie stören, Doktor.«

»Oh, Entschuldigung.« *Sie ist nervös,* sagte er sich und zog sich schnell ein Stück zurück. Offenbar war ihr Körper mit der bajoranischen Entsprechung von Adrenalin vollgepumpt, so daß alle ihre Sinne auf den Kampf gerichtet waren… was sie ein wenig gereizt machte. Zweifellos gab es auf der Station jede Menge Informationen über die Auswirkungen von bajoranischem Adrenalin. Er mußte sich einmal mit dem Thema befassen, wenn sie nach *DS Nine* zurückgekehrt waren. Die Sache könnte eine Veröffentlichung wert sein – vor allem, wenn die Bajoraner es schafften, in die Föderation aufgenommen zu werden, und im regulären Dienst auf Starfleet-Schiffen eingesetzt wurden. Er grinste leicht. Wer den ersten Artikel zu einem neuen medizinischen Thema ablieferte, konnte durchaus berühmt werden. Er mußte nur daran denken, wie der Name Leonard McCoy durch sämtliche Berichte über die Hortas geisterte, weil er als erster eine Horta operiert hatte und zum ›Wegbereiter der Horta-Chirurgie‹ geworden war.

»Kein Problem«, sagte Kira kurz angebunden. »Bajoraner haben nur einen ausgeprägten Sinn für ihre Privatsphäre.«

»Sie können mir über die Schulter schauen, Julian«, sagte Dax. »Mich stört es nicht.«

»Vielen Dank, Jadzia!« *Offenbar hat sie meine Bemerkung mit der Schnecke vergessen,* dachte er, *oder sie hat seit dem Tumult im Anschluß an Ttans Entführung keinen Gedanken mehr daran verschwendet.* Er spürte, wie sein Herz für einen Schlag aussetzte. Sie hatte etwas an sich, das ihn mehr erregte, als er es jemals bei irgendeiner anderen Frau erlebt hatte. Er hatte oft genug gehört, wie Chief O'Brien leise etwas über ›jugendliche Schwärmerei‹ gemurmelt hatte, aber Julian wußte, daß es mehr als nur das war. Seine Gefühle waren echt. Wenn er sie nur dazu bringen könnte, ihn zu erhören … und er es schaffte, nicht ständig etwas Dummes zu sagen!

Er stützte sich auf Dax' Rückenlehne und senkte den Kopf, bis er den Duft ihres Haars wahrnahm. Sie benutzte ein leichtes Parfüm, das wie eine Mischung aus andorianischen Wildblumen und Blütenplankton von Cilas XII roch. Genauso wunderschön wie sie, dachte er. Er atmete tiefer ein.

Kira änderte abrupt den Kurs des Flitzers und beschleunigte wieder. Julian wurde nach vorn geworfen und konnte sich gerade noch rechtzeitig abfangen, um nicht gegen Dax' Hinterkopf zu stoßen. Sie unabsichtlich zu beleidigen, war schon schlimm genug, dachte er. Also war es wirklich nicht nötig, daß er sich auf sie stürzte, wenn sie gerade nicht hinsah.

Er warf Kira einen schnellen Blick zu, doch sie schien völlig mit ihren Kontrollen beschäftigt zu sein. Julian runzelte die Stirn. Ein wenig *zu* beschäftigt, stellte er fest. Sie hätte sich zumindest kurz zu ihm umdrehen können, als er fast gestürzt wäre. Anscheinend hatte sie ihn aus dem Augenwinkel beobachtet.

Julian spürte in den Füßen, wie die Vibrationen der Maschinen stärker wurden. Er blickte auf den Monitor und verfolgte den schnellen Flug des Flitzers. Er konnte nicht erkennen, ob der plötzliche Kurswechsel nötig gewesen war. Wenn er es nicht besser wüßte, hätte er gedacht, daß Kira das Schiff absichtlich durchgeschüttelt hatte ... oder litt er unter Verfolgungswahn?

Dann wurde ihm schlagartig die Wahrheit klar, und er mußte sich zusammenreißen, um nicht laut aufzulachen. Kira war eifersüchtig auf Dax! Warum hatte er das nicht schon längst erkannt? Sie ertrug es nicht, wenn er auf ihrer Lehne hing, weil sie sich in seiner Nähe nicht mehr konzentrieren konnte. Schon einige Frauen hatten ihm gesagt, daß er ziemlich attraktiv war – an der Akademie war er sogar fast so etwas wie ein Frauenheld gewesen –, doch er hätte niemals gedacht, daß er sogar Kiras eiskalte Professionalität durchdringen konnte. Wenn die Mission vorbei war, mußte er ihr auf irgendeine Weise schonend die Wahrheit beibringen. So sehr er ihre Fähigkeiten als Offizier schätzte – Kira entsprach nicht gerade seiner Vorstellung von einer idealen Partnerin.

»Wo sind wir jetzt?« fragte er. Es wäre das beste, wenn er Kira dabei half, sich voll und ganz auf die Arbeit zu konzentrieren.

»Auf dem letzten bekannten Kurs des cardassianischen Angreifers«, antwortete Dax statt dessen. »Wir fliegen mit halber Impulskraft. Ich scanne die Umgebung auf Subraumverzerrungen.«

Eine Anzeige begann auf Kiras Monitor zu blinken.

Julian beugte sich unwillkürlich hinüber, und als Kira ihm einen kurzen Blick zuwarf, erwiderte er ihn mit seinem freundlichsten Lächeln. *Brich ihr jetzt nicht das Herz,* dachte er. *Das muß bis zum Ende der Mission warten. So ist es das beste für alle Beteiligten.*

»Ich habe es«, sagte Dax und zeigte auf etwas, das für Julian wie eine blaßgraue Schliere aussah. »Dieses Muster kann nur von den Plasmaspulen eines Warpgenerators stammen. Major?«

»Die Anzeige ist sehr diffus«, sagte Kira langsam.

»Daran könnte das Wurmloch schuld sein«, schlug Julian vor, obwohl er sich seiner Sache nicht sicher war. Diese Thematik lag weit außerhalb seines Fachgebiets.

»Nein«, sagte Dax, »es gibt keinen Zweifel, daß da *etwas* ist. Ich will versuchen, ob sich die Werte durch den Computer aufbereiten lassen ...«

Julian sah zu, wie die dreidimensionale Darstellung des Weltraums rings um den Flitzer von Dax' Monitor verschwand, und sich dann in verwirrend schneller Folge immer wieder neu aufbaute. Jedes Bild zeigte mehr Details in der diffusen Ionenwolke.

»Ich werde eine Simulation starten«, sagte Dax, »und sie auf der Datengrundlage der normalen Drift und der Verzerrungen durch das Wurmloch rückwärts ablaufen lassen.«

Nach einer weiteren schnellen Bildfolge zog sich die verwischte Ionenwolke plötzlich zu etwas zusammen, was Julian als deutliche Spur ionisierter Partikel erkannte. Dax hatte recht gehabt, wurde ihm jetzt klar. Es gab keinen Zweifel mehr. Hier hatte ein Sternenschiff beschleunigt, und zwar vor gar nicht allzu langer Zeit.

»Bingo!« sagte Dax.

»Was?« fragte Kira.

»Ein alter Ausdruck von der Erde«, erklärte Julian, während er ein wenig stolz auf sich war, daß er ein so archaisches Wort kannte. Fürwahr, seine Seminare in klassischer irdischer Poesie hatten sich endlich bezahlt gemacht. »Es bedeutet, daß wir es gefunden haben.«

»Das sehe ich selbst!« erwiderte Kira barsch. »Schnallen Sie sich an, Doktor. Wir gehen in zehn Sekunden auf Warpgeschwindigkeit.«

In zehn Sekunden? wunderte sich Julian. Er zog sich sofort in den hinteren Bereich des Flitzers zurück. Die fünf Mitglieder des Sicherheitsteams hatten sich die ganze Zeit nicht von ihren Plätzen erhoben. Als er ihre Gesichter studierte, erkannte er darin eine Ausdrucksskala, die von Belustigung bis Bewunderung reichte. Offenbar hatten sie auf jedes Wort gelauscht, das vorne gesprochen worden war, erkannte er … und jede seiner Bewegungen beobachtet. Er schluckte. *Ich hoffe, sie haben nicht bemerkt, wie ich an Dax' Haar geschnuppert habe.* Dann zuckte er innerlich die Schultern. *Was soll's,* dachte er dann, *heute scheint sowieso mein Fettnäpfchentag zu sein.* Hoffentlich gab es nicht zu viele wilde Gerüchte über Dax und ihn, wenn sie zur Station heimgekehrt waren.

Er ließ sich in seinen Sitz fallen und befestigte die Gurte. Er wußte, daß sie es eilig hatten, aber zehn Sekunden waren wirklich sehr knapp, um sich in Sicherheit zu bringen.

Er sah, wie sich die Sterne auf dem Hauptbildschirm in Streifen verwandelten; dann bewegten sie sich plötzlich schneller als das Licht. Er wollte seinen Gurt wieder lösen, als Kira zurückrief. »Bleibt lieber da hinten sitzen, Leute. Vielleicht kommt es demnächst zu weiteren unverhofften Kurswechseln.«

»Also gut«, brummte Julian unglücklich. Er blickte sich um und stellte fest, daß alle fünf Mitglieder des Sicherheitsteams ihn ansahen. Die Fähnriche Aponte und Wilkens konnten kaum ihr süffisantes Grinsen verbergen. Er mußte sie auf irgendeine Weise beschäftigen, sonst würden sie sich während der gesamten Mission hinter seinem Rücken über ihn lustig machen.

»Nun«, sagte er langsam, während er hektisch darüber nachdachte, was er mit ihnen anstellen sollte. »Es sieht so aus, daß wir hier für die nächste Zeit festsitzen. Hat irgend jemand zufällig Spielkarten mitgebracht?«

Kira warf einen kurzen Blick über ihre Schulter und stellte fest, daß Bashir sich angeregt mit den fünf Fähnrichen unterhielt. Sie mußte leise lachen. Die Leute waren bestimmt das größte Publikum, das der Doktor seit längerer Zeit gehabt hatte. Mit ihnen wäre er eine Weile beschäftigt, dachte sie. Zumindest so lange, bis ihm seine langweiligen Geschichten von der Starfleet-Akademie ausgingen.

»Meinen Sie nicht, daß Sie ein wenig grob zu ihm waren?« fragte Dax leise. »Er hätte doch problemlos wieder nach vorne kommen können.«

»Grob vielleicht, aber es war auf jeden Fall gerechtfertigt«, erwiderte Kira. »Ich habe eine Gänsehaut bekommen, als ich sah, wie er an Ihrem Haar gerochen hat.«

»Aber Ihres hat er zuerst beschnuppert.«

Kira war plötzlich sprachlos. Der Gedanke, daß dieser … dieser … pedantische Grubenwurm an ihrem Haar gerochen hatte … verursachte ihr Übelkeit. Sie mußte sich überlegen, wie sie ihm nach der Rückkehr von dieser Mission unmißverständlich klarmachen konnte, daß er sich in Zukunft von ihr fernhalten sollte.

»Das Schiff hat den Kurs geändert«, gab Dax bekannt. »Wir nähern uns der Stelle. Kursanpassung in fünf Sekunden.«

»Ich sehe es«, sagte Kira.

»Sie haben offenbar geglaubt, das Wurmloch würde die Kursänderung verwischen«, vermutete Dax. »Unser neues Ziel ist … das Davon-System? Bestätigung durch den Computer. Das Davon-System. Geschätzte Ankunftszeit in zweiundzwanzig Stunden.«

»Das Davon-System«, sagte Kira nachdenklich. Dort gab es keine cardassianischen Bergwerke. Oder zumindest keine, von denen sie wußte.

»Ich glaube nicht, daß ich schon einmal davon gehört habe«, meinte Dax.

»Aber ich«, sagte Kira. »Es besteht aus insgesamt sechs Planeten – vier Gasriesen und zwei glühende Felsbrocken –, die im engen Orbit die Sonne umkreisen. Bis vor zweiundzwanzig Jahren war es strittiges Gebiet, als die Föderation es in einem Grenzvertrag den Cardassianern überließ.«

»Das kommt mir bekannt vor«, entgegnete Dax. »Es gab keine nutzbaren Planeten, also beschloß man, das System aufzugeben, statt deswegen einen Streit anzufangen.«

»Genauso wie im Fall Bajor«, sagte Kira. Sie versuchte, ihre Stimme nicht verbittert klingen zu lassen, wußte aber genau, daß es ihr nicht gelang. »Genauso wie im Fall Bajor.«

Ttan hörte und spürte es gleichzeitig, als die *Messerklinge* von mehreren Stößen erschüttert wurde. Wieder kämpfte sie darum, sich zu befreien, doch der Traktorstrahl schien jede ihrer Bewegungen abzufangen, so daß sie mitten in der Luft festhing. Inzwischen hätte sie alles dafür gegeben, freigelassen zu werden. Sie mußte sich um ihre Eier kümmern.

Die Erschütterungen hörten genauso plötzlich auf, wie sie begonnen hatten. Ttan konzentrierte sich auf ihr Gehör, aber es gab keine weiteren Geräusche. In der Kammer blieb es so unheimlich still wie in einer ausgebeuteten Duraniumerzmine. *Werde ich nie wieder freikommen?* klagte sie in Gedanken. *Werde ich niemals erleben, wie meine Kinder schlüpfen?* Ihre Verzweiflung wurde immer größer.

Es schienen Stunden vergangen – sie hatte jegliches Zeitgefühl verloren, so daß sie keine Ahnung hatte, wieviel Zeit tatsächlich verstrichen war –, als neue Erschütterungen durch das Schiff liefen. Doch diesmal kippte die gegenüberliegende Wand zu einer Rampe herunter. Grellweißes Licht drang durch die Öffnung herein.

Ttan rotierte immer noch ein wenig. Als die Rampe in ihr Blickfeld kam, starrte sie angestrengt in die Helligkeit. Draußen bewegten sich mehrere Dutzend Gestalten. Sie sah, wie einige Humanoide in den Lagerraum liefen und sich in gleichmäßigen Abständen rings um sie herum aufstellten. Alle hielten schwere Energiewaffen in den Händen, die sie auf Ttans Körper gerichtet hatten.

»Was wollt ihr?« fragte sie. »Wo sind meine Kinder?« Der automatische Translator wiederholte ihre Worte. Doch keiner der Humanoiden gab ihr Antwort.

Während Ttan sich drehte, studierte sie reihum ihre Gesichter. Sie war sich nicht sicher, aber obwohl die Männer genauso wie Gul Mavek in Schwarz gekleidet waren und die gleichen gerippten Hälse hatten, glaubte sie nicht, daß der Gul unter ihnen war. Wenn sie frei gewesen wäre, hätte sie ihn als Strafe für das, was er ihr angetan hatte, sofort bei lebendigem Leib geschmolzen.

»Was wollt ihr?« fragte sie erneut. »Sagt es mir! *Sagt es mir!*«

»Ttan«, hörte sie Gul Mavek sagen, »ich bin der einzige, der dir helfen kann.« Er stieg die Rampe hinauf und blieb am oberen Ende stehen, die Hände in die Hüften gestemmt. »Du bist mein Gast. Du wirst allen meinen Anweisungen exakt und gewissenhaft Folge leisten. Hast du verstanden?«

Sie schoß einen Säurestrahl in seine Richtung. Er sprang rechtzeitig zur Seite, um ihm auszuweichen. Hinter ihm zischte und rauchte die Säure, als sie sich in die Metallplatten fraß.

Ein wimmerndes Geräusch erfüllte die Luft, und Ttan spürte gleichzeitig von allen Seiten ein dumpfes, unangenehmes Kribbeln. Die Humanoiden schossen mit ihren Waffen auf sie, erkannte Ttan.

»Halt, halt!« schrie Gul Mavek. »Feuer einstellen!«

Die Phasergewehre verstummten. Ttan hing immer noch rotierend in der Schwebe. Jetzt drehte sie sich etwas schneller, so daß sie zuerst die Rückwand des Lagerraums sah, dann die Seite und schließlich wieder die Rampe. Die Waffen schienen ihr keinen spürbaren Schaden zugefügt zu haben. Zum Glück konnten Phaserschüsse den Mitgliedern ihres Volkes nichts anhaben.

Ttan beobachtete, wie Gul Maveks Kopf zuckte und er die Hände zu Fäusten ballte. Sie wußte, daß dies Zeichen für große Wut oder Enttäuschung waren. Die Stimme des Humanoiden klang jedoch völlig ruhig und neutral, als er wieder sprach.

»Ttan«, sagte er, »das war ein Fehler. Ich bin hier dein einziger Freund.«

»Du bist kein Freund!« rief sie zurück.

»Aber sicher doch«, entgegnete er. »Ich bin der einzige, der als Gleichgestellter zu dir spricht. Ich bin der einzige, der dich aus den Fesseln des Traktorstrahls befreien kann. Und ich bin der einzige, der dir ermöglichen kann, deine Kinder wiederzusehen.«

»Meine Eier ...«, sagte Ttan.

»Ja, deine Eier. Auch sie befinden sich an Bord meines Schiffes, Ttan. Wir haben sie noch nicht gezählt, aber wir haben sie alle. Zumindest die, die noch heil sind.«

»Was?« kreischte Ttan, als sich ihre Innereien plötzlich vor Furcht verkrampften. »Meine Eier ...« Sie kämpfte wieder verzweifelt gegen den Traktorstrahl. »Meine Eier ...«

»Es sind noch jede Menge Eier übrig«, sagte Gul Mavek. »Ich glaube, wir haben sie noch gar nicht gezählt. Aber ich kann feststellen, wie viele noch heil sind, wenn du willst. Wie viele müßten es denn sein?«

»Zwanzig«, rief Ttan schluchzend und erschlaffte dann. »Zwanzig hübsche Kinder. Ach, meine armen, armen Kleinen ...«

»Warte«, sagte Gul Mavek. »Ich werde kurz nachsehen, wie viele es sind.« Er drehte sich um und schlenderte die Rampe hinunter, als hätte er alle Zeit der Welt.

Während Ttan rotierte, wurde sie von Wut, Schmerz und Verzweiflung hin und her gerissen. Ihre Fransen zitterten. Ihr ganzer Körper fühlte sich taub an. *Wie viele sind tot?* fragte sie sich. *Wie viele leben noch?*

Wie hatten sie es zulassen können, daß ihren Eier etwas zustieß? Wie konnten sie ihre Kinder so unachtsam, so herzlos sterben lassen? Als die Menschen zum ersten Mal nach Janus VI gekommen waren, hatten Tausende ihr Leben verloren, aber das war ein Unfall gewesen. Die Menschen von der Föderation hatten nicht gewußt, daß es sich bei den Siliziumknollen um Eier handelte. Doch als sie es erkannten, hatten sie sofort alles unternommen, um die jungen Hortas zu schützen. Sie hatten der Ersten Mutter geholfen, sie zu füttern und sie zu umsorgen. Und als Gegenleistung hatten die Hortas der Föderation geholfen. Es war einfach unvorstellbar, daß ein intelligentes Wesen nicht um das Wohlergehen von Kindern besorgt war ... von Kindern gleich welcher Art.

Ttan zuckte zusammen, als Gul Mavek wieder auf der Rampe erschien. Er verschränkte die Arme hinter dem Rücken und beobachtete sie schweigend.

»Ja?« rief Ttan. »Ja?«

»Deine Eier ...«

»Sag es mir!«

»Ich habe sie aus Sicherheitsgründen aus dem Schiff bringen lassen. Es scheint, daß neunzehn von den zwanzig noch heil sind ...«

Ttan empfand einen schmerzhaften Stich beim Gedanken an das eine verlorene Ei, doch dann durchströmte sie Erleichterung, als ihr klarwurde, wie viele noch am Leben und unversehrt waren. Darüber wären ihr beinahe Gul Maveks nächste Worte entgangen.

»... bis jetzt«, sagte er.

»Was soll das heißen?« wollte Ttan wissen. »Wenn ihr meinen Kindern etwas antut ...!«

»Du bist nicht gerade in einer Position, um Forderungen zu stellen«, sagte Gul Mavek. »Wenn du mich oder einen meiner Männer noch einmal bedrohst, werde ich ein weiteres Ei zerstören lassen.«

Ttan war vor Entsetzen wie gelähmt. »Das kannst du nicht tun ...«

»Und«, sprach Gul Mavek weiter, »danach werde ich noch eins zerstören, dann noch eins und noch eins, bis sie alle tot sind. Bis zum letzten Ei, Ttan. Es sei denn ...«

»Ja?« sagte Ttan, während in ihr wieder eine leise Hoffnung keimte.

»Es sei denn, du verhältst dich kooperativ«, sagte er. »Wenn du mir jetzt einen Gefallen erweist – es ist wirklich nur eine kleine, fast unbedeutende Aufgabe –, dann darfst du heute abend für einen kurzen Moment deine Eier sehen.«

In ihrer Verzweiflung konnte Ttan nur antworten: »Ich werde alles tun, was du von mir verlangst.«

In der *Amazonas* versuchte sich Julian Bashir auf das Chaos zu konzentrieren, in das sich sein Tricorder verwandelt hatte. *Er haßt mich,* dachte er, obwohl er genau wußte, daß dieser Gedanke irrational war. Maschinen konnten niemanden hassen. Aber dieser spezielle Apparat schien es irgendwie auf ihn abgesehen zu haben. Er hatte zwanzig Minuten gebraucht, um ihn auseinanderzunehmen, und jetzt, anderthalb Stunden später, war er mit der Reparatur noch kein Stück weitergekommen.

Sein Blickfeld verschwamm, und er wischte sich mit dem Handrücken über die Augen. Was hätte er dafür gegeben, jetzt Chief O'Briens Fähigkeiten zur Verfügung zu haben! Er nahm einen Schluck vom Kaffee aus dem Replikator und verzog beim bitteren Geschmack das Gesicht.

Er mußte sich wieder zusammenreißen. Er versuchte seinen Blick auf den winzigen Computerbildschirm zu konzentrieren, der in die Wand eingelassen war. Ein Schweißtropfen lief seinen Rücken hinunter, und plötzlich begann sein Genick zu schmerzen. Er wußte, es lag daran, daß er zu oft zum Monitor hinaufgestarrt hatte. Der farbige Bauplan des Tricorders, den der Bildschirm zeigte, verschwamm schon wieder.

»Verdammt!« sagte er und warf seine Elektronensonde auf den Tisch. Er hatte nicht damit gerechnet, daß eine simple Rekalibrierung sich als so kompliziert erweisen würde. »Verdammter Mist!« Er rieb sich wieder die Augen. Es sah nicht danach aus, als würde er den Tricorder in absehbarer Zeit in einen funktionsfähigen Zustand versetzen können.

Er blickte sich mit leichter Wehmut zum anderen Klapptisch um, wo die fünf Fähnriche mit Karten und Chips, die der Bordreplikator hergestellt hatte, pokerten. Nicht daß er häufig spielte, aber er hatte bis jetzt überhaupt keine Ahnung gehabt, wie wenig es an Bord der *Amazonas* zu tun gab. Mit etwas über Warp vier, der Höchstgeschwindigkeit des Flitzers, lagen noch sechzehn Stunden vor ihnen, und in dieser Situation hätte er sich eine ordentliche wissenschaftliche Bibliothek gewünscht, ein Holodeck oder sogar einen Besuch in Quarks berüchtigten Holokammern, um sich die Zeit zu vertreiben. Da nichts von alledem verfügbar war, blieb nur eine Pokerrunde.

Er sah zu, wie Fähnrich Aponte drei blaue Chips in

den Topf warf. Alle anderen paßten, so daß Aponte mit einem hämischen Lachen ihren Gewinn einstreichen konnte.

Julian haßte dieses Geräusch. In der Stunde, die er mitgespielt hatte, hatte er laufend verloren, und Apontes Lachen war ihm schließlich auf die Nerven gegangen. Impulsiv hatte er sich dazu entschlossen, eine Spielpause einzulegen, eine Kleinigkeit zu essen und zu versuchen, seinen Tricorder zu rekalibrieren, so daß er auf Silizium-Lebensformen reagierte. Er hatte sich eingebildet, mit dieser Beschäftigung mehr Glück zu haben.

Statt dessen war alles nur noch schlimmer geworden. Er drehte sich wieder zu seinem eigenen Tisch um und starrte hilflos auf die Schaltkreise, die vor ihm ausgebreitet waren.

Obwohl sein Imbiß widerlich geschmeckt hatte, sahen die Überreste – die Hälfte eines Schinkensandwiches und ein rapide abkühlender Becher mit dem ekligsten Replikator-Kaffee, den er jemals zu sich genommen hatte – immer noch einladender als der Tricorder aus, also zögerte er seine Arbeit weiter hinaus, indem er einen Bissen und einen Schluck nahm. *Es kann doch nicht so schwer sein,* sagte er sich. *Ich bin Chirurg. Ich repariere täglich biologische Maschinen. Also werde ich doch wohl mit einem einfachen Tricorder zurechtkommen!*

Schließlich konnte er die Sache nicht länger hinausschieben. Er legte das Sandwich zurück, suchte sich ein geeignetes Werkzeug aus und versuchte, einen Primärkontakt anzuschließen. Statt dessen berührte er versehentlich einen Scannerschaltkreis. Blaue Funken sprühten zischend durch die Luft, und er riß seine Hand zurück, um sich nicht zu verbrennen.

»Verdammt!« fluchte er.

»Gibt es ein Problem, Julian?« fragte Dax.

Julian schrak zusammen. Er war so intensiv mit seinem Tricorder beschäftigt gewesen, daß er überhaupt nicht bemerkt hatte, wie sie in die Passagierkabine gekommen war. Er mußte sich zusammenreißen, dachte er, sonst würde sie ihn niemals respektieren.

»Ein Problem… äh… ja«, sagte er und verfluchte sich insgeheim wegen dieser schwachen Antwort. »Ich habe versucht, meinen Tricorder zu rekalibrieren, um damit Lebensformen auf Siliziumbasis anmessen zu können. Die nötigen Veränderungen sind genau im Handbuch aufgeführt, aber irgendwie habe ich wohl einiges verwechselt.«

»So würden Sie das also bezeichnen!«

Julian spürte, daß er immer nervöser wurde. Dummerweise geschah das recht häufig, wenn er sich in der Nähe von Jadzia Dax aufhielt.

»Ich kann mich als nächstes um Ihren Tricorder kümmern, wenn Sie möchten«, bot er ihr an.

»Es tut mir leid, aber meiner ist schon umgestellt«, sagte Dax. Sie löste ihn von ihrem Gürtel und legte ihn auf den Tisch. »Ich habe ihn vor zwei Stunden gewartet und rekalibriert. Dann habe ich dasselbe mit Kiras gemacht.«

»Tja, ob es dann in diesem Fall wohl möglich wäre…« Er gestikulierte hilflos auf das Durcheinander von Drähten und Datenchips, das vor ihm lag. Er konnte sich nicht dazu überwinden, ihr in die Augen zu blicken.

Dax lachte leise. »Natürlich werde ich Ihnen helfen, alles wieder zusammenzubauen.« Sie setzte sich auf den Stuhl gegenüber von ihm, nahm ihm behutsam das Werkzeug aus der Hand – bei ihrer Berührung, die kühl wie Seide war, lief ihm ein wohliger Schauer über den Rücken – und begann damit, die Teile des Tricorders zusammenzusetzen. »Auf diese Weise habe ich in den nächsten Minuten wenigstens etwas zu tun.«

»Dann langweilen Sie sich also auch?«

»Ein wenig.«

Julian spürte, wie ein Teil seines Selbstvertrauens zurückkehrte. »Hätten Sie dann vielleicht Lust auf ein Pokerspiel mit mir? Ich würde es Ihnen gerne beibringen, falls Sie es noch nie gespielt haben.«

»Das ist nicht nötig. Einer meiner früheren Wirte war Mathematiker und gewohnheitsmäßiger Spieler. Er war so sehr von Glücksspielen begeistert, daß es mir kaum noch Spaß macht, mit dem mathematischen Zufall zu spielen. Außerdem finde ich kaum noch ernstzunehmende Gegner, von Ferengis einmal abgesehen. Ich denke, es ist irgendwie nicht fair, wenn ich ständig gewinne. Das kann zu einer Belastung für jede Freundschaft werden.«

»Oh«, sagte Julian und biß sich auf die Lippe. Er war wieder einmal voll hineingetappt. »Das ist sehr rücksichtsvoll von Ihnen, Jadzia.«

Er sah zu, wie ihre zarten, weiblichen Hände den Tricorder Teil um Teil zusammensetzten. Gelegentlich nahm sie mit dem Werkzeug eine kleine Einstellung vor. Noch ein paar Handgriffe, und dann war der Tricorder plötzlich wieder wie neu.

»Das war es schon?« fragte er verblüfft.

»Das war es«, sagte Dax. »Sie können ihn natürlich gerne überprüfen, um ganz sicher zu gehen.«

Er klappte das Gerät auf und sah, wie das Anzeigenfeld zum Leben erwachte. Die Darstellung entsprach jetzt völlig den Angaben im Handbuch – bis zum unterteilten Monitor für Lebensformen auf Silizium- und Kohlenstoffbasis. Der Tricorder funktionierte tadellos. Bashir erwiderte Dax' Blick.

»Vielen Dank«, sagte er aufrichtig.

Sie stand auf. »Keine Ursache, Julian.« Sie zögerte. »Ich werde jetzt etwas schlafen. Ich lege Ihnen dringend ans Herz, das gleiche zu tun.«

»Ja«, sagte er. »Sofort. Ich will nur noch ein paar Runden mitspielen.« *Nur noch sechzehn Stunden,* dachte er, *dann sind wir da.* Er fragte sich, wie er die Zeit überstehen sollte.

Als Ttan sich die Rampe der *Messerklinge* hinunterbewegte, fühlte sie sich seltsam schwindlig, als wäre sie fast gewichtslos. Sie befanden sich in einer Art unterirdischer Höhle, deren Wände aus rauhem Fels bestand, während der Boden glatter Stein war. Das Licht kam von grell leuchtenden Flächen über ihr, zwischen denen ein schimmerndes Kraftfeld zu erkennen war. Durch das Kraftfeld sah sie weit entfernte Sterne.

Sie stieß sich prüfend mit den Fühlern vom Boden ab, und zu ihrer Überraschung schwebte sie mehrere Meter weit durch die Luft, wobei sie fast gegen Gul Maveks Rücken geprallt wäre. Die Wachleute brüllten ihrem Anführer Warnungen zu und hoben die Waffen. Ttan erstarrte vor Schreck. Sie hatte bemerkt, daß die Humanoiden bereits die Energieabgabe ihrer Waffen erhöht hatten.

Gul Mavek jedoch blieb lediglich stehen und betrachtete sie mit einem seltsam gelassenen Blick. »Die Schwerkraft beträgt hier nur etwa ein Drittel von dem, was du gewöhnt bist«, sagte er zu ihr. »Du wirst dich genauso wie wir schon nach kurzer Zeit darauf einstellen.« Er kehrte ihr wieder den Rücken zu und ging weiter.

Trotz des Gefühls der Leichtigkeit war es angenehm, wieder einen Planeten um sich zu spüren. Ttan schmeckte durch ihre Fühler bereits Spuren von Eisenoxiden, Kalzium und anderen Mineralien. Wenn sie nicht auf ihre Eier hätte Rücksicht nehmen müssen, hätte sie sich in wenigen Sekunden tief in den Fels gegraben. Nicht einmal die Phaser hätten sie dann noch aufhalten können.

Doch solange Gul Mavek ihre Eier hatte, wußte sie, daß sie tun mußte, was er von ihr verlangte. *Neunzehn Kinder sind noch am Leben,* dachte sie. *Neunzehn*

Chancen auf die Unsterblichkeit. Ich darf sie nicht im Stich lassen.

Sie überquerten einen unterirdischen Landeplatz und näherten sich einem großen Frachtlift. Es war kaum mehr als eine Kiste aus Rhodinium mit ein paar Antigravelementen.

Gul Mavek betrat ihn als erster, dann folgten Ttan und zum Schluß die Wachen. Nachdem ein Wachmann das Gitter auf der Vorderseite des Lifts geschlossen hatte, setzte dieser sich nach unten in Bewegung.

Durch das Gitter beobachtete Ttan, wie sie Stockwerk um Stockwerk tiefer sanken. Die ersten zehn sahen völlig identisch aus. Es waren weiße Korridore mit quadratischem Querschnitt, von denen weitere Räume hinter verschlossenen Türen abgingen. Ein paar Humanoide mit den gleichen Uniformen wie die Wachen waren darin unterwegs. Die Stockwerke elf bis zwanzig waren noch im Bau. Die Wände und Böden bestanden aus grünlich-grauem Stein, der glänzte, als wäre er feucht. Ttan kannte dieses Phänomen: die Tunnel waren mit schweren Phasern in den Fels geschmolzen worden.

Auf der zwanzigsten Ebene hielt der Lift an, und das Gitter wurde geöffnet. Gul Mavek trat nach draußen.

»Hier entlang«, sagte er.

Ttan folgte etwas langsamer. Nachdem sie jetzt so tief unter der Oberfläche war, fühlte sie sich zum ersten Mal wieder wohler, seit sie Janus VI verlassen hatte. Die Felswände ringsherum, die beruhigende Enge, der kühle Stein – sie war wieder zu Hause.

Gul Mavek wandte sich ohne jedes Zögern nach links. Ttan folgte ihm, während die Wachen die Nachhut bildeten. Sie liefen mehrere Minuten lang schweigend weiter, bis Ttan Vibrationen im Steinboden spürte, die allmählich stärker wurden. Sie war sich nicht sicher, aber sie hatte das Gefühl, daß sie von schweren Maschinen stammten.

Schließlich kamen sie um eine Ecke und traten in eine größere Höhlenkammer. Hier wurden irgendwelche Mineralien abgebaut und geschmolzen. Auf der gegenüberliegenden Seite der Höhle schwebte auf Antigravelementen eine scheinbar endlose Reihe staubbedeckter Behälter herein, die mindestens zehn Meter lang und fünf Meter breit waren. Sie luden tonnenweise Schotter auf einem Haufen ab, bevor sie wieder hinausschwebten. Riesige automatische Bulldozer schaufelten den Schotter auf ein Förderband, das ihn zu einem gewaltigen Kasten transportierte, der starke Hitzestrahlung abgab. Wahrscheinlich war es ein Schmelzofen, dachte Ttan. Sie hatte noch nie ein solches Exemplar gesehen, aber das Prinzip war ihr vertraut. Darin wurde der Schotter in seine mineralischen Bestandteile zerlegt und in Barren aus reinem Latinum oder Rhodinium oder Karbonit gepreßt – oder worauf der Ofen sonst programmiert sein mochte. Allerdings konnte sie hier keine Stelle erkennen, an der die Barren ausgeworfen wurden.

»Wie du dir vielleicht schon gedacht hast«, sagte Gul Mavek, »ist der Mond Davonia eine ertragreiche Mine. Wir haben auf dieser Ebene Spuren von Latinum gefunden. Ich möchte, daß du für uns nach der Hauptlagerstätte suchst.«

Ein Mond? wunderte sich Ttan. Wohin, beim Großen Plan, hatte man sie gebracht?

»Wie du befiehlst«, teilte sie ihm über den Translator mit.

»Eins noch, Ttan – du hast zwanzig Minuten, um es zu finden und dich wieder hier einzufinden. Entweder du hältst dich daran, oder du wirst deine Kinder heute abend nicht sehen dürfen.«

»Aber …«, begann sie.

»Noch neunzehn Minuten und fünfzig Sekunden«, sagte Gul Mavek.

Ttan wirbelte herum und warf sich gegen die Felswand. Das Gestein schmolz, wo sie es berührte, umgab sie von allen Seiten und erfüllte ihren Körper mit dem köstlichen Geschmack von Eisen, Nickel und Sickerwasser, das sich seit drei Milliarden Jahren geologischer Stabilität nicht verändert hatte. *Latinum, Latinum,* dachte sie, während sie hektisch nach dem richtigen Geschmack suchte. Sie mußte ihre Eier sehen, um sich zu überzeugen, daß sie in Sicherheit waren. *Wo ist das Latinum …?*

6

Wie üblich behauptete Quark, die geschädigte Partei zu sein. Odo glaubte ihm nicht eine Sekunde lang.

Der Sicherheitsoffizier saß in Quarks Bar an einem Tisch, auf dem sich kein einziges Getränk befand, während Quark nervös um ihn herumwieselte, mit den Händen gestikulierte und sich nach Kräften bemühte, den zutiefst entrüsteten Ferengi zu spielen. »Ich glaube es einfach nicht!« rief er und verspritzte Speicheltröpfchen durch seine Nagezähne. Quark trug eine lindgrüne Jacke über einer schreiend bunten Bluse, die aussah, als wäre sie von einer Horde hyperaktiver Zweijähriger mit Malstifen bearbeitet worden. »Ich wende mich an Sie, in meiner Eigenschaft als gesetzestreuer Bürger, als Vertreter einer Gemeinschaft, als Opfer eines Verbrechens, und Sie heben nicht einen Ihrer Gallertfinger, um Ihre Pflicht zu erfüllen! Es ist ein Frevel, ein Skandal! Haben Sie vergessen, was Ihr Job ist?«

»Mein Job besteht darin, ein wachsames Auge auf Sie zu haben«, antwortete Odo, während er sich leidenschaftslos in der Bar umblickte. Es widerstrebte ihm, in Quarks Richtung zu schauen. Je mehr Quark sich aufregte, desto desinteressierter wirkte Odo.

Zur Mittagszeit füllte sich die Bar allmählich. Odo entdeckte ungewöhnlich viele Fremde zwischen den regelmäßigen Gästen. Eine große Tellariten-Familie mit schweineartigen Gesichtern bediente sich ausgiebig an Quarks viel zu teurem Buffet. Der älteste Tellarit blinzelte mit typischer Kurzsichtigkeit auf einen Teller mit veganischen Trüffeln, bevor er zufrieden schnaufte und sich den ganzen Teller auf einmal in den Mund kippte. An einem anderen Tisch wehrten zwei haarlose Deltanerinnen geschickt die Annäherungsversuche einer ganzen Horde von argelianischen Männern ab. Eine kleine Gruppe von Betazoiden saß an der Theke, wo sie ein stummes telepathisches Gespräch führten, sehr zum Mißfallen von Morn, dem stämmigen Alien, der dort für gewöhnlich ein oder zwei Plätze besetzt hielt. Als Odo sich im Raum umblickte, entdeckte er außerdem Klingonen, Caitianer, Tiburoner, P'alblaakis und viele andere Neuankömmlinge, die höchstwahrscheinlich durch die bevorstehende Annäherung des ›Verlorenen Sohnes‹ nach *DS Nine* gelockt worden waren. Odo erlaubte sich eine kurze wehmütige Erinnerung an die schlechten alten Zeiten der Besatzung. Die Cardassianer mochten Tyrannen und Schlächter gewesen sein, aber wenigstens hätten sie die Station niemals in eine Touristenfalle verwandelt.

Man sollte meinen, dachte er, *Quarks kleines gieriges Herz wäre hocherfreut über diesen Ansturm.* Statt dessen regte sich der Ferengi weiterhin über irgendeine angebliche Unannehmlichkeit auf.

»Im Gegensatz zu Ihrer irrigen Ansicht«, erklärte Quark, »pflege ich mich selbst nicht zu bestehlen.«

»Aber Sie würden es sofort tun, wenn Sie dadurch einen Vorteil hätten«, erwiderte Odo mit einem angewiderten Schnaufen.

Quark ignorierte seinen Spott. »Innerhalb der letzten zwei Stunden sind drei Teller, fünf Becher und ein ganzer Stuhl aus meinen Räumlichkeiten verschwunden. Glauben Sie, diese Dinge hätten sich einfach in Luft aufgelöst?«

»Ich glaube, die Ferengi praktizieren gelegentlich immer noch ein archaisches Vergehen, das als ›Versicherungsbetrug‹ bekannt ist. Sind Sie versichert, Quark?«

»Hören Sie mal zu«, sagte Quark und senkte dann seine Stimme. »Wir beide wissen genau, daß ich nicht nur ein paar Teller verschwinden lassen würde, wenn ich meine Versicherung beschwindeln wollte. Hierbei handelt es sich um geringfügigen Diebstahl, und damit gebe ich mich nicht ab.«

Obwohl Odo es nur ungern zugab, hatte Quark ausnahmsweise völlig recht. »Ich schätze«, sagte er langsam, während er zum ersten Mal seit ihrem heutigen Zusammentreffen Blickkontakt mit Quark aufnahm, »es gibt keinen Grund, warum ein Schwerverbrecher nicht das Opfer eines weniger schweren Verbrechens werden kann.«

»Genau!« krähte Quark. »Natürlich nur hypothetisch. Sie werden also nach diesem Dieb fahnden?«

»Eigentlich«, meinte Odo, »würde ich mir wünschen, dieser Räuber wäre etwas ehrgeiziger. Das wäre eine große Genugtuung für mein Gerechtigkeitsempfinden.«

Der Ferengi wollte protestieren, wurde jedoch durch das Signal von Odos Insignienkommunikator unterbrochen. Als Odo den Anruf entgegennahm, erkannte er sofort den dringlichen Unterton in Siskos Stimme und kehrte Quark den Rücken zu, damit er Sisko ungestört zuhören konnte. Doch dann stellte er fest, daß Quarks riesige Lauschohren immer noch viel zu nahe waren. In diesem Fall …

Odos untere Körperhälfte – von der Hüfte bis zu den Füßen – löste sich zu einer durchscheinenden orangefarbenen Gallerte auf, die nach oben floß und einen schalldichten Kegel über Odos Kopf und Oberkörper bildete. Als er sich über die Schulter umblickte, sah er Quark, der sich enttäuscht auf die Unterlippe biß. Odo erlaubte sich ein dünnes Lächeln, doch sein Ausdruck wurde wieder ernst, als Sisko ihn über Ttans Entführung informierte. Eine unangenehme Situation, schlußfolgerte Odo, die zu einer Bedrohung der Sicherheit der Station werden konnte, falls die Angreifer zurückkehrten, um sich die übrigen Hortas zu holen.

»Verstanden«, beendete er das Gespräch. Nachdem er sich wieder in humanoide Gestalt zurückverwandelt hatte, stand er von seinem Stuhl auf und ging nach draußen auf die Promenade. Er mußte sein Sicherheitsteam einweisen und die Leute auf die Möglichkeit eines cardassianischen Angriffs vorbereiten. Und das ausgerechnet zu einem Zeitpunkt, wo die Besucherscharen auf der Promenade ohnehin auf ein unvernünftiges Maß angestiegen waren. Quark rief ihm vom Eingang seiner Bar zu: »Warten Sie! Was ist mit meinen Tellern?«

»Suchen Sie selbst danach«, erwiderte Odo schroff. »Ich habe jetzt wichtigere Dinge zu tun.«

»Ich habe noch einen Stuhl«, flüsterte Nog. Unter den vorgewölbten Augenbrauen huschten Nogs Augen hektisch hin und her, während er den Stuhl durch den Lagerraum an Stapeln mit – hauptsächlich geschmuggelten – Waren vorbeizerrte. Jake, der auf der Gitterstruktur des verätzten Metallbodens kniete, sah zu, wie sich sein Freund näherte.

»Ich glaube, in nächster Zeit werden Stühle nicht mehr ausreichen«, sagte er bedrückt. Quarks defekte Kühleinheit war vom Horta innerhalb weniger Minuten absorbiert worden. »Wir brauchen mindestens ein paar Tische.«

Vom ersten Stuhl war tatsächlich nicht mehr übrig als ein glänzendes blaues Bein, das sich in diesem Augenblick unter den Fransen des Hortas auflöste. Das gestohlene Fremdwesen wuchs mit besorgniserregender Geschwindigkeit – und damit gleichzeitig auch sein Appetit. Es war schon zweimal so groß wie nach dem Schlüpfen und sah längst nicht mehr so empfindlich wie rohes Fleisch aus. Die mineralischen Einschlüsse in der roten Haut, mit denen das Wesen geboren worden war, hatten sich zu einer dunklen Panzerschicht aus steinigem Material ausgewachsen. Nur noch durch adergleiche Risse im Panzer war etwas Rot zu erkennen, wie Ströme aus geschmolzener Lava, die durch die Oberfläche eines Planeten brach.

»Tische!« rief Nog. »Wie soll ich unbemerkt Tische aus der Bar holen? Mein Onkel ist bereits mißtrauisch geworden. Wenn er nicht wegen der vielen Mondsüchtigen alle Hände voll zu tun hätte, wäre er uns schon längst auf die Schliche gekommen!« Er reichte Jake den neuen Stuhl, der ihn auf den gefräßigen Horta zuschob. Jake achtete darauf, ihm mit den Händen nicht zu nahe zu kommen, doch bisher schien das kleine Monstrum mehr an Metall als an Fleisch interessiert zu sein. Jake wollte es trotzdem nicht darauf ankommen lassen. Seine Hand schmerzte immer noch an der Stelle, wo das Ei ihn verbrannt hatte.

»Nog, ich glaube, es ist langsam an der Zeit, meinem Vater davon zu erzählen.«

»Nein!« sagte Nog. »Mein Onkel würde mich umbringen. Außerdem gehört es uns beiden. Wir haben es auf ehrliche Weise geborgt.« Er versuchte, Jake mit einem zuversichtlichen Gesichtsausdruck zu beruhigen, was ihm jedoch nicht gelang. »Sieh mal, solange wir es weiter füttern, wird es nicht ausreißen. Du bleibst hier und ich… ich werde jetzt schnell nach einem Käufer suchen.«

»He, warte mal!« beschwerte sich Jake, als Nog zurückkroch, sich dann umdrehte und fortlief. *Ich lasse mich auf keinen Fall ausschließen,* dachte Jake, kam auf die Beine und setzte seinem Freund nach. Der Horta hatte mit dem neuen Stuhl vorerst genügend zu essen. Damit würde das Wesen eine Weile beschäftigt sein, sagte er sich. Zumindest hoffte er es.

Plötzlich kam keine neue Nahrung mehr. Die Horta verzehrte den letzten Rest des Stuhls und wartete darauf, daß es etwas Neues zu essen gab. Aber nichts geschah, und sogar die nach Kohlenstoff riechenden Geschöpfe, die sich um sie gekümmert hatten, waren auf einmal verschwunden.

Sie stieß einen knirschenden Schrei aus, erhielt aber keine Antwort. Sie fühlte sich einsam und hungrig. Die Stühle und Becher und anderen Häppchen waren zwar schmackhaft gewesen, hatten aber nicht ihren Hunger gestillt. Mit den äußersten Enden ihrer Fühler spürte sie noch etwas anderes, eine Aussicht auf Nahrung und Sättigung, genau das, was sie brauchte. Und es war ganz in der Nähe.

Sie bewegte sich schnuppernd über den Boden des Lagerraums, bis sie an eine solide Wand aus Rhodinium kam und damit begann, sich einen Weg hindurchzubrennen. Die Lichter im Lagerraum erloschen und sprangen wieder an, als unterbrochene Schaltkreise durch Sicherheitssysteme ersetzt wurden.

Die Horta ließ einen rauchenden Tunnel zurück, als sie tiefer in unbekanntes Gebiet vordrang. Die Nahrung, nach der sie verlangte, wartete auf sie. Sie mußte nur danach suchen.

Vielleicht hier entlang …?

Die vulkanische Priesterin war in ein durchscheinendes weißes Gewand gekleidet, das kaum den verführerischen weiblichen Körper verbarg, als sie leise das Quartier des jungen Mannes betrat. Fähnrich Marc Tomson richtete sich in seiner Koje kerzengerade auf, während er mit klopfendem Herzen zusah, wie die wunderschöne Vulkanierin sich näherte. Nur die kleine Leselampe über dem Kopfende seines Bettes erhellte den Raum und drang durch den hauchdünnen Schleier, der sich straff über die Brüste der Frau spannte. Marc rückte unruhig in seiner Koje hin und her. Er war völlig nackt unter der dünnen Decke.

»T'Leena?« fragte er atemlos. »Was machst du hier … Ich meine, wie bist du hier hereingekommen …?«

Verdammt, dachte er. *Ich stelle mich an wie ein Idiot.* »Computer, Programm anhalten!«

Die Arme in seine Richtung ausgestreckt, die Lippen feucht schimmernd, wurde T'Leenas Gestalt plötzlich so reglos wie eine Marmorstatue. Ohne zu atmen oder zu blinzeln, war sie erstarrt, als wäre für sie die Zeit angehalten worden. Marc holte tief Luft und wischte sich den Schweiß von der Stirn.

Was soll's? dachte er. Das Tolle an Holokammern war, daß man seine Phantasien immer wieder von neuem durchspielen konnte, bis alles stimmte. Und an den Feinheiten dieses speziellen Programms hatte er in den Monaten seit dem Ende seiner Dienstzeit auf Vulkan laufend gearbeitet. All die unwiderstehlichen und unnahbaren vulkanischen Frauen ...! Doch auch *DS Nine* hatte seine Reize, vor allem Quarks Holokammern.

Er streckte sich wieder in der Koje aus und legte den Kopf auf das Kissen. »Computer, das Programm noch einmal von vorne starten!«

T'Leena verschwand und materialisierte wieder am Eingang zu seinem Quartier. Hinter ihr schloß sich lautlos die Tür, so daß er ganz allein mit ihr war. Sie schob sich durch die Dunkelheit auf ihn zu, bis sie das enthüllende Licht seiner Leselampe erreicht hatte.

Marc schluckte und räusperte sich. »T'Leena«, versuchte er es noch einmal. »Was machst du denn hier?« (*So ist es besser*, dachte er. Diesmal klang seine Stimme tiefer und selbstsicherer.)

»Ich weiß es nicht. Ich verstehe es nicht.« Sie ging neben der Koje in die Knie und legte ihre warme Hand auf Marcs Wange. Ihr Haar, das schwärzer als der Weltraum war und geheimnisvoll schimmerte, floß um ihre nackten Schultern. »Das ist unlogisch. Das hier ist nicht Vulkan.«

»Aber ...«, drängte Marc sie.

»Du läßt mein kühles grünes Blut glühen wie einen Strom aus brennenden Smaragden, Marc Tomson.

Meine Zeit wird erst in vielen Jahren kommen, aber wenn ich dich ansehe, spüre ich die Leidenschaft des *Pon Farr.*« Sie blickte ihn mit uneingeschränkter vulkanischer Aufrichtigkeit an, verwirrt, aber ohne Scham über ihre seltsamen Sehnsüchte. Mein Gott, sie war einfach großartig! Obwohl Marc selbst ihren Text ausgearbeitet hatte, überwältigte es ihn dennoch, wie die Worte über ihre Lippen kamen.

»Was… was willst du von mir?« (*Immer mit der Ruhe!* dachte er. *Überstürze es nicht. Wir haben es ja fast geschafft.*)

T'Leena erhob sich und griff hinter ihren Kopf, um dort die Schleife zu lösen, die ihr Gewand zusammenhielt. Der hauchdünne, durchsichtige Stoff glitt über ihren Körper und fiel mit quälender Langsamkeit zu Boden. »Ich will mit dir *verschmelzen*, Marc Tomson. Ich will unendliche Freuden in unendlichen Kombinationen erkunden. Ich will dir die uralten Geheimnisse der vulkanischen Liebe beibringen…«

»Ja!« platzte es aus Marc heraus. Er konnte es nicht länger hinauszögern. Schweiß lief ihm den Rücken hinunter. Seine Koje schien von Sekunde zu Sekunde heißer zu werden. Er packte den Saum seiner Decke, riß sie beiseite und enthüllte…

… eine dampfende, sich windende Masse aus braunrotem Gestein, die sich zwischen seinen Beinen durch die Matratze nach oben brannte.

Marc schrie entsetzt auf. Er purzelte aus dem Bett und stieß mit T'Leena zusammen. Ihre nackten Gliedmaßen verhedderten sich ineinander, so daß sie auf den harten Kachelboden stürzten. Die holographische Vulkanierin war darauf programmiert, in unvorhergesehenen Situationen zu improvisieren, und versuchte Marc zu umarmen, während sie ihre Liebeserklärung fortsetzte.

»Nur alle sieben Jahre ist nicht genug, nicht für dich…«

Marc hörte ihr kaum zu. All seine Phantasien und Leidenschaften hatten sich urplötzlich verflüchtigt, als dieses entsetzliche Ding in seinem Bett aufgetaucht war. Er verspürte nur noch einen instinktiven Drang zur Flucht. *Ach du Scheiße!* dachte er. *Ich bin völlig schutzlos.* Seine Uniform mit dem Kommunikator lag auf der anderen Seite des Raumes. Seinen Phaser hatte er in seinem echten Wohnquartier zurückgelassen. Constable Odo erlaubte keine Waffen auf der Promenade.

Hektisch versuchte er sich aus der Umklammerung der liebestollen vulkanischen Priesterin zu befreien. Säuredämpfe drangen ihm in die Nase, und er wollte sich umblicken und nachsehen, was das unbekannte Wesen tat, doch T'Leena hielt sein Ohr mit ihren Zähnen fest. Ein dumpfes Poltern hinter ihm deutete darauf hin, daß das Ding von der Koje auf den Boden gefallen war. Vielleicht schob es sich gerade näher an ihn heran.

»Computer!« rief er. »Programm beenden!« Er schaffte es gerade noch, die Worte herauszubringen, bevor T'Leena ihre Zunge in seinen Mund schob.

Die Zunge, T'Leena und der dunkle Raum verschwanden von einem Augenblick auf den anderen, so daß Marc plötzlich allein auf dem Boden der Holokammer lag. Er blinzelte im helleren Licht und hörte in seiner Nähe ein schweres rumpelndes Geräusch. Erst als er sich mindestens einen Meter weiter entfernt hatte, blickte er sich zu der leeren Stelle um, wo noch vor wenigen Herzschlägen eine simulierte Koje gestanden hatte.

Seine Phantasie war entmaterialisiert, aber nicht das Monstrum. Vorsichtig wie ein Neugeborenes, das noch laufen lernte, bewegte es sich im Zickzack über den Boden, wobei es eine Spur aus versengten, zischenden Kacheln hinterließ. Ein schrilles Kreischen wie von rostigen Metallplatten, die gegeneinanderschrammten, kam von diesem Geschöpf und schmerzte in Marcs Ohren. Der Hunger und die zerstörerische Wirkung dieses Wesens waren unverkennbar.

Er blickte sich schnell zu seiner Kleidung um und fragte sich, ob er sie vielleicht noch rechtzeitig erreichen konnte. Dann änderte das Wesen seinen Kurs – vermutlich wegen der plötzlichen Veränderung im Aussehen der Holokammer – und machte einen Satz auf das einzige noch existierende Objekt in diesem Raum zu, nämlich Marc.

Der junge Fähnrich flüchtete aus der Kammer, und zwar so schnell, wie seine Füße es ihm ermöglichten. *O Gott!* dachte er. *Wie soll ich das jemals meinem Commander erklären?*

Kreischendes Gelächter brach in der Bar aus. Quark, der hinter der Theke stand, blickte gerade noch rechtzeitig auf, um den splitternackten menschlichen Mann zu sehen, der über die Treppe von den oberen Stockwerken nach unten hastete. Mit knallrotem Gesicht – wie die Haut eines dumesischen Riesenhummers – kämpfte sich der Mann durch die Bar und lief hinaus auf die Promenade. Obwohl der junge Mann es so eilig hatte, erkannte Quark ihn als den Fähnrich, der die Holokammer fünf gemietet hatte.

Menschen! Quark schüttelte den Kopf. Vermutlich würde es ihm nie gelingen, die sexuellen Verhaltensweisen des *Homo sapiens* zu begreifen. Kein Ferengi würde jemals aus einer Holokammer flüchten, solange er kein profitableres Geschäft witterte. Jedenfalls bestätigte dieser Zwischenfall wieder einmal die Richtigkeit einer der ältesten und heiligsten Regeln des Erwerbs:

Laß dich immer im voraus bezahlen!

Das Horta-Baby war völlig verwirrt. Dieser Raum hatte anfänglich einen sehr interessanten Eindruck gemacht. Hier hatte es weitere Kohlenstoffwesen gegeben, ähnlich wie die zwei kleineren, die es bis vor einer Weile gefüttert hatten, und dazu feste Gebilde, die aussahen und rochen, als wären sie real. Doch dann waren die appetitlichen Häppchen verschwunden, genauso wie das Geschöpf, das nach Kupfer roch. Und das andere Kohlenstoffwesen, das Natriumchlorid in wäßriger Lösung abgesondert hatte, war fortgelaufen, so wie ihre zwei Ernährer.

Die Horta heulte verzweifelt und hungrig auf. Wo war Mutter? Wo war die Nahrung, die sie brauchte?

Trotz ihrer Rufe spürte sie nicht das geringste Anzeichen für die Anwesenheit ihrer Mutter. Allerdings witterte sie Nahrung, irgendwo in dieser seltsamen, beunruhigenden Welt, in der sie erwacht war. Tiefer, erkannte sie, sie befand sich irgendwo unter ihr.

Sie verließ die Holokammer, indem sie sich in den Boden sinken ließ.

7

Jadzia Dax hatte sich vorgenommen, wach zu sein und am Navigationspult zu sitzen, wenn die *Amazonas* in das Davon-System eindrang. Falls sie irgendwelchen anderen Schiffen begegneten, wollte sie an den Kontrollen sein. Sie hatte immer noch Benjamins Ermahnung im Ohr, dafür zu sorgen, daß die Situation nicht noch komplizierter wurde, als sie ohnehin schon war. Dax hatte nicht die Absicht, ihn zu enttäuschen.

Sie spürte die Veränderung der Antriebsgeräusche, als sie mit dem Schiff am äußersten Rand des Systems unter Warpgeschwindigkeit ging. Falls die Cardassianer hier Sensoren installiert hatten, hoffte sie, daß sie sich außerhalb ihrer Reichweite befanden. Sie steckte sich einen Empfänger ins Ohr, um ungestört den Subraum nach Kommunikationsübertragungen abhören zu können, doch statt des gewöhnlichen Knisterns, statischen Rauschens und Gemurmels ferner Stimmen hörte sie nur ein lautes Zischen… das sich außerdem von Sekunde zu Sekunde verstärkte. Als es die Schmerzgrenze erreicht hatte, riß sie sich den Empfänger aus dem Ohr. Dafür mußte ein Van-Luden-Strahlungsgürtel verantwortlich sein. Kein anderes Phänomen brachte ein solches Geräusch hervor.

»Sie hätten mich wecken sollen«, sagte Kira, als sie sich neben Dax in ihren Sitz fallen ließ. »Wie ist unser Status?«

»Hier gibt es einen Van-Luden-Strahlungsgürtel«,

sagte sie. In ihrem Hinterkopf hallte immer noch ein unangenehmer Lärm nach.

»Wo? Ich kann nichts ...«, sagte Kira, während sie sich über die Sensoranzeigen beugte. »Ich hab's. Fünfzigtausend Kilometer voraus, Abstand verringert sich.«

»Eine solche Deckung können wir gut gebrauchen«, sagte Dax. »Wenn wir sie nicht hören können, können sie auch uns nicht hören ... einschließlich des Lärms unserer Warpspulen.«

Wohl oder übel mußte sie Kira die Kontrolle über das Schiff zurückgeben. Das schrille Geräusch in ihrem Kopf brachte allmählich ihren Gleichgewichtssinn durcheinander. Sie durfte nicht die gesamte Besatzung in Gefahr bringen, wenn ihre Fähigkeit zur Steuerung des Flitzers beeinträchtigt war. Mit einem langsamen Kopfschütteln versuchte sie den Lärm zu vertreiben. Wenn es nicht bald aufhörte, müßte sie sich an Julian wenden.

»Das ist schön und gut, solange wir hier draußen sind«, sagte Kira. »Aber es hilft uns nicht bei der Suche nach dieser Horta. Versuchen Sie, ob Sie trotzdem irgendwelche cardassianischen Schiffe entdecken können.«

»Ich habe Ihnen doch gesagt«, erwiderte Dax, »daß die Störungen des Strahlungsgürtels alles andere überlagern.« Hatte Kira ihr überhaupt nicht zugehört? »Erst wenn wir uns weiter davon entfernt haben, können wir wieder irgend etwas orten.« Sie schüttelte wieder den Kopf. Allmählich ließ das Geräusch nach.

»Ich meinte auch nicht, daß Sie die Sensoren einsetzen sollen, sondern Ihre eigenen Augen.«

»Was?« Es klang verrückt, aber Kira machte nicht den Eindruck, als hätte sie gescherzt. Einen Moment lang fragte sich Dax, ob das statische Rauschen ihr Gehör beeinträchtigt hatte. »Sie wollen, daß ich mich an ein Bullauge setze und nach draußen schaue?«

»Völlig richtig«, sagte Kira. »Die Sicht nach draußen ist klar. Ihr Leute von der Föderation verlaßt euch viel zu sehr auf die Technik. Was würden Sie tun, wenn die Sensoren ausfallen? Dann könnten Sie immer noch ein paar tausend Kilometer in jede Richtung blicken. Manchmal genügt das.«

Dax mußte unwillkürlich nickten. Es könnte funktionieren. »Eine sehr einleuchtende, wenn auch primitive Lösung. Ich werde mal schauen, ob ich etwas entdekken kann.«

Sie stand auf und ging nach hinten. An jedem Steuerbordfenster hielt sie an und schaute ein paar Sekunden lang hinaus, um die leere Finsternis zu studieren. Mittlerweile funktionierte ihr Gehör fast wieder normal, worauf sie sich etwas entspannte. Ein Punkt weniger, um den sie sich Sorgen machen mußte.

Der Van-Luden-Strahlungsgürtel schien zum Greifen nah, ein schimmernder gelber Schleier aus Licht am Horizont, der einen seltsamen Reiz auf sie ausübte. Es gab kaum etwas Schöneres als die Wunder des Alls, dachte sie. Vielleicht war das der Grund, warum sie eine solche Affinität zur Wissenschaft entwickelt hatte – und zu den Grenzen des bekannten Universums.

Als sie ihren Rundgang durch den Flitzer fortsetzte, kam sie an die Stelle, wo man den Spieltisch zur Nacht wieder an die Wand geklappt hatte. Julian und die anderen hatten es sich auf dem Boden auf Schlafmatten bequem gemacht, die aus dem Lager des Schiffes stammten. Vorsichtig ging sie zwischen ihnen hindurch. Julian sah im Schlaf richtig nett aus, dachte sie. Seine ständig gerunzelte Stirn war nun glatt und entspannt. Sie lächelte ihn auf fast mütterliche Weise an. Manchmal war er wie ein liebes Kind.

Auch nachdem sie durch das hinterste Bullauge geblickt hatte, hatte sie nichts entdeckt, also machte sie sich an der Backbordseite auf den Rückweg. Dort erstreckte sich ebenfalls der Van-Luden-Strahlungsgürtel scheinbar bis in die Unendlichkeit. Ihre Augen wurden magisch davon angezogen, wie eine Motte vom Licht. Sie empfand eine seltsame Leere, während sie ihn betrachtete, und beschloß, nach der Rückkehr zur Station nachzuschlagen, welche Studien darüber von Starfleet durchgeführt worden waren, als dieses System noch zum Territorium der Föderation gehört hatte.

Am vorletzten Bullauge bemerkte sie plötzlich eine flüchtige Bewegung. Sie blinzelte und strengte ihre Augen an. Ja, da war etwas ... etwas Kleines, Kreisrundes, das sich vor dem Schein des Strahlungsgürtels bewegte.

»Kira«, sagte sie. »Da ist etwas, das sich von langsam Backbord nähert.«

»Wo?« wollte Kira wissen.

Dax verdrängte den Strahlungsgürtel aus ihren Gedanken und eilte zu ihrem Platz zurück. Sie beugte sich vor, versuchte die Stelle auf ihrem Monitor ausfindig zu machen und zeigte dann darauf. »Hier. Sehen Sie es?«

»Ich bringe uns näher heran«, sagte Kira. »Wir gehen auf Abfangkurs.«

Dax spürte ein leichtes Zittern in den Bodenplatten, als die *Amazonas* zum Leben erwachte. Sie beugte sich vor und beobachtete aufmerksam, wie der schwarze Punkt zur Größe eines Tellers anschwoll und dann die Ausmaße eines kleinen Schiffes annahm ...

Nein, es war kein Schiff, stellte sie erleichtert fest. »Es ist ein Asteroid«, sagte sie. »Der Strahlungsgürtel ist nicht so sauber, wie Sie dachten, Kira.«

»Passen Sie auf!« sagte Kira.

»Was haben Sie vor?« fragte Dax. Sie bemerkte, daß sie sich immer noch auf direktem Kollisionskurs mit dem Asteroiden befanden

»Noch eine Sekunde ...«, flüsterte Kira

»Gehen Sie mit der Geschwindigkeit runter! *Kira!*« rief Dax beunruhigt. »Weichen Sie aus – Sie werden ihn rammen!« Die von Kratern durchlöcherte Oberfläche des Asteroiden hing jetzt wie eine riesige pockennarbige Wand vor ihr und füllte den gesamten Bildschirm aus.

»Keine Sorge, ich weiß, was ich tue«, sagte Kira. Sie zündete die Manöverdüsen im allerletzten Moment. »Ich habe das schon tausendmal gemacht.«

Dax machte sich auf den Zusammenstoß gefaßt. Kira hatte offensichtlich den Verstand verloren. Niemand flog mit manueller Kontrolle so nahe an einen Asteroiden heran.

Kira aktivierte noch einmal die Manöverdüsen, bis sie sich im Kriechtempo bewegten. Schließlich berührte der Bug des Flitzers mit einem dumpfen Knirschen die Oberfläche des Asteroiden.

»Sie wollen ihn schieben«, sagte Dax in ehrfürchtigem Erstaunen. Sie hatte ein solches Manöver noch nie zuvor gesehen. Die Waghalsigkeit raubte ihr fast den Atem.

»Völlig richtig«, sagte Kira. »Halten Sie sich fest!«

Ein schweres Wummern erfüllte die Kabine, als sich die Maschinen des Flitzers gegen die Masse des Asteroiden stemmten, doch Dax hatte das bestimmte Gefühl, daß sie trotzdem schneller wurden. Sie warf einen Blick auf die Anzeigen der relativen Geschwindigkeit des Schiffes. Ihr Tempo nahm mit beinahe exponentieller Steigerung zu. Als Kira von den Manöverdüsen auf Impulsantrieb umschaltete, bewegten sie sich mit beträchtlicher Geschwindigkeit.

Bald hatten sie den Van-Luden-Strahlungsgürtel hinter sich gelassen. Als Kira den Antrieb abstellte und sich mit den Düsen fünfzehn Meter weit von der Oberfläche des Asteroiden entfernte, konnte Dax zum ersten Mal wieder aufatmen. Jetzt waren sie wenigstens wieder einigermaßen manövrierfähig. Sie mochte es nicht, wenn sie einen zu knappen Spielraum hatte.

Kira betätigte mehrere Schaltungen. Die Innenbeleuchtung und die meisten Instrumente erloschen. »Wir wollen vermeiden, daß sie unsere Energiestrahlung registrieren«, sagte sie. Dann lehnte sie sich zurück und blickte Dax an. »Wir müßten inzwischen außerhalb der Interferenz des Strahlungsgürtels sein. Probieren Sie, ob die Sensoren wieder arbeiten.«

Dax blinzelte. »Sie verblüffen mich immer wieder, Kira«, sagte sie.

»Es ist ein uralter Trick, wie ich schon sagte. In der Umgebung von Bajor gibt es jede Menge Asteroiden. Wir haben uns auf diese Weise schon mit ganzen Flotten in den Orbit geschlichen. Empfangen Sie irgend etwas?«

»Noch nicht.« Dax schloß die Untersuchung der zwei innersten Planeten ab und wandte sich dem dritten zu. Selbst für einen Gasriesen strahlte er ungewöhnlich viel Energie ab. Sie führte einen detaillierteren Scan durch, der jedoch keine ungewöhnlichen Resultate erbrachte. Wenn auf dem Planeten nichts war, dachte sie, dann vielleicht auf den Monden … Da! Auf dem innersten Mond, das mußte ein Kraftfeld sein. Mit einem triumphierenden Lächeln überprüfte sie die Subraumaktivitäten. Da war eindeutig eine Funksendung, die zudem genau auf Cardassia gerichtet war.

»Ich habe sie gefunden«, gab sie bekannt. »Auf dem innersten Mond des dritten Planeten ist eine kleine Basis. Und ich empfange eine Kommunikation mit Cardassia.« Sie blickte Kira an. »Der Computer kann sie nicht entschlüsseln. Die Übertragung ist mit einem Sicherheitscode verschlüsselt.«

Kira lächelte wie ein Wolf. »Bingo, wie Sie zu sagen pflegen. Zu schade, daß die cardassianischen Codes so schwer zu knacken sind. Ich würde einiges geben, wenn ich mithören könnte, was sie sich gerade zu sagen haben.«

»Ich ebenfalls«, entgegnete Dax. »Ich werde einmal

nachsehen, was unsere Datenbanken über diesen Mond wissen. Ich habe vor unserer Abreise vorsichtshalber die Starfleet-Berichte über alle Systeme der Umgebung in unseren Computer überspielt.«

Sie rief die Daten über das Davon-System auf und wählte gleich den betreffenden Planeten aus. »Der Gasriese ist vierzehn astronomische Einheiten von der Sonne entfernt«, las sie vor. »Sein innerster Mond wurde als vielversprechend für den Abbau von Rohstoffen eingestuft. Das erste Erkundungsteam fand Spuren von Phlaginum, Uran und weiteren Schwermetallen – darunter auch Latinum. Man hat keine größeren Vorkommen entdeckt, aber dann wurde das Davon-System an die Cardassianer übergeben, bevor man gründlichere Untersuchungen durchführen konnte.«

»Latinum«, sagte Kira nachdenklich. »Bei den Cardassianern ist es genauso wertvoll wie in der Föderation. Ich wette, sie haben Ttan hierhergebracht.«

»Dafür besteht eine hohe Wahrscheinlichkeit«, pflichtete Dax ihr bei. Sie wußte, daß ihr mathematisch veranlagter Symbiont eine große Summe darauf gesetzt hätte.

»Weitere Erkenntnisse?« fragte Kira.

»Nicht in diesem Bericht.« Sie richtete erneut die Sensoren auf den Mond. Da sie wußte, wie paranoid sich die Cardassianer für gewöhnlich verhielten, vermutete sie, daß es hier noch einige Fallen gab. Diesmal entdeckte sie einen Sicherheitssatelliten im Orbit um den Mond. Er hatte sich während der ersten Messungen offenbar auf der Rückseite befunden. Der Flitzer mußte außerhalb seiner Reichweite bleiben, denn zweifellos war er mit einigen unangenehmen Waffen ausgestattet. Jetzt ging es nur darum, einen günstigen Annäherungskurs zu berechnen.

Sie rief noch einmal den Bericht auf. »Der innerste Mond benötigt sieben Stunden für eine Umkreisung des Planeten«, sagte sie. »Der dritte Mond bewegt sich wesentlich schneller … eins Komma sieben sieben Stunden Umlaufzeit. Er überholt den ersten Mond etwa alle zwei Stunden.«

»Ich weiß, woran Sie denken«, sagte Kira. »Sobald sich der Mond mit der cardassianischen Basis hinter dem Planeten befindet, machen wir uns auf den Weg zum dritten Mond.«

»Das wäre in etwa zwanzig Minuten«, sagte Dax und stand auf. Sie spürte bereits, wie ihr Adrenalinspiegel stieg. »Ich wecke die anderen.«

Ttan grub sich hektisch durch den Fels, während sie nach dem flüchtigen Geschmack von Latinum suchte. Die Spurenelemente, die sie mit diesem Kristall assoziierte, waren überall vorhanden. Sie stieß auf eine Quarzader, die bis tief in den Kern von Davonia zu führen schien und schlug eine andere Richtung ein. Hier würde sie nichts finden, wie sie wußte. Größere Chancen bestanden in der Nähe von Nickel und Eisen, Pergium und Kobalt.

Vielleicht lag es tiefer, dachte sie und grub sich nach unten. Der Fels rings um sie herum fühlte sich kühl auf ihrer Haut an, wie eine heilsame Salbe nach den endlosen Stunden im scheinbaren Fall an Bord der *Messerklinge*. Fünfzig Meter unter dem Stollen, in dem Gul Mavek und seine Soldaten warteten, entdeckte sie eine Pergiumader. In unmittelbarer Nähe befanden sich Latinumkristalle – manche so groß wie eine menschliche Faust.

Geschafft! dachte sie. Sofort drehte sie sich um und wandte sich dorthin, wo sie Gul Mavek zurückgelassen hatte.

Im Rücken seiner Männer brach sie durch die Wand. Sie sprangen schnell beiseite und richteten ihre Waffen auf sie. Ttan achtete nicht weiter darauf, sondern bewegte sich zu Gul Mavek weiter, bis sie vor ihm stand.

»Nun?« fragte er freundlich. »Was hast du gefunden, Ttan?«

»Latinum, wie du verlangt hast.«

»Wo?«

Sie sagte es ihm. »Jetzt laß mich meine Kinder sehen!«

»Nein«, sagte Gul Mavek. »Du hast länger gebraucht, als nötig gewesen wäre. Vielleicht morgen, wenn du dann … kooperativer bist.«

Ttan kreischte vor Wut und Enttäuschung auf. Sie konnte ihren Zorn kaum unter Kontrolle halten. Sie hätte sich am liebsten auf Mavek gestürzt und ihn mit ihren Säuren, die Gestein zerfressen konnten, verbrannt, bis er ihre Kinder freigab.

Er schien ihre Reaktion zu spüren. Seine Lippen verzogen sich auf eine Weise, die Ttan als humanoiden Ausdruck der Belustigung kennengelernt hatte.

»Du weißt natürlich«, sagte er, »daß alle deine Eier *sofort* vernichtet werden, wenn mir etwas zustößt.«

Ttan sagte eine ganze Weile lang gar nichts. Schließlich antwortete sie ihm doch. »Ja.«

»Geh mit diesen Wachen«, sagte er zu ihr. »Sie werden dich an einen Ort bringen, wo du dich ausruhen kannst. Wenn du kooperierst, werde ich vielleicht sogar erlauben, daß du morgen deine Kinder sehen kannst.«

Er drehte sich um und ging durch den Tunnel fort. Ttan, die nun allein mit den Wachen war, spürte dieselbe wütende, leere Verzweiflung, wie sie die letzte Erste Mutter erlebt haben mußte, als erstmals Menschen in das heilige Gewölbe der Ahnen einbrachen und dabei Hunderte von Eiern zerstörten.

Nur daß es diesmal meine *Eier sind,* dachte sie. *Es sind* meine *Kinder.*

Wenn ihnen irgend etwas zustieß, schwor sie sich, würde sie Gul Mavek töten, selbst wenn sie dabei ihr eigenes armseliges Leben verlor.

Kira beugte sich vor und versuchte das unangenehme Gefühl in ihrer Magengegend zu unterdrücken. Sie wußte, daß nun die wirklichen Probleme begannen. Ihre Handflächen waren feucht vor Schweiß.

Sie sah zu, wie der innere Mond vollständig hinter dem Gasriesen verschwand. Jetzt war ihre Gelegenheit gekommen. Sie tauschte einen schnellen Blick mit Dax, die mit einer Selbstsicherheit nickte, die Kira sich auch gewünscht hätte.

»Es geht los«, murmelte sie. Dann aktivierte sie die Düsen und brachte den Flitzer aus der Deckung des Asteroiden.

Ein Alarmsignal begann auf Dax' Konsole zu blinken. »Was ist das?« wollte Kira wissen, während ihr tausend unangenehme Möglichkeiten durch den Kopf schossen.

»Wir werden gescannt!« sagte Dax.

»Geben Sie mir die Koordinaten!« erwiderte Kira. Sie war mit einem Schlag völlig ruhig geworden. Es war genauso wie damals im Widerstand, wenn sie sich durch cardassianische Fallen gekämpft hatte.

»Es ist eine kleine Vorrichtung in einer Duraniumhülle, etwa fünfzigtausend Kilometer entfernt. Position zwanzig Komma vier.«

»Ich habe es!« sagte Kira und änderte den Kurs. Es mußte sich um eine Kugelsonde handeln, dachte sie. Die Cardassianer hatten sie auch über Bajor benutzt. Sie aktivierten sich, wenn sie die Energieemissionen eines fremden Raumschiffs registrierten.

»Ich werde versuchen, die Sonde an Bord zu beamen«, sagte Dax. »Vielleicht kann ich sie deaktivieren und ...«

»Nein!« sagte Kira. Sie machte den ersten Torpedo des Flitzers scharf und feuerte ihn ab. »Das Ding gehört mir!«

Sie versteifte sich. Auf dem Monitor sah sie, wie sich am Standort der Kugelsonde ein weißglühender

Ball aus Plasmaenergie bildete. Als der Torpedo detonierte und mehrere Ringe aus strahlender Energie abgab, wurde der Flitzer von den Schockwellen wie ein Blatt auf einem bajoranischen Ozean durchgeschüttelt. Es war ein herrliches Gefühl. Kira hatte schon fast vergessen, wie belebend ein Kampf sein konnte.

Voller Stolz drehte sie sich um. »Ich hab das Ding erwischt!«

Dax lehnte sich in ihrem Sitz zurück. »Ich bin mir nicht sicher, ob das eine so gute Idee war, Kira«, sagte sie. »Wenn die Cardassianer bemerken, daß eine ihrer Sonden fehlt, wissen sie sofort, daß irgend etwas nicht stimmt.«

»Kein Problem«, erwiderte Kira. »Ich werde den Kurs des Asteroiden ändern, so daß sie glauben, er hätte die Beschädigung verursacht.« Sie schob den Flitzer wieder an den Asteroiden heran. Damit müßte die Sache erledigt sein, dachte sie.

»Und wir haben einen unserer Torpedos verloren.«

»Sie sind dazu gedacht, benutzt zu werden«, sagte Kira mit leichter Verärgerung. Es ging ihr allmählich auf die Nerven, jede ihrer Entscheidungen vor Dax rechtfertigen zu müssen. »Deshalb haben wir sie doch mitgenommen, oder? Und wenn Sie die Sonde an Bord geholt hätten, wäre unser Schiff zerstört worden. Kugelsonden explodieren sofort, wenn sich jemand daran zu schaffen macht. Glauben Sie mir, ich kenne mich damit aus. Ich habe auf diese Weise schon mehrere Freunde verloren.«

»Oh«, sagte Dax. »In diesem Fall muß ich mich bei Ihnen bedanken, Kira.«

»Schon gut«, erwiderte sie. »Keine Ursache.« Sie zündete wieder die Düsen, worauf der Flitzer mit einem sanften Ruck gegen den Asteroiden stieß. Mit weiteren Schüben veränderte sie seinen Kurs, so daß er den Trümmern der Kugelsonde entsprach.

»Ich wünsche mir nur etwas mehr Teamgeist«, sagte Dax. »Vergessen Sie bitte nicht, daß wir ein Rettungs-*team* sind.«

Kira atmete tief durch. Manchmal kam sie sich in der Gegenwart des dreihundertjährigen Symbionten wie ein ungezogenes Kind vor, das behutsam von seiner Großmutter getadelt wurde. »Tut mir leid. Ich habe wohl rein instinktiv gehandelt.«

Dax lächelte. »Vielleicht brauchen wir Ihre Instinkte, um diese Sache lebend zu überstehen.«

»Mir haben sie in all den Jahren gute Dienste geleistet«, murmelte Kira.

Nachdem der Asteroid auf seinen neuen Kurs gebracht war, zog sie sich mit dem Flitzer zurück und steuerte den dritten Mond an. Sie wollte keine Zeit mehr verlieren. Wenn Dax Teamgeist wünschte, würde Kira ihr schon zeigen, was sie von einem guten Team erwartete.

Dax sagte: »Bei dieser Geschwindigkeit treffen wir in voraussichtlich zweiunddreißig Minuten ein. Damit hätten wir noch vierzig Minuten, bis der Mond mit der cardassianischen Basis wieder in Sicht kommt, und noch einmal zweiundfünfzig Minuten, bis er in Transporterreichweite ist.«

»Gut.«

Kiras Gedanken rasten. *Teamgeist.* Sie konnte es so haben, wenn sie unbedingt wollte. Manchmal schien Dax – genauso wie Sisko – zu glauben, alle Bajoraner wären schießwütige Einzelkämpfer, denen es nur um persönlichen Ruhm ging. Was sprach dagegen, wenn sie nicht zuviel Kontrolle aus der Hand geben wollte? Je kürzer die Befehlskette war, desto weniger schwache Glieder konnten brechen. Viele Bajoraner hatten diese Lektion im Widerstand gelernt.

Sie sollten glauben, was sie wollten, entschied Kira schließlich. Sie wußte genau, was sie tat, und war bereit, die volle Verantwortung für ihre Entscheidungen zu übernehmen. Das war es, was man auf Bajor unter Autorität verstand. Und wenn sich irgendein cardassianischer Bastard zwischen sie und Ttan stellte … nun, ein Team konnte genauso effektiv töten wie eine Einzelperson.

8

Habitatring, Suite 959:

Die kleine Horta hatte noch keinen Namen, aber sie wurde ungeduldig. Monatelang hatte sie in einer dunklen, wohligen und nahrhaften Welt gelebt. Jetzt war die Behaglichkeit eng und hinderlich geworden, und die Reste der harten Schale, die sie umgab, konnten ihren Appetit nicht mehr stillen. Sie verlangte nach mehr, und irgendwie wußte sie, daß das, was sie brauchte, hinter der Schale lag.

Säure drang aus ihren Poren, und sie preßte sich gegen die Begrenzung ihrer Welt. Plötzlich löste sich die Enge auf, und zu ihrem Erstaunen war nun alles viel größer und offener als zuvor. Sie schob sich vorwärts, vom Instinkt getrieben und von diesem seltsamen neuen Universum angelockt. Schon nahm sie aufregende, unterschiedliche Geschmacksempfindungen in der Luft wahr. Der hohe, schwarze Sockel, auf dem sie lag, reizte ihre Fühler mit dem faszinierenden Aroma von Mineralien, die ihren Hunger nur verstärkten. Ihre Säuren lösten die Nahrung aus dem Boden, damit ihre gierigen Fransen sie aufsaugen konnten.

Überall in ihrer Umgebung war Bewegung. Andere Geschöpfe – die genauso waren wie sie – schlüpften aus ihren Eiern. Der dunkle und leere Raum, der sie umgab, war mit dem rötlichen Glühen und dem Rauch brennender Schalen erfüllt. Doch neben diesen Gerüchen und dem köstlichen Geschmack des Sockels spürte sie etwas noch Besseres, etwas Unwiderstehliches, das fern, aber doch verlockend nahe war.

Gemeinsam mit ihren Brüdern und Schwestern grub sich die neugeborene Horta durch den Sockel nach unten. Unter der äußeren Hülle stieß sie auf weitere Delikatessen, auf kristalline Strukturen und winzige, oft nur mikroskopisch kleine Appetithäppchen, die sich aus verschiedensten Elementen und Legierungen zusammensetzten. Obwohl dieses Naschwerk durchaus seinen Reiz hatte, stellte sie schnell fest, daß es auf Dauer keine Erfüllung darstellte. Ihr Hunger war so groß, daß sie etwas Reichhaltiges und Kompaktes brauchte. Es war frustrierend, von Leckerbissen zu naschen, die bereits verdaut waren, kaum daß sie sie entdeckt hatte.

Ihre Geschwister drängelten sich überall in ihrer Umgebung und schrien genauso wie sie vor Hunger und Aufregung. Als sie den Boden des Raumes erreichte, kaum zehn Minuten nachdem sie ihr Ei verlassen hatte, war der gesamte Sockel von den Hortas aufgefressen worden. Nur noch ein rauchendes Dreieck aus verkohlten Rückständen markierte die Stelle, an der zuvor die Eier gelegen hatten.

Wohin jetzt? Die kleine Horta war völlig verwirrt über das Durcheinander aus Geschmacksempfindungen, das auf sie einströmte. Wohin sollte sie sich als nächstes graben? Was sollte sie fressen? Mit den Spitzen ihrer Fühler spürte sie immer noch die Verlockung einer Delikatesse, die köstlicher als alles andere war, was sie bislang zu sich genommen hatte, doch ihre Sinne waren durch die fremdartige Umgebung so sehr verwirrt, daß sie dieses Ziel nicht ohne weiteres lokalisieren konnte. Sogar die Schwerkraft wirkte an diesem Ort irgendwie unnatürlich. Und sie war so hungrig, und es gab so viele andere eßbare Dinge …!

Ihre Geschwister klangen genauso orientierungslos wie sie. Sie verteilten sich in alle Richtungen und gruben sich in die Wände und den Boden. Der brennende Geruch ihrer ätzenden Spuren regte den Appetit der

Horta nur noch mehr an und verdeckte beinahe die undeutliche Witterung der Nahrung, nach der es sie am meisten verlangte. Sie roch Polymere und Plastik, Metalle in reiner und gebundener Form, seltene Erden und Isotope. Ein junger Horta konnte kaum so viele Reize auf einmal ertragen, dennoch war es gleichzeitig zuviel und auf seltsame Weise nicht genug.

Mit einem Mal empfand die Horta eine Abwesenheit und eine Sehnsucht, die nichts mit ihrem körperlichen Hunger zu tun hatte. Irgend jemand hätte für sie da sein sollen, erkannte sie, jemand, der sie führte, sich um sie sorgte und sie beschützte. *Mutter!* dachte sie mit einem Verlangen, das ihr angeboren war. Wo war Mutter?

Als die Horta nach ihrer Mutter schrie, vibrierte der Boden unter ihr. Der verzweifelte Ruf klang wie eine Alarmsirene. Doch niemand antwortete ihr, und nach einer scheinbar endlosen Minute spürte die kleine Horta, wie ihr Drang nach Nahrungsaufnahme wieder stärker wurde. Also vertraute sie auf ihre Instinkte und tat das, was jeder Horta tat, wenn er verwirrt und gereizt und ganz auf sich allein gestellt war. Sie grub sich tief in die Masse von *Deep Space Nine* hinein, wobei sie alles fraß, was ihr in den Weg kam.

Sie fügte den Löchern, die ihre Geschwister hinterlassen hatten, einen neuen Krater hinzu, als sie sich einen Tunnel in den Boden grub. Sie brannte sich durch offene Schaltkreise und solide Maschinen. Seltsame Energieformen kitzelten ihre Haut, als sie den direkten Fluß von Elektronen und ionisierten Partikeln unterbrach. Die Horta spürte kaum etwas von der Strahlung, da sie nur an festen Substanzen interessiert war. Außerdem gab es so viele neue Geschmacksrichtungen zu entdecken. Sie konnte sich gar nicht schnell genug weitergraben.

An diesem Morgen war Keiko O'Briens Klassenzimmer überfüllt. Sie vermutete, daß viele der Touristen, die gegenwärtig *DS Nine* besuchten, ihre Schule als kostenlose Kindertagesstätte benutzten. Die Schüler, die an ihren Tischen hinter den kleinen Individualcomputern saßen, entstammten mehr als einem Dutzend Spezies. Ein Gewirr aus Sprache, Knurren, Quieken und Zirpen erfüllte den Raum, als die Kinder in den letzten Minuten vor dem Beginn des Unterrichts miteinander tratschten und scherzten. (Die Hausarbeiten und Aufzeichnungen waren schon früher auf der Promenade ausgetauscht worden, wie Keiko genau wußte.) Jake Sisko war nicht anwesend, bemerkte sie. Vermutlich trieb er sich wieder einmal mit seinem Ferengi-Freund herum. Sie überlegte, ob sie Jakes Vater von seiner Abwesenheit Mitteilung machen sollte. Sie würde ihn nur sehr ungern damit belästigen, da Commander Sisko sicherlich schon genügend Sorgen hatte, ohne daß sie ihn an den schlechten Umgang seines Sohnes erinnern mußte. Vielleicht hatte Miles eine Idee, wie sich das Thema am besten anschneiden ließ. Sie beschloß, die Angelegenheit sofort mit ihrem Mann zu besprechen, wenn sie nach Hause gekommen war.

Jetzt mußte sie ihre Klasse unterrichten. Sie warf einen Blick auf den Datenblock in ihrer Hand, um nachzusehen, was heute auf dem Lehrplan stand. »Guten Morgen«, sagte sie gutgelaunt und lächelte ihre Schüler freundlich an, womit sie gleichzeitig die allgemeinen Gespräche zum Verstummen brachte. »Gestern haben wir über den Mond gesprochen, der in ein paar Tagen *DS Nine* passieren wird. Kann sich jemand daran erinnern, wie dieser Mond heißt?«

Die kleine Molly, die an einem Tisch in der ersten Reihe saß, hob ihre Hand. Keiko war nicht überrascht, denn ihre Tochter hob jedesmal die Hand, ob sie nun die Antwort wußte oder nicht. Mit drei Jahren war Molly eigentlich zu jung, um bereits am Schulunterricht teilnehmen zu können; das meiste von dem, was durchgenommen wurde, verstand sie nicht. Aber es machte ihr Spaß, den Unterricht ihrer Mutter zu verfolgen. Außerdem waren zuverlässige Babysitter – wie so viele andere Dinge – Mangelware auf der Station. Zum Glück verhielt Molly sich meistens ruhig, während sie auf ihrem Computer spielte oder Bilder zeichnete.

Keiko lächelte Molly zu, rief dann jedoch ein zehnjähriges bajoranisches Mädchen in der dritten Reihe auf. »Der Verlorene Sohn«, antwortete Yelsi stolz. Ein traditionelles Ohrgehänge lugte hinter den dunkelbraunen Zöpfen des Mädchens hervor.

»Gut«, sagte Keiko und wandte sich dann wieder an die ganze Klasse. »Kann auch jemand erklären, warum er so genannt wird?« Ein junger Tellarit, dessen borstige gelbe Mähne auf die bevorstehende Pubertät hinwies, hob eine dreifingrige Hand. »Ja, Gann?«

»Das geht auf ein altes bajoranisches Märchen zurück«, antwortete er mit einem Grinsen. Keiko bemerkte, wie Yelsi und die anderen bajoranischen Kinder Gann böse Blicke zuwarfen.

O nein! dachte Keiko. Seit dem Bombenanschlag bajoranischer Fundamentalisten auf ihr Klassenzimmer – angeblich wegen einer Beleidigung ihres religiösen Empfindens – war sie sehr vorsichtig geworden, wenn es um die Kultur und den Glauben Bajors ging. Gleichzeitig schämte sie sich dafür, was viel schlimmer war. Nun, es hatte sich zwar herausgestellt, daß dieser spezielle Zwischenfall nur einen Mordanschlag gegen einen unliebsamen religiösen Führer vertuschen sollte, doch Keiko wußte sehr genau, daß der Konflikt zwischen der Religion Bajors und der Wissenschaft der Föderation damit keineswegs beigelegt war. Der Streit konnte jeden Augenblick wieder ausbrechen. Trotz ihrer Bedenken wollte Keiko die Sache nicht unter den Tisch kehren. Sie hoffte nur, daß sie diesmal Erfolg damit hatte.

»Nun, Gann, du mußt wissen, daß es keinen Grund

gibt, eine so respektlose Bezeichnung im Zusammenhang mit der bajoranischen … Religion zu benutzen.« Sie hätte fast ›Mythologie‹ gesagt, konnte sich aber noch im letzten Moment korrigieren. *Ich spreche aus meinem Herzen,* versuchte sie ihr Gewissen zu beruhigen, *und ich will es den Bajoranern auch nicht zu leicht machen.* »Dieser Mond ist nach einer Gestalt aus uralten Schriften benannt, die für viele Bajoraner heilig sind. Was würdest du sagen, wenn sich die anderen Schüler über die tellaritische *Schriftrolle vom Ewigen Fasten* lustig machen würden?« Gann wirkte verlegen und stampfte unbehaglich mit den Hufen auf. »Wir dürfen niemals vergessen, daß das Wurmloch eine wunderbare Gelegenheit ist, Mitglieder vieler Zivilisationen aus der ganzen Galaxis zusammenzubringen. Doch wenn wir diese Gelegenheit wirklich nutzen wollen, müssen wir aufgeschlossen gegenüber Personen sein, die anders aussehen oder anders denken als wir. Toleranz und Verständnis ist das, worum es auf *Deep Space Nine* im Grunde geht.«

Sie machte eine Pause. »Es gibt ein vulkanisches Sprichwort …«, begann sie, doch dann bemerkte sie, wie sich ohne jede Vorwarnung der Boden unter ihr plötzlich in Wellenbewegungen aufwarf.

Keiko trug an diesem Vormittag Sandalen mit schweren Gummisohlen. Trotzdem verspürte sie eine plötzliche Hitze unter den Füßen, die so intensiv war, daß sie unwillkürlich zurücksprang und überrascht ihren Datenblock fallenließ. Das Gerät schlug nur wenige Zentimeter von der Stelle entfernt auf, wo der Boden des Klassenzimmers rot zu glühen begonnen hatte. Keiko beobachtete entsetzt, wie der Datenblock zischend zusammenschmolz. Der Geruch nach brennendem Plastik drang ihr in die Nase. Weißer Rauch stieg vom Boden auf.

Offenbar eine Art Plasmaleck, dachte sie. Dann wurde ihre Angst fast von einem plötzlichen Wutanfall verdrängt. Sie hatte *Deep Space Nine* schon immer gehaßt. *Diese Station ist eine Todesfalle,* dachte sie. *Ich wußte, daß eines Tages so etwas geschehen würde. Miles!* schrien ihre Gedanken. *Wo bist du? Du hast mir versprochen, wir seien hier in Sicherheit.*

Vom Datenblock war nur noch rauchende Asche übrig. Vor ihren Augen löste sich der Boden auf, und dann schob sich eine windende, formlose Masse aus steinartigem Material nach oben in den Raum. Das Ding hatte weder Kopf noch Gliedmaßen oder sonstige Merkmale, die Keiko hätte identifizieren können. Sie sah nur, wie sich die vordere Hälfte des Wesens vom Boden erhob; an seiner Unterkante befand sich ein Kranz aus Fransen. Es schwankte vor und zurück, als suchte es nach etwas.

Gann quiekte wie ein terranisches Schwein. Yelsi kreischte verängstigt, und kurz darauf schrien alle Kinder. Sie sprangen von ihren Plätzen auf, wobei einige die Tische umwarfen, und flüchteten zum Ausgang. Sie schubsten, drängelten und stiegen übereinander hinweg, um dem Monstrum zu entkommen, das so unvermittelt aufgetaucht war. Ein froschähnlicher Wollowan-Junge stieß sich mit seinen kräftigen Hinterbeinen ab und sprang über die Köpfe seiner Klassenkameraden hinweg, wobei er fast gegen die Decke geprallt wäre. »Wartet! Keine Panik! Denkt an unsere Notfallübungen!« rief Keiko ihnen nach, doch es war sinnlos. Ihre Schüler konnten oder wollten ihr im Getümmel nicht zuhören. Als der Eindringling ein schrilles metallisches Kreischen ausstieß, wurde der Lärm unerträglich.

Soviel zum Thema Toleranz zwischen verschiedenen Spezies, dachte Keiko verbittert. Sie konnte den Kindern allerdings keinen Vorwurf machen, denn sie selbst hatte große Angst. Sie blickte sich hektisch nach Molly um. Zu ihrer Überraschung saß ihre Tochter immer noch an ihrem Tisch und beobachtete das Geschöpf mit unverkennbarer Faszination. Für Molly schien das unförmige Monstrum nicht furchteinflößender als ein Schleimteufel im Zookäfig zu sein. *Nun,* dachte Keiko mit bitterem Humor, *wenigstens weiß ich jetzt, daß es jemanden gibt, der sich meine idealistischen Worte zu Herzen genommen hat.*

Das Geschöpf bewegte sich auf die größtenteils verlassenen Tische zu, direkt in Mollys Richtung. Jeder Muskel in Keikos Körper wollte vorpreschen, sich ihre Tochter schnappen und davonlaufen, doch das Fremdwesen, dessen zerklüftete Haut in einem inneren Rhythmus pulsierte, befand sich genau zwischen ihr und Molly. Bis jetzt machte es keine eindeutig bedrohlichen Bewegungen, und genaugenommen wirkte es eher orientierungslos und möglicherweise verwirrt über die Umgebung, wenn man menschliche Maßstäbe anlegte. Keiko zwang sich dazu, sich nicht von der Stelle zu rühren. Sie wollte das Wesen nicht durch plötzliche Bewegungen provozieren.

Als Keiko ihren ersten Schock überwunden hatte, wobei ihr vielleicht auch Mollys furchtloses Beispiel half, versuchte sie die Situation rational zu analysieren. Das mußte einer der Hortas sein, von denen Miles ihr erzählt hatte, erkannte sie. Angeblich waren sie friedlich, aber dieses hier schien irgendwie außer Kontrolle geraten zu sein. »Bleib ganz ruhig«, flüsterte sie. Odo müßte in den nächsten Minuten hier eintreffen. Und Miles ebenfalls, wie sie hoffte.

Der Horta glitt weiter auf Mollys Tisch zu. Keikos Herz schien sich in ihrer Brust zu verkrampfen. »Beweg dich nicht, Schatz«, sagte sie heiser, während sie hoffte, ihre Stimme würde das Wesen nicht irritieren. »Es wird dir nichts tun, das verspreche ich.« Gleichzeitig betete sie, daß sie die Wahrheit sagte. Sie alle hatten so viele Gefahren überlebt, sowohl hier als auch an Bord der *Enterprise.* Sie könnte es nicht ertragen, wenn sie jetzt ihre Tochter verlieren würde.

Im Gegensatz zu ihrer Mutter verhielt sich Molly völlig furchtlos. Während Keiko erschrocken nach Luft schnappte, hüpfte das Kind vom Stuhl und lief dem Horta entgegen, ihren kleinen Computer in den Händen. *Es ist ein intelligentes Wesen,* wiederholte Keiko in Gedanken wie ein Mantra. *Es wird sie nicht fressen.* Doch das Loch im Boden und die verkohlten Überreste des Datenblocks, von denen immer noch Rauch aufstieg, konnten ihre Ängste nicht gerade beschwichtigen.

Molly blieb nur wenige Schritte vor dem Horta stehen, der eine verätzte Spur im Rhodiniumbelag des Fußbodens hinterlassen hatte. Der Horta hielt ebenfalls inne und schien das kleine zerbrechliche humanoide Wesen zu mustern, das sich ihm in den Weg gestellt hatte. Keiko bemerkte, daß sie vor Schreck mit dem Atmen aufgehört hatte.

»H wie Horta«, sagte Molly im Brustton der Überzeugung. Keiko fiel ein, daß es eine Zeile aus einer von Mollys Lieblingsgeschichten auf ihren Chips war. Das Mädchen hob den Computer an und ließ das leichte Metallgerät vor dem Horta auf den Boden fallen. Es schlug mit einem leisen Scheppern auf die Metallplatten auf. »Und H wie Hunger.«

Der Horta gab einen Laut von sich, der fast wie ein Maunzen klang, und dann fiel es unvermittelt über den Computer her. Er zerschmolz ihn zu einem mineralischen Brei, den seine Fransen gierig aufsaugten.

Eine Welle der Erleichterung überwältigte Keiko, als sie mit einem Mal verstand. Natürlich! Miles hatte gesagt, daß die Hortas, die sich auf der Station befanden, noch gar nicht geschlüpft waren. Das hier mußte ein Baby sein. Und was machte man mit einem unzufriedenen Neugeborenen? Man fütterte es!

Mollys Computer war bereits vollständig verzehrt, worauf der junge Horta wieder seinen ›Kopf‹ schwenkte und einen klagenden Laut von sich gab. Keiko ging schnell zu Molly hinüber, und dann holten sie einen Computer nach dem anderen, um das gefräßige Wesen damit zu füttern. Keiko zuckte innerlich zusammen, als sie zusah, wie ihre kostbaren Unterrichtsmittel im nicht vorhandenen Maul des Horta verschwanden. Erst der Bombenanschlag und jetzt das! Die Haushaltsabteilung von Starfleet wäre davon nicht sehr begeistert.

Doch wenn auf diese Weise der Horta zufriedengestellt und Molly in Sicherheit war, würde Keiko bereitwillig das gesamte Klassenzimmer samt Tischen und Stühlen verfüttern. Sie hoffte nur, daß Odo eintraf, bevor es dazu kam.

»F wie Frühstück«, buchstabierte Molly fröhlich. Keiko nickte nur und reichte ihr einen weiteren Computer.

Odo dachte, er wäre auf alle Eventualitäten gefaßt. Doch dann geschah alles auf einmal.

Noch vor einer Minute hatte er in seinem Büro gesessen und mit strengem Ausdruck auf dem wächsernen Gesicht den Bildschirm seines Schreibtisches angestarrt, um sich über die Hortas zu informieren. Odo zog eine Grimasse, als er über die Morde las, die von der früheren Horta-Mutter vor mehr als acht Jahrzehnten begangen worden waren. Doch er kam zu dem Schluß, daß in diesem Fall mildernde Umstände vorlagen. Er stellte fest, daß die Hortas sich seitdem als außergewöhnlich gesetzestreues Volk erwiesen hatten.

Mit Ausnahme der Starfleet-Offiziere, die Kira auf ihrer Mission begleiteten, hatte Odo alle seine Sicherheitswächter über den gesamten Habitatring verteilt. Niemand hatte zur Zeit dienstfrei. Viele machten Überstunden. Nur Odo hielt sich derzeit im Sicherheitsbüro auf. Zum Glück befanden sich in den Zellen nur ein paar Betrunkene und Taschendiebe, und die Betrunkenen schliefen unter der Einwirkung von Quarks gesundheitsschädlichen Getränken.

Die farbige Darstellung eines erwachsenen Horta erschien auf dem Bildschirm. Odo ließ das Bild rotieren, um es aus verschiedenen Blickwinkeln zu betrachten. Er empfand eine gewisse Bewunderung für den Mangel an bilateraler Symmetrie bei den Hortas. Sie hatten eine wesentlich angenehmere Gestalt als die Humanoiden, deren Körperformen er fast sein ganzes Leben lang hatte annehmen müssen. Er warf einen sehnsüchtigen Blick auf den Eimer aus glänzendem Stahl, der unauffällig in einer Ecke seines Büros stand. Er war jetzt schon seit zwölf Stunden in seiner festen Gestalt geblieben, und es wäre nicht schlecht, wenn er sich für ein paar Minuten entspannen könnte. Doch er wollte es nicht riskieren, wenn jederzeit ein Notfall eintreten konnte. Er tröstete sich mit der Gewißheit, daß *DS Nine* nicht besser vorbereitet sein konnte, falls die Angreifer zurückkehren sollten.

Nachdem ein lautes Gejohle auf der Promenade erklang, kam kurz darauf ein nackter humanoider Mann in sein Büro gerannt. Odo erkannte ihn als einen von Siskos Leuten aus dem Forschungsteam, das sich mit dem Wurmloch beschäftigte. »Sind Sie von allen guten Geistern verlassen?« schimpfte Odo, als er von seinem Schreibtisch aufstand. Sein rechter Arm streckte sich quer durch den Raum und griff in der nächsten leeren Zelle nach einer Decke. »Hier! Legen Sie sich das um. Sie machen sich lächerlich!«

Hervorragend, dachte er sarkastisch. Zu allem Überfluß hatte er es jetzt auch noch mit einem Fall von Exhibitionismus zu tun. Menschen! Manchmal war er der Meinung, sie hätten es nicht anders verdient, wenn sie sich von Quark über den Tisch ziehen ließen. Doch Gerechtigkeit blieb Gerechtigkeit, ungeachtet des Opfers. Und Quark blieb Quark.

Der Fähnrich war auf mitleiderregende Weise dankbar für die angebotene Decke. »Da ist ein Monster«, stammelte er. »Ich meine, wir haben einen fremden Eindringling an Bord, Sir. Nicht humanoid und ... heiß!

Das Wesen hat sich drüben bei Quark durch die Wand *gebrannt!*«

Odo blickte auf seinen Bildschirm, auf dem immer noch die Illustration zu sehen war. Ein Horta? Sisko hatte gesagt, daß bis jetzt noch keiner der Hortas geschlüpft war. Aber das hier konnte kein Zufall sein. Etwas stimmte nicht. Sein Körper verfestigte sich zu einem Zustand höchster Alarmbereitschaft, und er schärfte seine Sinne.

»Wann und wo?« wollte er wissen. »Ich brauche Einzelheiten.« Er hob die Hand an seinen Kommunikator und war bereit, die Verbindung zu Sisko und zur Zentrale zu öffnen.

Der Fähnrich schien aus einem unerklärlichen Grund zu zögern, Details preiszugeben. »Ich war außer Dienst, verstehen Sie. Und dann, nun ja, war da diese Vulkanierin…«

Odo packte den jungen Mann an den Schultern, während es ihn danach drängte, eine schnelle und klare Antwort aus diesem stotternden Humanoiden herauszuschütteln. Doch bevor er noch ein weiteres Wort sagen konnte, hörte Odo Schreie von der Promenade. Angstschreie.

»Bleiben Sie hier«, befahl er dem Fähnrich. »Sie rühren sich nicht von der Stelle!« Odo ließ den verwirrten Mann stehen, der die Decke um seinen absurden humanoiden Körper hüllte, und eilte auf den breiten Korridor vor seinem Büro. Was er dort sah, war das totale Chaos.

Es schien tatsächlich alles auf einmal zu geschehen. Eine Horde hysterischer Kinder stürmte schreiend die Promenade entlang. Die Deckenbeleuchtung flackerte und drohte ganz zu erlöschen. Funken spritzten aus den Wänden und dem Boden. Odo wünschte sich, er hätte einen Geruchssinn, damit er Rauch bemerken konnte, falls ein Feuer ausbrach. Händler und Souvenirjäger quollen aus den Läden und Seitengängen. Niemand wußte, was vor sich ging, trotzdem wurde der Tumult immer größer. Odo streckte seinen Oberkörper, bis er über die Menge hinwegblicken und sich auf der Promenade umsehen konnte. Zuerst erkannte er keinen Anlaß für die Panik, sondern sah nur verwirrte und verängstigte Wesen. Dann war es, als wären ihm mit einem Mal die Augen geöffnet worden, denn nachdem er den ersten Horta gesehen hatte, waren sie plötzlich überall, wohin er auch blickte.

Sie fielen von der Decke und durchschlugen Markisen und helle Leuchtreklamen, was ihnen jedoch nichts auszumachen schien. Der Sprühnebel aus Säure, den ein stürzender Horta wie einen Kometenschweif hinter sich herzog, setzte ein Transparent aus Stoff in Brand. Sie kamen überall aus den Wänden hervor und hinterließen klaffende Löcher in der Struktur von *DS Nine*. Sie brachen aus dem Boden und veranlaßten erschrokkene Passanten zur panischen und überstürzten Flucht. Odo hörte Schreie und obszöne Rufe und sogar das unverkennbare Geräusch von wütenden Fausthieben gegen Fleisch und Knochen. Ein vogelähnlicher Händler flatterte hilflos mit den Flügeln, während seine Krallen am zähflüssigen Protoplasma eines hysterischen Geloiden festklebten. Odos Sicherheitsleute versuchten zu den Hortas zu gelangen, wurden jedoch durch den Mob aus angeblich intelligenten Wesen behindert, die dem Wahnsinn zu entfliehen versuchten, der mitten unter ihnen ausgebrochen war.

»Bringen Sie die Leute nach draußen!« schrie er seinen Leuten zu, um sich im Lärm verständlich zu machen. »Räumen Sie die Promenade!« *Verdammt!* fluchte er. Wo sollte er all diese Leute nur unterbringen? Gab es überhaupt einen Ort auf *DS Nine*, wo sie vor den Hortas in Sicherheit waren?

Es war ein Labyrinth aus in Gold gepreßtem Latinum. Unzählige Barren des kostbaren Materials waren übereinandergestapelt, wie Mauern aus glänzenden Ziegelsteinen, die Jakes Kopf mindestens einen Meter hoch überragten. Latinum, so weit das Auge reichte, staunte er. Das war bestimmt eins von Quarks persönlichen Lieblingsprogrammen.

»Computer, Simulation abbrechen«, sagte Jake, doch die verwandelte Holokammer reagierte nicht. Nog wußte zweifellos, wie sich das Labyrinth deaktivieren ließ, aber es ging genau darum, Nog wiederzufinden. Drei mögliche Wege öffneten sich vor Jake, die er jeweils nur einige Meter weit einsehen konnte. »Komm schon, Nog!« rief er. »Du kannst dich doch nicht ewig vor mir verstecken!«

»Die Ferengi haben das Versteckspiel erfunden!« kam Nogs Stimme von irgendwo aus den Tiefen des Labyrinths. Jake versuchte, die Position seines Freundes einzuschätzen, und lief in den rechten Gang. Die Beleuchtung spiegelte sich auf der Goldoberfläche der hohen Latinumwände und ließ Jakes Augen tränen, was ihn daran erinnerte, daß Ferengi-Augen wesentlich unempfindlicher als die von Menschen waren. Er lief im Zickzack durch das Labyrinth, zuerst nach links, dann nach rechts und wieder nach links. Als er um die nächste Ecke kam, stand er plötzlich in einer Sackgasse. REINGEFALLEN! verhöhnte ihn ein Graffito, das mit einem Phaser in die Wand gebrannt worden war, die ihm den Weg versperrte. Jake fluchte leise. Er war jetzt nicht in der richtigen Stimmung, um Quarks Vorliebe für Details zu bewundern.

Nur Gott wußte, was dieser Horta anstellen mochte, während er seine Zeit in diesem blöden Labyrinth verschwendete, dachte er. Er versuchte, auf demselben Weg zu seinem Ausgangspunkt zurückzukehren, bis er merkte, daß er sich hoffnungslos verirrt hatte. Das Latinum sah überall völlig gleich aus.

»Nog!« brüllte Jake wütend. »Ich werde dir sowieso den Hals umdrehen. Aber wenn du mir nicht in den nächsten fünf Sekunden dein habgieriges Gesicht zeigst, werde ich dir einen noch grausameren Tod bereiten … indem ich dich an den Ohren packe!«

Er hörte ein erschrockenes Keuchen, das überraschend nahe klang. Jake wandte sich in die Richtung, aus der das Geräusch gekommen war, und konnte hinter der nächsten Ecke gerade noch erkennen, wie eine untersetzte Gestalt hinter einer weiteren Biegung verschwand. *Diesmal wirst du mir nicht entkommen,* dachte Jake. Er jagte Nog durch einen zickzackförmigen Gang, ohne sich vom Anblick des in Gold gepreßten Latinums irritieren zu lassen, das ausgereicht hätte, *DS Nine* mehrere Male aufzukaufen – wenn es nur real gewesen wäre.

Nog lief, als wäre ihm das gesamte Romulanische Reich auf den Fersen. Doch nicht zum ersten Mal triumphierten die langen Beine der Menschen über das natürliche Talent der Ferengi, sich schnellstens aus dem Staub zu machen. Jake packte Nog am Jackenkragen und riß ihn zurück. Nog wurde von den Beinen gerissen und stürzte rückwärts gegen Jake. Beide Jungen gingen zu Boden und stießen mit den Knien gegen die harten Latinumwände.

Jake stöhnte auf, als er den Schmerz spürte. Warum konnten die Ferengis keine Labyrinthe aus Heckensträuchern oder Schaumstoff bauen wie jeder andere auch? Er nahm Nog in den Schwitzkasten und ließ ihn nicht mehr los. »Ich dachte, du wolltest nach einem Händler suchen, an den du den Horta verkaufen kannst«, sagte er.

»Ich habe natürlich gelogen. Was hast du denn gedacht?«

Jake war so verblüfft über die Offenheit, mit der Nog seine Unehrlichkeit eingestand, daß er nicht wußte, was er darauf erwidern sollte. Er lockerte seinen Griff ein wenig. »Und was machen wir jetzt mit dem Horta?« fragte er schließlich.

Nog antwortete nicht. Er wirkte völlig gebannt durch die Stapel aus Latinum, die sich direkt vor ihnen erhoben. »He, reiß dich zusammen!« forderte Jake ihn auf. Er stand langsam auf, wobei er gleichzeitig auch Nog auf die Beine stellte. »Laß uns gehen. Wir müssen nach dem Horta suchen.«

»Jake«, sagte Nog nervös, während er immer noch auf die Wand des Labyrinths starrte. »Ich glaube, die Mühe können wir uns sparen.«

»Was?« Jake folgte Nogs Blick und sah, daß das weiße Strahlen des holographischen Latinums noch heller als zuvor schien. Das war mehr als nur eine Reflexion, wurde ihm klar, denn die Wand glühte regelrecht. Vor seinen Augen strahlte die Wand weiß und dann rot auf, bis das Licht verblaßte und eine klobige, pulsierende Masse aus rauchendem Gestein zum Vorschein kam, die sich in ihre Richtung schob.

»Laß mich los! Laß mich los!« kreischte Nog und zerrte verzweifelt an Jakes Armen. Schockiert über das plötzliche Auftauchen des Horta entließ Jake seinen Freund aus dem Schwitzkasten. Seine Arme fielen herab, als wären sie auf einmal erschlafft. Nog verbarg sich rasch hinter Jakes Rücken, um ihn als Schutzschild gegen den Horta zu benutzen.

»Wie hat er uns gefunden?« fragte Jake. Was sollte er jetzt tun?

Der Horta kam näher. Jake vermutete, daß das Wesen durch die holographischen Wände irritiert war. Vermutlich waren sie nicht so schmackhaft wie das Original. »Immer mit der Ruhe«, sagte er in – wie er hoffte – beschwichtigendem Tonfall. »Bleib, wo du bist. Komm nicht näher.«

Als der Horta sich bis auf wenige Zentimeter an Jakes Schuhe herangeschoben hatte, sprang er zurück und stieß dabei gegen Nog. Der neugeborene Horta hatte offenbar niemals gelernt, aufs Wort zu gehorchen.

Nog, der sich hinter Jake zusammengekauert hatte, stieß einen weiteren Schrei aus. Als Jake sich schnell umdrehte, sah er *noch* einen Horta, der sich gerade durch das Labyrinth brannte. Er konnte es nicht fassen. Wieso waren es auf einmal zwei? Hatte sich der gestohlene Horta bereits vermehrt? Es gab keine andere Erklärung. Es sei denn …

Wir haben vergessen, das Stasisfeld zu reaktivieren, unter dem die anderen Eier lagen!

Es lief ihm kalt über den Rücken, als ihm das ganze Ausmaß dessen klarwurde, was er und Nog angestellt hatten. Vielleicht waren sogar mehr als nur zwei Hortas ausgebrochen. Vielleicht war keiner der Hortas in der Holokammer mit dem identisch, den sie in Quarks Lagerraum zurückgelassen hatten. Wenn das stimmte, waren vermutlich schon alle zwanzig geschlüpft – und es war nur Jakes und Nogs Schuld!

»Nog, laß uns von hier verschwinden.«

»Häh?« Nogs entsetzter Blick huschte zwischen den zwei sich nähernden Hortas hin und her.

»Schalte endlich dieses blöde Labyrinth ab, Nog!«

Diesmal kamen seine Worte an. Nog hörte auf zu zittern und riß sich zusammen. »Computer«, sagte er laut und deutlich. »Programmcode Midas. Beenden und speichern.«

Das Labyrinth verschwand und machte einer leeren blauen Kammer Platz, die von einem Netzmuster aus leuchtenden gelben Streifen durchzogen wurde. Die Hortas heulten protestierend auf. Sie klangen wie überladene Phaser, die kurz vor der Explosion standen. Jake und Nog nutzten den Augenblick der Verwirrung aus, um sich in den freien Bereich vor dem nächsten Ausgang zu flüchten. Als die Tür sich öffnete, hörte Jake sofort panisches Geschrei von unten.

Er wußte genau, was es zu bedeuten hatte. »Die Hortas«, stöhnte er auf. »Sie sind frei, Nog, alle, und sie fressen die Station auf!« Ein schreckliches Gefühl der Schuld erstickte seine Gedanken. Trotz der Schreie von der Promenade empfand er mehr Scham als Furcht. »Wir müssen etwas tun!«

»Uns verstecken?« schlug Nog vor. »Einen Flitzer stehlen und fliehen?« Sie traten auf die leere Galerie hinaus. Jake atmete erleichtert auf, als sich die Tür zur Holokammer hinter ihnen schloß. Zumindest für den Augenblick waren sie von den zwei Hortas, die sich darin befanden, abgeschnitten.

»Nein«, sagte er. »Wir müssen irgendwie helfen. Wir müssen zumindest versuchen, diese Katastrophe wiedergutzumachen.«

Nog schüttelte den Kopf. »Diese Idee gefällt mir überhaupt nicht. Sie klingt viel zu... menn-schlich.« Kurzzeitig hellte sich seine Miene auf. »Glaubst du, daß es schon zu Plünderungen gekommen ist?«

»Es ist allein unsere Schuld«, stellte Jake fest.

»Na und?« sagte Nog. »Niemand weiß, daß wir... oder?« Er blickte sich besorgt um und betrachtete eine Weile mißtrauisch den Eingang zur Holokammer.

Jake ballte verzweifelt seine Hände zu Fäusten, atmete tief durch und versuchte es noch einmal. »Es geht um unsere Verantwortung, Nog.«

»Du meinst, um unser Überleben«, stellte sein Freund richtig.

»Verantwortung.«

»Überleben.«

So kommen wir nicht weiter, erkannte Jake. »Hör mir zu«, sagte er, »wir machen ein Geschäft.« Nog hörte auf, sich umzublicken, und schenkte Jake seine volle Aufmerksamkeit. Jake war nicht überrascht. Er wußte genau, daß es in der ganzen Galaxis keinen Ferengi gab, der einer geschäftlichen Verhandlung widerstehen konnte. »Wenn du mir dabei hilfst, dieses Chaos wieder in Ordnung zu bringen, werde ich nicht darauf drängen, daß wir unsere Taten beichten.«

Nogs Unterkiefer klappte herunter. Allein die Vorstellung, daß sie ihre Schuld eingestehen könnten, war ihm unbegreiflich. »Das würdest du niemals tun.«

»Wetten, daß?« sagte Jake. Er bemühte sich, seinem Gesicht einen strengen und unerbittlichen Ausdruck zu geben, wie er ihn bei Odo beobachtet hatte. Nogs spitze Schneidezähne nagten an seiner Unterlippe, als er seine Situation kalkulierte. Der Ferengi kniff die Augen zu winzigen Schlitzen zusammen, als würde er nach einem mikroskopischen Schlupfloch im Geschäftsangebot suchen.

»Und du wirst es niemandem sagen?« fragte Nog schließlich. »Nicht einmal deinem Vater?«

»Nicht einmal deinem Onkel«, versprach Jake ihm.

Nog streckte ihm seine Hand hin. »Abgemacht!«

Von der Promenade kam der Lärm von zersplitterndem Glas und der Gestank nach Rauch. Jake griff nach Nogs Hand und zerrte ihn zur Treppe. *Vielleicht kann Odo freiwillige Helfer gebrauchen,* dachte er hoffnungsvoll, *oder Chief O'Brien.*

Er mußte eine Möglichkeit finden, wie er die Sache wiedergutmachen konnte. Er mußte einfach.

»Commander!« meldete O'Brien sich in der Zentrale. »Ich registriere Energieausfälle überall in der Station. Etwas beeinträchtigt die Mikrowellen Verteilerknoten.«

Sisko fragte sich, was das zu sagen hatte. Er saß auf einem Hocker am Situationstisch und analysierte gerade eine Karte von Bajor, um – bislang erfolglos – nach einem sicheren Zufluchtsort für die Hortas zu suchen, wo sie nach dem Schlüpfen leben konnten. Er hielt nach einer Stelle Ausschau, die so isoliert oder ökologisch sicher war, daß Povas Rat keine Einwände mehr erheben konnte. Doch bis jetzt war er noch nicht fündig geworden. »Handelt es sich um eine der üblichen Fehlfunktionen der Station«, fragte er, »oder ist es etwas Ernsthaftes?«

»Es sieht gar nicht gut aus.« O'Brien runzelte verwundert die Stirn über die Daten, die er empfing. »Ich bin mir nicht sicher, aber es sieht fast so aus, als wäre da etwas – oder mehr als nur *ein Etwas* –, das sich quer durch *DS Nine* frißt und alles zerstört, was ihm in den Weg kommt.« Er warf Sisko einen Blick zu. »Glauben Sie, die Cardis könnten uns Mäuse hinterlassen haben?«

»Die Hortas«, erkannte Sisko sofort. Aber wie? Sie sollten doch erst in einigen Wochen schlüpfen. Und was war mit dem Stasisfeld! Er beschloß, daß diese Frage im Augenblick nicht so wichtig war. »Wir haben es mit zwanzig Horta-Babys zu tun, Chief. Sie sind ausgerissen und toben jetzt hungrig durch die Station.«

»Heiliger Strohsack!« brummte O'Brien.

»Können Sie sie aufspüren?« fragte Sisko.

O'Brien verzog das Gesicht. »Ich versuche es, Sir, aber es wird nicht einfach sein. Diese verfluchten Cardi-Sensoren sind nicht darauf angelegt, auf kleine Bestien zu reagieren, die aus Silizium bestehen. Ich könnte die Parameter rekonfigurieren – wenn es sein muß, auch über die toten Schaltkreise des Zentralcomputers –, aber die Hortas sind schon dabei, sämtliche internen Sensoren der Station lahmzulegen. Nur Gott weiß, welche Sensoren noch übrig sind, wenn ich es geschafft habe, sie neu einzurichten.«

Siskos Miene verfinsterte sich. Er erhob sich vom Hocker und kam auf die Beine. Alle Anzeichen deuteten auf eine bevorstehende Katastrophe hin. Er wußte, daß er sofort handeln mußte. »Können Sie mir einen Eindruck geben, wie sie sich ausbreiten, Chief?«

»Nach den Schadensberichten zu urteilen«, sagte O'Brien, »hat es in der Umgebung der Suite neun fünf neun im Habitatring angefangen. Sie legen ein ganz schönes Tempo vor.« Er musterte jeden Bildschirm der technischen Station. »Hmm. Bisher noch nichts im Andockring.« Er blickte Sisko mit äußerst besorgtem Blick an. »Commander, ich schätze, einige von ihnen könnten bereits die Promenade erreicht haben.«

Mit anderen Worten, übersetzte Sisko, *DS Nine erlebt gerade eine totale Horta-Invasion.*

»Versiegeln Sie alle Turbolifts und Korridore zwischen der Promenade und der Zentrale«, befahl er. »Versuchen Sie sie einzuschließen – ohne ihnen Schaden zuzufügen.« Da O'Brien selbst ein kleines Kind hatte, wußte Sisko, daß er die Horta-Babys nicht unnötig in Gefahr bringen würde.

Jetzt muß ich nur noch dafür sorgen, dachte er, *daß auch alle anderen Beteiligten ohne Schaden davonkommen.*

Sisko tippte auf seinen Kommunikator. »Odo, Sisko hier. Wir haben ein Problem ...«

»Was Sie nicht sagen, Commander!« antwortete Odo sarkastisch, bevor er Sisko über den Tumult auf der Promenade informierte. Er faßte sich kurz, da er jede Menge zu tun hatte. Nachdem er die Verbindung unterbrochen hatte, stellte er befriedigt fest, daß sein Team es schaffte, ein gewisses Maß an Ordnung in die panische Fluchtbewegung zu bringen. Bajoraner, Ferengis, Menschen und andere verließen die Promenade, ohne sich gegenseitig in Lebensgefahr zu bringen. Gut, dachte er. Sein Personal sollte sich weiterhin darum kümmern, die Menge unter Kontrolle zu halten. Er würde sich direkt mit den Hortas auseinandersetzen.

Die Hortas machten den Eindruck, als hätten sie einen Riesenspaß. Mindestens drei von ihnen plünderten das Büro für Mineralprüfung, wo sie Regale umwarfen und seltene Erze und Edelsteine verzehrten. »Wie Kinder in einem Süßwarenladen«, brummte Odo, bevor er seinen Blick in eine andere Richtung wandte.

Ein einzelner Horta fiel mit aufgeregt vibrierenden Fransen über einen Imbißstand her. Das Wesen achtete nicht weiter auf die appetitlich ausgelegten Glops, sondern zog es vor, den Stand selbst zu verspeisen. Odo dachte unwillkürlich, daß der Horta damit einen überraschend guten Geschmack bewies.

Zwei weitere Hortas nahmen träge eine Mahlzeit im Replimat zu sich, wo sie die kleinen Eßtische des Cafés auf der Promenade auflösten. Ein bajoranischer Priester floh aus seinem Tempel. Der Saum seiner scharlachroten Robe, die ihm um die Füße flatterte, rauchte. »Der Altar!« rief er, hin und her gerissen zwischen Furcht und Zorn. »Ein Teufel frißt den Altar!«

Noch ein Horta kam aus dem Eingang zum Klassenzimmer gekrochen. Odo erinnerte sich an die schreienden Kinder und bewegte sich in diese Richtung. Lieutenant Moru, seine Stellvertreterin, traf noch vor ihm dort ein. Odo sah zu, wie die große bajoranische Frau, eine Veteranin zahlloser Schlachten und Notfälle, Chief O'Briens Frau und Tochter aus dem Gebäude führte und von der Promenade wegbrachte. Soweit er erkennen konnte, war ihnen nichts zugestoßen. Zufrieden, daß Mrs. O'Brien und das Kind in guten Händen waren, drehte er seinen Kopf in die andere Richtung, um sich ein Bild von der Katastrophe zu verschaffen.

Bis jetzt war Garaks Bekleidungsgeschäft vom Hunger der Hortas verschont geblieben. Der Cardassianer stand im dunklen Eingang zu seinem Laden, ein dünnes Lächeln auf den bleichen Lippen. Zweifellos machte er sich gedankliche Notizen für den Bericht, den er irgendwann abschicken würde … an wen auch immer. Odo wandte sich dem Schneider und Spion zu. »Sie scheinen an Ihren Waren nicht interessiert zu sein, Garak«, sagte er mißtrauisch.

Garak hob die Hände und spielte lächelnd den Unschuldigen. »Ich führe nur die besten Naturfasern. Nichts Anorganisches oder Synthetisches.«

»Sehr praktisch«, stellte Odo fest.

Garak zuckte die Schultern und rückte dann seinen

gutgeschnittenen hellbraunen Anzug zurecht. »Vielleicht kann ich Sie für ein T-Shirt mit dem Aufdruck ›Ich sah den Verlorenen Sohn‹ begeistern?« sagte er grinsend.

»Verschwinden Sie endlich, sonst lasse ich Sie hinaustragen.«

»Machen Sie sich nur keine Umstände«, sagte der Cardassianer salbungsvoll. »Ich weiß, wann ich gebraucht werde.« Darauf schlich er langsam zu einem Ausgang.

Odo schnaufte angewidert. Eines Tages würde er dieser Schlange das Handwerk legen, aber nicht jetzt. Er sah, wie zwei Hortas eine verbrannte Spur hinterließen, die zu Dr. Bashirs Krankenstation führte. Odo nickte, als sein Entschluß feststand. Dort würde er anfangen. Glops und Mineralproben waren eine Sache, medizinische Apparaturen jedoch hatten eindeutig Vorrang.

Und was Quarks Bar betraf… nun, er würde auch dort irgendwann nach dem Rechten sehen, aber das hatte noch Zeit.

Rom stand mit zitternden Knien auf der Theke. Quark saß auf Roms Schultern und wünschte sich, er hätte einen kräftigeren und größeren Bruder.

Unter ihnen verwüstete ein tobender junger Horta die Einrichtung von Quarks Bar. Im Augenblick knabberte er am Spielrad in der Casinoabteilung. Da es hauptsächlich aus Plastik und billigem bajoranischem Holz bestand, verlor der Horta bald das Interesse daran und wandte seine brennende Neugier einem Chip-Automaten zu, der gewöhnlich alle möglichen Währungen entgegennahm, und das bei nur dreißig Prozent Bearbeitungsgebühr. Als Steuerungselement hatte Quark einen automatischen Translator der Föderation mit einigen Modifikationen benutzt.

Schwere Geldsäcke mit Barren in Gold gepreßten Latinums hingen über Quarks beiden Schultern. Um die Hüfte hatte er sich einen Gürtel mit wertvollen Juwelen und seltenen antiken Münzen geschlungen. Quark spürte, wie Rom unter seinem Gewicht immer heftiger zitterte. »Vorsichtig, du Tölpel!« rief er. »Tritt ja nicht auf die Cocktailservietten und paß auf die Pfütze aus verschüttetem Blubbersaft auf!«

»Ja, Bruder«, schnaufte Rom. Außer ihm und Quark und dem Horta hielt sich niemand in der Bar auf. Das übrige Personal und die Kundschaft waren beim ersten Auftauchen des Geschöpfes sofort geflüchtet. Sogar Morn hatte seinen gewohnten Platz an der Theke verlassen, um dem Monstrum zu entkommen. Zu schade, dachte Quark, denn sein riesenhafter Stammgast hätte ihn viel höher und länger als Rom tragen können. Quark überlegte kurz, ob er seine Dabo-Mädchen feuern sollte, weil sie unerlaubt ihren Arbeitsplatz verlassen hatten. Das hatte er nun davon, daß er Reptilien eingestellt hatte, tadelte er sich selbst. Er würde statt dessen ihr Gehalt kürzen.

Quarks Knopfaugen verfolgten den Weg des Horta durch seine Bar. Er hatte das Wesen natürlich sofort identifiziert, denn es geschah nur sehr wenig auf *DS Nine*, von dem er nicht früher oder später erfuhr. Trotzdem hatte er geglaubt, Ttans Nachkommenschaft wäre sicher in einem Stasisfeld untergebracht. Während er zusah, wie das hungrige Neugeborene einen massiven runden Tisch verzehrte, erinnerte er sich an die Weisheit eines alten Ferengi-Sprichwortes: Kinder sollen arbeiten und sich unsichtbar machen.

»Wie lange müssen wir hier noch stehenbleiben?« winselte Rom.

»Bis das Vieh genug hat oder verschwunden ist«, sagte Quark schroff. Er wollte seine Profite so weit wie möglich außer Reichweite des Hortas halten. Obwohl ihn der Anblick schmerzte, wie seine Einrichtung zerstört wurde, war dieser Verlust zu verkraften. Das meiste waren ohnehin ›Fundsachen‹, die sich mühelos wiederbeschaffen ließen. Doch wenn der Horta auf den Geschmack von Latinum kam ... Bei der Schatzkammer des Nagus, seine Ohren schmerzten schon beim bloßen Gedanken an diese Möglichkeit!

Vor seinen Augen verschwand eine komplette Kiste mit ›Gedenkmedaillen aus Anlaß der Rückkehr des Verlorenen Sohnes‹ (die heimlich in Dr. Bashirs persönlichem Replikator hergestellt worden waren) im unsichtbaren Maul des Hortas. Verzweifelt stemmte Quark seine Fersen in Roms Rippen.

Quark vertraute keiner Bank, da er während seiner Jugend selbst mehr als ein zwielichtiges Geldinstitut geleitet hatte, doch jetzt wünschte er sich, er hätte einen größeren Teil seiner Gewinne auf ein anonymes Konto im Orion-System geschafft.

Ein Sicherheitswächter in brauner Uniform kam von der Promenade hereingestürmt. Einer von Odos Leuten. Er riß die Augen auf, als er den Horta und den Turm aus zwei balancierenden Ferengis auf der Theke sah. Er hielt sicheren Abstand zum Horta und rief in den Lärm der kochenden und schmelzenden Barhokker: »Alle Zivilisten müssen diesen Bereich sofort räumen. Befehl von Constable Odo.«

»Mit dem größten Vergnügen«, jubelte Rom. Quark mußte ihn mit einem Schlag auf den vorgewölbten Schädel zur Vernunft bringen. Er hatte nicht die Absicht, seine Geschäftsräume kampflos dem Horta zu überlassen oder sich mit seinem wertvollen Besitz mitten in eine Horde wilder Flüchtlinge zu begeben. Es mochten durchaus Räuber und Taschendiebe am Werk sein, darunter auch einige, die noch nicht in Quarks Diensten gestanden hatten.

»Lassen Sie uns zufrieden, Vu Kuzas, oder ich werde Ihrer Frau – und allen anderen in Ihrem Tempel – erzählen, daß Sie regelmäßig meine Holokammern besuchen. Ganz zu schweigen von Ihren Spielschulden.«

Der Bajoraner erbleichte und zog sich zum Ausgang zurück.

»Äh, Sie sind offiziell gewarnt worden«, sagte er. »Damit habe ich meine Aufgabe erfüllt.« Er wirkte noch schockierter als zuvor, als er aus der Bar verschwand. Das Schöne an religiösen Kulturen, dachte Quark vergnügt, waren die vielfältigen Gelegenheiten zur Erpressung, die sie einem boten.

Seine angenehmen Gedanken wurden von einem plötzlichen Beben unterbrochen. Als Quark nach unten blickte, sah er, daß der Horta sich auf die Theke gestürzt hatte, die er sich als Zufluchtsort ausgesucht hatte. Rom hielt Quarks Knie fest und schob sich zum anderen Ende vor. Quark geriet ebenfalls in leichte Panik, und er versuchte sich damit zu beruhigen, daß er in Gedanken Anträge auf Auszahlung seiner Versicherung ausfüllte, doch seine Ohren fühlten sich an, als wären sie mit eiskaltem Wasser gefüllt.

Odo, dachte er wütend. *Wo, beim Teufel der Rezession, bleiben Sie?*

»Eindringlingsalarm«, gab der Computer bekannt. »Feindselige Lebensformen greifen die Stationsfunktionen an. Maßnahmen zur Eliminierung werden eingeleitet…«

»Computer, Befehl zur Einstellung aller Verteidigungsmaßnahmen!« erwiderte O'Brien. Er hatte die Ärmel seiner schwarzgelben Uniform bis über die Ellbogen hochgerollt. Während er in der Zentrale über seine Station gebeugt dastand, wartete er auf den unvermeidlichen Widerspruch des störrischen Hauptcomputers der Station. Ausgerechnet jetzt, wo er die ausgebrochenen Hortas einigermaßen eingekreist hatte! »Zum Teufel mit der cardassianischen Programmierung«, brummte er. O'Brien war sich nicht sicher, was genau der Computer zu unternehmen beabsichtigte, aber er wußte, daß es ihm nicht gefallen würde. In solchen Augenblicken wurde ihm klar, daß sie es immer noch nicht geschafft hatten, *DS Nine* vollständig unter die Kontrolle der Föderation zu bringen. Vor allem der Computer war O'Briens ewiger Fluch, und er konnte jetzt wirklich keinen zusätzlichen Ärger gebrauchen, während die Promenade von den Hortas verwüstet wurde. Außerdem wußte O'Brien sehr genau, wo sich seine Frau und seine Tochter zu dieser Tageszeit befanden – nämlich genau im Zentrum der Katastrophe.

Molly, Keiko, dachte er. *Paßt auf euch auf!*

Er drehte sich um und warf einen Blick zum Büro des Commanders. Die Tür war geschlossen, aber er glaubte zu hören, wie sich Sisko laut mit jemandem stritt. O'Brien vermutete, daß sein Gesprächspartner irgendein bajoranischer Politiker war, der es immer noch ablehnte, die Verantwortung für die geschlüpften und ausgerissenen Hortas zu übernehmen. Womit das Problem wieder auf O'Brien zurückfiel – und an den Computer.

»Warnung«, beharrte die künstliche Stimme, »die Station wird angegriffen. Die Sicherheitsprotokolle erfordern, daß die unbefugt eingedrungenen Lebensformen sofort eliminiert werden. Aktivierung der Transporter ...«

»Nein!« brüllte O'Brien. Das verdammte Ding wollte die Hortas tatsächlich in den Weltraum hinausbeamen! Aber niemand würde diese kleinen Vielfraße ins Vakuum befördern, solange er noch etwas zu sagen hatte. »Computer, hör mir zu. Es handelt sich nicht um Eindringlinge. Sondern um ... äh ... Gäste, die sich ein wenig danebenbenehmen. Du wirst nichts unternehmen, was ihr Leben gefährden könnte, verstanden?«

Der Computer schwieg ein oder zwei Sekunden lang. O'Brien bildete sich ein, hören zu können, wie die Maschine ihre Dateien nach einem Schlupfloch durchsuchte. Sein Gesicht wurde rot. »Verstanden?« wiederholte er.

»Warnung«, sagte der Computer. »Die Station ist von einer parasitären Infektion befallen. Die Gesundheits- und Quarantänevorschriften erfordern eine sofortige Sterilisierung. Aktivierung der Transporter …«

»Verdammt!« fluchte O'Brien und schlug mit der Faust auf die Konsole. »Sofortige Einstellung der Sterilisierungsmaßnahmen!«

»Zur Aufhebung der Gesundheitsvorschriften wird die Genehmigung des Medo-Offiziers der Station benötigt.«

»Was?« platzte es aus Miles heraus. Einen Augenblick lang war er total verblüfft. Was sollte er jetzt tun? Dr. Bashir war Lichtjahre entfernt und hatte vermutlich alle Hände voll mit den Cardassianern zu tun.

»Wiederaufnahme der Sterilisierungsmaßnahmen«, erklärte der Computer, wobei O'Brien hätte schwören können, daß die Stimme irgendwie hämisch klang. »Aktivierung der Transporter …«

»Computer, sofort damit aufhören!« befahl O'Brien. Sein gerötetes Gesicht wurde nun bleich. Sein Herz klopfte rasend.

»Erfassung der Koordinaten des Infektionsherdes …«

Herr im Himmel, dachte O'Brien. Er hätte niemals geglaubt, er könnte einmal darum beten, daß Julian Bashir zur Stelle wäre. Die armen Horta-Babys …! O'Brien fühlte sich entsetzlich, aber viel schlimmer war, wie er sich schuldbewußt eingestehen mußte, daß er irgendwo in den Tiefen seiner Seele darüber erleichtert war, daß das Horta-Problem so leicht gelöst wurde. Schließlich waren sie mehr als Gäste, die sich ungebührlich benahmen. Er mußte sogar damit rechnen, daß sie in diesem Augenblick das Leben seiner Familie bedrohten.

Aber sie hatten es nicht verdient, im Weltraum den Tod zu finden.

»Computer«, meldete sich plötzlich eine andere Stimme. »Hier sprich Commander Benjamin Sisko. Sterilisierungsmaßnahmen einstellen. Transporter deaktivieren. Das ist eine Prioritätsorder der höchsten Autorisierungsstufe.« O'Brien blickte auf und sah, daß Sisko vor seinem Büro stand. Er war so sehr in seinen Kampf mit der gnadenlosen Software der Cardis vertieft gewesen, daß er nicht einmal gehört hatte, wie der Commander in die Zentrale gekommen war.

»Bestätigt«, sagte der Computer knapp. »Warnung: Die Infektion breitet sich weiter aus.«

»Halt endlich die Klappe!« schimpfte O'Brien. Er empfand kaum Erleichterung, wenn er daran dachte, wie wenig gefehlt hätte, bis er zum Komplizen eines maschinellen Kindermordes geworden wäre. Bei diesem Gedanken bekam er weiche Knie. Seine Knochen fühlten sich an wie Gelatine, und er hatte das dringende Bedürfnis, sich irgendwo in einen Sessel fallen zu lassen – aber nicht, solange der Commander zusah.

»Gibt es Probleme?« fragte Sisko und näherte sich O'Briens Station. O'Brien konnte Siskos Gesichtsausdruck entnehmen, daß sein Gespräch mit den Bajoranern keinen erfreulichen Verlauf genommen hatte.

»Keine, mit denen ich nicht fertig werde«, sagte er schroff. »Auch wenn ich jede Hilfe gebrauchen kann. Vielen Dank, Sir.«

»Keine Ursache«, erwiderte Sisko. Er blickte auf den Bildschirm vor O'Brien. Datenkolonnen in roter und türkiser Farbe wanderten über den Monitor. Es war ein Gemisch aus Schriftzeichen der Cardassianer und der Föderation, die eine technische Pigdinsprache ergaben, die nur auf *DS Nine* existierte. »Wie steht es um unser Hauptproblem, die Hortas?«

O'Brien bewegte schnell seine pummeligen Finger über die Konsole, um die Zeit wieder aufzuholen, die er mit dem Computer verloren hatte. Leider hatte die Situation sich während der Auseinandersetzung nicht auf wundersame Weise verbessert. »Es tut mir leid, Sir. Einige breiten sich im Habitatring aus, aber die anderen bewegen sich im zentralen Bereich nach oben. Aufgrund ihrer Silizium-Biologie und der vielen ausgebrannten Sensoren sind sie allerdings nur schwer zu verfolgen. Ich schäme mich nicht, wenn ich sagen muß, daß ich mir wünsche, Lieutenant Dax wäre hier. Sie könnte bestimmt mehr aus diesen Anzeigen herauslesen als ich.«

Das war die Untertreibung des Jahres, dachte O'Brien stumm. *Ich bin Ingenieur und kein wissenschaftlicher Offizier und erst recht kein Spezialist für exotische Alien-Babys. Manchmal werde ich nicht mal aus meinem eigenen Gör schlau. Warum gibt mir niemand etwas, womit ich umgehen kann, zum Beispiel eine kaputte Warpspule oder ein instabiles Transportersignal?*

»Tun Sie, was in Ihrer Macht steht, Chief«, sagte Sisko. »Können wir sie nicht irgendwie isolieren?«

»Ich versuche es, Commander, aber diese Biester sind schlimmer als Termiten. Sie kommen überall hindurch. Ich habe alle Verbindungstunnel mit Kraftfeldern abgesperrt, aber sie brennen sich einfach zu den Fracht- und Turboliftschächten durch – und wer weiß, wohin sonst noch. Sie brauchen unsere Transportwege überhaupt nicht, weil sie sich ihre eigenen Gänge schaffen. Und ich bin mir nicht sicher, ob sie sich von Kraftfeldern aufhalten lassen.« O'Brien zuckte resignierend die Schultern. »Um ehrlich zu sein, die beste Methode, um sie zu verfolgen, ist, nach der Spur der Vernichtung Ausschau zu halten, die sie hinterlassen.«

Wie zur Bestätigung seines Berichts zeigte der Bildschirm plötzlich einen Verlust der Temperaturkontrollen im Verbindungssegment zwei an. O'Brien schaltete die Heizung schnell auf ein Notsystem in Deck 17 um. »Haben Sie bei den Bajoranern etwas erreicht, Sir?«

Sisko schüttelte den Kopf. »Noch nicht. Pova bleibt stur. Er will keine Hortas auf Bajor dulden. Ich habe versucht, ihn zu umgehen, aber bislang hat die Leiterin des Rats noch nicht auf meine Anrufe reagiert.«

»Zu dumm, daß Kai Opaka uns nicht mehr zur Verfügung steht«, bemerkte O'Brien.

»Ja.« Siskos Blick schien für einen Moment nach innen gerichtet, und O'Brien erinnerte sich, wie nahe sich der Commander und die religiöse Führerin Bajors gestanden hatten. Vielleicht hätte er das Gespräch lieber nicht auf sie bringen sollen, überlegte er. Doch dann riß Sisko sich aus seinen Gedanken und blickte O'Brien an.

»Ich hoffe, Odo und seine Leute können verhindern, daß allzuviel Schaden auf der Promenade angerichtet wird – und daß sie bis zur Zentrale durchbrechen. Offen gesagt mache ich mir größere Sorgen wegen der Hortas, die im Habitatring geblieben sind, wo sich die Geschütztürme befinden. Wenn die Cardassianer einen weiteren Angriff starten sollten, stellen sie unsere einzige Möglichkeit zur Verteidigung dar. Nehmen Sie sich ein Team aus Sicherheitsleuten und Ingenieuren, um die Waffensysteme zu schützen. Ich werde hier die Stellung halten.«

O'Brien nickte und machte sich auf den Weg zum Turbolift. Dort blieb er kurz stehen und überblickte die OPS. Die Kommandozentrale war voll besetzt, und O'Brien kannte die meisten Mitglieder des diensthabenden Personals – Sanger, Eddon, N'Heydor. Alles gute Leute, aber er hätte sich trotzdem gewünscht, daß Kira und die anderen in dieser Situation verfügbar gewesen wären. Vorausgesetzt, sie waren überhaupt noch am Leben …

»Computer«, sagte Sisko hinter O'Brien. »Geschätzte Position der fremden Lebensformen.«

»Die Infektion breitet sich über die gesamte Promenade aus«, antwortete der Computer. Er sagte zwar nicht: »Genau wie ich es vorausgesehen habe«, aber O'Brien glaubte trotzdem, einen gewissen selbstgefälligen Unterton in der elektronischen Stimme zu hören.

»Bin schon unterwegs«, sagte er laut und ging weiter. Er mußte ständig an seine Frau und Tochter denken und hätte sich am liebsten schnellstmöglich auf die Promenade gebeamt. Statt dessen machte er sich auf den Weg zu den Geschütztürmen.

Passen Sie gut auf sie auf, Odo, dachte er. *Bitte!*

Odo ließ seinen verlängerten Torso wieder auf normale humanoide Proportionen schrumpfen und sprintete zur Krankenstation. Im Gegensatz zu den zwei Hortas, die sich im Bummeltempo bewegten und sich ständig von den vielfältigen Sehenswürdigkeiten und Gerüchen der Promenade ablenken ließen, hielt Odo unbeirrt auf sein Ziel zu. Er erreichte den Eingang zur Krankenstation vor den Hortas und stellte sich den heranrückenden Geschöpfen in den Weg. Es schien ihre feste Absicht zu sein, die medizinische Station zu erkunden. Odo fragte sich, welche Vitamine oder radioaktiven Isotope Bashir dort aufbewahrte, daß dieser Ort eine solche Anziehungskraft auf die Hortas ausübte.

Er beobachtete sie, während sie sich ihm näherten. Ihre Gesteinspanzer bewegten sich wie Miniaturgebirge, die von Erdbeben erschüttert wurden, während die Fransen aus bräunlichen Fasern über den Boden scharrten. Sie waren kleiner als der erwachsene Horta, den er auf seinem Bildschirm gesehen hatte, kaum länger als einen Meter. Und sie wirkten auch jünger und unreifer. *Wenn ihre Mutter hier wäre,* dachte Odo, *hätte ich jetzt ein Problem weniger.*

Doch höchstwahrscheinlich hatte sie zur Zeit ihre eigenen Probleme.

Er verflüssigte seine Körpersubstanz und löste sein Gesicht und die Gliedmaßen auf. Er wurde zu einem großen Klumpen aus goldener Gallerte, die durchsichtig schimmerte. Dann wurde die Substanz dunkler und fester, und schließlich bildete sich in der flackernden Beleuchtung der Promenade eine recht originalgetreue

Nachbildung einer Horta-Mutter. Odo stellte fest, daß diese Gestalt genauso bequem war, wie er es sich vorgestellt hatte.

Den Horta-Babys schien sie ebenfalls zuzusagen. Ein helles Kreischen übertönte den Lärm der vielen amoklaufenden Hortas. Odo hatte keine Ahnung, was ihre Rufe bedeuten sollten – falls sie überhaupt eine spezifische Bedeutung besaßen. *Es könnte Schwierigkeiten geben,* dachte er, *wenn sie von mir erwarten, daß ich ihnen antworte.*

Statt dessen ertönten von überall wie Echos die begeisterten Schreie der übrigen Hortas. *So ist es richtig,* dachte Odo, *ruft die anderen!* Vielleicht konnten sich die Hortas durch die gesamte Station miteinander verständigen. In diesem Fall könnte er sie alle mit einem Streich in Sicherheit bringen. Er glitt von der Krankenstation fort, in der Hoffnung, dadurch für den Rest der Hortas besser sichtbar zu werden. Seine zwei quiekenden Anhänger folgte ihm wie Entenküken.

Weitere Hortas schlossen sich ihnen an. Sie kamen aus den Geschäften und Seitengängen und erfüllten die Luft mit ohrenbetäubendem Sirenenlärm. Zum Glück hatte Odo keine Ohren mehr, aber er konnte die Schwingungen sogar durch seinen nachgebildeten Panzer spüren. Nun, es schien, als könnten sie sich mit ihren Rufen tatsächlich in der gesamten Station bemerkbar machen. Bald war er von wimmelnden kleinen Hortas umringt. Es war schwierig, sie zu zählen, vor allem mit diesem unvertrauten Körper, doch Odo erkannte mit einiger Enttäuschung, daß er weniger als ein Dutzend angelockt hatte … bis jetzt.

Vielleicht waren das alle, die die Promenade überfallen hatten. Das hieß, daß die übrigen weiter über die ganze Station verteilt waren.

Zumindest war es ein Anfang.

Wie ein außerirdischer Rattenfänger oder die legendäre Marschierende Gottheit von Daffodon IX führte

Odo die Hortas zurück in den Habitatring. Im Sicherheitsbüro hatte er nicht genügend Zellen, um sie alle unterzubringen, aber auf Deck 16 gab es einige Wohnquartiere, die inzwischen evakuiert sein mußten. *Nachdem ich sie dort untergebracht habe,* dachte Odo, *kann Chief O'Brien nach einer Methode suchen, wie sie sich dauerhaft einsperren lassen – wenn ich sie mit dieser Gestalt lange genug täuschen kann.*

Odo rutschte eine Notrampe hinunter, die zum Verbindungssegment drei führte. Fluoreszierende Bodenmarkierungen zeigten den Weg zu den nächsten Notausgängen an. Odo schenkte ihnen keine Beachtung, denn er hatte sich schon auf *DS Nine* ausgekannt, als die Station noch gar nicht *DS Nine* hieß. Hinter ihm kreischte begeistert eine brodelnde Masse aus Hortas, zu denen sich alle paar Meter weitere gesellten. Odo wünschte sich nur, er würde wissen, was sie sagten.

Mehrere Decks unter der Promenade in einem dunklen und unbenutzten Turboliftschacht hörte die erstgeborene Horta, die Quarks Holokammer längst verlassen hatte, die entzückten Rufe ihrer Geschwister. Der wilde Chor zerrte an ihren Instinkten und trieb sie dazu, nach oben vorzustoßen, um sich dem Rest ihrer Familie anzuschließen. Hatte sich Mutter schließlich doch eingefunden?

Doch sie wurde gleichzeitig von einem anderen Trieb bedrängt, der sie auf einer viel tieferen Ebene berührte. Sie spürte Nahrung. *Die* Nahrung. Diese Aussicht auf eine köstliche Mahlzeit hatte sie gelockt, seit die zwei kleinen Kohlenstoffwesen sie verlassen hatten. Sie wußte, daß sie ganz nahe war. Der Geruch und Geschmack schienen von einer Stelle ganz in der Nähe auszugehen; das Gefühl durchdrang ihren Panzer und erfüllte sie mit einem unwiderstehlichen Hunger. Sie war fast da, und ihr zunehmender Appetit stand in heftigem Konflikt mit der dringenden Aufforderung der anderen Hortas.

Sie kroch an der Wand des senkrechten Schachts hinunter, während sie sich mit ihren Fühlern an der polierten Fläche festklammerte. Sie hielt an, als sie nicht sicher war, welchen Weg sie nehmen sollte. *Mutter*, dachte sie und machte kehrt, um sich wieder zurück nach oben zu bewegen. Doch dann meldete sich ihr Hunger zurück und ließ sie jeden anderen Gedanken vergessen, außer dem an die Nahrung, die auf sie wartete. *Ja, ja,* schrie ihr Geist erregt. Verdauungssäfte tropften von ihrer Haut und rieselten als Säureregen durch den langen Schacht. Es war, als könnte sie bereits spüren, wie sie die schmackhafte und belebende Nahrung heiß in sich aufnahm.

Die Horta kroch, so schnell sie konnte, an der inneren Wand des Turboliftschachts hinunter, immer tiefer in den Zentralbereich von *DS Nine* hinein.

Sie war fast da…

9

Julian stand auf und ging nach vorne, als der Flitzer langsamer wurde. Diesmal achtete er darauf, daß er nicht im Weg stand. Kira wirkte noch nervöser als zuvor, falls das überhaupt möglich war, und er hatte nicht die Absicht, sie bei ihrer Arbeit zu stören.

Er sah zu, wie sie den Flitzer in einem tiefen, dunklen Krater auf dem dritten Mond landete. Dann waren sie von samtiger Dunkelheit eingehüllt. Genau über ihnen nahm der Gasriese eine Hälfte des Himmels ein. Seine Atmosphäre war wie der Alptraum eines verrückten Malers, eine brodelnde Mischung aus wirbelndem Rot, glühendem Orange und blendendem Weiß. Fünf golden strahlende Ringe umgaben ihn. Die anderen Monde waren über den Rest des Himmels verteilt. In ruhigeren Zeiten wäre es ein spektakulärer Anblick gewesen, dachte Julian.

Er richtete seine Aufmerksamkeit wieder auf den Flitzer. Major Kira schaltete gerade den Antrieb aus und nahm dann einige weitere Schaltungen vor. Zuerst erlosch die Deckenbeleuchtung, dann auch die Konsolen und die Notbeleuchtung. Plötzlich schien der Raum im ohnehin schon kleinen Schiff noch enger geworden zu sein, und Julian schluckte. Der Flitzer wirkte nun wie ein Sarg. Nur ein harmloser Anfall von Klaustrophobie, sagte er sich. Er kehrte wieder zu seinem Sitz zurück, hob seine Arzttasche auf und stellte sie auf seine Knie, als er Platz nahm. Er drückte die Tasche an die Brust. Dies könnte der schlimmste Teil ihrer Mission werden, sagte er sich.

Als Kira damit fertig war, die Primärsysteme des Flitzers abzuschalten, so daß nur noch die wichtigsten Lebenserhaltungssysteme, die Sensoren und die Transporter funktionsbereit waren, hatte sich ihre Wut abgekühlt. Ausnahmsweise schien einmal alles glattzugehen. Sie wußte, daß Dax auch den Transporter deaktivieren würde, nachdem sie sich auf den anderen Mond gebeamt hatten. Anschließend wäre es für die Cardassianer nahezu unmöglich, den Flitzer mit einem Routinescan zu entdecken.

Sie erhob sich und eilte nach hinten. Im Flitzer war es unnatürlich leise. Sie hörte jedes Husten, jede raschelnde Bewegung der Kleidung, einfach alles. Wenigstens war Bashir so vernünftig, sitzen zu bleiben und sich still zu verhalten.

»Überprüfen Sie noch einmal Ihre Ausrüstung«, rief sie den Leuten zu.

Die fünf Fähnriche zogen ihre Waffen und kontrollierten sie. Nur Dr. Bashir paßte nicht in das Bild, als er sich unbeholfen mit seiner kleinen schwarzen Arzttasche abmühte. Wie zur Entschuldigung grinste er Kira auf seine ihr so unsympathische, freundliche Weise an.

»Sind alle bereit?« fragte sie.

»Ja, Major!« riefen die Fähnriche im Chor.

»Äh, ja, alles in Ordnung«, sagte Bashir eine Sekunde später.

»Ausgezeichnet«, sagte Kira. »Falls es noch letzte Fragen gibt, wäre jetzt der richtige Zeitpunkt, um sie zu stellen.«

»Wie lange dauert es noch, bis wir hinüberbeamen können?« wollte Bashir wissen.

»Zwölf Minuten«, rief Dax von ihrer Konsole nach hinten. »Wir werden den innersten Mond in acht Minuten überholen, aber ich brauche mindestens vier Minuten, um eine sichere Stelle zu finden, zu der ich Sie beamen kann.«

»Unsere ersten Meßdaten deuten darauf hin«, sprach Kira weiter, »daß es dort eine unterirdische Bergbauanlage gibt. Nach der üblichen Vorgehensweise der Cardassianer dürfte sämtliche Arbeit von schweren automatischen Maschinen erledigt werden, da es keine einheimische Bevölkerung gibt, die sie versklaven können. Das ist für uns ein großer Vorteil. Sie werden die Maschinen nicht so sorgsam überwachen, wie sie es mit lebenden Arbeitern tun würden.«

Dax fügte hinzu: »Ich werde Sie so nahe wie möglich am Bergwerk absetzen. Sie müssen die modifizierten Tricorder benutzen, um nach der Horta zu suchen.«

»Noch weitere Fragen?« sagte Major Kira. Doch niemand meldete sich zu Wort, nicht einmal Bashir, also nickte sie zufrieden. Die Leute waren bereit.

»Der Mond kommt in Reichweite«, rief Dax. »Ich beginne jetzt mit dem Scannen ...«

Kira zog den Phaser an ihrer rechten Hüfte und überprüfte die Einstellungen. Einer der vielen Slogans des Widerstandes – *Nur ein toter Cardassianer ist ein guter Cardassianer* – kam ihr wieder in den Sinn.

»Es dürfte das beste sein, die Phaser auf Betäubung einzustellen«, riet Bashir.

Kira blickte auf und sah, daß er auf ihre Waffe starrte. Dann trafen sich ihre Blicke, wobei er kaum spürbar die Augen zusammenkniff. Dies war eine kompetentere Seite an ihm, erkannte sie, nur daß sie sie viel zu selten bemerkte – oder sich nur selten die Zeit nahm, darauf zu achten.

»Nur für den Fall«, sagte er, »daß wir einen Gefangenen befragen müssen. Die Betäubung wirkt bei Cardassianern genausogut wie bei Menschen oder Bajoranern. Äh, ich meine, Sie können anschließend immer noch schießen – ich meine, wenn sie dann noch eine Gefahr darstellen ...«

»Ich weiß, was Sie meinen, Doktor«, sagte Kira. Er hatte recht, auch wenn sie es nur ungern zugab. Schweigend korrigierte sie die Einstellung ihres Phasers. »Stellen Sie Ihre Phaser also auf maximale Betäubung, wie es der Doktor vorgeschlagen hat«, sagte sie zum Rest des Teams. »Vielleicht werden wir Gefangene machen, um sie zu befragen.«

»Ich habe eine sichere Stelle gefunden«, rief Dax zurück. »Ich schicke Sie ins fünfunddreißigste Stockwerk. Vergessen Sie nicht, mir ein Signal zu senden, wenn sie bereit zum Zurückbeamen sind. Wir haben alle eins Komma neun sieben Stunden ein Transporterfenster, das zwölf Minuten lang geöffnet ist.«

»Bereit zum Beamen!« bellte Major Kira. Sie holte ein paarmal tief Luft, hob ihren Phaser und machte sich auf einen Kampf gefaßt.

Dann löste sich die Kabine des Flitzers in einem Vorhang aus farbig flimmerndem Licht auf, als sie zur Oberfläche des Mondes hinuntergebeamt wurden.

Ttan ging unruhig in der Zelle auf und ab, in die die Cardassianer sie gebracht hatten. Sie war eindeutig für humanoide Gefangene konzipiert, denn die drei Wände, der Boden und die Decke bestanden aus festem Gestein, während die vierte Wand von verstärkten Tritaniumplatten gebildet wurde. Der einzige Ausgang mitten in der Tritaniumwand wurde von Kraftfeldstrahlen abgeschirmt.

Ttan hätte sich natürlich ohne Mühe einen Tunnel aus der Zelle graben können. Gul Mavek und den anderen mußte klar sein, daß sie jederzeit fliehen konnte, wenn sie wollte. Aber das spielte überhaupt keine Rolle, denn sie wußten auch, daß sie nicht einfach verschwinden würde, weil sie um die Sicherheit ihrer Kinder besorgt war.

Was ist, wenn sie inzwischen geschlüpft sind? grübelte sie. *Sie werden sehr unglücklich sein, wenn ich nicht da bin, um sie zu bewachen, sie zu beruhigen und dafür zu sorgen, daß sie in ihren Schalen schlafen. Dann werden sie nach mir suchen. Werden sie mich finden, oder läßt Gul Mavek sie hilflos in der Luft schweben, wie er es mit mir getan hat? Wird er sie im Dunkeln allein lassen? Wird er mit ihnen sprechen?*

Einen kurzen Augenblick lang ließ sie Säure in den Boden sickern, um sich eine metertiefe Mulde zu schaffen, in der sie versank. Doch der Fels, der sie daraufhin einschloß, spendete ihr nur wenig Trost.

Sie weinte Tränen aus Säure.

Julian materialisierte hinter Kira und neben Fähnrich Parks. Ihm wurde einen Moment lang schwindlig, während er sich an die geringere Schwerkraft zu gewöhnen versuchte, und wäre fast gestürzt, als er sich zu schnell umdrehte. Parks hielt ihn kurz am Ellbogen fest, und er tauschte einen schnellen Blick mit der Frau, bis er sein Gleichgewicht wiedergefunden hatte.

»Danke«, flüsterte Julian aufrichtig. Er wollte vor Major Kira nicht den Eindruck eines unbeholfenen Kadetten machen.

»Kein Problem.« Sie ließ ihn los und lief dann mit gezogenem Phaser ein Stück in den Tunnel. Kira hatte sich mit ihrer eigenen Waffe in die entgegengesetzte Richtung gewandt, wie Julian jetzt sah. Sie schien Wache zu halten, was völlig vernünftig war, da sie nicht wollten, daß sich irgendwelche Cardassianer an sie heranschlichen.

Julian sah kein unmittelbares Anzeichen für Gefahr, so daß er sich einen Moment lang Zeit nahm, um seine Umgebung zu mustern. Er stand in einem langen und hohen Tunnel, der so gekrümmt war, daß er in jede Richtung etwa dreißig Meter weit einzusehen war. Das Licht stammte von leuchtenden Zylindern, die alle paar Meter in die Decke eingelassen waren. Die Tunnelwände wirkten feucht oder fettig und schimmerten in einem grünlichen Goldton.

Ich sollte mich lieber an die Arbeit machen, dachte er. Kira würde sich seinen Kopf auf einem Tablett servieren lassen, falls er Ttan noch nicht lokalisiert hatte, wenn der Rest des Teams eintraf. Als wäre dieser Gedanke das Stichwort, setzte hinter ihm wieder das Summen eines Transporterstrahls ein.

Er hob den Tricorder und suchte die Umgebung nach Hinweisen auf Ttans Gegenwart ab. *Komisch,* dachte er. Statt einer einzigen Silizium-Lebensform schien er Hunderte, wenn nicht sogar Tausende zu registrieren. Konnte es hier eine Kolonie von Hortas geben? In den Wänden schien es vor Siliziumleben zu wimmeln. Nein, entschied er dann, es mußte eine Fehlfunktion des Tricorders sein. Er schüttelte das Gerät. Dax hatte bestimmt irgendeinen Fehler gemacht ...

»Doktor?« rief Kira. »Wo ist sie?«

Julian blickte nicht auf. »Ich scanne noch, Major.« *Vielleicht sind noch ein paar Feineinstellungen nötig,* dachte er.

»Wie lange noch?«

»Ich kann es nicht sagen. Ttans Werte lassen sich nicht ohne weiteres anmessen. Irgend etwas verursacht Interferenzen.« Seine Finger huschten über die Kontrollen des Tricorders, während er mehrere Einstellungen durchprobierte. *Komm schon, komm schon!* dachte er hektisch.

Wieder summte der Transporterstrahl. Als Julian aufblickte, sah er die Fähnriche Muckerheide, Wilkens und Jonsson im Tunnel stehen. Das Team war vollständig. Alle starrten ihn an. Er schluckte, weil es ihm nicht behagte, das Zentrum der Aufmerksamkeit zu bilden.

»Dann wird es wohl noch ein Weilchen dauern.« Kira wandte sich mit ihrer gewohnten, militärisch knappen Art an die anderen. »Wir müssen diesen Durchgang sichern. Sie und Sie, Sie und Sie.« Sie winkte Aponte und

Wilkens nach links, Jonsson und Muckerheide nach rechts. »Suchen Sie eine Strecke von hundert Metern ab und stellen Sie fest, ob dieser Tunnel von anderen gekreuzt wird. Sie haben fünf Minuten, um sich wieder hier einzufinden.«

Julian unternahm einen weiteren Versuch, Ttan zu finden, doch auch diesmal wurden ihm Tausende von Lebensformen auf Siliziumbasis angezeigt. *Denk nach,* riß er sich zusammen. *Du machst irgend etwas falsch. Was würde Dax jetzt tun? Welche Justierungen würde O'Brien vornehmen?*

Er blickte wieder auf, während er immer noch mit seinem Problem beschäftigt war, und sah zu, wie die zwei Gruppen aufbrachen. Die vier Leute bewegten sich in langen, flachen Hüpfern vorwärts, wobei sie mit jedem Schritt vier bis fünf Meter zurücklegten. Sie wirkten fast wie Ballettänzer – auch wenn die Phaser, die sie in den Händen hielten, das Bild störten.

Er führte eine schnelle Diagnose des Tricorders durch, die jedoch keinerlei Fehlfunktion ergab. Eigentlich müßte das Gerät tadellos arbeiten. Julian hätte Ttan aus einer Entfernung von tausend Metern sofort registrieren müssen. Vielleicht haßte ihn die Maschine doch.

Was konnte er nur falsch gemacht haben? Er trat genau in die Mitte des Tunnels, worauf die Siliziumwerte etwas schwächer wurden. Vielleicht sollte er die Empfindlichkeit verringern, dachte er, während er weiterscannte.

Julian drehte sich noch einmal herum, und plötzlich registrierte er überhaupt kein Silizium mehr. Dann wurde ihm schlagartig alles klar.

»Was bin ich nur für ein Idiot!« sagte er. Als er aufblickte, bemerkte er, daß Major Kira ihn mit gerunzelter Stirn ansah. »Diese Tunnel«, erklärte er mit einer weit ausholenden Geste, »wurden mit Hochenergiephasern aus dem Fels geschnitten. Die Wände, die wie

Glas aussehen, bestehen tatsächlich aus Glas. Aus Schlacke, um genau zu sein.«

»Und was heißt das?« wollte Kira wissen.

»Glas besteht aus Silikaten, genauso wie Ttan. Die Tunnelwände verursachen die Interferenzen bei der Tricorderanzeige. Deshalb habe ich Schwierigkeiten, sie anzumessen.«

»Großartig«, sagte Kira sarkastisch. »Wir sind hier, aber wir können sie nicht finden.«

»Das habe ich nicht gesagt«, erwiderte Julian mit einem bescheidenen Hüsteln. Natürlich würde er sie finden – es war nur eine Frage der Zeit. Er ging ein paar Schritte durch den Tunnel. »Nur daß es schwierig ist. Geben Sie mir noch … Aha!« sagte er. Ein leuchtender Punkt war auf seinem Tricorderbildschirm erschienen. Er korrigierte die Einstellungen, um eine bessere Anzeige zu bekommen.

»Sie haben sie?« fragte Kira ungeduldig.

»Ich glaube, ja.« Er studierte den kleinen Bildschirm. Die Masse stimmte, und sie schien sich hin und her zu bewegen, wie ein eingesperrtes Tier. »Ja, es handelt sich eindeutig um eine Silizium-Lebensform. Das muß Ttan sein.«

»Wo?«

»Fünfhundert Meter nach Osten und fünfzig Meter nach oben. Fünfzehn Stockwerke höher.« Er blickte wieder zu ihr auf. »Jetzt ist alles richtig kalibriert, Major. Ich werde sie nicht mehr verlieren.«

»Gut«, sagte Kira.

Dann bemerkte er hinter Kiras Schultern eine plötzliche Bewegung. Es war Fähnrich Wilkens, der in langen, flachen Sprüngen geradezu durch den Tunnel flog. Irgend etwas war schiefgegangen, wurde ihm klar.

»Major!« sagte Wilkens. »Ich glaube, es gibt Schwierigkeiten.«

Kira wirbelte herum. »Was ist los?« wollte sie von ihm wissen.

Wilkens versuchte abzubremsen, was ihm in der geringen Schwerkraft nicht ohne weiteres gelang. Julian brachte sich in Stellung und fing den Mann am Arm auf. Kira packte gleichzeitig seinen anderen Arm, so daß sie gemeinsam seinen Flug abfangen konnten.

»Ein Stück weiter wird gearbeitet…«, keuchte Wilkens. »Da ist eine große Höhle… Sklavenarbeit… viele Leute in Ketten…«

Diese Neuigkeit verblüffte Julian. Soviel zu Kiras Theorie eines maschinenbetriebenen Bergwerks, dachte er verbittert. Er hatte das dumme Gefühl, daß die Situation soeben wesentlich komplizierter geworden war, als sie erwartet hatten. Außerdem stellte sich die Frage, ob sie diese Menschen einfach hier zurücklassen konnten. Sie mußten die Föderation informieren, wenn sie wieder auf *DS Nine* waren. Vielleicht konnte noch rechtzeitig eine Mission gestartet werden, um sie zu retten.

»Wie weit entfernt?« fragte Kira den Mann.

»Zweihundert Meter, einmal um die Ecke und dann immer geradeaus.«

»Wurden Sie bemerkt?«

»Nein.« Er richtete sich auf, als seine Atmung sich wieder normalisierte. »Fähnrich Aponte ist zurückgeblieben, um sie zu beobachten.«

»Ich werde mir die Sache ansehen«, sagte Kira. Sie wandte sich an Fähnrich Parks. »Warten Sie auf Jonsson und Muckerheide und teilen Sie ihnen alle Neuigkeiten mit. Wir werden so schnell wie möglich zurück sein.«

»Was ist mit mir, Major?« fragte Julian. Wenn es etwas zu tun gab, wollte er unbedingt dabeisein. »Sie brauchen vielleicht einen Arzt.«

»Behalten Sie lieber die Horta im Auge!« sagte Kira. »Ttan ist für uns wichtiger. Ich möchte nicht, daß die Cardassianer sie wegschaffen, ohne daß ich etwas davon erfahre.«

»Major«, sagte Wilkens. »Da ist noch etwas. Diese Gefangenen … es handelt sich um Bajoraner!«

Großartig, dachte Julian. Als er schon geglaubt hatte, die Situation könnte gar nicht mehr komplizierter werden, wurde alles plötzlich noch viel schlimmer.

»Was?« rief Kira. »Das will ich sofort sehen!«

»Hier entlang.« Gemeinsam sprinteten sie wie irdische Gazellen durch den Tunnel. Sekunden später waren sie hinter der Krümmung verschwunden.

Julian konnte nur den Kopf schütteln. Warum nahmen die Dinge immer wieder die schlimmstmögliche Wendung?

Major Kira schluckte nervös, während sie auf Händen und Knien vorwärtskroch. Sie hatte ein sehr unangenehmes Gefühl in der Magengegend. *Bajoranische Arbeitssklaven.* Die Cardassianer waren aus Gewohnheit grausam. Sie hatten keinen Respekt vor den Rechten eines Gefangenen und zeigten nur dann Gnade und Mitleid, wenn sie damit ein höheres Ziel verfolgten. Die Sklaven auf diesem Mond hatten alles andere als ein angenehmes Leben.

Der Tunnel endete etwa zehn Meter über dem Boden einer großen Höhle. Als Kira sich dem Rand näherte, drückte sie sich flach auf den Tunnelboden und schob sich langsam vorwärts, bis sie alles unter sich erkennen konnte, ohne selbst gesehen zu werden.

Sie hielt vor Entsetzen den Atem an. Unten bewegten Dutzende von bajoranischen Männern und Frauen Lasten, unter denen sie bei normaler Schwerkraft sofort zusammengebrochen wären. Einige arbeiteten mit Spitzhacken, andere zertrümmerten Steine mit Vorschlaghämmern, und wieder andere schaufelten Schotter in einen Zug aus großen sechsrädrigen Loren. Alle Gefangenen trugen Metallfesseln um die Handgelenke und Fußknöchel. Alle sahen halb verhungert und geschunden aus. Viele hatten blauschwarze Flecken in den Gesichtern und halb verheilte Peitschenwunden auf den Oberkörpern. Es war eine der schlimmsten Szenen, die sie jemals beobachtet hatte; sie stand in nichts den cardassianischen Gefangenenlagern auf Bajor nach. Der einzige Unterschied waren die Gefangenen. Sie hatten keine Hoffnung mehr. Sie erkannte es an ihren leeren Blicken, an ihren gebeugten Rücken und den schlurfenden Schritten. Diese Menschen waren von den Cardassianern gebrochen worden. Sie sahen aus wie lebende Tote.

Dann beobachtete sie, wie eine Frau in zerfetztem grauem Overall zusammenbrach. Ihre Schaufel fiel mit einem lauten Klappern zu Boden, wodurch ein Aufseher aufmerksam wurde. Während der Cardassianer mit zielstrebigen Schritten auf sie zuging, die Peitsche in der Hand, ließ ein anderer Bajoraner seine Spitzhacke fallen und eilte der Frau zu Hilfe. Dabei fühlte Kira sich ein wenig besser, denn die Cardassianer hatten es noch nicht geschafft, den Lebenswillen dieser Menschen vollständig zu vernichten. Der Mann hatte die Frau wieder auf die Beine gestellt und ihr die Schaufel in die Hand gedrückt, bevor der Aufseher sie schlagen konnte.

Kira schnappte nach Luft. Dieser Bajoraner… sie kannte sein Gesicht. Sie brauchte einen Moment, um sich den Schmutz, die Schürfwunden und die Bartstoppeln wegzudenken, doch dann wußte sie mit absoluter Sicherheit, wer es war: Anten Lapyn. Sie hatten zusammen im Widerstand gekämpft. Wenn sie sich richtig erinnerte, hatte man einige Jahre vor dem Abzug der Cardassianer seinen Tod gemeldet. Da er ein Widerstandskämpfer war, galt das vermutlich auch für alle anderen. Die Arbeit in dieser Höhle stellte allem Anschein nach eine besondere Strafe für bajoranische Kriegsgefangene dar. Das sah den Cardassianern ähnlich, dachte sie verbittert, die Besten und Tapfersten für die größte Erniedrigung auszusuchen.

Sie zählte die Aufseher. Zwei hockten hinter einem hohen Vorhang und schienen soonianisches Bier aus großen Krügen zu trinken. Sie waren vermutlich außer Dienst oder machten gerade Pause. Vier weitere stolzierten zwischen den bajoranischen Arbeitern umher. Sie schienen keine große Mühe beim Gehen zu haben. Vermutlich waren sie mit Gravitationsstiefeln ausgerüstet. Außerdem trugen sie eine Art Betäubungswaffe an den Gürteln – nichts Gefährlicheres, damit die Gefangenen nicht zu einer Bedrohung wurden, falls sie die Waffen an sich brachten und eine Rebellion anzettelten. Zweifellos gab es tiefer in diesem Komplex richtige Soldaten, die tödliche Waffen zur Verfügung hatten.

Als wollten sie sich auf diese Weise ins Gedächtnis rufen, ließ alle paar Minuten irgendein Aufseher seine Peitsche knallen – für gewöhnlich auf den Rücken eines Bajoraners. Es geschah zweimal, während Kira zusah, und beim zweiten Mal traf es die Frau, die zusammengebrochen war. Sie schrie auf und stürzte, während sie sich den Rücken hielt. Der Aufseher lachte.

Kira ballte ihre Hände zu Fäusten zusammen. *Wir können sie überwältigen,* dachte sie. *Ich weiß, daß wir es schaffen werden. Sie sind nur zu sechst. Außerdem haben wir das Überraschungsmoment auf unserer Seite.*

Es juckte sie in den Fingern, ihren Phaser zu ziehen, doch sie konnte sich noch beherrschen. Sie hatte die Verantwortung für die anderen, die ihrem Kommando unterstanden. Wenn sie handelten, mußte es im Team geschehen – wie Dax so treffend angemerkt hatte.

Sie zog sich von der Tunnelöffnung zurück und ging dann zu den beiden zurück, die im Tunnel auf sie warteten. Aponte hatte grimmig das Gesicht verzogen, während ihre Wangen hellrot glühten. Wilkens sah aus, als müßte er sich übergeben. Kira konnte es ihm nicht verübeln.

»Was machen wir jetzt?« fragte Aponte mit erstickter Stimme.

»Ich weiß es nicht«, sagte sie. Zu ihrer Überraschung stellte sie fest, daß sie es wirklich nicht wußte. Noch vor einem Jahr hätte sie zusammen mit den zwei Leuten sofort das Feuer eröffnet und einen Angriff gestartet. Wurde sie allmählich alt und langsam, oder begannen Benjamin Siskos sorgfältige Planungen und Entscheidungen auf sie abzufärben?

»Major, da drinnen werden Menschen getötet!« protestierte Aponte. »Ich habe gesehen, wie eins dieser Cardi-Schweine einen Mann auspeitschte, bis er nicht mehr laufen konnte, um ihn dann wie ein Stück Dreck fortzuschleifen!«

»Es sind Menschen meines Volkes«, sagte Kira erregt. Sie hatte mehr für die gestürzte Frau empfunden, als es Aponte jemals möglich wäre. »Aber wir erreichen nichts, wenn wir einfach so lospreschen. Wir müssen alles genau planen…« Sie verstummte. *Jetzt klinge ich genauso wie Dax und Sisko*, dachte sie. »Kommen Sie«, sagte sie. »Wir gehen zu den anderen zurück.«

Sie drehte sich um und sprang mit entschlossenen Schritten in den Tunnel. Sie blickte sich absichtlich nicht um, aber sie empfand Erleichterung, als sie hörte, wie Aponte und Wilkens ihr folgten. Sie konnte den Anblick der schreienden Frau einfach nicht aus ihren Gedanken vertreiben.

Als sie den Rest des Teams erreichten, standen Bashir, Parks, Muckerheide und Jonsson dicht zusammen und unterhielten sich. Sie wirkten gleichzeitig überrascht und besorgt.

»Warum hält niemand Wache?« wollte Kira wissen, während sie abbremste. Es war eine schwere Vernachlässigung der Sicherheit. Nicht daß sie kein Verständnis dafür hatte, denn sie selbst wäre genauso neugierig gewesen, wenn jemand losmarschiert wäre, um Gefangene auszukundschaften.

»Ich ...«, begann Muckerheide.

Sie brachte ihn mit einer Handbewegung zum Schweigen. »Ich hoffe nur, daß es nicht wieder vorkommt«, sagte sie. An seinem Gesichtsausdruck sah sie, daß sie sich auf ihn verlassen konnte.

In Dr. Bashirs Stirn standen tiefe Sorgenfalten. »Ist alles mit Ihnen in Ordnung, Major?« fragte er. »Sie wirken ...«

»Doktor«, unterbrach sie ihn, »ich habe gerade gesehen, wie fünfzig bajoranische Gefangene sich zu Tode arbeiten müssen. Viele von ihnen benötigen dringend medizinische Behandlung. Einige werden sonst vermutlich nicht mehr lange überleben.« Sie teilte ihnen schnell alle weiteren Einzelheiten mit, ohne etwas auszulassen, nicht einmal die Frau, die zusammengebrochen war. Bashirs Gesicht sah sie an, daß er genauso schockiert und entsetzt war wie sie. »Und da ist noch etwas«, fuhr sie fort. »Ich habe einen von ihnen erkannt. Er hat zusammen mit mir in der Armee der Freiheitskämpfer gedient. Angeblich kam er einige Jahre vor dem Abzug der cardassianischen Besatzer ums Leben. Es muß sich um politische Gefangene von Bajor handeln.«

»Es sind Bilder wie aus einer historischen Datei über das zwanzigste Jahrhundert auf der Erde«, fügte Fähnrich Aponte hinzu. »Wenn ich es nicht mit eigenen Augen gesehen hätte, könnte ich nicht glauben, daß intelligente Wesen in der Lage sind, solches Leid zu verursachen. Sie zwingen die Bajoraner dazu, das Gestein mit Spitzhacken und Vorschlaghämmern zu zertrümmern!«

Kira blickte sie völlig ruhig an. »Die Cardassianer haben auf Bajor jahrzehntelang fast identische Arbeitslager unterhalten.«

Aponte schluckte und verstummte. Kira seufzte innerlich. Diese Menschen waren ihre Verbündeten. Es führte zu nichts, wenn sie ihnen die Schuld gab, weil die Föderation darauf verzichtet hatte, Bajor zu befreien.

Dr. Bashir räusperte sich. »Ich weiß, was Sie jetzt denken, Major«, sagte er. »Unser Auftrag lautet, Ttan zu retten, nicht verschollene bajoranische Staatsangehörige – selbst wenn es sich um Freunde handelt.«

Kira blickte ihn fassungslos an. »Wollen Sie sie etwa hier zurücklassen?« fragte sie. »Sind Sie dazu in der Lage? Haben Sie nicht gehört, wie man sie behandelt, Doktor?«

»Wir können nicht jedem helfen«, sagte er. »Wir sind nur sieben, Major. Wir können dieses Problem nicht allein lösen, es ist zu groß für uns. Hier ist die Diplomatie gefordert. Die Föderation kann im Namen von Bajor einen offiziellen Protest einreichen ...«

Kira schnaufte. »Sie haben doch erlebt, wie die Cardassianer auf so etwas reagieren«, sagte sie. »Sie würden rundweg abstreiten, etwas von diesem Mond zu wissen. Und wenn endlich eine diplomatische Mission hier eintrifft, um Nachforschungen anzustellen, wird es nicht einen einzigen Beweis mehr geben – ganz zu schweigen von bajoranischen Kriegsgefangenen.«

»Aber ...«, begann Bashir.

»Es ist mein Volk«, sagte Kira, »und mindestens einer von ihnen ist mein Freund. Ich kann sie hier nicht zurücklassen. Ich habe die feste Absicht, sie zu befreien – oder beim Versuch zu sterben.«

»Major«, sagte Fähnrich Jonsson. »Ich kann Ihre Gefühle wirklich sehr gut verstehen, aber bei allem Respekt muß ich sagen, daß Dr. Bashir recht hat. Eine Rettung ist im Augenblick unmöglich. Erstens würden gar nicht alle in den Flitzer passen. Wenn dort drinnen fünfzig Bajoraner arbeiten, werden vielleicht noch mehr auf diesem Mond gefangengehalten. Der Flitzer kann höchstens zwanzig aufnehmen. Und in diesem Fall wäre kein Platz für Ttan mehr übrig.«

»Sie haben diese Leute nicht gesehen«, sagte Aponte.

Ihre Augen blickte düster vor Zorn. »Sonst wüßten Sie, daß wir sie nicht im Stich lassen können!«

»Major«, sagte Bashir. »Wir können noch einmal zurückkommen.«

»Keine Chance«, sagte Kira entschieden. »Sobald die Cardassianer wissen, daß ihr Versteck entdeckt wurde, werden sie alle Gefangenen zusammentreiben und fortschaffen ... oder sie gleich töten.« Sie blickte allen Leuten ihres Teams der Reihe nach in die Augen. »Ich verlange von Ihnen nichts, wozu ich nicht selbst bereit bin. Sie wußten, daß diese Mission gefährlich werden würde, als sie sich bereit erklärten, daran teilzunehmen. Nichts hat sich geändert, das Problem ist lediglich größer geworden. Irgendwie werden wir eine Möglichkeit finden, wie wir sie alle von hier wegbringen können – oder wir sorgen dafür, daß sie sich selbst helfen können, bis wir mit Verstärkung zurückgekehrt sind. Wenn jemand von Ihnen aussteigen möchte, soll er es jetzt sagen. Er wird hier warten, während die anderen mit mir gehen. Nun?«

Aponte und Wilkens erwiderten Kiras Blick und nickten. Muckerheide studierte den Boden, aber dann nickte auch er. Parks und Jonsson stimmten erst nach einigem Zögern zu. Damit war nur noch Bashir übrig.

Als sie ihn ansah, zog er seinen Phaser. »Ich bleibe an Ihrer Seite, Major«, sagte er zu ihrer Überraschung, »ganz gleich, was geschieht.«

10

Aus dem Weltraum betrachtet, sahen die drei Geschütztürme wie spitze Eckzähne aus, die an drei Stellen von dem Habitatring nach oben und unten ragten. Jeder Turm deckte somit einen Ausschnitt der umgebenden Leere im Winkel von 120 Grad ab. Auch wenn sie kleiner und weniger beeindruckend als die riesigen Andockmasten waren, hatten sie es dennoch in sich. Von dort konnten Phaserstrahlen oder Photonentorpedos auf jedes Raumschiff oder sonstiges Objekt abgefeuert werden, das *Deep Space Nine* zu bedrohen wagte.

Im Innern jedoch, dachte O'Brien, bestanden sie aus dem üblichen Durcheinander von düsterem cardassianischem Design und unzuverlässigen, notdürftig zusammengeflickten Gerätschaften. Er wartete mit einer Hand am Phaser, während ihn zwei bajoranische Sicherheitswächter in identischen braunen Uniformen flankierten. Doch ansonsten war im Durchgang nichts zu sehen oder zu hören. Zu diesem Deck hatte nur befugtes Personal Zutritt.

Weitere Sicherheitsteams hielten an den zwei anderen Geschütztürmen Wache. O'Brien war sich nicht sicher, warum er sich ausgerechnet den Turm zwei ausgesucht hatte, aber nach vielen Jahren bei Starfleet hatte er gelernt, seinen unbewußten Gefühlen zu vertrauen. Oder seiner ›trainierten Intuition‹, wie er es in offiziellen Starfleet-Berichten nannte.

Einer der Bajoraner, Gaysd Tel, starrte nervös auf seinen Phaser. Er schien sich damit nicht wohl zu fühlen.

Offenbar arbeitete er meistens auf der Promenade, dachte O'Brien, denn Odo erlaubte keinerlei Waffen in diesem Bereich. »Chief?« sagte der Bajoraner. Er war ein junger Mann, vermutlich Mitte Zwanzig, und hatte straff zurückgekämmtes schwarzes Haar.

»Ja?« fragte O'Brien. Er ließ die Wände und den Boden vor sich nicht aus den Augen. Er hoffte fast darauf, daß alle Hortas hier auftauchen würden. Denn das würde bedeuten, daß Keiko und Molly sich außerhalb jeder unmittelbaren Gefahr befanden. Erst wenn er sie in Sicherheit wußte, würde er sich besser fühlen.

»Es ist wegen der Hortas«, sagte Gaysd. »Ich habe gehört, daß Phaserschüsse ihnen überhaupt nichts anhaben können.«

»Das stimmt nicht ganz«, beruhigte O'Brien ihn. Er bemerkte, daß Battes Ang, der andere Bajoraner, aufmerksam zuhörte, auch wenn er versuchte, es nicht allzu offensichtlich werden zu lassen. Battes war älter und kampferprobter, und sein ergrautes Gesicht trug immer noch die Narben aus der Zeit, die er im bajoranischen Widerstand verbracht hatte. »Sie sind zäh, aber sie sind nicht unverletzbar. Nach dem Computer kann ein Phaser, der auf kurze Distanz mit hoher Leistung abgefeuert wird, ihnen ganz schön zusetzen – und sie vielleicht sogar töten.« Seine Worte schienen die Moral der Bajoraner zu heben. Hoffentlich nicht zu stark, dachte er besorgt.

»Hören Sie«, sagte er nachdrücklich. »Das ist aber nicht der Grund, weswegen wir hier sind. Außerdem habe ich von einem erwachsenen Horta gesprochen. Das hier sind Kinder, deren Panzer sich wahrscheinlich noch nicht richtig verfestigt haben. Wir wissen nicht, wieviel Phaserfeuer sie vertragen können. Und wir wollen sie auf keinen Fall töten oder auch nur ernsthaft verletzen. Stellen Sie Ihre Phaser also auf Betäubung und lassen Sie uns hoffen, daß es genügt, um sie aufzuhalten.«

»Und wenn nicht?« fragte Gaysd.

»Haben Sie Kinder?« erwiderte O'Brien. Seine Stimmung war ohnehin schon gereizt. Zuerst dieser widerspenstige Computer, und jetzt mußte er sich auch noch mit diesem runzelnasigen Sicherheitsmann herumärgern. *Ich sollte eigentlich bei Keiko und meinem Baby sein*, dachte er.

»Äh, eine Nichte, Sir.«

»Nun, dann stellen Sie sich einfach vor, es wäre Ihre Nichte, auf die wir hier Jagd machen.« Leichter gesagt als getan, dachte O'Brien, aber er hoffte, die zwei Männer hatten seinen Standpunkt trotzdem verstanden. Er warf einen Blick in den Korridor, entdeckte jedoch keinerlei Lebensform, ob humanoid oder nicht. Da im Augenblick alles ruhig war, hatte er genügend Zeit, um sich in der Zentrale zu melden. Also tippte er auf seinen Kommunikator. »O'Brien hier! Wie ist die Lage?«

Zu seiner Überraschung antwortete Sisko ihm persönlich und formulierte kurz angebunden die Worte, vor denen O'Brien sich gefürchtet hatte: »Auf der Promenade herrscht das Chaos, Chief. Odo versucht, etwas zu unternehmen. Ich kann jetzt nicht reden. Bleiben Sie auf Ihrer Position.«

Sisko unterbrach die Verbindung und ließ O'Brien mit seinen Sorgen um seine Familie allein. Unwillkürlich zogen vor seinem inneren Auge noch einmal alle Szenen aus Mollys kurzem Leben vorbei, von ihrer Geburt auf der *Enterprise* (wobei ausgerechnet Worf die Hebamme gespielt hatte!) bis zu seinem Abschiedskuß an diesem Morgen, als er sich auf den Weg zur Zentrale gemacht hatte. Die Vorstellung, daß er sie vielleicht zum letzten Mal gesehen hatte, war mehr, als er ertragen konnte. *Ich hätte mehr Zeit mit ihr verbringen sollen*, quälte er sich mit Selbstvorwürfen. *Ich hätte ihr deutlicher klarmachen sollen, wie sehr ich sie liebe.*

Er packte seinen Phaser fester. In diesem Augenblick war er völlig einer Meinung mit dem cardassianischen Computer. Er wollte sämtliche Hortas so schnell wie möglich eliminieren.

»Chief O'Brien?« fragte Battes zögernd. »Ist alles in Ordnung?«

»Ja«, log er. Er holte tief Luft, um sich zu beruhigen, während er überlegte, was er sagen sollte, um die Bajoraner weiter zu beschwichtigen. Doch bevor er etwas sagen konnte, war vom Ende des Korridors ein rumpelndes Geräusch zu hören. Das Sicherheitsteam ging sofort in Stellung und hob die Phaser. Das Rumpeln wurde von Sekunde zu Sekunde lauter, als würde es sich nähern, doch O'Brien konnte nichts im leeren Gang erkennen. Er schnupperte und glaubte den Geruch von verbranntem Plastik wahrzunehmen. Die Deckenbeleuchtung flackerte und wurde schwächer. Als er nach oben blickte, sah er, daß die Decke absackte, wenn auch nur etwa einen Zentimeter tief. Instinktiv legte er eine Hand gegen die Wand – und spürte ein stärker werdendes Vibrieren in seinen Handknochen.

»Sie sind da oben!« sagte er, als er mit einem Mal verstand. Er vermutete, daß die Hortas nur wenige Meter vor ihnen waren, und trat einen Schritt zurück. Nachdem er die Energieabgabe seines Phasers erhöht hatte, feuerte er direkt in die Decke. Der glühend rote Strahl schnitt durch die Rhodiniumplatten und das Kelinit-Fundament. O'Brien veränderte die Einstellung des Phasers, so daß er nun einen gefächerten Strahl von einem Zentimeter Breite verschoß, womit er hoffte, eine ›Feuerwand‹ zwischen die Hortas und den Geschützturm zu legen. Er versuchte nicht an den Schaden zu denken, den er dadurch der Station zufügte. Später war Zeit genug für Reparaturen, dachte er.

Schrille Schreie begleiteten seine Aktion. Er zuckte

bei den schmerzhaft lauten Geräuschen zusammen, grinste aber dennoch grimmig. *Nun,* dachte er, *wenigstens erhalte ich eine Reaktion.* Dann explodierte mit einem Mal ein Stück voraus die Decke unter einem Regen aus Funken, Rauch und geschmolzenem Metall. Ein winziges Tröpfchen aus glühend heißem Stahl traf sein Bein und fraß sich durch die Uniform. O'Brien ignorierte den stechenden Schmerz der Verbrennung und warf sich zurück, so daß er mit einem heftigen Ruck gegen die verschlossene Tür zum Phaser-Überwachungsraum prallte. Die Bajoraner zogen sich ebenfalls zurück, eine Sekunde bevor die frustrierten Hortas durch die Decke brachen. Sie landeten mit einem lauten Donnerschlag auf dem Fußboden.

Es waren zwei – formlose braune Massen, die mit orangefarbenen und gelben Warzen übersät waren und vor Wut oder Hunger zitterten. Als sich der erste Horta auf ihn zuschob, mußte O'Brien gegen seinen Drang ankämpfen, ihn einfach mit der vollen Energie seines Phasers zu verdampfen. Statt dessen rief er den zwei Bajoranern zu: »Phaser auf Betäubung! Versuchen Sie sie zurückzutreiben!«

Gaysd trat vor und schoß direkt auf den heranrückenden Horta. Battes, der auf der anderen Seite von O'Brien stand, nahm den zweiten Horta ins Visier. O'Briens Zähne schmerzten unter dem heulenden Geschrei der Geschöpfe, aber sie rückten unbeirrt weiter vor. Sie wirkten eher verärgert als betäubt, und er wußte nicht, ob er darüber erleichtert oder besorgt sein sollte. »Beschießen Sie sie weiter«, befahl er. Seinen eigenen Phaser richtete er auf den Boden, um die Hortas nötigenfalls davon abzuhalten, sich unter ihnen hindurchzugraben.

Die Bajoraner hielten ihre Stellung. Ununterbrochen strömte scharlachrote Energie über die Hortas und ließ bläuliche Blitze aufzucken, wenn die Phaserstrahlen auf die Panzerhaut trafen. Ihre Schreie wurden leiser, als würden sie sich nach dem ersten Schrecken allmählich an den Phaserbeschuß gewöhnen. Wenn Felsblöcke mit den Schultern zucken konnten, dachte O'Brien unbehaglich, würden sie es jetzt vermutlich tun. Die Hortas schoben sich weiter, ohne sich von den Strahlen aufhalten zu lassen.

»Einstellung erhöhen«, befahl O'Brien. »Aber nur um eine Stufe.« Das rote Leuchten der Strahlen wurde heller, und er mußte blinzeln, um nicht davon geblendet zu werden. Die Hortas rückten immer noch vor, nachdem sie nun scheinbar jede Angst verloren hatten. Der erste Horta war jetzt nur noch einen Meter entfernt. O'Brien hob den Arm und setzte auch seinen Phaser zur Verteidigung gegen die Hortas ein. Blaue Blitze zuckten knisternd über ihre Panzer. Das Summen der Phaser vermischte sich mit dem dumpfen Knirschen der Hortas. Langsam, aber sicher rückten sie weiter vor. »Verdammt!« brummte er. Stufe um Stufe erhöhte er die Leistung seines Phasers, doch immer noch zeigte sich nicht die geringste Wirkung.

Wieviel wäre zuviel? Er hatte seinen Phaser bereits auf eine Energieleistung eingestellt, die für einen Menschen unter Umständen tödlich sein konnte, doch die Hortas reagierten auf den Strahl wie auf einen kräftigen Wind, dem sie die Stirn bieten konnten. Die Gesichter von Keiko und Molly, die vielleicht schon durch die Schuld von Monstren wie diesen hier tot waren, blitzten in seinem Geist auf. Er nutzte seine Wut dazu, den nötigen Willen zu finden, um den Phaser auf maximale Energieabgabe zu stellen. Sein Arm zitterte. Seine Finger krallten sich um die Waffe, bis die Knöchel weiß hervortraten. Die Hortas hatten ihn jetzt fast erreicht.

Plötzlich erinnerte er sich wieder an das Massaker von Setlik. An die Kinder, die Babys, die die Cardassianer ermordet hatten. Und an das erste Mal, daß er zum Töten gezwungen gewesen war.

Nicht noch einmal, dachte er.

Er schaltete seinen Phaser ab und ließ den Arm sinken. »Rückzug!« sagte er zu den Bajoranern. Er hatte gesehen, was die Säure der Hortas mit massivem Rhodinium anrichtete. Deshalb wollte er auf keinen Fall zusehen, wie sie auf die Körper von Bajoranern wirkte. O'Brien trat beiseite und ließ die Hortas vorrücken. Sie schoben sich im Abstand von kaum einem Meter an O'Brien vorbei und näherten sich der Tür zum Geschützturm. Er spürte die Hitze, die von ihren mineralischen Körpern abgestrahlt wurde. Instinktiv wich er weiter zurück, als würde er zu nahe an einem heißen Feuer stehen. Er aktivierte seinen Kommunikator. »An das Personal von Geschützturm zwei. Evakuieren Sie alle Räume. Kämpfen Sie nicht gegen die fremden Lebensformen. Ich wiederhole: keinen Kampf! Chief O'Brien Ende.«

Gaysd und Battes stellten das Feuer ein und traten zu O'Brien hinter die Hortas. Sie sahen schweigend zu, wie die Geschöpfe sich durch die schwere Metalltür brannten, hinter der die Phaserstation lag. *Jetzt sind wir ohne Verteidigung,* dachte O'Brien. Er betete, daß er die richtige Entscheidung getroffen hatte, und hoffte, daß die zwei anderen Geschütztürme noch unversehrt waren.

Wenn er ehrlich war, glaubte er allerdings nicht daran.

»Vorsichtig«, sagte er zu den zwei Sicherheitswächtern. »Geben Sie auf die Löcher in der Decke acht. Sonst fällt uns noch irgend etwas auf die Köpfe.«

»Die Geschütztürme werden angegriffen, Commander«, meldete Lieutenant Eddon. Die blauen Antennen der Andorianerin, die erst vor kurzem nach *DS Nine* versetzt worden war, zuckten nervös. »Alle Waffensysteme außer Funktion.«

Verdammt, dachte Sisko. Er lief auf der erhöhten Galerie, von der sich die Zentrale überblicken ließ, hin und her. Und das weniger als vierundzwanzig Stunden nach einem Angriff auf ein Schiff der Föderation! Abgesehen von den Waffen der übrigen zwei Flitzer war *DS Nine* nun eine leichte Beute für jeden weiteren Angreifer, der es auf die Station abgesehen hatte.

»Soll ich Starfleet benachrichtigen?« fragte Eddon.

»Nein«, antwortete Sisko. »Gul Dukat hört vielleicht unsere Kommunikation ab, und ich möchte unsere cardassianischen Nachbarn nicht in Versuchung führen.« Er überdachte schnell alle Möglichkeiten, bevor er neue Anweisungen ausgab. Doch er wartete damit nicht allzu lange, denn er hatte schon vor längerer Zeit gelernt, daß eine verantwortungsvolle Position zum größten Teil darin bestand, möglichst schnell eine Entscheidung zu treffen. Es spielte keine Rolle, ob sie richtig oder falsch war; es kam darauf an, entschlossen zu handeln und zu hoffen, daß sich alles zum Guten wandte.

»Beordern Sie Wartungstrupps in die Geschütztürme, sobald gemeldet wird, daß sie sicher sind. Ich will so schnell wie möglich mindestens eine Stellung wieder einsatzbereit haben. Nummer drei hat Priorität.« Das war der Turm, der in Richtung der cardassianischen Grenze zeigte – und in die Richtung, wohin Kira und die anderen aufgebrochen waren.

»Zweitens«, sagte er, »sollen beide Flitzer bemannt werden und sich in ständiger Startbereitschaft halten.«

»Zur Evakuierung?« fragte Sanger. Er war ein junger Terraner, frisch von der Akademie, der normalerweise Dax bei ihren Forschungen half. Er hatte sicher schon festgestellt, daß ein Flitzer nur einen unbedeutenden Bruchteil der Gesamtbevölkerung von *DS Nine* transportieren konnte.

»Zum Kampf«, erklärte Sisko. Wenn die Cardassianer – oder sonstwer – die Station angriffen, solange die Geschütztürme nicht einsatzbereit waren, müßten die

Flitzer die Verteidigung übernehmen. Sie besaßen natürlich nicht das Kaliber einer *Enterprise*, aber im Augenblick hatten sie nun einmal nichts Besseres zur Verfügung.

»Was ist mit der *Puyallup?*« wollte Sanger wissen.

Sisko schüttelte den Kopf. »Dazu reicht die Zeit nicht«, sagte er bedauernd. »Schicken Sie alle Reparaturteams, die im Augenblick an der *Puyallup* arbeiten, ebenfalls zu den Geschütztürmen.« In einer besseren Welt hätte er in dieser Krise gerne einen Starfleet-Kreuzer zur Verfügung gehabt, aber die Station war seine oberste Priorität. Wie meistens war *DS Nine* wieder einmal auf sich allein gestellt.

»Warnung«, meldete der Computer plötzlich und riß Sisko damit aus seinen Überlegungen. »Direkte Sabotage von militärischen Einrichtungen. Die Vorschriften verlangen die sofortige Exekution der fremden Saboteure. Ich schlage vor, sie durch den Einsatz des Transporters zu eliminieren.«

Manche Programme gaben offenbar niemals auf, dachte Sisko. »Computer«, sagte er schroff. »Vorschläge unerwünscht!«

»Sie verschwinden, Chief«, sagte Gaysd zu O'Brien. Der bajoranische Sicherheitswächter stand vor der Tür zum Geschützturm und richtete seinen Tricorder auf das glatte, runde Loch, das die Hortas hineingebrannt hatten.

»Was?« fragte O'Brien. Er war so sehr mit der Sorge um seine Familie und seinem Versagen beim Schutz der Waffensysteme beschäftigt gewesen, daß er durch die Bemerkung des Bajoraners völlig überrascht wurde. Hatte er wirklich gehört, was er gehört zu haben glaubte? »Meldung«, befahl er und riß sich zusammen.

»Die Hortas«, erklärte Gaysd. »Sie verschwinden, alle beide. Die Bewegungssensoren registrieren zwei große Objekte, die sich von der Waffenstation entfernen.«

»Welche Richtung haben Sie eingeschlagen?« fragte O'Brien. »Die Promenade?« Seine Hand klammerte sich um seinen Phaser. *Ich hätte sie atomisieren sollen, solange ich noch die Gelegenheit dazu hatte*, dachte er.

»Nein, Sir«, sagte Gaysd, worauf O'Brien einen Seufzer der Erleichterung ausstieß. »Sie bleiben im Habitatring und bewegen sich in Richtung Deck sechzehn.«

O'Brien nickte Gaysd zu. »Geben Sie der Zentrale einen Bericht über die neueste Entwicklung, falls man dort nicht bereits die Bewegung dieser Hortas bemerkt hat. Sagen Sie ihnen, daß wir hier sofort ein Reparaturteam brauchen.« O'Brien wußte noch nicht, welche Schäden die Hortas an den Verteidigungssystemen von *DS Nine* angerichtet hatten, aber ihm war klar, daß Sisko die Geschütztürme schnellstmöglich wieder einsatzbereit haben wollte. Er wandte sich von den zwei Bajoranern ab und lehnte sich mit dem Rücken gegen die Wand des Korridors. *Deck sechzehn*, überlegte er und kratzte sich verwundert sein lockiges rotes Haar. Was hatten die Hortas vor? Sie konnten unmöglich in so kurzer Zeit sämtliche anorganischen Leckerbissen in den Türmen verspeist haben. Allein die Photonentorpedos, die hier gelagert wurden, mußten nach den Begriffen der Hortas ein üppiges Festmahl darstellen. Irgend etwas mußte sie vom Buffet fortgelockt haben.

Aber was?

Er brauchte einen Mund, erkannte Odo, um mit seinem Sicherheitsteam kommunizieren zu können. Während er immer noch die Gestalt einer Horta-Mutter beibehielt, bildete er auf der Unterseite seines klobigen Körpers eine Zunge, einen Kehlkopf und zwei humanoide Lippen aus, in erreichbarer Nähe seines Insignienkommunikators. Die Herde kleiner Hortas, die ihm vertrauensvoll folgte, reagierte nicht auf die neue Körperöffnung, die ihre ›Mutter‹ plötzlich entwickelt hatte. *Gut,* dachte Odo. Dann gab er flüsternd Anweisungen an die Sicherheitswächter.

Bis jetzt war alles wesentlich besser verlaufen, als er geplant hatte. Er hatte die Hortas von der Promenade zum Habitatring gelockt, während sich ständig neue Nachzügler anschlossen. Die lärmende Prozession schien immer mehr der destruktiven Geschöpfe aus der ganzen Station anzuziehen. Zumindest hoffte er es. Und es hielten sich keinerlei Zivilisten in diesem Abschnitt des Habitatrings auf. Sie drängten sich vermutlich irgendwo wie terranische Rinder zusammen. Er glitt den leeren Korridor entlang, während er auf das Zirpen und Schaben der hungrigen Babys hinter sich lauschte. Ein schauderhafter Gedanke schob sich in sein Bewußtsein: Was war, wenn die Hortas ihre Kinder irgendwie stillten? Er bedauerte es, versäumt zu haben, diesen Punkt vom Computer klären zu lassen. Zum Glück handelte es sich jedoch um eine eierlegende Spezies, so daß er vermutlich nicht in diese Verlegenheit geriet. Er dankte den Mächten der Schöpfung für die Einheitlichkeit der parallelen Evolution! Trotzdem mußten die Hortas früher oder später sein Täuschungsmanöver durchschauen.

Verdammt, fluchte er stumm. *Ich bin Sicherheitsoffizier und kein Babysitter!*

Auf Odos Befehl war eine größere Suite geräumt und für die Hortas vorbereitet worden. Eine Bajoranerin stand vor der Suite bereit, um die Tür zu öffnen und wieder zu schließen, wozu Odo in seiner gegenwärtigen Gestalt nicht ohne weiteres imstande war. Er erkannte sie als Lieutenant Moru, dieselbe Frau, die O'Briens Familie in Sicherheit gebracht hatte. Alles lief bestens, stellte Odo fest. Hätte er einen Kopf gehabt, hätte er jetzt anerkennend genickt.

Moru entriegelte die Tür, als Odo sich näherte. In der Hoffnung, daß er überzeugend wirkte, schob er sich mit flimmernden Fransen in die geräumige Unterkunft. Ein Fenster in der gegenüberliegenden Wand zeigte das Bajor-System. Das große cardassianische Bett hatte man hinausgeschafft, damit die heranwachsenden Hortas genügend Platz hatten. Theoretisch müßte der Raum groß genug für alle zwanzig sein, überlegte Odo. Dann konnte Sisko beziehungsweise die bajoranische Regierung sich überlegen, was man mit ihnen machen sollte, bis Kira zurückgekehrt war. Falls Kira überhaupt zurückkehrte.

Odo wollte nur ungern über die Konsequenzen dieser Möglichkeit nachdenken. Trotz ihrer Vergangenheit als Gesetzlose und Terroristin hatte er zu Kira vermutlich die engste Beziehung auf *DS Nine* entwickelt. (*Nun ja,* mußte er widerwillig eingestehen, *ich habe mehr Zeit damit verbracht, mich mit Quark auseinanderzusetzen, aber die Beziehung zu ihm ist rein beruflicher Natur!*) Er respektierte Kira und verstand ihre Motive, wie er nahezu alle Humanoiden verstehen konnte. Aus diesem Grund jedoch weigerte er sich, sich allzu große Sorgen um sie zu machen. Genauso wie er kannte sie die Risiken ihres Berufs. Und Odo wußte, daß Kira sehr gut allein auf sich aufpassen konnte, wenn es hart auf hart kam.

Bashir war ein ganz anderer Fall, obwohl Odo zugeben mußte, daß der junge Arzt innerhalb der Grenzen seines Fachgebiets mehr als nur kompetent war. Es war nur schade, daß dieser Dummkopf seine Nase immer wieder in Dinge steckte, die ihn nichts angingen, weil er dem lächerlichen, romantischen Ideal des ›Abenteurers‹ nachhing.

Und Dax? Die Trill-Wissenschaftlerin war für Odo immer ein Rätsel geblieben. Gelegentlich wirkte sie erstaunlich reif für einen Humanoiden. Zu anderen Zeiten verhielt sie sich besorgniserregend leichtsinnig und verbrüderte sich sogar freiwillig mit Quark und seinen Artgenossen. Es war verwirrend, aber er hielt sich mit einem Urteil über sie zurück. Sisko hielt große Stücke auf Dax, und Odo hatte Respekt vor Siskos Meinung, auch wenn er oft nicht mit den naiven Starfleet-Prinzipien einverstanden war, von denen Sisko sich nicht abbringen ließ. *Das ist ein weiterer Punkt,* stellte Odo fest, *den Kira und ich gemeinsam haben. Vielleicht unsere wichtigste Gemeinsamkeit überhaupt …*

Eines nach dem anderen drängelten sich die Horta-Babys in die Suite, fest entschlossen, ihrer Mutter zu folgen. Sie hätten schon längst vollzählig sein können, wenn sie sich an der Tür nicht gegenseitig behindert und sich so fest ineinander verkeilt hätten, daß es zeitweise überhaupt nicht weiterging. Unter lautem Quieken und gelegentlichem Versprühen von Säure schafften sie es schließlich, sich in die Suite vorzukämpfen. Odo mußte zugeben, daß sie bedeutend intelligenter als ein durchschnittliches humanoides Kleinkind waren, und er fragte sich, ob die Nachkommen seines eigenen Volkes ähnlich aussahen.

Insgesamt zählte Odo etwa zwanzig echte Hortas, obwohl er sich bei dem ständigen Gewimmel nicht völlig sicher sein konnte. Wie ein Wurf neugeborener Scharfzahnkatzen krochen die kleinen Hortas über ihre Geschwister hinweg oder unter ihnen hindurch. Sie verschoben sich wie Modelle tektonischer Platten im Diorama eines Museums, bis kaum noch zu erkennen war, wo ein Horta aufhörte und der nächste begann. An einem Ort versammelt, ergaben sie einen beeindruckenden Haufen.

Ich habe sie alle auf einen Streich erwischt, dachte Odo zufrieden. *So schwierig war es gar nicht.*

Nachdem der letzte Horta seinen Körper in den Raum geschoben hatte, schloß sich die Tür. Eine türkisfarbene Lampe über der Tür zeigte an, daß sie von außen verriegelt worden war. Lieutenant Moru hatte, wie befohlen, ihre Aufgabe erledigt. Und neben der Tür mußten jetzt Kraftfelder in den Wänden aktiviert worden sein. *Mission nahezu abgeschlossen,* dachte Odo befriedigt. Er mußte nur noch sicherstellen, daß mit den Hortas alles in Ordnung war, dann würde er der Zentrale die Anweisung geben, ihn zur Promenade zurückzubeamen. Mit etwas Glück war der Rest der Station nicht vollständig in Schutt und Asche gelegt worden, während er sich um die Hortas gekümmert hatte.

Vielleicht würde er sogar Nachforschungen wegen Quarks vermißten Einrichtungsgegenständen anstellen, aber nicht bevor er sich mit einem verdienten Nickerchen in seinem Eimer belohnt hatte.

Die Horta-Babys kreischten wie rostige Motorsägen, während sie sich um Odo drängten und ihn fast mit ihrem Bedürfnis nach Aufmerksamkeit oder was auch immer erdrückten. *Wenn ich nur wüßte, was sie von mir wollen,* dachte Odo, während er immer heftiger in Bedrängnis geriet. Es war Zeit, von hier zu verschwinden, entschied er.

Dann hörte er ein zischendes, schlürfendes Geräusch genau hinter sich, und zwar von der gegenüberliegenden Wand der Suite, in der sich das Fenster mit Blick auf die Sterne befand. Als Odo seine Sinne in die Richtung des Lärms wandte, sah er einen einzelnen Horta, der offenbar zu großen Hunger hatte, um sich für seine Mutter begeistern zu können. Er war gerade dabei, sämtliche Schichten der Wand zu zerschmelzen, die die Suite vom tödlichen Vakuum des Weltraums trennten. Eine Alarmsirene erklang im Raum und übertönte sogar die Schreie der Hortas. Der unbändige Appetit des Geschöpfes hatte bereits ein erschreckend tiefes Loch in die Wand geätzt. Mikrowellen-Verteilerknoten und Lebenserhaltungssysteme flackerten kurz auf und erloschen dann. Die Funken und Energieentladungen gingen fast im rötlichen Glühen unter, das der grabende Horta erzeugte. Odos Horta-Körper erstarrte vor Schreck. Der Grad der Beschädigung ließ darauf schließen, daß es nur noch Sekunden bis zum Druckverlust waren.

»Notfall«, verkündete eine Computerstimme von der Decke. »Eine Verletzung der Außenhülle steht bevor. Isolation des gefährdeten Sektors. Notfall ...« Die Stimme wurde von einem statischen Rauschen abgelöst, als weitere Schaltkreise in Rauch aufgingen.

Odo versuchte die Hortas abzuschütteln, die über ihn krochen. Sie waren offenbar durch die Sirene und das Rauschen verunsichert, doch sie schienen überall zu sein und schränkten seine Beweglichkeit und sein Sichtfeld ein. Schnell gab er seine Gestalt auf und verwandelte sich in eine zähflüssige Masse, die sich durch die Menge der Hortas schlängelte. Diese stürzten übereinander und kreischten vor Furcht und Verwirrung. Wie ein Strom aus goldenem Schleim floß er dem abtrünnigen Horta entgegen. Er wußte nicht, wie er ihn aufhalten sollte, aber er wußte, daß er irgend etwas versuchen mußte, zum Wohl aller Hortas, ganz zu schweigen von seinem eigenen.

Aber es war bereits zu spät. Ein plötzlicher Wind zerrte mit der Gewalt eines Orkans an ihm. Die Außenhülle war durchbrochen, so daß sämtliche Luft aus der Suite in den freien Weltraum entwich. Genau vor sich erkannte er die Sterne und mußte dann hilflos mitansehen, wie das Horta-Baby hinaus ins Vakuum gesaugt wurde. Der Wind zerrte an seinem flüssigen Körper und zerfetzte ihn beinahe zu einem Schauer aus Tropfen und goldenen Streifen. Er spürte, wie die Temperatur schlagartig fiel. Ohne daß er sich dagegen wehren konnte, wurde er zum tödlichen Loch gerissen, das bereits den sorglosen jungen Horta als Opfer gefordert hatte. Instinktiv kämpfte er darum, seinen Körper zusammenzuhalten. Wenn er sich schnell genug verfestigen konnte, wenn er genügend Dichte gewann, um dem Unterdruck Widerstand zu leisten … Doch der eisige Luftstrom zog ihn immer weiter, der Schwärze des Weltalls entgegen.

Währenddessen konnte er die übrigen Hortas immer noch schreien hören.

11

»Greifen wir in einer oder in zwei Wellen an?« fragte Julian leise. Er spürte, wie sich beim Gedanken an den Kampf sein Pulsschlag beschleunigte. »Könnten wir nicht mit Sperrfeuer arbeiten …?«

»Immer mit der Ruhe, Doktor«, sagte Major Kira. »Ich habe nicht die Absicht, mich blindwütig in den Kampf zu stürzen. Als erstes brauchen wir einen Plan. Wir sind ein Team. Ich benötige einen Lageplan der Tunnel auf diesem Stockwerk und dem unter uns. Wilkens …«

»Ich würde mich gerne um die Karte kümmern«, sagte Julian schnell. Das war eine Sache, mit der er sich auskannte.

»Ich glaube kaum, daß Sie sich gut als Kundschafter eignen …«, begann Kira.

Bashir hob seinen Tricorder. »Ich kann hiermit viel schneller und genauer den Verlauf der Wände bestimmen. Haben Sie die Interferenzen vergessen? Die Wände bestehen aus geschmolzenen Silikaten. Mein Tricorder ist bereits darauf kalibriert, sie anzumessen.«

»Gute Idee. Zeichnen Sie eine große Karte auf den Boden«, sagte Kira. »So daß man alles deutlich erkennen kann.«

»In Ordnung.« Er öffnete seine Tasche und kramte darin herum, um nach einem Stift oder etwas Ähnlichem zu suchen. Silikongips, ein Neurostimulator … es mußte doch etwas geben, was er benutzen konnte …

»Major«, sagte Fähnrich Parks. »Ich empfange eine

interne Kommunikation.« Julian blickte zu ihr auf. Sie hielt ihren Tricorder in der Hand und hatte sich ein Hörgerät ins Ohr gesteckt. Ihr Blick schien in weite Ferne gerichtet, während sie dem Gespräch lauschte. »Irgendein ›Zentrum‹ spricht von Erzförderquoten«, teilte sie mit. »Und von der heute geplanten Ankunft cardassianischer Frachtraumschiffe.«

»Wie viele sind angekündigt?« fragte Kira.

»Davon war nicht die Rede.«

»Großartig!« Kira drehte sich um und blickte zur Decke des Tunnels, während ihr Gesicht nacheinander eine ganze Palette von Empfindungen durchspielte. »Beeilen Sie sich mit dem Lageplan, Doktor«, sagte sie. »Ich glaube, wir haben nur noch wenig Zeit.«

Bashir beugte sich wieder über seine Tasche. Das Antistrahlungsgel eignete sich vermutlich am besten, entschied er schließlich. Es war eine zähe, fettige Creme. Er drückte etwas davon auf seinen Zeigefinger und strich dann versuchsweise damit über den Boden. Das Gel hinterließ eine schwarze Linie.

Mit einem zufriedenen Nicken regulierte er die Empfindlichkeit seines Tricorders. Die Verteilung des Silikats in den Wänden war jetzt deutlich zu erkennen, nachdem er wußte, worum es sich handelte. Dann skizzierte er schnell das Stockwerk, auf dem sie sich befanden, und anschließend das unter ihnen. Nach seiner Tricordermessung gab es acht Eingänge zur Höhle auf dem Bodenniveau und noch einmal sechs in ihrem jetzigen Stockwerk. Es müßte möglich sein, dachte er, die Aufseher von allen Seiten zu umzingeln.

Major Kira und die anderen umringten ihn, während er arbeitete. Als er fertig war, stand er auf und reichte Kira die Antistrahlungscreme. »Vielleicht möchten Sie weitere Einzelheiten hinzufügen«, sagte er zu ihr.

»Richtig«, erwiderte sie. Sie drückte ein wenig Gel heraus. »Das ist der Bereich des leitenden Aufsehers, der durch einen Vorhang abgeschirmt ist«, sagte sie und zeichnete ein kleines Quadrat vor die ihnen gegenüberliegende Wand. »Das ist der Arbeitsbereich. Hier befinden sich die sechsrädrigen Wagen und dort die Werkzeuge. Hier zertrümmern die Arbeiter das Gestein.«

»Und wo stehen die Wachen?« fragte Julian. Er wußte, daß sie ihr größtes Problem darstellten. Sie mußten ausgeschaltet werden, bevor sie irgendwie Alarm schlagen konnten.

»Zwei waren hinter dem Vorhang. Die anderen bewegten sich zwischen den Gefangenen.« Sie blickte auf. »Wir werden uns in drei Gruppen aufteilen«, sagte sie. »Jonsson, Sie kommen mit mir. Wir nehmen den Eingang hinter dem Schotterhaufen. Aponte, Sie gehen mit Parks zu den Wagen. Muckerheide, Wilkens und Bashir können den Eingang nehmen, den wir bereits gesehen haben. Sobald alle in Stellung gegangen sind, gebe ich das Zeichen zum Angriff. Schießen Sie zuerst auf die Cardassianer in der Nähe der Ausgänge. Wir dürfen nicht riskieren, daß der übrige Komplex irgendwie gewarnt wird – zumindest nicht, solange wir keine Ahnung haben, wie viele Soldaten hier stationiert sind.«

»Gehen wir«, sagte Julian zu Muckerheide und Wilkens und stand auf. *Nun,* dachte er, *ich habe das Abenteuer gesucht, und hier ist es!* Er atmete tief durch und sprintete dann mit langen, schwebenden Schritten durch den Tunnel, während Muckerheide und Wilkens ihm folgten.

Zehn Minuten später waren alle auf ihren Positionen. Julian hatte nur einen flüchtigen Blick in die Höhle geworfen, aber selbst dieser kurze Anblick hatte ihm Übelkeit verursacht. Daß intelligente Wesen dazu gezwungen wurden, so hart zu arbeiten, auf so brutale Weise und zu einem so unsinnigen Zweck – nämlich große Steine zu zertrümmern –, vertiefte sein Verständnis für Kira und ihren Haß auf die Cardassianer. Wenn er sich vorzustellen versuchte, er würde in einer solchen Gesellschaft aufwachsen, die nicht nur daran gewöhnt war, sondern sogar erwartete, so von ihren Herrschern behandelt zu werden – nun, die langfristigen psychischen Folgen waren kaum abzusehen. Vielleicht war es ein Wunder, daß Kira keine bleibenden seelischen Schäden davongetragen hatte.

Sein Kommunikator zirpte, und obwohl er darauf gewartet hatte, wäre ihm beinahe der Phaser aus der Hand gefallen. *Reiß dich zusammen!* dachte er intensiv.

Er tippte auf seinen Kommunikator. »Wir sind bereit, Major!« flüsterte er.

»Wenn ich bis drei gezählt habe«, sagte Kiras Stimme. »Eins ... zwei ... drei!«

Bei drei stieß Julian einen Kampfschrei aus und sprang vor, den Phaser feuerbereit in der Hand. Sein Herz pochte wie ein Vorschlaghammer. Er erreichte das Ende des Tunnels und sprang hinaus in die Höhle, in den zehn Meter tiefen Abgrund, der sich plötzlich vor ihm auftat.

Von diesem Moment an schien sich alles in Zeitlupe abzuspielen. Er suchte in der Menge nach cardassianischen Aufsehern und entdeckte einen, der mit der Peitsche in der Hand zu ihm hinaufstarrte. Julian schoß und sah, wie der Cardassianer taumelte. Überall in der Höhle war das Zischen von Phaserschüssen zu hören.

Er blickte auf die Menge unter sich. Alle bajoranischen Arbeiter hatten innegehalten, um sich verwirrt umzuschauen. Die übrigen Aufseher ließen ihre Peitschen fallen und griffen nach ihren Betäubungspistolen. Jemand schrie auf.

Julian näherte sich allmählich dem Boden. Er schoß erneut, doch der Cardassianer, den er ins Visier genommen hatte, ging rechtzeitig hinter einer Lore in Deckung. Zwei andere Phaserstrahlen trafen den Cardassianer in seinem Versteck, und Julian registrierte zufrieden, wie der Kerl mit krampfhaft zuckenden Armen und Beinen zusammenbrach.

Weitere bajoranische Gefangene schrien auf. Andere liefen hektisch hin und her und vergrößerten die Verwirrung. Phaser wurden abgefeuert. Noch ein Cardassianer ging zu Boden. Die letzten zwei hatten ihre Betäubungspistolen gezogen und schossen zurück. Ein heller grüner Strahl zischte nur wenige Millimeter an Julians Nase vorbei.

Zu diesem Zeitpunkt hatte er fast den Boden erreicht; als er auftraf, rollte er sich ab und kam schnell wieder auf die Beine. Die Gravitation machte ihn hier zu einem natürlichen Akrobaten, erkannte er. Zu solchen Aktionen wäre er auf der Erde niemals imstande gewesen.

Er bemerkte eine Bewegung zu seiner Rechten und sah einen Cardassianer, der sich mit seiner Waffe durch eine Gruppe von Bajoranern kämpfte. Der Cardassianer feuerte blindlings auf alles und jeden in seiner Umgebung.

»Runter!« schrie Julian. Dann stieß er einen weiteren Kampfruf aus und stürmte direkt auf den Aufseher los. »Er gehört mir! Alle in Deckung!«

Die Bajoraner warfen sich zu Boden und bedeckten ihre Köpfe mit den Armen. Der Cardassianer wirbelte herum, die Waffe schußbereit, doch bevor er zielen konnte, traf ihn ein Phaserstrahl von hinten.

Julian blickte auf. Kira winkte ihm kurz zu.

»Danke!« rief er.

Doch Kira hatte sich längst abgewandt und ein anderes Ziel ins Auge gefaßt. Julian folgte der Schußlinie. Sie traf einen Aufseher in den Fuß, worauf der Cardassianer ins Stolpern geriet, es aber trotzdem schaffte, durch die Höhle in einen Tunnel zu humpeln.

Julian legte an, doch sein Schuß ging weit daneben. Inzwischen war der Cardassianer außer Sicht.

»Bashir!« hörte er Kira rufen. »Verfolgen Sie ihn!«

Julian zögerte keinen Augenblick. Er setzte dem Cardassianer nach und flog mit einem Satz durch den Eingang in den Tunnel.

Der Cardassianer war nicht weit gekommen. Er zog sein rechtes Bein nach und schien Schwierigkeiten zu haben, bei Bewußtsein zu bleiben. Nach einem weiteren Sprung nahm Julian ihn seelenruhig ins Visier, feuerte und erwischte ihn mit einem Treffer mitten in den Rücken. Damit stiegen die Erfolgsaussichten ihres Angriffs wieder, genau wie sie es geplant hatten, dachte er nicht ohne Stolz.

Er holte den gestürzten Cardassianer ein. Als er sich bückte, um den Mann aufzuheben, stellte er fest, daß seine Hände zitterten. Sein Herz pochte, und sein Kopf begann plötzlich zu schmerzen. *Reiß dich zusammen, Doktor!* dachte er. Es mußte sich um eine streßinduzierte Erschöpfung handeln. Er kannte die Symptome, obwohl er sie noch nie zuvor persönlich erlebt hatte. Aber er hatte auch noch nie an einem koordinierten Angriff wie diesem teilgenommen – und in der Höhle hätte ihn fast ein Betäubungsstrahl ins Gesicht getroffen.

Es gab nur eine Therapie – er mußte abwarten, bis es vorbei war. Er setzte sich im Schneidersitz auf den Boden und behielt den Phaser in der Hand, falls weitere Cardassianer vorbeikommen sollten.

Fünf Minuten später fühlte er sich ausgelaugt, aber auf seltsame Weise erfrischt, so daß er aufstand, sich den Aufseher über die Schulter legte und sich auf den Rückweg zur Höhle machte. Seine Beine fühlten sich wie Gummi an, und vermutlich lag es nur an der geringen Schwerkraft, daß er überhaupt noch laufen konnte – und an der Tatsache, daß er noch eine Aufgabe zu erledigen hatte. Schon beim ersten flüchtigen Blick hatte er erkannt, daß viele dieser bajoranischen Gefangenen dringend medizinische Versorgung benötigten.

Er betrat mit seiner Last die Höhle und blieb überrascht stehen. Die Bajoraner schienen plötzlich ihren Lebenswillen wiedergefunden zu haben. Sie hatten sich bereits in einer Schlange aufgereiht, um sich die Fesseln abnehmen zu lassen. Parks, Wilkens, Aponte und Mukkerheide durchschnitten die Rhodiniumketten mit ihren Phasern.

»Hierher, Doktor!« rief Kira. »Schnell!«

Ihre Stimme kam mitten aus einer Gruppe von Bajoranern. Julian hatte plötzlich einen dicken Kloß in der Kehle. Ohne Umschweife ließ er seine Beute zu Boden fallen und lief los. Wenn die Cardis auf sie geschossen hatten …

Die Menge machte ihm Platz. Er war zutiefst erleichtert, als er sah, wie Kira auf dem Boden kniete und den Kopf einer Bajoranerin in ihrem Schoß hielt. Die Frau hatte eine häßliche offene Wunde, die von der Wange über die Nase bis zur Stirn verlief. Blut quoll zwischen ihren Lippen hervor.

»Sie atmet nicht mehr!« sagte Kira und blickte auf. »Kommen Sie, Doktor! Tun Sie etwas!«

»Meine Tasche …«, sagte er und blickte sich hektisch um. Kurz vor dem Angriff hatte er sie noch bei sich gehabt.

»Hier.« Fähnrich Jonsson drückte sie ihm in die Hand.

Julian riß sie auf und holte einen tragbaren medizinischen Scanner hervor. Er richtete ihn auf den Kopf und den Torso der Frau und prüfte dann die Anzeigen. Alle ihre Biowerte standen auf Null. Der Körper hatte bereits begonnen, sich abzukühlen. Sie war schon seit zehn oder fünfzehn Minuten tot. An Bord eines voll ausgerüsteten Raumschiffes hätte er es vielleicht geschafft, sie wiederzubeleben, aber selbst in diesem Fall hätten ihre Chancen schlecht gestanden. Wahrscheinlich hätte sie einen irreparablen Gehirnschaden zurückbehalten.

»Es tut mir leid«, sagte er mit erstickter Stimme. »Ich kann nichts mehr für sie tun.« Als er aufblickte, sah er zu seinem Erstaunen Tränen in Major Kiras Augen.

Kira ließ die Frau zu Boden sinken. »Trotzdem vielen Dank«, sagte sie. Sie stand auf und ging zum abgeschirmten Bereich der Aufseher hinüber.

Irgend etwas stimmt nicht, dachte Julian. Er sprang auf und lief ihr nach. »Major«, sagte er, »haben Sie die Frau gekannt?«

»Nein«, sagte Kira verbittert, ohne ihn anzusehen. »Ich habe sie nicht gekannt. Sie ist nur eine Zahl in der Statistik der cardassianischen Brutalität.«

»Aber warum ...?« Er ließ den Satz unvollendet.

»Warum ich mir ihren Tod so sehr zu Herzen nehme?« Sie funkelte ihn an, und er sah, wie die Tränen in ihren Augen glitzerten. »Warum? Weil es meine Schuld ist, daß sie nicht mehr lebt! Ich hätte schneller sein sollen. Ich hätte nicht so lange warten dürfen. Wenn ich auf meine Instinkte gehört und die Höhle mit Aponte und Wilkens gestürmt hätte ...«

»Major«, sagte Julian behutsam. »Ein Todesfall, der nicht einmal durch unseren Angriff verursacht wurde – das ist keine allzu schlechte Statistik.«

»Sie wollen es nicht verstehen, wie?« Kiras Stimme war messerscharf. »Wenn ich nicht meine Zeit vergeudet hätte, einen Plan auszuklügeln, an dem alle beteiligt sind, wenn ich nicht versucht hätte, nach Ihren verdammten Föderationsregeln Teamarbeit zu leisten, wäre diese Frau jetzt nicht tot.«

»Aber *Sie* waren es vielleicht«, sagte Julian.

»Ich bin Soldat ...«

»Genauso wie die anderen!« warf er ein. Sie durfte sich nicht die Schuld am Tod dieser Frau geben. Das konnte er nicht zulassen.

»Nun ...«, sagte sie schließlich. »Das ist etwas anderes!«

»Hören Sie, Major«, sagte er leise. »Machen Sie sich nichts vor.«

»Sie sind kein Soldat. Sie werden es niemals verstehen.«

»Ich mag kein Soldat sein, aber ich wurde als Psychotherapeut ausgebildet. Ich weiß, daß Sie sich jetzt nicht damit quälen dürfen, was geschehen wäre, wenn. Diese Menschen sind auf unsere weitere Hilfe angewiesen. Sie sind am Leben, und sie sind frei, und wenn wir nichts unternehmen, könnte sich das alles sehr schnell wieder ändern.«

Kira blickte ihm nicht in die Augen. »Helfen Sie Parks und den anderen mit den Fesseln«, sagte sie.

Er grinste. »Sie müssen sich nicht bei mir bedanken. Dafür sind Ärzte nun einmal da.«

»Halt!« Kira riß plötzlich die Augen auf, als ihr Blick sich auf etwas hinter Julians Schulter konzentrierte. »Hören Sie sofort auf damit!« schrie sie.

Julian wirbelte herum. Eine bajoranische Frau hockte auf der Brust des Cardassianers, den er im Tunnel betäubt hatte. Sie hatte einen schweren Stein erhoben und wollte ihm damit gerade den Schädel einschlagen.

Kira schob sich an ihm vorbei und ging langsam zu der Frau hinüber. Ihre Selbstzweifel waren offenbar mit einem Mal vergessen. »Legen Sie den Stein zurück!« sprach Kira sie noch einmal an.

Julian folgte ihr. »Bitte«, setzte er hinzu, »wir wissen, was Sie durchgemacht haben, aber Gewalt ist keine …«

Mit all ihrer verbliebenen Kraft ließ die Frau den Stein auf den Kopf des Cardassianers niedersausen. Knochen zersplitterten, Blut und graue Masse, die einmal Gehirn gewesen war, wurde in alle Richtungen verspritzt.

»Jetzt ist es vorbei«, sagte die Frau.

Julian lief los, packte die Frau an den Armen und schüttelte sie. »Was in Teufels Namen ist los mit Ihnen?« fragte er sie.

»Er hat mich immer wieder vergewaltigt«, sagte sie, während sie ihm ins Gesicht starrte. »Ich kann Ihnen gar nicht sagen, wie lange ich auf diesen Augenblick gewartet habe.«

»Lassen Sie sie allein«, sagte Kira und berührte Julians Arm. »Ich werde mich um sie kümmern.«

»Aber ...«, sagte Julian. Er konnte immer noch nicht glauben, was er gerade gesehen hatte.

»Ich sagte, ich kümmere mich um sie!« wiederholte Kira nachdrücklich.

Julian holte Luft, um sich zu beruhigen. *In ihren Augen ist das kein Mord,* dachte er. *Für sie ist es Krieg. Sie kennen nichts anderes als Kampf und Leid. Es wird Jahre dauern, bis sie wieder gelernt haben, was Mitgefühl ist.*

»Ja, Major«, sagte er schließlich, obwohl es ihn große Überwindung kostete. Dann sah er zu, wie Kira die Frau zum Bereich hinter dem Vorhang führte.

In der *Amazonas* überwachte Dax die immer intensiver werdende kodierte Kommunikation zwischen dem Mond und Cardassia. Plötzlich empfing sie Stimmen auf einer niedrigen Subraumfrequenz ... das Privatgespräch zweier Cardassianer.

Das könnte wichtig sein, entschied Dax. Sie schaltete den automatischen Translator des Flitzers zu, als sie die Übertragung auf einen zweigeteilten Bildschirm legte. Einen Moment lang wurden die Bilder von weißem Rauschen überlagert, doch als sie mit der Faust gegen die Seite der Konsole schlug, wie sie es oft bei Kira gesehen hatte, flackerte das Bild und wurde dann klar. Vielleicht waren es letzte Nachwirkungen der Interferenzen des Van-Luden-Strahlungsgürtels, dachte sie. Sie hoffte nur, daß dabei keines der Systeme des Flitzers dauerhaft beschädigt worden war.

Ein cardassianischer Mann und eine cardassianische Frau, die beide graue Standarduniformen trugen, sprachen leise miteinander. Dax konnte sie sehen, aber die beiden ahnten nichts davon.

»... bereit sein, wenn du eintriffst«, sagte der Mann gerade, der sich auf dem Mond befand. »Ich habe schon seit Tagen auf den Moment gewartet, wo sich unsere Schichten überschneiden.«

»Ach, Yakkan«, sagte die Frau. »Ich habe verschiedene Hautöle mitgenommen. Ich freue mich schon darauf, sie dir heute abend in deine Schuppen zu reiben.« Sie beugte sich vor und lächelte ihn verführerisch an. »Es sind Extrakte aus Baumschnecken von Malvestia IV.«

»Das klingt ja wunderbar!« sagte Yakkan.

Dax versuchte, ihren Würgereiz zu unterdrücken. Sie hielt sich persönlich für recht weltoffen und war zweifellos in vielen Dingen erfahren, aber diese Schneckenöle gingen ihr irgendwie zu weit.

»Ich habe noch bessere Nachrichten, mein Lieber«, sprach die Frau mit aufreizendem Lächeln weiter. »Unser Konvoi bringt fünfzig neue Wachleute mit, die deiner Basis dauerhaft zugeteilt sind. Du kannst dich also noch in diesem Zyklus versetzen lassen.«

Als das Gespräch des cardassianischen Pärchens auf das Niveau erotischer Anspielungen sank, drehte Dax – die eine Mischung aus Ekel und Peinlichkeit empfand – die Lautstärke herunter. Es sah ohnehin nicht danach aus, als würde sie von diesen cardassianischen Turteltäubchen noch etwas Interessantes erfahren. Aber sie wußte jetzt, was sie wissen wollte: Ein Konvoi cardassianischer Raumschiffe würde demnächst eintreffen.

Sie mußte Kira und die anderen warnen. Dax berechnete die Umlaufbahnen der zwei Monde und stellte fest, daß sie in weniger als einer Stunde wieder in Kommunikationsreichweite waren. Sie mußte das Risiko eingehen, mit ihnen Kontakt aufzunehmen.

Kira hatte bislang geglaubt, während der Besatzungszeit auf Bajor hätte sie alles gesehen, wozu Cardassianer in der Lage waren. Sie hatten nicht nur einzelne Menschen ermordet, sondern ganze Familien. Sie hatten unzählige bajoranische Frauen vergewaltigt. Sie hatten die physische und psychische Folter zu einer pervertierten Kunstform entwickelt.

Die Frau, die sich als Corporal Naka Tormak vorstellte, konnte dieser Liste noch eine Reihe weiterer Grausamkeiten hinzufügen. Die Geschichten, die sie über ihren ›Verkehr‹ mit dem ermordeten Aufseher erzählte, verursachten Kira eine Gänsehaut.

Wenn sie ihn nicht getötet hätte, hätte Kira es selbst getan. Sie fühlte sich persönlich verletzt – als Frau, als Soldat und als Bajoranerin –, nachdem sie gehört hatte, was dieser Kerl getan hatte.

Corporal Naka war jedoch eine zähe Frau. Sie hatte alles erduldet, bis ihre Gelegenheit zur Rache kam. Kira hoffte, daß sie nachts ruhig schlafen konnte, nachdem dieser Dämon nun ausgetrieben worden war.

»Ruhen Sie sich aus«, sagte Kira zu ihr. Die Aufseher hatten mehrere Feldbetten aufgestellt, und sie half Tormak, sich auf einem davon hinzulegen. Nach wenigen Sekunden war die Frau eingeschlafen. Ihre Mundwinkel waren leicht hochgezogen, als wäre sie zufrieden über eine erfolgreich gelöste Aufgabe.

»Nerys«, sagte ein Mann. »Ich habe mir gleich gedacht, daß du es bist.«

Major Kira blickte auf und sah, daß Anten Lapyn neben dem Vorhang stand. Ihr alter Freund lächelte, wobei sein faltiges, verwittertes Gesicht unter dem wochenalten Bart und den Dutzenden blauer Flecken in überraschende Flächen und Winkel aufbrach. Trotzdem war es ein erfreuliches, wenn auch trauriges Lächeln, das nur von den zwei fehlenden Schneidezähnen getrübt wurde.

»Lapyn.« Sie nahm ihn kurz in die Arme. »Ich wollte dich schon herüberrufen lassen.«

Lapyn schüttete einen Krug mit blaßgrünem Bier aus und füllte ihn mit frischem Wasser aus einem Behälter. Es schien, daß die Cardassianer ihre Aufseher nicht mit Replikatoren ausgestattet hatten, ganz zu schweigen von den Gefangenen. Er nahm einen langen, tiefen Schluck, und Kira nutzte die Gelegenheit, ihn eingehend zu mustern. Er sah vierzig Pfund leichter und zwanzig Jahre älter aus, seit sie sich zum letzten Mal begegnet waren. Wie lange war es her? Sechs Jahre?

»Du kannst dir nicht vorstellen, wie gut es tut, dich wiederzusehen«, sagte er langsam. »Ich dachte schon, wir würden den Rest unseres Leben in dieser gottverdammten Hölle verbringen.«

»Für Sentimentalitäten haben wir jetzt keine Zeit«, sagte Kira. »Diese Rettungsaktion hat schon viel zuviel Zeit gekostet. Ich brauche jetzt dringend Informationen. Wie viele Gefangene gibt es außer euch?«

»Willst du damit sagen, daß es keine Truppen gibt, die den Rest des Mondes befreien?«

»Nein. Wir sind die einzigen.«

Er erbleichte. »Bei den Propheten, Kira! Bist du wahnsinnig?«

»Das hier sollte ein Blitzüberfall werden«, sagte sie. »Wir hatten keine Ahnung, was auf uns zukommt. Wie viele Gefangene sind es insgesamt?«

»So weit ich weiß, sind wir die einzigen«, antwortete er.

»Kennst du den Grundriß des Bergwerkskomplexes?«

»Nur von hier bis zu den Sklavenzellen und zurück. Die Cardassianer haben keine weiteren Führungen veranstaltet.«

»Was ist mit der Horta, mit Ttan? Hast du sie gesehen?«

»Eine Horta? Hier?« Er lachte bellend. »Das steckt

also dahinter, nicht wahr? Ihr seid gar nicht gekommen, um uns zu retten.«

»Wenn wir von euch gewußt hätten ...«, begann sie.

»Schon gut, ich weiß Bescheid.« Er machte eine beschwichtigende Geste. »Wir haben nicht damit gerechnet, daß jemand zu unserer Rettung kommt. Davonia ist ein Todeslager. Die Cardassianer haben es regelrecht genossen, uns zu erzählen, daß wir offiziell für tot erklärt waren, als man uns hierherschickte, und daß wir den Rest unseres Lebens damit verbringen würden, zu ihrem Vergnügen Steine zu klopfen.«

»Davonia? Ist das der Name dieses Mondes?«

»Ja«, sagte er. »Eines der tiefsten Höllenlöcher dieses Universums. Hier gibt es Pergium, Latinum, Nickel, Eisen, Kadmium, Uran – alles, was das Herz begehrt. Mit den Maschinen graben sie nach den guten Sachen, während wir das Gestein zu Schotter zertrümmern dürfen.« Er lachte verbittert. »Das ist die Belohnung für einen Unruhestifter in einem Kriegsgefangenenlager. Ich habe einen Ausbruchsversuch zuviel unternommen.«

Kira beugte sich vor. »Wie viele Cardassianer gibt es auf Davonia?« So sehr seine Geschichte sie auch interessierte, sie mußte sich jetzt mit dringlicheren Problemen befassen.

»Ich habe siebzehn Aufseher gezählt«, sagte er, »die in verschiedenen Schichten arbeiten. Wir haben noch vier oder fünf Stunden, bis dieser Haufen hier abgelöst wird. Außerdem habe ich eine Handvoll regulärer Soldaten gesehen, komplett mit Rüstung und schweren Angriffswaffen, dazu einige Offiziere.« Er zuckte die Schultern. »Und es gibt vermutlich noch einige Leute als Hilfspersonal. Ich würde sagen, insgesamt dürften es nicht mehr als fünfzig oder sechzig sein. Und jetzt sag mir, was es mit dieser Horta auf sich hat!«

»Man hat sie aus einem Kreuzer entführt, der nach *Deep Space Nine* unterwegs war. Wir haben die Spur des fremden Schiffes bis hierher verfolgt.«

»Was ist *Deep Space Nine?*« fragte der Gefangene verwirrt.

Kira blinzelte überrascht. »Hat man euch nichts gesagt?« fragte sie. »Der Krieg ist vorbei. Die Cardassianer haben sich von Bajor zurückgezogen. *DS Nine* ist der neue Name der alten cardassianischen Raumstation. Sie wird von Bajoranern betrieben... mit ein wenig Hilfe durch die Föderation.«

Er starrte sie eine Weile fassungslos an, dann erschien ein strahlendes Grinsen auf seinem Gesicht. »Donnerwetter! Diese Mistkerle haben das mit keinem einzigen Wort verraten.« Er stand auf, bildete mit den Händen einen Schalltrichter und rief: »Alle mal herhören! Der Krieg ist vorbei! Die Cardassianer haben sich von Bajor zurückgezogen!«

Überall in der Höhle erklang lauter Jubel. Naka Tormak räkelte sich zufrieden auf ihrer Pritsche.

Kira sprang auf und riß den Vorhang zur Seite. »Still!« rief sie. »Ja, sie sind abgezogen – aber das hat hier überhaupt nichts zu bedeuten! Davonia ist immer noch in der Hand der Cardassianer! Sie werden uns alle töten, wenn sie uns schnappen! Jetzt seid still!«

Die Menge verstummte plötzlich, aber nichts konnte den euphorischen Ausdruck auf allen bajoranischen Gesichtern unterdrücken. Die Nachricht schien ihnen wieder neues Leben und neue Hoffnung gegeben zu haben. Vielleicht reichte dieser Antrieb sogar aus, ihre letzten Reserven zu mobilisieren, dachte Kira. Die meisten sahen aus, als stünden sie kurz vor dem völligen Zusammenbruch.

»Welche Transportmöglichkeiten gibt es für uns?« fragte Lapyn. »Wann können wir hinausgebeamt werden?«

»Frag lieber nicht.«

Er schürzte die Lippen und nickte dann. »Darauf hätte ich von selbst kommen können. Da ihr nicht nach uns gesucht habt, seid ihr gar nicht darauf eingerichtet, uns zu transportieren. In eurem Schiff ist nicht genügend Platz, stimmt's?«

»Irgendwie werden wir es schon schaffen.«

»Rede keinen Unsinn. Wir müssen ein Schiff der Cardassianer kapern.«

Kira hielt inne. »Hm. Daran hatte ich noch gar nicht gedacht.«

»Es wird nicht einfach werden«, sagte Lapyn, während ein entrückter Blick in seine Augen trat. »Wir brauchen richtige Waffen, und zwar eine ganze Menge, und außerdem doppelt soviel Glück, wie wir bisher hatten.«

»Du sagtest, es wären sechzig.«

»So viele sind wir jetzt auch.«

Kira gab sich Mühe, nicht zu lachen, damit er sich nicht beleidigt fühlte. »Ich glaube kaum, daß ihr in der geeigneten Verfassung seid. Außerdem haben wir nur sieben Phaser.«

»Und die Betäubungswaffen der Aufseher«, sagte er. »Dazu Spitzhacken, Vorschlaghämmer und unsere bloßen Fäuste, falls es soweit kommt.«

»Das wird es nicht«, versprach Kira.

»Wir waren bereits tot«, sagte er. »Wir kämpfen um unsere Chance, ein neues Leben führen zu können. Wir werden mit allem kämpfen, was wir haben! Wie in den alten Tagen.«

»Wie in den alten Tagen«, stimmte sie ihm zu. Vielleicht würden sie es wirklich schaffen, dachte sie. Vielleicht konnten sie wirklich den ganzen Mond in ihre Gewalt bringen. Damit die Cardassianer endlich einmal in ihre Schranken verwiesen wurden. »Wie sieht es mit Stationen für die Wachen aus?« fragte sie.

»Ich kenne eine«, sagte er. »Wir mußten einmal daran vorbeimarschieren, um Eindruck bei irgendwelchen hohen Tieren auf Besuch zu hinterlassen.«

»Wo ist sie?« fragte Kira.

»Drei Stockwerke über uns.«

»Dort werden wir ansetzen«, sagte sie. Diese Entscheidung fiel ihr nicht schwer, denn darin bestand zur Zeit ihre größte Hoffnung. »Du wirst uns führen müssen. Die anderen können hier unten warten und ihre Kräfte sammeln, während Dr. Bashir ihre Verletzungen versorgt. Wir werden mit Waffen zurückkehren ... oder gar nicht zurückkehren. Sag den Leuten Bescheid, während ich meinem Team Anweisungen erteile.«

12

Als Odo vom Vakuum des Weltraums zum Loch in der Hülle gezerrt wurde, schien sich der lockende schwarze Kreis wie die Pupille eines riesigen Auges zu erweitern. Der verschwundene Horta hatte einen zylindrischen Tunnel mit glatten, runden Rändern hinterlassen, doch Odo, der hilflos von der explosiven Dekompression mitgerissen wurde, empfand keinerlei Bewunderung für die fast makellose Form. Etwas Spitzes oder Kantiges wäre ihm lieber gewesen, um sich daran festhalten zu können.

Er hörte, wie ihm die übrigen Hortas polternd folgten und gegen die Wand krachten. Sein Geist schätzte die Gefahr fast mit Überlichtgeschwindigkeit ein. Er hoffte, daß die Hortas sich gegenseitig behinderten, so wie es schon an der Tür zur Suite geschehen war. Damit hätte er jedoch bestenfalls ein oder zwei Sekunden gewonnen. Wenn er nicht unverzüglich handelte, würden sie alle in den Weltraum hinausgeweht, bevor man in der Zentrale überhaupt bemerkt hatte, daß sie verschwunden waren. Odo wußte, daß er außerhalb der Station eine gewisse Zeit überleben konnte. Aber er bezweifelte, daß die Hortas dazu in der Lage waren.

Also war es ein Wettlauf zwischen dem orkanartigen Wind und seinen gestaltwandlerischen Fähigkeiten. Er streckte und dehnte sich, während er gleichzeitig seine Substanz von innen nach außen verhärtete. Das Loch füllte jetzt sein gesamtes Blickfeld aus, während er darauf zuraste. Dahinter erkannte er weit entfernte Sterne in der eisigen Schwärze des Alls. Er versuchte sich der Form und Größe des Lochs anzupassen. Es kam immer näher, und er hatte das Gefühl, horizontal in einen bodenlosen Abgrund zu stürzen. *Jetzt kommt es drauf an,* dachte er.

Odo ähnelte inzwischen einem riesigen Pfannkuchen, pechschwarz in der Mitte, aber immer noch feucht und gelb an den Rändern. Dann wurde er mit einem heftigen Ruck in den Tunnel gesaugt, aber seine klebrigen Tentakel griffen um den Saum des Loches und ließen nicht mehr los. Jetzt arbeitete die Kälte zu seinem Vorteil, denn sie half ihm dabei, sich komplett zu verfestigen, so daß er einen Flicken über dem Leck in der Außenhülle bildete. Odos Halt lockerte sich, aber er strengte sich an, ihn nicht zu verlieren.

Dann stieß der erste Horta gegen ihn. Odo wurde von dem plötzlichen Aufprall erschüttert. Ein zweiter felsartiger Körper traf ihn in die Mitte, worauf weitere Einschläge folgten. Er hatte einmal von einer alten Bestrafungsmethode der Menschen gehört, die sich ›Steinigen‹ nannte. Jetzt wußte er, wie es sich anfühlte. Die Hortas hätten ihn fast losgerissen, doch Odo konzentrierte sich mit aller Kraft auf die Beibehaltung seiner gegenwärtigen Gestalt, bis sein ganzer Körper so hart und unnachgiebig wie Tritanium geworden war. Er verschloß das Loch wie eine dunkle, tellerförmige Scheibe. Erst nachdem er sich fest verankert hatte, drängte sich eine erschreckende Vorstellung in seine Gedanken: Was war, wenn die Hortas sich durch ihn hindurchätzten? Er wartete bereits darauf, daß der brennende Schmerz einsetzte.

Nichts. Odo zählte bis zehn, doch nichts geschah, keine Säure, die ihn zerfraß. Nachdem das Leck versiegelt war und der Sog aufgehört hatte, krochen die Horta-Babys in die Sicherheit der Suite zurück.

Sie fragten sich zweifellos, wo ihre Mutter abgeblieben war, schätzte Odo, aber vielleicht hatten sie durch das Schicksal ihres Artgenossen eine harte Lektion gelernt: daß es nämlich im Innern der Station sicherer war und sie sich auf keinen Fall nach draußen graben durften. Er fragte sich, ob im Raum noch genügend Luft übrig war, um die Hortas am Leben zu erhalten, doch dann erinnerte er sich, daß die Atmosphäre von Janus VI künstlich von den menschlichen Siedlern geschaffen worden war. Wahrscheinlich benötigten die unterirdisch lebenden Hortas gar keinen freien Sauerstoff.

Wenn die automatischen Sicherheitseinrichtungen so funktionierten, wie sie es eigentlich sollten, hätte das Leck inzwischen versiegelt sein müssen, so daß er sich aus seiner unbequemen Lage befreien und schnellstens von hier verschwinden konnte. Aber das, murrte er in Gedanken, wäre wohl zuviel verlangt.

»Ein Leck in der Außenhülle des Habitatrings«, gab Lieutenant Eddon ohne Vorwarnung bekannt. »Atmosphärenverlust.«

»Sehen Sie zu, daß es versiegelt wird«, befahl Sisko. Er hoffte verzweifelt, daß die Geschütztürme nicht dadurch beeinträchtigt wurden und daß Jake sich nicht in der Nähe des Bruchs aufhielt.

»Ich versuche es, Sir«, sagte die Andorianerin, »aber die automatischen Sicherheitsmechanismen scheinen nicht zu funktionieren … Warten Sie!« Sie blickte überrascht von ihrem Monitor auf. »Irgendwie wurde das Leck geschlossen, aber dafür war keins der Notsysteme verantwortlich.« Ihre schlanken blauen Finger bewegten sich über die Kontrollen. Dann riß Eddon die Augen auf, als sie die eingehenden Datenströme interpretierte. »Commander, die Sensoren zeigen an, daß die Versiegelung *organisch* ist. Oder etwas in der Art.«

Odo, erkannte Sisko, während Sanger weitere Informationen durchgab. »Das Leck befindet – befand sich in einem evakuierten Sektor. Die Sicherheit meldet, daß Constable Odo und mehrere der Hortas sich offenbar in diesem Bereich aufhalten.«

»Vielen Dank, Fähnrich, aber das habe ich mir bereits gedacht.« Sisko lehnte sich gegen das Geländer. *Wenn das hier ein Raumschiff wäre,* dachte er, *hätte ich einen Kommandosessel, in dem ich Platz nehmen könnte.* »Eddon, reaktivieren Sie die Systeme über die angrenzenden Decks. Wir müssen davon ausgehen, daß die Hortas die Schaltkreise im betreffenden Bereich zerstört haben. Sobald das Leck geschlossen ist, fixieren Sie den Transporterstrahl auf dieses ›organische‹ Siegel und beamen Odo direkt in die Zentrale. Sofern der Transporter noch funktioniert.«

»Bis jetzt, ja«, erwiderte sie mißmutig.

»Lassen Sie die Flitzer starten«, sagte er zu ihr. Beide Schiffe verfügten über begrenzte Transporterkapazitäten, und er wollte sie außer Reichweite der Hortas bringen. *Diese Schiffstransporter sind demnächst vielleicht alles, was ich noch zur Verfügung habe,* dachte er, *wenn ich keine Möglichkeit finde, Ttans Kinder irgendwie unter Kontrolle zu bringen.* »Sagen Sie den Piloten, sie sollen in Transporterreichweite zu *DS Nine* bleiben.« Er holte tief Luft, bevor er sich mit weiteren Planungen für den schlimmsten Fall befaßte.

»N'Heydor«, befahl er dem centaurischen Techniker, »lassen Sie jeden, der nicht zum ständigen Stationspersonal gehört, von *DS Nine* evakuieren. Ich will, daß alle Besucher auf ihre Schiffe zurückkehren und daß diese Schiffe sich von der Station entfernen, in spätestens fünfundvierzig Minuten. Falls die Hortas irgend jemandem den Weg versperren, sollten die Leute direkt in ihre Schiffe gebeamt werden.«

»Ja, Sir«, sagte N'Heydor. Wie alle Centaurier sah er aus, als wäre er auf der Erde geboren und aufgewachsen, vielleicht irgendwo in Griechenland oder Italien. Er war ein zuverlässiger und pflichtbewußter Offizier, der seit dem Augenblick Dienst auf *DS Nine* tat, als die Station von der Föderation übernommen worden war.

»Die Cardassianer dürften es irgendwann bemerken, wenn wir Evakuierungsmaßnahmen treffen«, warf Sanger ein. *Er wird eines Tages ein guter Erster Offizier sein,* dachte Sisko, *wenn er nicht irgendwann dem falschen Admiral auf die Füße tritt.* Er fragte sich, ob Kira dem jungen Mann beigebracht hatte, die Gedanken seiner Vorgesetzten vorwegzunehmen.

»Ich hoffe, die Horta ist jetzt ohnehin schon außer Gefahr«, bemerkte Sisko trocken.

»Die Versiegelung steht«, stellte Eddon fest. »Ich beame jetzt die organische ... ich meine, Constable Odo in die Zentrale.«

Sisko blickte nach rechts. Die kleine Transporterplattform summte, während sich das Energiefeld aufbaute. Er blinzelte, als plötzlich eine helle Säule aus weißem Licht über der Basis des Transporters entstand. Dann verblaßte das Licht und ließ eine schwarze, metallisch wirkende Scheibe auf der Plattform zurück, die aus der Senkrechten umkippte und mit einem dumpfen Schlag auf der Seite landete. Die Masse, die wie eine gestrandete Qualle aussah, wuchs nach oben und bildete die vertrautere Gestalt von Odo aus. Der Sicherheitsoffizier blickte sich zur Orientierung um. »Das wurde auch Zeit«, sagte er mürrisch. »Kann ich also davon ausgehen, daß die Suite gesichert ist?«

»Wir sind ebenfalls erleichtert, Sie zu sehen«, erwiderte Sisko. »Sind auch die Hortas noch am Leben?«

»Alle bis auf einen«, teilte Odo ihm mit. »Ein Horta wurde durch das Leck in den Weltraum gerissen, bevor ich es schließen konnte.« Sein mürrischer Ausdruck verwandelte sich in Bedauern. »Ich hätte schneller reagieren müssen.«

»Ich bin sicher, daß Sie Ihr möglichstes getan haben«, sagte Sisko leise. Er wußte, wie ernst Odo seine Verantwortung nahm. Dann wandte er sich in lauterem Tonfall an den andorianischen Lieutenant. »Eddon, versuchen Sie den verschwundenen Horta zu lokalisieren. Er müßte irgendwo in unmittelbarer Nähe von *DS Nine* im All treiben. Beamen Sie ihn direkt in die Krankenstation. Benachrichtigen Sie Schwester Kabo, daß sie vielleicht einen neuen Patienten bekommt.«

»Glauben Sie wirklich, es besteht die Chance, daß der Horta überlebt haben könnte?« fragte Sanger.

»Wer kann das bei einem Horta schon genau sagen?« fragte Sisko zurück. »Es scheint kaum etwas zu geben, was schädlich für sie ist.« Er trat zu Odo. Dem Gestaltwandler war überhaupt nicht anzusehen, was er gerade durchgemacht hatte. Doch dann rief Sisko sich ins Gedächtnis, daß Odo jede Schnittwunde, Prellung oder sonstige Verletzung und sogar zerstörte Kleidung im Nu wieder glätten konnte. Wahrscheinlich mußte er nicht einmal sein Haar kämmen. »Constable, wie steht es um die anderen Hortas?«

»Sie sind in einer unbesetzten Suite eingesperrt. Ich glaube, daß ich alle zusammentreiben konnte, obwohl ich mir nicht absolut sicher bin. In meiner Situation war es mir nicht ohne weiteres möglich, in aller Ruhe ihre Köpfe zu zählen.«

»Verstanden«, sagte Sisko. Er wollte Odo von den Schäden an den Geschütztürmen berichten, doch Sanger schnitt ihm das Wort ab.

»Ich fürchte, sie sind keineswegs eingesperrt«, platzte er heraus und erbleichte, als er Odos strengen, tadelnden Blick bemerkte. »Die Hortas haben sich wieder in Bewegung gesetzt.«

»Aber die Schilde ...!« warf Odo ein.

Sanger zuckte nervös die Schultern. »Sie scheinen die Hortas nicht aufzuhalten, Sir.«

Sisko ballte die Hände zu Fäusten, konnte sein Gesicht jedoch mit einem maskenhaften Ausdruck unter Kontrolle halten. »Wo sind sie jetzt?«

N'Heydor antwortete, ohne den Blick von seinem Monitor abzuwenden. »Alle noch übrigen Hortas bewegen sich vom Habitatring genau auf das Verbindungssegment drei zu. Commander, ich glaube, sie kehren alle auf einmal in den zentralen Bereich zurück.«

Ich stand noch nie einem hungrigen Horta von Angesicht zu Angesicht gegenüber, dachte Sisko. *Es sieht so aus, als würde sich die Gelegenheit dazu früher ergeben, als ich geplant hatte.*

Verdammt!

Miles O'Brien haßte Jogging, aber er eilte in einem schnellen Dauerlauf zur Zentrale zurück. Sein breites Gesicht war von der Anstrengung gerötet, und er keuchte schwer, während er spürte, wie ein stechender Schmerz in seiner Seite einsetzte. Solange die Hortas immer noch in den ohnehin nicht sehr zuverlässigen Innereien von *DS Nine* Amok liefen, verspürte er keinen besonderen Drang, seine Moleküle den Stationstransportern anzuvertrauen. Wenn man so intensiv mit Transportern gearbeitet hatte wie er auf der *Enterprise*, dann erfuhr man aus erster Hand, was alles schiefgehen konnte. Ärzten mußte es ähnlich gehen, dachte er, wenn sie mit Chirurgie zu tun hatten.

Er war so sehr in seine düsteren Grübeleien vertieft, die nur von den brennenden Stichen unter seinen Rippen unterbrochen wurden, daß er Keiko und Molly erst sah, als er beinahe mit ihnen zusammenstieß.

»Miles!« rief Keiko. Sie trug ihre gelbbraune Lieblingsjacke über einem geschmackvollen violetten Overall und hatte die Jacke mit einem dünnen Gürtel um die Hüfte enger geschnallt. Sie hielt die kleine Molly an die Brust gedrückt. Trotz des ängstlichen Gesichtsausdrucks dachte O'Brien, daß sie nie zuvor schöner ausgesehen hatte. Plötzlich war sein schmerzhaftes Seitenstechen vergessen. Er nahm seine Familie so fest in die Arme, daß nur ein Disruptorschuß sie hätte auseinanderreißen können.

»Gott sei Dank!« keuchte er atemlos. »Als ich hörte, daß die Promenade angegriffen wurde ...«

»Wir sind wohlauf«, beruhigte Keiko ihn, während sie ihrem Kind über das Haar strich. »Molly hat mir sogar das Leben gerettet. Sie hat einen Horta in Schach gehalten, indem sie alles, was greifbar war, an ihn verfütterte.«

O'Brien lachte laut auf und spürte, wie ihm ein Stein – nein, ein Asteroid, ein ganzer Planet vom Herzen fiel. »Ich habe dir doch gesagt, sie braucht dringend einen Hund«, versuchte er einen müden Scherz.

Keiko verzog die Mundwinkel zu einem leichten Lächeln. Dann wurde ihr Ausdruck zögernd wieder ernst. »Ach, Miles, was geschieht jetzt? Wohin sollen wir gehen?«

»Bleibt einfach in unserem Quartier, bis ihr andere Anweisungen erhaltet.« Er gab sich Mühe, beruhigter auszusehen, als er sich fühlte. »Ich bin mir sicher, Commander Sisko hat die Situation voll unter Kontrolle.«

Sein Kommunikator meldete sich, und O'Brien mußte sich dazu zwingen, sich von seiner Frau zu lösen. Er trat ein paar Schritte zurück. »O'Brien hier.«

Der Klang von Siskos Stimme ließ ihn nichts Gutes ahnen. »Zeit für unser letztes Gefecht, Chief«, sagte der Commander düster. »Melden Sie sich am Zentraleingang zum Verbindungssegment drei. Odo wird dort auf Sie warten.«

»Sofort, Commander«, sagte O'Brien und unterbrach die Verbindung. Er warf Keiko einen betrübten und entschuldigenden Blick zu, während er automatisch seinen Phaser entsicherte.

»Das letzte Gefecht?« fragte sie besorgt. Molly schlief tief und fest in ihren Armen. Offenbar wurde sie nicht von Alpträumen voller wütender Hortas geplagt.

Das hättest du nicht mithören sollen, dachte er. *Sisko wußte ja nicht, daß du neben mir stehst.* »Bleib in unserem Quartier«, sagte er. »Alles wird wieder gut. Das verspreche ich dir.«

Es war nicht weit bis zum Verbindungssegment drei. Er lief los und zwang sich dazu, sich nicht noch einmal umzublicken.

»Auf den Schirm«, befahl Sisko. Ein horizontaler Querschnitt von *DS Nine* erschien auf der ovalen Bildfläche. Es war ein Schema aus konzentrischen Kreisen mit der Zentrale im Mittelpunkt. Eine Ansammlung von roten Dreiecken, die die gegenwärtige Position der Horta-Babys markierten, zeichnete sich deutlich vor dem blaßblauen Grundriß ab. Es bestand kein Zweifel, bemerkte Sisko, daß die Dreiecke sich auf eine der Speichen zubewegten, die den Habitatring mit dem Kern verbanden.

Warum wollten sie alle zum Zentrum der Station? Es sah fast so aus, als würden sie von irgend etwas angezogen. Ihre Bewegung wirkte viel zu konsequent und koordiniert. Bei einem Haufen unbewachter Kinder hätte er ein viel zufälligeres Muster erwartet. Sisko wünschte sich, er wüßte mehr über das Wachstum und die Entwicklung der Hortas. War es möglich, daß sie miteinander kommunizierten? Und wenn ja, was hatten sie gemeinsam beschlossen?

Sisko starrte auf den Hauptschirm und verfolgte den gnadenlosen Vormarsch der Hortas. »Ich zähle nur achtzehn Hortas«, sagte er laut. »Auch wenn wir das eine Opfer, von dem wir wissen, berücksichtigen, fehlt immer noch ein Individuum. Läßt sich irgendwie feststellen, ob wir wirklich alle vorhandenen Hortas auf dem Bildschirm haben?« Er fragte sich kurz, ob der verschwundene Horta irgendwie die anderen dirigierte.

N'Heydor zuckte bedauernd die Schultern. »Vielleicht, vielleicht auch nicht«, gab er zu. »Überall in der Station gibt es ausgefallene Systeme, einschließlich der Sensoren. Einige Decks sind komplett mit Mikrowellenstrahlung überflutet, die aus zerstörten Energierezeptoren stammt. Ich kann Ihnen nicht garantieren, daß wir jeden Horta in der Ortung haben.«

»Verstanden«, sagte Sisko. Es war auch möglich, überlegte er, daß eins der Eier noch nicht geschlüpft war oder daß es eine Totgeburt gegeben hatte – falls man bei einer eierlegenden Spezies davon sprechen konnte. »Jemand soll die Suite neun fünf neun im Habitatring überprüfen. Ich möchte eine Bestandsaufnahme dieser Eier – sofern noch etwas davon übrig ist.«

»Das gesamte Sicherheitspersonal ist im Augenblick mit der Verteidigung des zentralen Bereichs beschäftigt«, warf Sanger ein.

»Dann schicken Sie einen Techniker«, sagte Sisko ungeduldig. »Ich hoffe doch, daß es noch irgend jemanden gibt, der bis zwanzig zählen kann!«

»Aber sicher!« erwiderte der junge Mann eifrig. Er schluckte nervös und öffnete einen Kommunikationskanal. Sisko hatte jedoch andere Sorgen, als sich über die Verlegenheit eines unerfahrenen Offiziers Gedanken zu machen. Er verfolgte den zielstrebigen Vormarsch der Hortas auf dem Bildschirm. *Auch wenn es irgendwo noch einen weiteren Horta gibt,* überlegte er, *ist das Gesamtmuster trotzdem klar. Der Einzelgänger dürfte sich mit ziemlicher Sicherheit ebenfalls in Richtung Stationskern bewegen.*

Aber warum?

Lieutenant Eddon unterbrach seine Gedanken. »Ich habe den Horta lokalisiert, der durch das Leck nach draußen gerissen wurde«, sagte sie. »Er befindet sich noch in Transporterreichweite. Ich beame ihn jetzt in die Krankenstation.«

»Sehr gut«, sagte Sisko. Er nahm sofort Kontakt mit Bashirs Krankenschwester auf. »Haben Sie den Horta?« fragte er sie.

Die Stimme der Bajoranerin drang aus dem Kommunikator. »Er ist soeben eingetroffen, Commander, aber ich glaube, er ist tot.«

Sisko verzog enttäuscht die Mundwinkel. Zuerst die Mutter und jetzt ein Kind. »Sind Sie sicher?« fragte er sie.

»Nun, das ist schwer zu sagen«, gestand Kabo ein. »Aber er bewegt sich nicht, und ich kann auch keine Lebenszeichen feststellen.« Sie machte eine kurze Pause. »Bei den Propheten, wenn ich es nicht besser wüßte, würde ich schwören, das hier sei ein verirrter Meteorit und keinesfalls ein Lebewesen.«

»Vielen Dank, Schwester Kabo«, sagte Sisko. »Bitte überwachen Sie weiterhin den … den Horta. Melden Sie sich, wenn sich sein Zustand irgendwie verändert. Sisko Ende.«

Sisko empfand plötzlich eine tiefe Erschöpfung und Müdigkeit. Er schaffte es, hier in der Zentrale vor seiner Besatzung nicht zusammenzubrechen, doch in diesem Augenblick fühlte er sich so alt wie ein Admiral. Er strich sich mit der Hand über den Kopf. Unbewußt prüfte er nach, ob er noch über sein Haar verfügte. Zwanzig Hortas, überlegte er. Und jetzt war einer verschwunden und ein zweiter höchstwahrscheinlich tot. Auf dem Hauptschirm bewegten sich die roten Dreiecke durch das Verbindungssegment, wo seine Leute, darunter auch Odo und O'Brien, sie erwarteten, um sie ein für allemal aufzuhalten.

Wie viele von Ttans Kindern muß ich töten, um DS Nine zu retten, dachte er verbittert, *vorausgesetzt, ich kriege sie überhaupt irgendwie zu fassen?*

13

Kira kroch zu der Stelle, wo der Tunnel aufhörte und ein richtiger Korridor abzweigte. Hier mußte es zu den Besatzungsquartieren und zum Verwaltungsbereich gehen, dachte sie – zu dem, was die Cardassianer als Zentrum bezeichneten. Als sie feststellte, daß sie die Luft angehalten hatte, zwang sie sich zum Ausatmen. *Denk einfach, es ist eine Übung,* versuchte sie sich einzureden. *Bleib in Bewegung. Kein Zögern. Wenn du jemanden siehst, schieß, weil er sich mit Sicherheit feindselig verhalten wird.*

Sie blickte zurück. Lapyn nickte ihr knapp zu. Die anderen Mitglieder ihrer Gruppe – in der nur Dr. Bashir und Fähnrich Wilkens fehlten, weil sie zurückgeblieben waren, um sich um die befreiten Bajoraner zu kümmern – packten ihre Phaser und machten sich auf die Aktion gefaßt.

»In Zweiergruppen«, rief Kira leise. »Warten Sie auf mein Signal.«

Tief gebückt verließ sie ihre Deckung. In der niedrigen Schwerkraft sah es beinahe komisch aus, denn sie machte Sätze von fünf Metern Länge und wäre fast über ihr Ziel hinausgeschossen.

Immer mit der Ruhe, sagte sie sich. Sie kroch zurück, um sich wieder in eine geeignete Stellung zu bringen, und preßte sich dann flach gegen die Tunnelwand. Eine Sekunde lang lauschte sie angestrengt, konnte aber außer dem Klopfen ihres eigenen Herzens nichts hören. Mit schußbereitem Phaser trat sie vor und starrte in den langen, grauen Korridor.

Er war leer, genau wie sie erwartet hatte. Graue Wände, leuchtende weiße Deckenplatten und ein glatter grauer Fußboden erstreckten sich vor ihr. An beiden Seiten befanden sich geschlossene Türen. Hinter jeder davon konnten sich Feinde verbergen, und etwa vierzig Meter weiter schien ein zweiter Korridor den zu kreuzen, in dem sie stand.

Sie winkte die anderen heran, und als sich alle versammelt hatten, trat sie auf die Bodenplatten des Korridors.

Für eine Sekunde schien die Welt ins Taumeln zu geraten. Kira wankte zur Seite und stützte sich keuchend an der Wand ab. Etwas stimmte nicht, dachte sie, während sie gegen ihre Panik ankämpfte. Sie schien eine Tonne zu wiegen. Sie würde zusammenbrechen …

»Major?« hörte sie Fähnrich Apontes Stimme. »Major?«

Das Schwindelgefühl ließ allmählich nach. Kira zwang sich dazu, aufrecht zu stehen, obwohl sie immer noch ein wenig wankte. Ihr Gleichgewichtssinn hatte versagt, aber jetzt kam er wieder in Ordnung.

Dann schalt sie sich einen Narren, weil sie nicht sofort erkannt hatte, was los war. »In diesem Abschnitt haben sie künstliche Gravitation eingesetzt«, sagte sie. »Seien Sie vorsichtig. Ich habe mich zu schnell bewegt, so daß mir das Blut aus dem Kopf gesackt ist.«

Sie hob ihren Phaser, der plötzlich aus Blei zu bestehen schien, und bewegte sich so vorsichtig wie möglich vorwärts. Sie kam sich wie ein klobiger Riese vor, und ihre Schritte schienen unnatürlich laut zu hallen. Ein Schweißtropfen lief an ihrem Hals herab.

Sie erreichte die Schaltfläche neben der ersten Tür und legte die Hand darauf. Die Tür glitt auf, und die Beleuchtung sprang an. Es war ein Lagerraum – Nahrungskonzentrate, der Aufschrift auf den Kisten nach zu urteilen. Sie gab den anderen ein Zeichen, daß sie weitergehen sollten.

»Damit füttern sie uns«, sagte Lapyn leise, als er ihr über die Schulter blickte. Er verzog das Gesicht. »Ein widerliches Zeug, aber angeblich genau auf die minimalen Ernährungsbedürfnisse eines Bajoraners abgestimmt.«

»Ich vermute, die übrigen Räume hier in der Nähe dienen ebenfalls als Lager«, sagte Kira, »aber kontrolliert sie vorsichtshalber alle.« Sie winkte Parks und Wilkens weiter, worauf sie eine Tür nach der anderen öffneten. Kiras Vermutung bestätigte sich.

Während die anderen weitermachten, rückte sie bis zur nächsten Gangkreuzung vor. Die Wachstation lag nach Lapyns Angaben genau hinter der Ecke. Sie hielt inne und lauschte einen Moment lang aufmerksam. Doch sie hörte nichts, keine Stimmen, keine Schritte, weder ein Seufzen noch ein Schnaufen. Es gab keinen Hinweis auf das, was sich hinter der Ecke befand.

Sie wünschte sich, sie könnte einen Tricorder benutzen, aber das durfte sie nicht riskieren. Es könnte Sicherheitssensoren geben, die das Gerät registrieren würden. Also mußte sie sich auf die altbewährte Taktik verlassen. Sie schob ihren Kopf vor und warf einen schnellen Blick in den Korridor.

Rechts von ihr endete der Gang vor einer Art Kontrollraum. Dort befanden sich zwei Meter hohe Glasfenster in den Wänden. Lapyn mußte diesen Raum für die Wachstation gehalten haben, dachte sie. Mehrere Cardassianer in grauen Uniformen saßen darin und beobachteten verschiedene Monitore. Mindestens einer sprach über eine Interkomverbindung.

Kira zog sich schnell wieder zurück. Zum Glück war sie von niemandem bemerkt worden. Sie winkte Lapyn und den anderen, ihr zu folgen. Dann führte sie die Gruppe zurück zu einem der Lagerräume, winkte sie hinein und schloß die Tür. Schnell berichtete sie, was sie gesehen hatte.

»Ich glaube, wir könnten sie überwältigen«, sagte

sie, »aber ich frage mich, ob wir es tun sollten. Wir würden dabei keine weiteren Waffen erbeuten. Hat jemand eine Idee?« *Ich habe diese Sache als Teamarbeit begonnen,* sagte Kira sich, *und ich werde sie verdammt noch mal genauso zu Ende bringen.*

»Sie dürften wissen, wo die Waffen aufbewahrt werden«, sagte Lapyn.

»Wir müssen mindestens einen von ihnen bei Bewußtsein lassen«, schlug Muckerheide vor. »und ihn irgendwie zum Sprechen bringen.«

»Oder ihren Computer benutzen«, sagte Aponte. »Es muß einfach Lagepläne für den gesamten Komplex geben.« Alle schienen ihr beizupflichten. Kira nickte. Der Plan klang vernünftig.

»Vielleicht können sie uns nicht sehen, wenn wir am Boden kriechen«, sagte sie. »Sie alle sitzen und scheinen völlig mit ihren Überwachungsaufgaben beschäftigt zu sein. Wir werden es auf diese Weise versuchen. Also los!«

Sie öffnete vorsichtig die Tür des Lagerraums, lugte nach draußen und führte dann die anderen zur Gangkreuzung zurück. Dort ging sie in die Knie und kroch auf Händen und Füßen vor, um in den Korridor hinter der Ecke zu blicken. Im Kontrollraum sah sie den Hinterkopf eines Cardassianers, doch die übrigen waren außer Sicht.

Wir können es schaffen, dachte sie. *Wir können sie überwältigen.*

Vorsichtig und möglichst lautlos kroch sie über den Metallboden vorwärts. Die anderen folgten ihr. Dann erreichte sie die Tür des Raumes und drückte sich links davon unter dem Fenster an die Wand. Aponte bezog Stellung auf der anderen Seite der Tür, während Muckerheide hinter ihr blieb. Lapyn und Jonsson gaben Kira Rückendeckung.

Kira hob die Hand zur Schaltfläche der Tür, doch bevor sie sie berühren konnte, glitt die Tür von allein zischend auf. Ein Cardassianer in grauer Uniform kam herausgeschlendert.

Kira betäubte ihn, bevor er reagieren konnte, und sprang dann über seinen bewußtlosen Körper in den Raum. Sie wußte, daß sie jetzt handeln und improvisieren mußte. Sie konnte nicht zulassen, daß Alarm gegeben wurde.

Die Cardassianer starrten sie fassungslos an. »Hände hoch oder ich schieße!« rief sie und winkte mit ihrem Phaser. »Aufstehen! Schnell!«

Die Cardassianer erhoben sich langsam von ihren Plätzen und hoben die Hände über die Köpfe. Es waren fünf, stellte Kira fest, und der eine, der im Eingang lag.

Sie ließ ihre restlichen Leute hereinkommen, bevor sie wieder sprach. »Was ist das hier für eine Station?« wollte sie wissen.

»Sagt diesem bajoranischen Abschaum nichts!« knurrte der große Cardassianer ganz links.

»Diese Antwort war falsch.« Kira betäubte ihn seelenruhig. Er brach mit zuckenden Armen zusammen.

Sie wußte, daß niemand von ihnen reden würde, wenn sie überzeugt waren, daß sie schlimmstenfalls betäubt wurden. Sie mußte ihnen wirklich angst machen. Dazu wandte sie sich an Aponte.

»Schaffen Sie die beiden raus«, sagte sie, »und töten Sie sie.«

Fähnrich Aponte erbleichte. »Aber, Major, Sie wollen doch nicht ...«

»Das ist ein Befehl, Fähnrich. Wir machen es genauso, wie Sisko es tun würde.«

Als Aponte lächelte und knapp nickte, wußte Kira, daß die Frau sie verstanden hatte. Aponte zerrte zuerst den einen, dann den anderen Cardassianer nach draußen. Eine Sekunde später hörte Kira zwei Phaserschüsse. Zweifellos hielt Aponte ihre Waffe auf den Boden oder die Wand gerichtet, dachte sie.

Kira lächelte und wandte sich wieder den restlichen Gefangenen zu. »Ich kann den Anblick von Blut einfach nicht ertragen«, sagte sie und sprach dann mit härterer Stimme. »Jetzt zu Ihnen!« redete sie den nächsten Cardassianer in der Reihe an. »Wozu dient diese Station?«

»Ich … äh … ich kann nicht …«, wimmerte er.

»Wieder eine falsche Antwort«, sagte sie und schoß ihn nieder, ohne mit der Wimper zu zucken.

Aponte erschien in der Tür. »Noch einer?«

»Ja, aber er hätte beinahe kooperiert … verstümmeln Sie ihn nur.«

»Ja, Major.«

Kira ließ ihren Blick die Reihe der Cardassianer entlanggleiten, bis sie den erreicht hatte, der am jüngsten wirkte und gleichzeitig am leichtesten zu beeindrucken sein mußte. Sein Gesicht hatte eine blaßgrüne Färbung angenommen. »Nun?« sprach sie ihn an. »Sie kennen die Frage.«

»Wir sind nur Techniker. Wir kontrollieren die Bergbaumaschinen in den zwanzig unteren Stockwerken. Wir wissen wirklich nicht …«

»Zu schade«, sagte sie. »Ich denke, damit haben Sie Ihre Nützlichkeit für mich verloren.« Sie hob den Phaser.

»Warten Sie!« rief er. »Bitte nicht! Ich habe eine Frau und ein Kind …«

»Verräter!« zischte der Cardassianer neben ihm.

»Ich versuche, uns allen das Leben zu retten«, erwiderte er. »Wollt ihr genauso wie die anderen sterben?«

Kira betäubte den vierten Cardassianer und dann sicherheitshalber auch noch den fünften. Der junge Techniker zog sich mit ängstlichem Gesicht gegen eine Kontrollkonsole zurück. Er begann leise zu jammern.

»Ruhe!« brüllte Kira. »Passen Sie gut auf, tun Sie, was man Ihnen sagt, und antworten Sie ohne Zögern!

Wenn Sie das tun, werden Sie ihre Familie wiedersehen. Verstanden?«

»J-ja.«

Sie stieß ihn in einen der Sitze. »Rufen Sie eine Gesamtübersicht dieses Komplexes auf«, sagte sie. »Ich will sehen, wo sich diese Station im Verhältnis zum Zentrum befindet.«

Der Techniker drehte sich um und tippte verschiedene Befehle in seine Konsole. Kira beugte sich vor, um den Monitor erkennen zu können. Doch statt eines detaillierten Lageplanes erschien das Gesicht eines anderen Cardassianers auf dem Bildschirm. Kira wich überrascht und verwirrt zurück. Der Kerl hatte sie ausgetrickst. Sie hätte wissen müssen, daß kein cardassianischer Soldat ohne weiteres Verrat begehen würde.

Der Cardassianer auf dem Bildschirm schien ein Offizier zu sein. »Was ist da los ...?« begann er.

»Wir werden angegriffen!« rief der Techniker schnell. »Helfen Sie uns!«

Kira schoß auf den Computer, bevor der Offizier noch ein weiteres Wort sagen konnte. Doch sie wußte, daß sie damit nichts mehr an der Situation ändern konnte. Die Cardassianer waren jetzt gewarnt.

Funken sprühten, als Schaltkreise kurzgeschlossen wurden und Verbindungen durchbrannten. Sie mußte zurückspringen und ihr Gesicht schützen, um keine Verbrennungen zu erleiden. In der Verwirrung versuchte der Techniker zur Tür zu flüchten.

Aponte setzte ihm nach, bekam ihn aber nicht mehr zu fassen. Kira hatte jedoch mit seinem Ausbruch gerechnet. Sie trat vor und schoß ihm in den Hinterkopf. Darauf brach er bewußtlos zu Boden.

Verdammter Kerl! dachte sie. In ihrem Zorn und ihrer Verzweiflung versetzte sie ihm einen heftigen Fußtritt in die Rippen. Aber das half auch nichts.

Jetzt war der Vorteil ihrer Überraschungsaktion verspielt.

Einen Augenblick später begann der Alarm zu schrillen.

Das Chronometer des Flitzers gab ein leises Signal von sich. Dax beendete ihre Meditation und eilte zum Pilotensitz. Endlich war der Zeitpunkt gekommen, Kira zu kontaktieren.

Als sie jedoch den Kommunikationskanal öffnete, machte das heftige weiße Rauschen sie fast taub. Sie schlug noch einmal gegen die Seite der Konsole.

Daraufhin wurde der Bildschirm schwarz. Jetzt war er völlig tot.

Sie starrte eine Sekunde lang entsetzt vor sich hin und schlug dann erneut gegen die Konsole. Soviel zu Major Kiras Reparaturmethoden, dachte sie mürrisch.

Sie ließ schnell eine Computerdiagnose laufen. Das Programm führte eine Reihe kurzer Tests durch, und diesmal erhielt sie schon bald darauf eine klare Antwort: Der Kristall zur Phasenumkehr war durchgebrannt. Zweifellos war er durch den Van-Luden-Strahlungsgürtel überladen worden, dachte Dax. Sie hatte noch Glück gehabt, daß er nicht schon den Dienst versagt hatte, als sie ihn das erste Mal aktiviert hatte.

Eine schnelle Überprüfung des Lagerbestandes der *Amazonas* ergab, daß sich ein Ersatzkristall an Bord befand. Sie mußte ihn nur auswechseln, und alles wäre wieder in Ordnung. Aber wo war die Tasche mit den Notwerkzeugen? Sie war nicht an der Rückwand der Kabine befestigt, wo sie hingehörte.

Dann erinnerte sie sich daran, daß Julian das Werkzeug benutzt hatte, um seinen Tricorder zu rekalibrieren. Sie hatte es ihm überlassen, aufzuräumen und die Werkzeuge einzupacken, nachdem sie die Arbeit für ihn erledigt hatte. Nach dem Ende des Kartenspiels waren alle Einrichtungsgegenstände wieder verstaut worden. Aber wohin zum Teufel hatte er das Werkzeug getan?

Sie drehte sich langsam um. Die Werkzeugtasche war nirgendwo zu sehen. Deprimiert wurde ihr klar, daß sie womöglich den ganzen Flitzer durchsuchen mußte, wenn sie sie wiederfinden wollte. Sie begann mit den Schlafmatten und nahm sich dann den Tisch vor …

Julian hatte sich an der Akademie mit Kampfverletzungen beschäftigt und im Laufe seiner Dienstzeit auf *DS Nine* Hunderte von Patienten behandelt, aber das, was diese Bajoraner auf Davonia erlitten hatten, spottete jeder Beschreibung. Es war höchstens mit dem zu vergleichen, was die Ärzte gesehen hatten, die als erste die Todeslager der Nazis auf der Erde oder die Dilithiumminen auf Konnoria V betreten hatten. Es gab soviel zu tun, daß man gar nicht wußte, wo man anfangen sollte. Angesichts der Mangelernährung, der Knochenbrüche, der Schürf- und Schnittwunden, der Prellungen und Stauchungen und der schlechten psychischen Verfassung war Julian erstaunt, daß so viele sich überhaupt noch einigermaßen auf den Beinen halten konnten.

Während Fähnrich Wilkens auf Kiras Befehl hin Wachtposten in den Tunneln postierte und die zwei Dutzend kampftauglichen Bajoraner in Einsatzgruppen aufteilte, kümmerte Julian sich um die Verletzten. Er richtete ein halbes Dutzend Knochenbrüche, gab Vitamininjektionen, bis seine begrenzten Vorräte zur Neige gingen, und versiegelte Dutzende von Verletzungen. Niemand unter den bajoranischen Männern und Frauen war in einem lebensbedrohlichen Zustand, aber es hätte auch niemand anstrengende Aktionen überstehen können. Mehr oder weniger litten alle unter der jahrelangen Mangelernährung, der Vernachlässigung und in einer Reihe von Fällen unter direkter Mißhandlung.

Er schloß gerade die Behandlung einer Frau mit

schweren Peitschenwunden auf dem Rücken ab, als Wilkens vom Tunnel in die Höhle gerannt kam.

»Sir«, keuchte Wilkens, »draußen wird Alarm gegeben.«

Julian hielt inne und lauschte angestrengt. »Ich höre nichts ...«, sagte er.

Wilkens schüttelte den Kopf. »Es kommt aus den unteren Stockwerken und ist hier oben kaum noch zu hören.«

Julian fragte sich kurz, ob sie hier abwarten oder sich lieber einen sichereren Aufenthaltsort suchen sollten. Solche Entscheidungen konnte Kira am besten treffen. Aber jetzt hatte er die Verantwortung, und er durfte auf keinen Fall so lange zaudern, bis die Cardassianer sie hier gefunden hatten. Außerdem wäre die Höhle bestimmt der erste Ort, wo sie nach dem Rechten sehen würden.

»Wir werden von hier verschwinden«, sagte er. »Die Gruppen sollen sich versammeln. Sie können den Kranken und Verletzten helfen. Wir ziehen uns in die Tunnel zurück.«

»Nein«, sagte ein Bajoraner, den Julian gerade behandelt hatte. Der Mann stand auf und streckte seinen Arm. Der Flicken aus Synthohaut, den Julian über einem knochentiefen Schnitt angebracht hatte, schien zu halten. »Wir werden kämpfen«, sagte er. »Ich werde mich keinen Tag länger in diesem Loch verstecken!«

»Sie sind nicht in der Verfassung ...«, setzte Julian zu einem Widerspruch an.

»Ha!« Der Mann ergriff eine Spitzhacke, die auf dem Boden lag. »Zeigen Sie mir nur einen Cardassianer! Dann werden wir sehen, wer in welcher Verfassung ist!«

Die anderen in der Umgebung jubelten zustimmend. Sekunden später war die gesamte Höhle in Aufruhr. Julian blickte nur in entschlossene Gesichter. Sechs Bajoraner hatten die Betäubungspistolen der Aufseher erhoben. Die anderen bewaffneten sich mit Vorschlaghämmern, Spitzhacken, Schaufeln – mit allem, was irgendwie als Waffe dienen konnte.

Vielleicht können wir Kira helfen, dachte Julian. Wenn Alarm gegeben worden war, mußten sie entdeckt worden sein, ohne daß man sie erwischt hatte. Wenn sie gefangen wären, gäbe es keinen Grund für einen Alarm.

»Also gut«, sagte er. »Wir kämpfen. Holen Sie die Loren. Wir setzen uns in Bewegung.«

Die sechsrädigen Wagen konnten von unschätzbarem Wert sein, wenn sie Cardassianern begegneten, dachte er. Außerdem ließen sich damit die Schwerverletzten transportieren.

Er hoffte nur, daß er keinen schrecklichen Fehler beging.

»Damit wäre der Überraschungseffekt beim Teufel«, sagte Kira und überblickte die verschiedenen Kontrollkonsolen. »Alle raus hier! Bewegt euch!«

Als alle den Raum verlassen hatten, stellte sie ihren Phaser auf höchste Energieleistung und ließ den Strahl über die technische Einrichtung streichen. Flammen loderten auf, und weitere Funken flogen, als die empfindlichen Geräte zerschmolzen. Kira zögerte einen Moment und blickte auf die sechs betäubten Cardassianer. Doch dann beschloß sie, daß ihr nicht der Sinn danach stand, sie zu töten, während sie hilflos am Boden lagen. Schließlich war sie selbst keine Cardassianerin. Außerdem würden die anderen Cardassianer sich auf diese Weise die Zeit nehmen, ihre Kameraden zu retten, wodurch sie und ihre Gruppe einen kleinen Vorsprung gewannen.

Die anderen warteten im Korridor auf sie. »Hier entlang«, rief sie und stürmte geradeaus los. Sie kam an die Kreuzung mit dem ersten Korridor, wandte sich nach links und kurz darauf wieder nach rechts. Der

Alarm schrillte immer noch. Schließlich erreichte sie eine Art Lift und drückte auf die Ruftaste.

»Macht euch bereit!« rief sie und verringerte die Einstellung des Phasers wieder auf Betäubung. »Schießt sofort, wenn Ihr sie seht!«

Die anderen stellten sich im Halbkreis auf und hoben die Waffen. Kira behielt die Liftanzeige im Auge. *Gleich ist er da,* dachte sie und bereitete sich vor.

Noch bevor die große Doppeltür des Lifts sich ganz geöffnet hatte, drückte sie den Auslöser ihres Phasers. Fünf bläuliche Strahlen bestrichen die Insassen der Liftkabine. Die uniformierten Cardassianer hatten keine Chance, sich zu bewegen, geschweige denn, das Feuer zu erwidern. Sie brachen zu einem Haufen aus Gliedmaßen, Phasern und tristen grauen Uniformen zusammen.

Kira stemmte sich mit der Schulter gegen die Tür, damit sie offenblieb. »Nehmt ihnen die Waffen ab«, sagte sie, »und die Kommunikatoren.«

Einer der Kommunikatoren quäkte bereits. Die leise blecherne Stimme war unter der Masse aus Körpern kaum zu hören. Aponte und Lapyn zerrten die Cardassianer einen nach dem anderen heraus, während die anderen ihnen die Waffen abnahmen. Durch ihren Hinterhalt hatten sie jetzt eine überraschende Anzahl von Messern, Betäubungsgranaten, Paralysepfeilen und kleinen Energiewaffen erbeutet. Insgesamt hatten sie zehn Cardassianer in voller Kampfausrüstung überwältigt.

Lapyn benutzte eine der Uniformjacken, um den größten Teil der Waffen zu einem Bündel zusammenzuschnüren. Kira nahm die zwanzig Betäubungsgranaten persönlich an sich.

»Bring diese Sachen zu Bashir und den anderen Bajoranern«, sagte sie zu Lapyn. »Ich schätze, sie werden sie bald benötigen.«

»In Ordnung«, sagte Lapyn und lief den Weg zurück, den sie gekommen waren.

Kira hob den Kommunikator auf, der immer noch quäkte. Sie aktivierte das kleine Gerät. »Hallo?« meldete sie sich.

»Wer spricht da?« wollte der Cardassianer am anderen Ende der Verbindung wissen.

»Major Bata Huri von der Bajoranischen Befreiungsfront. Habe ich das Vergnügen, mit dem Kommandanten dieser Basis zu reden?«

»Ja, hier ist Gul Mavek«, knurrte er.

»Hören Sie mir genau zu, Gul Mavek«, sagte Kira. »Mein Überfallkommando durchkämmt gerade die unteren Stockwerke Ihrer Basis und plaziert dort Dilithiumbomben mit Zeitzündern. Wir werden die Kameraden unserer Befreiungsfront in Kürze zu unserer Flotte zurückbeamen lassen. Ich empfehle Ihnen dringend, sofort diese Basis zu evakuieren, wenn Sie einer schweren Strahlenverseuchung entgehen wollen. Bata Ende.«

Kira warf den Kommunikator auf den Boden der Liftkabine und zertrat ihn unter ihrem Stiefelabsatz. Die Lifttüren versuchten sich zu schließen, und Muckerheide und Aponte mußten sich alle Mühe geben, um sie daran zu hindern.

»Noch eine Sekunde ...«, sagte Kira und untersuchte zwei der Betäubungsgranaten. Wie sie gehofft hatte, verfügten sie über Zeitzünder. Sie stellte sie auf dreißig Sekunden Verzögerung ein, aktivierte sie und legte sie in die vorderen Ecken des Lifts. Jetzt konnte man sie erst sehen, wenn man die Kabine betreten hatte.

Kira sprang zurück und winkte den zwei Fähnrichen, die Türen loszulassen. Die Türhälften schlossen sich mit einem hörbaren Schnappen, und der Lift setzte sich nach oben in Bewegung.

»Sie werden weitere Soldaten nach unten schicken«, sagte Aponte.

»Ich weiß«, erwiderte Kira, während sie hektisch überlegte, »aber ich glaube, sie werden sich sehr, sehr vorsichtig bewegen, vor allem wenn sie glauben, daß wir die Tunnel verminen. Damit dürften wir etwas Zeit gewinnen.«

Ttan spürte, wie sie erstarrte. Diese hochfrequenten Vibrationen, die ihre Fühler erzittern und ihr Siliziumblut aufwallen ließen – sie hatte in ihrem Leben erst zweimal ein derartiges Geräusch gehört.

Das erste Mal war es auf Janus VI gewesen, als ein Reaktor durchgebrannt war und einen Abschnitt der Bergwerke mit Strahlung erfüllt hatte, die für Menschen tödlich war. Die Menschen hatten dieses Geräusch als Alarmsignal eingesetzt.

Das zweite Mal hatte sie es an Bord der *Puyallup* gehört, als das cardassianische Schiff angegriffen hatte. Bei diesem Signal waren alle Föderationsoffiziere an ihre Stationen geeilt.

Ttan vermutete, das jetzige Geräusch – das in vielerlei Hinsicht sehr ähnlich war – bedeutete ebenfalls, daß irgend etwas nicht in Ordnung war. Hatten auch die Cardassianer einen Reaktor verloren? Starben sie in diesem Augenblick bei dem Versuch, die Verstrahlung ihres kleinen unterirdischen Komplexes zu verhindern?

Ttan begann, sich tiefer in den Fels zu graben, doch dann erschien ein cardassianischer Wachmann vor ihrer Zelle.

»Kreatur!« rief er.

»Was willst du von mir?« fragte Ttan.

»Gul Mavek befiehlt, daß du hier in deiner Zelle bleibst. Auf einem anderen Stockwerk gibt es ein geringfügiges Sicherheitsproblem. Du sollst dir keine Sorgen wegen des Alarms machen. Und du sollst nicht vergessen, daß deine Kinder darunter leiden werden, wenn du seinen Befehlen nicht gehorchst. Hast du verstanden?«

»Ja«, antwortete Ttan verbittert. »Ich habe verstanden.«

Ein Strahl aus rötlicher Energie schlug über Julians Kopf in die Wand ein und ließ kleine, scharfkantige Steine auf ihn herabregnen. Einer traf ihn an der Wange, worauf er erschrocken zurücksprang. Als er eine Hand an sein Gesicht hob, fühlte er Blut.

»Nur ein kleiner Kratzer, Doktor«, beruhigte Wilkens ihn.

»Bringen Sie die Wagen her!« rief Julian. Er schob seine Hand um die Ecke und feuerte mit dem Phaser eine schnelle Salve in den Gang. Er wollte die Cardassianer noch etwas länger in Schach halten. Sechs cardassianische Soldaten in voller Kampfmontur waren während der vergangenen fünf Minuten immer weiter durch den Tunnel vorgerückt. Ihre überlegenen Waffen in Verbindung mit ihrer Rüstung verschafften ihnen einen deutlichen Vorteil, dachte Julian. Er wußte nicht, wie lange er und seine Leute sie noch aufhalten konnten.

Fünf der sechsrädrigen Wagen rollten heran, gefolgt von Bajoranern mit Kontrolleinheiten in den Händen. Die Loren waren seine letzte Hoffnung.

»Ich möchte, daß Sie sie in einer Reihe im Tunnel aufstellen«, sagte er. Eine solche Blockade würde das Vorrücken der Cardassianer vielleicht eine Weile zum Stocken bringen.

»Sofort, Doktor«, bestätigten sie.

Julian sah zu, wie ein Wagen nach dem anderen um die Ecke rollte und genau vor den angreifenden Cardassianern zum Stehen kam. Phaserstrahlen schlugen in die Frachtbehälter und schnitten durch das Rhodinium wie ein Messer durch Papier. Die Cardassianer feuerten auf die Bajoraner, die sich ihrer Meinung nach in den Wagen versteckten. Doch es war niemand darin – natürlich hatte Julian dafür gesorgt, daß die Loren vorher geräumt worden waren.

Plötzlich kam ihm eine Idee. »Lassen Sie die Wagen weiter vorrücken. Seite an Seite. Drängen Sie die Cardassianer zurück!«

Er wußte nicht, ob es funktionieren würde, aber es war einen Versuch wert. Er schob sich vor, um zu sehen, was geschah, als die Wagen den Tunnel hinunterrollten und immer schneller wurden. Die fünf Loren nebeneinander füllten den Tunnel in gesamter Breite aus. Niemand konnte sich an ihnen vorbeizwängen – oder daran vorbeischießen, worauf seine ursprüngliche Planung gesetzt hatte.

Das Phaserfeuer der Cardassianer deckte weiterhin die Wagen von der gegenüberliegenden Seite ein. Die Soldaten schienen ihre Stellung zu halten, während sie Salve um Salve abgaben. Julian hielt entsetzt den Atem an, als er erkannte, daß sie keineswegs die Absicht hatten, sich zurückzuziehen – daß sie bis zum Tod weiterkämpfen würden.

Er zuckte zusammen, als überraschte Rufe und Schmerzensschreie von den sechs unsichtbaren Cardassianern kamen. Zwei der Wagen schwankten, als sie ihre Körper überrollten, doch dann rollten die Loren weiter. Als sie die Stelle hinter sich ließen, wo die cardassianischen Truppen gestanden hatten, sah Julian die ziemlich unangenehme Bescherung, die sie angerichtet hatten. Die Loren hatten die sechs Cardassianer nicht einfach nur umgefahren, sondern die Räder hatten sie außerdem in kleinere Stücke zerfetzt.

Jubelnd stürmten die Bajoraner aus ihrer Deckung, um die Überreste zu durchsuchen. Vielleicht war ja noch etwas Brauchbares darunter. Bashir wurde plötzlich schwindlig, so daß er sich kurz setzen mußte. *Ich sollte mich allmählich an Kampf und Gemetzel gewöhnen,* sagte er sich.

»Doktor, Sie verlieren Blut«, sagte Wilkens. »Ich denke, es wäre besser, wenn ich den Schnitt in Ihrer Wange versorge.«

Julian blickte zu ihm auf. »Vorhin sagten Sie, es wäre nur ein Kratzer.«

»Äh, ich habe vielleicht ein wenig untertrieben, Sir. Es schien mir nicht der richtige Augenblick zu sein, um ...«

»Schon gut«, beruhigte Julian ihn. Er hatte sehr gut verstanden. Man wies einen Vorgesetzten nicht mitten im Kampf darauf hin, daß er sich verletzt hatte.

Er drückte eine Hand auf die Wunde, um den Blutfluß zu stoppen. »Könnten Sie bitte meine Arzttasche holen?«

»Sofort, Sir.« Der Mann lief los.

»Captain Dyoran!« rief Julian. Der große, ausgezehrte Mann kam zu ihm herüber, wobei er auf seltsame Weise befriedigt wirkte. Wie viele andere Bajoraner auch schien Dyoran einen Durst nach cardassianischem Blut zu haben, der an Wahnsinn grenzte.

Dyoran nahm Haltung an und salutierte auf bajoranische Art. »Zwei funktionierende Phasergewehre, sechs Vibromesser und fünfzehn Betäubungsgranaten wurden geborgen, Sir«, sagte er. »Und Lapyn ist gerade mit weiteren Waffen eingetroffen. Er teilt sie im Augenblick an die kampftauglichsten Leute aus. Etwa die Hälfte von uns ist aktionsbereit.«

»Großartig«, sagte Julian.

»Was ich noch sagen wollte, Sir«, sprach Dyoran weiter, »das war eine hervorragende Taktik.«

»Das ist nur die Routineausbildung bei der Föderation«, sagte Julian mit einem bescheidenen Schulterzucken. *Improvisiere, wenn du nicht mehr weiter weißt.* Er hatte Sisko häufiger bei dieser Taktik beobachtet, als ihm lieb war.

Dyoran blieb nichtsdestotrotz beeindruckt.

»Also«, sagte Julian, »ich habe den Eindruck, daß

Major Kira die Sicherheitstruppen da oben ziemlich in Atem hält. Ich glaube, wir müssen uns im Augenblick keine Sorgen machen. Schicken Sie Erkundungsteams los. Ich möchte nach einem Weg in die oberen Stockwerke suchen ... einen Weg, der nicht überwacht wird.«

»Ja, Sir!« Dyoran salutierte, drehte sich um und lief zu den anderen zurück. Von Minute zu Minute – oder sogar von Sekunde zu Sekunde – schienen die Bajoraner zu neuen Kräften zu kommen, wie professionelle Athleten, die ihren toten Punkt überwunden hatten. Kurz darauf hatte Dyoran Gruppen zusammengestellt, die die benachbarten Tunnel erkundeten.

Julian überlegte kurz, ob er versuchen sollte, mit Kira Kontakt aufzunehmen, doch dann entschied er sich dagegen. Sie hatte ihm den strikten Befehl gegeben, Funkstille zu halten, damit die Cardassianer sie auf keinen Fall lokalisieren konnten. Trotzdem fragte er sich, wie es ihr da oben ergangen war.

In der Ferne hörte er immer noch den Alarm. Das konnte eigentlich nur bedeuten, daß Kira noch am Leben war und weiterkämpfte. Falls es nicht bedeutete, daß die Cardassianer ihre Kräfte sammelten, um die entflohenen Gefangenen wieder zusammenzutreiben.

»Eine Verzögerung von einer Sekunde«, sagte Kira zu ihrem Team, »kann wesentlich effektiver als alles andere sein, wenn man es richtig macht.«

Sie zog gerade einen Stolperdraht durch den Korridor, dessen Ende mit dem Zünder einer Betäubungsgranate verbunden war. *Was würde ich jetzt für eine Handvoll Plasmabomben geben!* dachte sie. Der nächste Cardassianer, der diesen Weg nahm, würde sein blaues Wunder erleben, aber er würde nicht daran sterben. Eine Plasmabombe dagegen hätte für eine wesentlich dauerhaftere Lösung gesorgt.

Während sie aufstand, überprüfte sie, ob der Draht die geeignete Spannung hatte, und lief dann den Korridor weiter. Sie hatte Fähnrich Aponte die Anweisung gegeben, mit dem Tricorder nach Anzeichen für Ttan zu suchen. Nachdem die Cardassianer jetzt wußten, daß sie da waren, mußten sie nicht mehr auf den Tricorder verzichten. Eine Horta auf ihrer Seite, dachte Kira, würde ihnen vielleicht einen nicht zu unterschätzenden Vorteil verschaffen.

»Sie befindet sich zwei Stockwerke höher und einhundertvierzig Meter in diese Richtung«, sagte Aponte.

»Was liegt über uns?«

»Ein Raum ... in dem sich niemand aufhält, Major.«

»Treten Sie zurück.« Kira hob ihren Phaser, kontrollierte die Einstellung und richtete den Strahl auf die Wand. Schon kurz darauf löste sich die Wandverkleidung, hinter der Felsgestein zum Vorschein kam. Schnell brannte sie eine Reihe von Stufen hinein. Als sie die Decke des Korridors erreicht hatte, schnitt sie dort ein sauberes Loch aus.

Dann steckte sie ihren Phaser ein, überprüfte die Temperatur der Stufen, und als sie genügend abgekühlt waren, begann sie hinaufzuklettern. Sie tauchte im recht spartanisch eingerichteten Quartier eines Cardassianers auf. Es gab ein Bett, einen Schrank, einen kleinen Tisch, einen einzigen Stuhl und einen Replikator. Im Waffenregal neben der Tür befanden sich ein Phasergewehr und zwei Handwaffen.

Sie kletterte aus dem Loch und half Muckerheide und Aponte beim Aufstieg. Muckerheide nahm die Waffen an sich, während Aponte die Umgebung mit dem Tricorder überprüfte. »Zwei Cardassianer laufen durch den Korridor vor diesem Zimmer«, sagte der Fähnrich. »Moment ... sie laufen an uns vorbei.«

Kira entspannte sich ein wenig. Sie wollte nicht an zwei Fronten gegen Cardassianer kämpfen. Es war schon schlimm genug, daß sie ihr dicht auf den Fersen waren.

Ein dumpfer Knall drang durch das Loch im Boden. Jemand war gerade in die erste Falle getappt, die sie hinterlassen hatte, erkannte sie mit einiger Befriedigung. Die anderen würden sich jetzt langsamer bewegen. Vielleicht hatten sie wieder ein paar Minuten gewonnen.

»Befindet sich noch jemand im Korridor?« fragte sie.

»Nein«, antwortete Aponte.

Kira öffnete die Tür. »Raus«, sagte sie. »Halten Sie Wache. Ich will hier drinnen eine weitere Falle aufstellen.« Sie nahm zwei neue Betäubungsgranaten aus ihrem Vorrat und machte sich an die Arbeit.

Nur noch ein Stockwerk, dachte sie, *und dann haben wir dich befreit, Ttan. Halte nur noch ein paar Minuten aus!*

»Sir«, sagte Captain Dyoran zu Dr. Bashir, »wir haben einen Frachtlift gefunden. Offenbar dient er dazu, Rohmaterialien zur Oberfläche zu transportieren. Er wird gerade benutzt, aber er scheint vollautomatisch zu funktionieren. Ich denke, wir könnten die positronischen Kontrollen umgehen und uns dann ungehindert zu jedem gewünschten Stockwerk bewegen.«

»Ausgezeichnet«, sagte Julian. Er tippte auf das Plastikpflaster auf seiner Wange. Es hatte keine Schwierigkeiten gemacht, die Wunde zu versiegeln, aber er hatte sie trotzdem mit einem Pflaster abgedeckt, damit sie sauber blieb. Er ging davon aus, daß er noch einige Aufregungen erleben würde, bevor sie aus der cardassianischen Basis entkamen. »Wir werden mit allen Leuten weiter nach oben gehen. Dort müßte es jede Menge Versteckmöglichkeiten geben. Wenn wir alle untergebracht haben, werden wir nach Major Kira und den anderen suchen.«

»In Ordnung.« Captain Dyoran entfernte sich und gab Befehle aus. Bald hatte sich eine recht bunte Prozession versammelt, wie es Julian vorkam. Er übernahm zusammen mit Dyoran die Spitze, und als alle bereit waren, machten sie sich auf den Weg zum Frachtlift. Nachdem sich die Kolonne in Bewegung gesetzt hatte, trat er zur Seite, um die Leute zu beobachten, sie aufzumuntern und hier und dort zu helfen, um dafür sorgen, daß sie zügig vorankamen. Er wollte, daß niemand zurückblieb. Die Wachen in den Seitentunneln würden sofort melden, wenn irgendwo Cardassianer auftauchten. In der Zwischenzeit mußten sie ein Versteck finden, daß ihnen größere Sicherheit versprach.

Dyoran hatte die Türen des Frachtlifts bereits geöffnet, als Julian bei ihm eintraf. In der Kabine waren riesige Frachtcontainer mit Roherzen fast bis zur Decke gestapelt.

Es war nicht einmal genügend Platz für eine einzige Person, wie er sah, geschweige denn für die zweiundfünfzig Leute ihrer Gruppe. Von überall war enttäuschtes Stöhnen zu hören. Sie hatten nicht die nötige Zeit, um den Lift zu entladen. Irgendwann würde man bemerken, daß er zweckentfremdet worden war.

»Schließen Sie die Türen«, sagte Julian schließlich. Das war die einzig logische Schlußfolgerung aus dieser Situation. »Und dann schicken Sie ihn zur Oberfläche.«

»Was?« fragte Captain Dyoran. »Sind Sie verrückt?«

»Ich habe keine Lust, das ganze Erz auszuladen, und Sie bestimmt auch nicht«, sagte Julian. »Der Lift wird wieder nach unten fahren, wenn er leer ist. Dann werden wir ihn nehmen.«

»Genau!« rief Dyoran grinsend. Er winkte seinen Männern zu, die die riesigen Türen nur zögernd losließen, wie es Julian schien, worauf sie sich mit einem hallenden Donnerschlag schlossen, der den Tunnel erschütterte.

Julian holte seinen Tricorder hervor und ging ein

paar Schritte den Tunnel entlang. Als er sich weit genug von den anderen entfernt hatte, führte er eine schnelle Suche nach Ttan durch. Diesmal entdeckte er sie ohne Probleme. Sie befand sich zwölf Stockwerke höher und zweihundertachtzig Meter rechts von ihm. *Dieses Stockwerk werden wir uns vornehmen,* entschied er. Vielleicht gelang es ihm wenigstens, Kira bei der Rettung der Horta zu helfen.

14

Die Hortas sahen aus wie eine zerklüftete Bergkette im Miniaturformat, die auf geheimnisvolle Weise in Bewegung geraten war. Drei Hortas führten die Herde an, während die anderen ihnen dichtauf durch den Korridor folgten. Aus mehreren Metern Entfernung wirkten sie jetzt beinahe erwachsen, fast so groß wie eine Transporterplattform in der Zentrale. Wenn sie noch etwas größer wurden, dachte O'Brien, würde in der Tat der Berg zum Propheten kommen. »Was haben sie nur vor?« fragte er.

»Woher soll ich das wissen?« erwiderte Odo schroff. Der Gestaltwandler stand genau vor O'Brien in einer Gruppe aus Männern und Frauen von der Sicherheit. O'Brien blickte ihm über die Schulter und sah, wie sich die führenden Hortas zögernd, aber unaufhaltsam vorwärtsbewegten, über die Verbindungsbrücke zum Zentralbereich der Station. Anders als bei seiner fehlgeschlagenen Verteidigung des Geschützturms, den er sich mehr oder weniger zufällig ausgesucht hatte, wußte er, daß er sich jetzt an einer entscheidenden strategischen Position befand. Trotzdem waren noch kleinere Truppen an den zwei anderen Verbindungssegmenten postiert, falls die Hortas sich aufteilen und anderswo angreifen sollten, obwohl es im Augenblick nicht danach aussah. An allen drei Stellungen wartete man auf seine Anweisungen. Solange sie in Verbindung blieben, konnten sie ihre Erfahrungen mit den Hortas jederzeit austauschen und überall zum Zuge bringen. O'Brien hoffte nur, daß es tatsächlich eine Lösung gab.

»Sie bewegen sich langsamer als vorher«, stellte Odo fest. »Ich glaube, sie haben etwas aus der Katastrophe im Habitatring gelernt. Sie wollen nicht im Weltraum landen, also graben sie sich nicht mehr blindlings durch die Wände.«

»Aber sie sind nicht so sehr eingeschüchtert, daß sie sich völlig ruhig verhalten«, sagte O'Brien.

»Nein«, erwiderte Odo. »Bedauerlicherweise verhalten sie sich in dieser Hinsicht wie Humanoide. Sie wissen nicht, wann sie besser zu Hause bleiben sollten.«

Und wo ist Ihr Zuhause, Odo? O'Brien unterdrückte seinen Drang, die Frage laut zu stellen. »Constable«, fragte er statt dessen, »sind Sie bereit, noch einmal die Rolle der Mama zu spielen?«

Odos flache Gesichtszüge verzogen sich zu einer Grimasse. »Wenn es sein muß«, sagte er. »Meine früheren Erfahrungen deuten jedoch darauf hin, daß mein Einfluß auf sie nur sehr begrenzt ist. Selbst in Gestalt ihrer Mutter konnte ich den einen Horta nicht davon abhalten, sich in den Tod zu graben – und damit beinahe auch die anderen umzubringen. Offen gesagt, ich denke, die Situation erfordert eine breitere Strategie, die weniger auf meine Person zugeschnitten ist.« Der ernste Blick seiner blauen Augen forderte O'Brien heraus. »Ich dachte, bei Starfleet hätten Sie gelernt, wie man jederzeit eine technische Lösung aus dem Ärmel schüttelt.«

»Nur wenn es sein muß«, sagte O'Brien leicht verärgert über Odos sarkastische Bemerkung. *Also gut,* dachte er, *dann werde ich den ersten Versuchsballon starten lassen.* »Schilde aktivieren«, befahl er. »Maximale Energie.«

Die heranrückende Phalanx der Hortas erreichte den ersten Schild. Grelle Blitze aus bläulicher Energie zuckten auf, wo die steinerne Haut der Hortas mit der unsichtbaren Barriere in Berührung kam. Die Hortas protestierten grollend, zogen sich aber nicht zurück. O'Brien sah ungläubig zu, wie sie sich gegen das Kraftfeld drängten. Beißender weißlicher Rauch stieg von den Beulen und Kratern der Horta-Panzer auf. Die Entladungen aus blauem Licht wurden zu einem dichten brodelnden Nebelvorhang. Obwohl er sich in sicherer Entfernung aufhielt, brannte der Rauch in O'Briens Augen und Nase. Er blinzelte und wischte sich die Tränen mit dem Ärmel von der Wange. »Mehr Energie«, verlangte er. »Lenken Sie alles, was wir haben, auf den vorderen Schild.«

Eine bajoranische Technikerin hob in einer hilflosen Geste die Hände. »Das ist alles, was wir haben, Chief. Die Hälfte der Energieleitungen auf diesem Deck sind durchgebrannt oder sonstwie außer Funktion.«

»Ziehen Sie etwas Saft aus Quarks Bar ab, wenn es sein muß«, sagte O'Brien zu ihr. »Auch wenn dabei jedes holographische Flittchen auf dieser Station zum Teufel geht, geben Sie mir mehr Energie!«

»Ich versuche es, Chief«, sagte sie. Die silberhaarige Frau in grauer Uniform hatte eine Schaltkonsole in der Wand geöffnet. Jetzt tippte sie verschiedene Befehle ein, um eine Lösung für das Problem zu finden. O'Brien blickte nervös auf die Hortas. Sie hatten erst ein Drittel des Verbindungssegments überwunden, aber sie rückten immer noch vor. *Mein Gott,* dachte er entsetzt, *es scheinen immer mehr zu werden.*

»Ich hab's!« sagte die Bajoranerin triumphierend und wandte sich interessiert dem Korridor zu, um den Erfolg ihrer Bemühungen zu beobachten.

Einen Augenblick lang sah es so aus, als wäre ihr Jubel gerechtfertigt. Die sprühenden blauen Funken strahlten heller, während das tiefe Grollen der Hortas gleichzeitig zu einem wütenden Gekreische wurde, das O'Brien in den Ohren schmerzte. Einer der Aliens schien sogar ein Stück zurückgeworfen zu werden, als er von der verstärkten Kraft des Feldes überrascht wurde. *Ha!* dachte O'Brien. *Vielleicht können wir diese Bälger doch noch in ihren Laufstall zurückzwingen.*

Dann formierten sich die Hortas neu und stürmten wieder gegen den Schild an. Die roten Adern, die in unregelmäßigem Muster ihren Panzer durchzogen, pulsierten unter der Anstrengung und verstärkten ihr rötliches Glühen, während die Hortas ihre gemeinsamen Kräfte bündelten. Und während O'Briens Herz pochte und seine Augen immer größer wurden, schoben sich die Hortas Zentimeter um Zentimeter näher. »Das sind keine Babys!« protestierte er lautstark. »Das sind Bulldozer!«

Als die Bajoranerin plötzlich aufschrie, wurde seine Aufmerksamkeit von den vorrückenden Hortas abgelenkt. Die Frau riß gerade noch rechtzeitig ihre Hände zurück, als die Schaltkonsole mit zuckendem elektrischen Feuer explodierte. O'Brien gab einen schnellen Befehl über seinen Kommunikator, die Kontrollen von der Energieversorgung abzuklemmen. »Alles in Ordnung?« fragte er die Frau.

Sie nickte, obwohl Rußspuren an ihren Ärmeln und am Kragen zu sehen waren. »Es tut mir leid, Chief. Eine Rückkopplung mit dem Feld hat eine Überladung verursacht.«

»Stehen die Schilde noch?«

»Kaum«, sagte sie. Sie rieb über die verbrannten Stellen ihrer Uniform, verwischte dabei aber nur die Asche und den Ruß.

Mehr mußte sie O'Brien nicht sagen. *Verdammt!* fluchte er stumm. *Dieser Saftladen funktioniert selbst unter normalen Umständen nicht richtig, und nachdem die Hortas hier gewütet haben, ist auf überhaupt nichts mehr Verlaß.* »Odo«, rief er. »Jetzt sind Sie an der Reihe.«

Zu O'Briens Erleichterung enthielt sich der Sicherheitsoffizier jeder bissigen Bemerkung. Er sah, wie Odo die Augen verdrehte, bevor sie sich zusammen mit dem Rest seines Gesichts und Körpers in der fließenden Verwandlung auflösten. Im nächsten Augenblick glitt die Nachbildung einer Horta-Mutter in voller Lebensgröße durch den Korridor ihren ›Kindern‹ entgegen. *Ich hoffe nur,* dachte O'Brien, *daß die echten Hortas Odos Gestalt genauso überzeugend wie ich finden …*

»Deaktivieren Sie die Schilde«, sagte er, als Odo sich der Mitte des Verbindungssegments näherte. »Oder das, was noch davon übrig ist.«

Auf dem Weg zu den Hortas stieß Odo auf keinerlei Hindernis. War Chief O'Brien dafür verantwortlich oder handelte es sich um einen Energieausfall? Die Horta-Gestalt war genauso bequem wie bei seiner ersten Verwandlung, aber trotzdem war er nicht sicher, wie lange er sie noch beibehalten konnte. Die sechzehn Stunden, die er in fester Gestalt verbringen konnte, gingen allmählich zu Ende. Hinzu kamen zu viele Verwandlungen in kürzester Zeit und sein anstrengender Kampf gegen die Dekompression, so daß er erschöpfter war, als er zugeben wollte. Odo dachte sehnsüchtig an seinen Eimer und hätte sich nur ein paar Minuten ungestörter Ruhe gewünscht, doch statt dessen mußte er sich um die Hortas kümmern. *Die Arbeit einer Mutter,* dachte er grollend, *ist niemals erledigt.*

Diesmal reagierten die Hortas nicht so begeistert auf seine Anwesenheit wie beim ersten Mal, auch wenn der führende Horta kurz vor Odo anhielt und ihn mit einem lauten steinernen Knirschen begrüßte. Da Odo immer noch nicht wußte, wie er darauf reagieren sollte, blieb er lieber stumm, während er bemerkte, wie sehr die Hortas inzwischen gewachsen waren. Der eine vor ihm war fast genauso massiv wie Odos gegenwärtige Gestalt. Er hatte etwa die Größe eines Imbißstands auf der Promenade. Odo hoffte, daß er es immer noch mit Kindern zu tun hatte und nicht mit einer Bande rebellischer Halbstarker.

Der Horta streifte Odo mit seinem Körper. Seine scharrende Stimme wurde etwas lauter und höher, bis er schließlich verstummte. Dann zog er sich ein Stück von Odo zurück, während sich die zerklüfteten und pulsierenden Panzer seiner Geschwister links und rechts an ihm und am verwandelten Constable vorbeischoben und ihren Vormarsch in Richtung Zentrale fortsetzten. Auch der Anführer machte Anstalten, Odo auszuweichen und sich weiter vorwärts zu bewegen. Odo überlegte kurz, ob er sich ein Stück zurückziehen und eine Wand bilden sollte, bis er erkannte, daß es Selbstmord gewesen wäre. Er hatte schließlich gesehen, was ein entschlossener Horta mit einer Wand machen konnte.

Statt dessen gab er seine Gestalt auf. Wie ein schneller goldener Strom floß er zum Durchgang in den zentralen Bereich der Station zurück, wobei er sich an den langsameren Hortas vorbeischlängelte, bis er sich neben O'Brien auf humanoiden Beinen aufrichtete. Zum Glück hatte der Starfleet-Ingenieur Odos Metamorphosen schon viel zu häufig beobachtet, um über die plötzliche Zurückverwandlung des Sicherheitsoffiziers zu erschrecken.

»Kein Glück gehabt?« fragte O'Brien unbeeindruckt.

»Entweder wissen sie, daß ich nicht Ttan bin, oder es ist ihnen gleichgültig.« Odo schüttelte erschöpft den Kopf. »Die Kinder heutzutage ...«

Odo sah aus, als würde er jeden Augenblick zusammensacken oder zerfließen, dachte O'Brien. Trotz der schroffen Art des Constable hatten sein Gesicht und seine Hände den feuchten Glanz einer Kerze angenommen, die zu nah an eine Flamme gehalten wurde. Unter der Uniform schien seine Substanz in leichte fließende Bewegung geraten zu sein. O'Brien hoffte nur, er würde Odo nicht demnächst vom Boden aufwischen müssen.

Er wandte seinen Blick wieder den Hortas zu, die immer noch näher rückten. Die ersten beiden hatten fast das Ende des Korridors erreicht, während die anderen ihnen dichtauf folgten. Er erinnerte sich wieder an sein Versagen am Geschützturm. Er wußte, daß es keinen Zweck hatte, nach dem Phaser zu greifen. Die Hortas wirkten jetzt noch größer und noch unüberwindlicher, und sie kamen mit jeder Sekunde näher.

Mein erster Versuchsballon ist geplatzt, stellte er fest. *Also gut. Odos Versuch hat mir zumindest ein wenig Zeit verschafft, einen neuen Trick auszuprobieren. Mit etwas Glück werde ich mir nicht noch einen ausdenken müssen.*

»Schilde auf beiden Enden des Verbindungssegments aktivieren«, befahl er.

Odo schüttelte den Kopf, der sich fast vom flüssigen Hals zu lösen schien. »Sie brennen sich schneller durch die Schilde, als Quark durch ein Hintertürchen schlüpfen kann.« Sogar seine Stimme schien ihre Festigkeit verloren zu haben. Sie klang irgendwie flüssig, als würde er gurgeln.

»Vertrauen Sie mir«, erwiderte O'Brien. »Die Schilde sollen nur unserer Sicherheit dienen.« Er tippte auf seinen Kommunikator und stellte eine Verbindung mit dem Zentralcomputer her. »Aufhebung der künstlichen Schwerkraft in allen Verbindungssegmenten zwischen Habitatring und zentralem Bereich.«

Ausnahmsweise begann der Computer keinen neuen Streit mit O'Brien. Vielleicht war das verdammte Programm genauso versessen darauf wie er, daß die Hortas den Boden unter den Füßen verloren. Schließlich würde die kleine Armee der Hortas ansonsten in wenigen Minuten das Zentrum von *Deep Space Nine* verwüsten. Und wenn die Hortas damit begannen, den Stationskern zu verspeisen, wie lange würde es dann noch dauern, bis sie zum Nachtisch über die Zentrale herfielen?

»Gravitation deaktiviert«, gab der Computer bekannt. Dann beobachtete O'Brien zufrieden, wie ein Horta nach dem anderen sich vom Boden des Korridors löste und nach oben schwebte. Sie hingen hilflos in der Luft, wie in einer Nullgrav-Zelle. Die Fransen an der Unterseite wirbelten nutzlos herum, während sie nicht mehr als flüchtigen Kontakt mit jeder festen Oberfläche aufnehmen konnten. Zwei schwebende Horta stießen gegeneinander und trieben dann sanft in entgegengesetzte Richtungen davon, bis einer von ihnen gegen einen dritten prallte. Dieser wirbelte in den Korridor zurück, in die Richtung, aus der sie gekommen waren, während er sich immer wieder in der Luft überschlug. Innerhalb weniger Sekunden tummelten sich alle Hortas in der Luft und stießen sich gegenseitig gegen die Wände, den Boden und die Decke. Es war wie ein Nullgrav-Billardspiel in Zeitlupe.

Ausgezeichnet, dachte O'Brien. Eine unschädliche, aber trotzdem effektive Lösung. Er war davon ausgegangen, daß die Hortas, die sich in den Jahrtausenden ihrer Evolution an die Verhältnisse im festen Innern eines Planeten angepaßt hatten, in einer schwerelosen Umgebung Schwierigkeiten bekommen würden. Und das eigentlich Gute an dieser Falle war, daß sogar *weniger* Energie nötig war, um die künstliche Schwerkraft abzuschalten, als sie aufrechtzuerhalten. Vom technischen Standpunkt betrachtet, mußte er die Wirtschaftlichkeit dieser List bewundern, vor allem in Anbetracht des mitgenommenen Zustands sämtlicher Stationssysteme. Vielleicht schafften sie es doch noch – auch ohne Dax' wissenschaftliche Fachkenntnisse.

Dann begannen die Hortas zu schreien; es waren wilde, ohrenbetäubende Schreie, die wie Alarmsirenen klangen oder, was O'Brien sich nur zögernd eingestand, wie die kleine Molly, wenn sie gerade einen Alptraum hatte. »Sie geraten in Panik«, flüsterte er Odo zu.

»Ja«, stimmte Odo zu. Trotz der großen Kluft, die die Spezies der Menschen und Hortas voneinander trennte, war der Klang der nackten Angst unverkennbar.

Die Schreie zerrten an O'Briens Nerven, aber er konnte notfalls damit leben. Es war immer noch besser, wenn die armen Babys in Panik gerieten, als wenn man gezwungen wäre, sie zu vernichten, oder wenn sie *Deep Space Nine* Stück für Stück auseinandernahmen. Doch die verängstigten Hortas schrien nicht nur, in ihrer Panik versprühten sie Säure in alle Richtungen. Strahlen aus ätzender Flüssigkeit, hellrot glühend wie Feuer, spritzen aus jedem Spalt in den klobigen Körpern der Hortas. Tropfen aus Säure sammelten sich in der Luft und bildeten leuchtende Pfützen des Todes, die durch den Korridor schwebten. Und ganz gleich, in welche Richtung sie trieben, irgendwann trafen sie auf den Boden oder eine Wand, wo sie festes Metall in eine blubbernde Masse verwandelten, die sich schnell verflüchtigte, so daß klaffende Löcher in der Struktur zurückblieben. Wo die treibenden Säureklumpen auf technische Einrichtungen stießen, spritzten weißglühende Funken aus den zerstörten Schaltkreisen. Flammen und schwarzer Rauch vermischte sich mit dem weißen Dampf der ätzenden Absonderungen der Hortas.

Im Geschrei und Getöse konnte O'Brien kaum die verzweifelten Berichte hören, die über seinen Kommunikator eintrafen, aber das Wesentliche hatte er verstanden. Der Säuresturm, den die Hortas in ihrer Verzweiflung losgelassen hatten, um dem Gefängnis der Schwerelosigkeit zu entkommen, richtete beträchtliche Schäden im gesamten Verbindungssegment an.

O'Brien starrte in das Chaos und die Vernichtung. Nicht weit entfernt wirbelte ein Horta vorbei, während er orangefarbene Strahlen in alle Richtungen verschoß, wie ein altertümliches Feuerrad. Doch er wußte, daß die verzweifelten Hortas viel gefährlicher waren als jeder primitive Feuerwerkskörper.

»Chief O'Brien«, rief die silberhaarige Technikerin. Sie hielt ihren Starfleet-Tricorder auf den Korridor gerichtet. »Das Verbindungssegment ist mit Mikrowellenstrahlung geflutet. Die Säure hat offenbar die Verteilerknoten angegriffen. Das Strahlungsniveau nimmt zu.«

Dem Himmel sei Dank, daß die Schilde noch stehen, dachte O'Brien. *Aber wie lange noch?* Rauchende Risse und klaffende Löcher verunstalteten den Korridor, während die kreischenden Hortas durch ein Chaos aus Rauch, Funken und Säurenebel torkelten. *Vergiß die Strahlung,* dachte er. *Wie steht es um die strukturelle Integrität des Verbindungssegments?*

»Computer«, sagte er. »Sofortige Wiederherstellung der künstlichen Schwerkraft in allen Verbindungssegmenten!«

Das cardassianische Programm wollte den Hortas nicht so schnell nachgeben. »Bestätigung des befehlshabenden Offiziers erforderlich…«

»Schalt sofort die verdammte Gravitation wieder ein«, brüllte O'Brien wütend, »solange es noch geht!« Dann fügte er hinzu: »Und lokalisiere und deaktiviere alle beschädigten Energieleitungen.« *Verdammt,* dachte er. Warum hatten die Cardis nicht ein sicheres, vernünftiges Elektroplasmasystem statt ihres gewöhnlichen, billigen Mikrowellennetzes in die Station einbauen können?

»Bestätigt«, fügte sich der Computer seiner Autorität. Dann spürte O'Brien ein plötzliches summendes Vibrieren unter den Füßen, als die Schwerkraft mit einem Paukenschlag im Korridor wieder einsetzte. Achtzehn Hortas krachten gleichzeitig zu Boden, während überall Säuretropfen wie ein Regen im Verbindungssegment niedergingen. Die Säure hüllte die Hortas ein, hinterließ jedoch keine Spur auf ihren unüberwindlichen Panzern. O'Brien sah mit finsterer Miene zu, wie die Säure an den Hortas herablief und sich tief in den Boden fraß. Durch wie viele Decks würde sich die Säure graben? Er konnte sich nur damit trösten, daß der gesamte Abschnitt bereits evakuiert war.

Der vorderste Horta, der sich noch vor wenigen Augenblicken in der Luft gedreht hatte, landete auf dem Rücken. Seine Fransen bewegten sich in der Luft, ohne etwas zu bewirken, und für einen Moment gestattete O'Brien sich die Hoffnung, daß der Horta wie eine Schildkröte nicht in der Lage wäre, sich wieder aufzurichten. In diesem Fall würde er sich einfach einen Stock schnappen und sie der Reihe nach anheben und auf den Rücken werfen.

Doch sein simpler Plan erwies sich als undurchführbar, bevor er richtig Gestalt angenommen hatte. Vor seinen Augen versank der umgekippte Horta im Boden und verschwand aus seinem Blickfeld. Eine Sekunde später tauchte er ein paar Meter weiter richtig herum wieder auf. Offenbar brauchte die kleine Bestie nur einen Augenblick in fester Umgebung, um sich wieder zu orientieren. »Das glaube ich einfach nicht!« brummte O'Brien. »Gibt es denn überhaupt nichts, was diese Wesen aufhält?«

»Auf Janus VI«, sagte Odo mit sichtlicher Anstrengung, »gibt es keine natürlichen Feinde und auch kein Verbrechen. Das habe ich überprüft.«

O'Brien blickte seinen Kollegen an und bemühte sich, ihn nicht anzustarren. Es sah aus, als müßte Odo seine gesamte Kraft einsetzen, um sein Gesicht und vor allem den Mund einigermaßen in Form zu halten. Dagegen hatte die Schwerkraft seine Hände und Finger so sehr nach unten in die Länge gezogen, daß sie nur noch dünne, schwache Stiele mit tropfenförmigen Knospen an den Enden waren. Das Wogen unter seiner Uniform war immer heftiger geworden. Odos Substanz schwappte regelrecht hin und her, getrieben von fremdartigen biologischen Gezeiten, und wurde kaum von dem anthropomorphen Ballon zusammengehalten, zu dem sein Körper geworden war. Winzige Feuchtigkeitsperlen überzogen seine nachgebildete Haut. Wenn O'Brien es nicht besser gewußt hätte, hätte er sie für Schweißtröpfchen gehalten.

»Um Himmels willen, Odo«, sagte er leise, um dessen mühsam aufrechterhaltene Würde nicht zu verletzen. »Für Sie gibt es hier nichts mehr zu tun. Gönnen Sie sich eine Pause, bevor … Sie wissen schon.«

Odo starrte O'Brien an. Sein Gesicht war bereits so sehr zerflossen, daß es keine Gefühle mehr ausdrücken konnte. Im Blick seiner Augen mochte sich Wut, Dankbarkeit oder eine sonstige Empfindung verbergen, die O'Brien nicht einmal erraten konnte. Odo hob eine Hand und beobachtete, wie sie sich sirupgleich in die Länge zog.

»Sie haben recht«, sagte er schnell und wandte sich ab. Aus dem Augenwinkel sah O'Brien, wie etwas Goldenes und Flüssiges in Richtung Promenade davonglitt. Er hoffte nur, daß Odo sein Büro – und seinen Eimer – rechtzeitig erreichte. Doch war es überhaupt irgendwo auf der Promenade sicher, solange die Hortas sich in der Nähe des zentralen Bereichs aufhielten? Wenn O'Brien ehrlich war, bezweifelte er es.

»Lassen Sie den Korridor nicht aus den Augen«, befahl er den versammelten Leuten – nicht nur, um Odo einen würdevollen Rückzug zu ermöglichen. Die Hortas hatten das Trauma ihres Abenteuers in der Schwerelosigkeit überwunden. Das Geschrei war zwar verstummt, aber dafür hatten sich die Hortas wieder in Bewegung gesetzt.

Und O'Brien hatte keine weiteren Tricks mehr auf Lager.

Frustriert schlug er mit der Faust gegen eine Wand. Es war wieder genauso wie am Geschützturm. *Du bist ein Idiot und ein Versager,* verfluchte er sich. Sogar die kleine Molly war besser mit den Hortas zurechtgekommen als er.

Molly …

Verblüfft erkannte O'Brien, daß er doch noch eine Karte ausspielen konnte: Mollys Lösung. »Füttert sie«, sagte er, zuerst leise und dann noch einmal lauter, im

Tonfall eines Befehls. »Füttert sie!« rief er. »Wände, Streben, Ersatzteile... alles, was nicht niet- und nagelfest ist, soll sofort zu den Hortas gebracht werden!« Um sein Vorhaben zu demonstrieren, ergriff er die offene Klappe der durchgebrannten Schaltkonsole und riß sie gewaltsam aus der Wand. Dann warf er die dünne Metallplatte dem nächsten Horta in den Weg. Die verbogene Klappe landete scheppernd auf dem Boden. Der Lärm oder vielleicht ein verlockender mineralischer Geruch, der für Menschen nicht wahrnehmbar war, zog den Horta an. Er rückte an das Metallstück heran und betastete es mit seinen Fühlern. Offenbar war es genau das richtige. Mit einem begeisterten Grollen schob sich das felsenartige Wesen mit dem ganzen Körper über den hingeworfenen Happen. O'Brien hörte das Zischen von kochendem Metall und sah unter dem Fransensaum an der Unterseite ein rötliches Glühen.

Die Klappe war jedoch nur ein Appetithäppchen, das der Horta im Nu verzehrt hatte. Zum Glück eilten von überall Bajoraner und Starfleet-Leute herbei und brachten neue Nahrung für die Hortas mit: Geländerstangen, Schranktüren, Geschirr, Computer, Datenclips, Scanner, Feuerlöscher, Konsolen, Datenblöcke, Mikroskope, Trittleitern, Tragetaschen, Hocker, Sicherheitsanzüge, Wandverzierungen aus Kelinit-Legierungen, Metallschilder und sogar eine große Obsidian-Büste von Gul Dukat, die jemand offenbar achtlos in einen Schrank geworfen hatte, nachdem die Bajoraner die Station in Besitz genommen hatten. O'Brien sah sogar zwei kräftig gebaute Bajoraner, die gemeinsam eine komplette Schleusentür trugen. Das große zahnradähnliche Objekt wog bestimmt mehrere hundert Pfund. Hinter ihnen kam ein tiburonischer Lieutenant, deren muschelförmige Ohren vor Anstrengung gerötet waren, mit einer Reliefkarte von *DS Nine* in den Armen. Jemand hatte die Worte SIE BEFINDEN SICH HIER!

über die ursprünglichen cardassianischen Schriftzeichen gemalt.

Allesamt überflüssiges oder unwichtiges Material, wie O'Brien zumindest hoffte. Trotzdem schien es geeignet zu sein. Die Hortas fielen mit einer Gier über diese Gaben her, die ihn davon überzeugte, daß sein Plan funktionierte. Gleichzeitig verzweifelte er über die Geschwindigkeit und Heftigkeit, mit der die Hortas alles verzehrten, was man ihnen brachte. Überall wich das Personal von *DS Nine* Löchern und Rissen aus, die die Säure gebildet hatte, während die Hortas sich begeistert über die Haufen aus Einrichtungsgegenständen und Trümmern hermachten. Im Augenblick herrschte ein Gleichgewichtszustand, während seine Leute genausoviel Material heranschafften, wie die Hortas vertilgten. Aber wie lange konnten sie mit dem scheinbar unersättlichen Hunger der Hortas Schritt halten? Als O'Brien auf die Geschöpfe starrte, die sich durch die Haufen brannten und fraßen, kam er sich vor wie der Eigentümer einer Bar, die einen ganzen Tag lang Freibier ausschenkte, während seine Vorräte rapide zur Neige gingen.

Zu seiner Überraschung entdeckte er Jake und Nog zwischen den Arbeitern, die Nachschub für die Hortas heranschleppten. Der Sohn des Commanders trug einen Arm voller Baseballschläger aus echtem Aluminium, während Quarks Neffe fast unter dem Gewicht eines Gegenstands zusammenbrach, der wie eine billige gußeiserne Schatztruhe aussah. O'Brien arbeitete sich durch die Reihen der Offiziere, bis er die Jungen wenige Meter vor dem großen Horta-Buffet einholte. Er legte beiden gleichzeitig seine Hände auf die Schultern. Nog kreischte verängstigt auf und ließ die Schatztruhe zu Boden fallen. Beim Aufprall sprang der Deckel der Kiste auf, so daß ihr Inhalt sich vor Nogs Füßen über den Boden ergoß. Als O'Brien nach unten sah, erkannte er einen Haufen beweglicher Spielzeugfiguren, die verschiedene intelligente Völker darstellten: Vulkanier, Menschen, Klingonen und viele andere Spezies in männlichen und weiblichen Varianten. Jede Figur war nackt, wie er sofort feststellte, und bis ins Detail anatomisch völlig korrekt gearbeitet.

»Erotische Spielfiguren«, erklärte Nog mit einem Schulterzucken. »Kindersachen.« O'Brien wurde schlagartig klar, daß es sich hier offenbar um Nogs alte Spielzeugkiste handelte. Nog wirkte verlegen, aber nicht sehr, sondern eher wie ein Jugendlicher, der seine Baby-Fotos vorzeigen sollte.

Ferengi! dachte O'Brien. Er schüttelte den Kopf, um das widerliche Bild aus seinen Gedanken zu vertreiben, wie kleine Ferengi-Kinder mit diesen obszönen Modellen spielten. »Hört mal, Jungs«, sagte er. »Ihr solltet euch hier nicht herumtreiben. Es ist zu gefährlich.«

»Aber Chief!« protestierte Jake. »Wir müssen doch irgendwie helfen. Wir müssen es einfach!« Nog nickte zustimmend, obwohl O'Brien den Eindruck hatte, daß nur wenig Begeisterung und Aufrichtigkeit dahintersteckte.

Er war jedoch über die Ernsthaftigkeit in Jakes Stimme und die Verzweiflung in den aufgerissenen braunen Augen des Jungen verblüfft. Das hier war sehr wichtig für Jake, erkannte O'Brien, obwohl er keine Ahnung hatte, warum. Er begutachtete die Sportausrüstung in Jakes Armen. Der Commander und sein Sohn hatten diese Schläger den langen Weg von der Erde mitgebracht, erinnerte sich O'Brien, und wenn Jake bereit war, seinen eigenen wertvollen Besitz zum Wohl der Station zu opfern, wie konnte O'Brien es ihm verwehren? Einen Augenblick lang dachte O'Brien an seine eigene erste Starfleet-Mission zurück und daran, wie wichtig es ihm damals gewesen war, sich zu beweisen. Jake war zwar wesentlich jünger als O'Brien zu jener Zeit, aber er glaubte, den Blick in den Augen des Jungen – nein, des jungen Mannes – wiederzuerkennen.

Sisko wird es mir vielleicht nie verzeihen, entschied O'Brien schließlich, *aber ich bringe es nicht übers Herz, ihn wegzuschicken. Außerdem gibt es sowieso keinen Ort auf DS Nine, der wirklich sicher vor den Hortas ist.*

Und Nog? O'Brien wandte den Blick ab, während der Ferengi-Junge seine verstreuten ›Spielsachen‹ aufsammelte. Zögernd mußte er sich eingestehen, daß jeder Ferengi, der bereit war, etwas fortzuwerfen, ganz gleich, wie widerlich es sein mochte, eine gewisse Anerkennung verdiente.

»Also gut«, sagte er zu den beiden. »Ihr könnt vorerst bleiben und mithelfen. Aber ich möchte nicht, daß ihr in die Nähe der Hortas geht, verstanden? Und ihr werdet euch sofort in Sicherheit bringen, sobald sie den Verbindungskorridor verlassen. Okay?«

»Ja, Chief«, sagte Jake. Die Ernsthaftigkeit und die Verzweiflung in seiner Stimme war geradezu herzerweichend. Dann kehrte er schnell um, als würde er befürchten, O'Brien könnte seinen Entschluß im letzten Augenblick doch noch ändern. »Komm, Nog, wir wollen den anderen helfen!«

Nog zögerte und blickte wehmütig auf die kleine Figur eines orionischen Sklavenmädchens. Er hob sie auf und drehte sie in seinen Händen.

»Nog!«

Der Ferengi steckte sich die Puppe hastig in den Stiefel und eilte seinem Freund nach. »Ich komme«, rief er. »Ich komme ja schon! Wozu die Hektik?«

Ein Besatzungsmitglied in roter Montur drängte sich an O'Brien vorbei und versperrte ihm kurzzeitig den Blick auf die Jungen. Der Mann trug einen Globus von Bajor in den Armen, auf dem die Grenzen mit hellgrüner, löschbarer Farbe korrigiert worden waren. Bis jetzt hatte noch niemand seine Waffen geopfert, bemerkte O'Brien. Nicht weit entfernt machten sich zwei Hortas genüßlich über einen ovalen Konferenztisch her. Die Haufen der zerschmelzenden Horta-Nahrung glühten wie Lagerfeuer.

»Sicherheit«, befahl er in der Hoffnung, einen Anschein von Ordnung in die Situation zu bringen, »schaffen Sie weiter Nahrung für die Hortas heran. Wartung und Technik, versuchen Sie ...« Er hielt inne und schüttelte erschöpft den Kopf. »Zum Teufel, versuchen Sie den Schaden zu reparieren, den die Sicherheit anrichtet.«

Das ist auf keinen Fall eine langfristige Lösung, mußte O'Brien sich ins Gedächtnis rufen. Der Vormarsch der Hortas in Richtung Stationszentrum war gestoppt worden – es fragte sich nur, für wie lange? Mußte er die ganze Station ausschlachten, um *DS Nine* zu retten? Er betete, daß Commander Sisko bald irgendein Kaninchen aus dem Hut zauberte, solange noch etwas von der Station übrig war

Bis es soweit war, beschloß er, noch eine Konsole auf den Scheiterhaufen zu werfen.

»Platz da!« knurrte Quark. »Lassen Sie uns vorbei!« Er eilte zum Verbindungssegment drei und kämpfte sich zwischen dem Stationspersonal hindurch, das bergeweise Futter für die Hortas heranschleppte. Rom versuchte mit seinem Bruder Schritt zu halten, obwohl er schwer mit stählernen Kisten beladen war, die seinen Kopf weit überragten. Quark blickte sich über die Schulter um. Warum mußte Rom ausgerechnet jetzt so trödeln? »Beeil dich, Trottel! Wir dürfen keine Zeit verlieren.«

»Vielleicht«, keuchte Rom, »würden wir weniger Zeit verlieren, wenn du mir beim Tragen dieser Kisten helfen würdest, Bruder!« Er hatte die Arme um die unterste Kiste geschlungen und schwankte, während er zu verhindern versuchte, daß der hohe Stapel umstürzte.

Quarks Antwort bestand in einem verächtlichen Zischen. Es gab Fragen, die es nicht wert waren, daß man sich zu einer Antwort herabließ. Er flitzte um eine große coridanische Frau herum, die einen silbernen Stab hinter sich herzog. Er dachte kurz darüber nach, ob er sie informieren solle, daß das Artefakt in ihren Händen ein heiliges bajoranisches Relikt darstellte – aber wozu die Mühe? Schließlich lag kein Profit darin. Außerdem war die Frau viel zu dürr, um ihn anderweitig interessieren zu können. Er wollte an einigen weiteren Starfleet-Lakaien vorbeihuschen, als er hinter sich eine allzu vertraute Stimme piepsen hörte.

»Oh, entschuldigen Sie, bitte. Ich meine, Sie wollen das doch nicht wirklich an die Hortas verfüttern. Die Bajoraner wären ziemlich erbost …«

»Rom!« knurrte Quark. Er biß frustriert die Zähne zusammen. Manchmal fragte er sich, ob sein Bruder aus einem Nachwuchs-Ausverkauf stammte. In diesem Fall hatten seine Eltern ihn sicherlich als supergünstiges Sonderangebot erworben.

Unaufgefordert einen hilfreichen Rat anzubieten – und auch noch völlig umsonst! Quark war fassungslos über das Ausmaß von Roms Dummheit. *Als nächstes,* dachte Quark verbittert, *wird er womöglich Rückzahlungen anbieten!*

Als er sich dem Verbindungssegment drei näherte, nahm die Hektik immer mehr zu. Er schob sich durch das Gedränge und blickte von Zeit zu Zeit nach hinten, um sicherzustellen, daß Rom nicht allzu weit zurückfiel. Dann riß er plötzlich die Augen auf, als er zwei Gestalten in der Menge entdeckte, die er hier überhaupt nicht erwartet hatte: einen unreifen männlichen Ferengi und einen dunkelhäutigen Menschenjungen. Er rieb sich nachdenklich die Ohrmuschel, während er weiterhastete. Was machten Nog und Siskos Sohn hier? Die beiden mußten irgend etwas im Schilde führen. Quark beschloß, sich um diese Sache zu kümmern, sobald er die nötige Zeit fand. Schließlich besagten schon die Erwerbsregeln voller Weisheit, daß das Geheimnis des einen die günstige Gelegenheit des anderen war.

Zuerst mußte er jedoch an Miles O'Brien vorbeikommen. Der Mensch hatte den Ferengi sofort entdeckt, als er sich dem Verbindungssegment näherte. Er stellte sich Quark in den Weg und verschränkte die Arme vor seiner übergroßen menschlichen Brust. »Einen Moment, bitte!« bellte O'Brien. »Was zum Teufel machen Sie hier?«

Quark verschaffte sich einen schnellen Überblick über die Lage, bevor er antwortete. Soweit er erkennen konnte, befand sich Odo nirgendwo in der Nähe. Das Problem mit Odo war allerdings, daß man sich bei ihm niemals sicher sein konnte. Es würde diesem heuchlerischen Gestaltwandler recht geschehen, wenn er sich in einen Stuhl oder etwas Ähnliches verwandelte, um dann von einem übereifrigen Starfleet-Kadetten an die Hortas verfüttert zu werden. Quark kicherte leise über diese belustigende Vorstellung und wandte seine Aufmerksamkeit dann wieder Chief O'Brien zu.

»Ich will als Bürger mit sozialem Gewissen meinen Beitrag zur Erhaltung von *Deep Space Nine* leisten.« Quark deutete auf Rom und seine schwere Last. »Wenn ich es richtig verstanden habe, veranstalten Sie eine Art Altwarensammlung.«

»Richtig«, sagte der Mensch zweifelnd. »Aber wir sind nicht an dem interessiert, was Sie uns zu verkaufen haben, Quark, also können Sie sich wieder auf den Rückweg machen.«

»Verkaufen?« rief Quark und griff sich an den Brustkorb, als würde ihn die bloße Vorstellung entsetzen. »Wer hat etwas von Verkaufen gesagt? Ich spende diese Sachen, meinen persönlichen Besitz, zum Wohl aller Betroffenen!«

»Natürlich!« erwiderte O'Brien skeptisch. Der Starfleet-Offizier hatte offenbar zuviel Zeit mit Odo verbracht, schlußfolgerte Quark, so daß er nun durch Odos ständiges Mißtrauen infiziert war. Es hätte allerdings schlimmer kommen können, denn Odo hätte den Schwindel schon längst durchschaut.

»Was ist?« drängte Quark den Ingenieur. »Wollen Sie es nun haben oder nicht? Nach dem, was ich gehört habe, können Sie es sich eigentlich nicht leisten, wählerisch zu sein.« Quark blickte hinter O'Brien, wo Dutzende uniformierter Offiziere hektisch damit beschäftigt waren, den näher rückenden Hortas allen möglichen Krempel vorzuwerfen. Die Schreie der fressenden Monstren hallten von den inzwischen skelettierten Wänden zurück.

O'Brien seufzte laut. Seine Augen waren müde und blutunterlaufen. »Also gut«, sagte er. »Was haben Sie anzubieten?«

»Kamoy-Sirup!« verkündete Quark, ohne auf O'Briens Gesicht zu achten, das sich bei dem Gedanken an dieses widerliche Zeug verzog. »Viele Flaschen mit köstlichem, unwiderstehlichem cardassianischem Kamoy-Sirup. Genau das richtige für einen hungrigen Horta!«

Und gleichzeitig war es völlig unverkäuflich und hoch versichert, jubelte Quark innerlich. Auch wenn er von einer ›Spende‹ gefaselt hatte, ergab sich vielleicht sogar die Möglichkeit, bei der Föderation einen Anspruch auf Schadensersatz zu erheben. Unter Umständen könnte er sich für den Verlust einer nutzlosen Handelsware doppelt entschädigen lassen. Ein gieriges Grinsen drohte Quarks Gesichtszüge zu sprengen. *Zum Henker mit der Bescheidenheit,* dachte er, *diese Idee ist einfach genial!*

»Na gut, bringen Sie's rüber«, sagte O'Brien unwirsch. Er trat zur Seite und ließ Quark und Rom vorbei. »Gott weiß, daß es kaum etwas gibt, womit Sie die Situation noch schlimmer machen könnten.« Dann ging O'Brien fort und brüllte den Arbeitern Befehle zu, die mit Scheiben aus Plastin die Löcher in den Wänden abdichteten. Quark schnappte einiges von O'Briens Anweisungen auf, etwas über ›Infrastruktur‹ und ›die Kinder mit dem Bade ausschütten‹, aber es war ihm eigentlich gleichgültig. Ihn trieb allein die Verlockung eines mühelosen Profits.

Verschiedene Sicherheitswächter warfen ihnen mißtrauische Blicke zu, als Quark und Rom zu den wartenden Hortas trippelten beziehungsweise taumelten. »Neues Futter für die Kleinen«, rief er ihnen zur Erklärung zu. »Oberste Priorität. Befehl von Chief O'Brien.« Genau am Anfang des Korridors stieß er auf eine Gruppe schwitzender Bajoraner, die so etwas wie eine altertümliche Eimerkette gebildet hatten und verschiedene Sachen zu den Hortas im Verbindungssegment durchreichten. Quark erschrak ein wenig, als er sah, wie nah die Geschöpfe dem zentralen Bereich und damit auch seiner Bar waren. Doch daran konnte er im Augenblick nichts ändern. Er griff sich die oberste Kiste von Roms Stapel und gab sie an das Fütterungsteam weiter. Er reckte sich auf Zehenspitzen empor, um mit Genugtuung beobachten zu können, wie die Kiste von einer Kette starker Hände zu einem Wesen weitergereicht wurde, das wie ein zerklüfteter Fels aussah und wesentlich größer als jene war, die vor einiger Zeit in seiner Bar gewütet hatten.

Der Horta, der gerade einen überzähligen Luftfilter zu einem schwarzen Fleck auf dem Boden reduziert hatte, näherte sich Quarks Spende mit unmenschlicher Begeisterung. Seine vorderen Fransen schoben sich über das Metallgehäuse und rissen es auf. Rosafarbener, öliger Kamoy-Sirup sickerte aus dem Loch im Behälter. Unvermittelt machte der Horta einen Satz nach vorn und verspeiste die gesamte Kiste auf einmal.

Dann wich der Horta plötzlich zurück. Er gab ein sonderbares würgendes Geräusch von sich und spuckte dann ein ekelerregendes Gemisch aus glänzendem geschmolzenem Metall und rosafarbenem Schleim aus. Die Bajoraner warfen dem Horta eine weitere Kiste zu, doch diesmal wich das Wesen ihr in weitem Bogen aus. Quark mußte entsetzt zusehen, wie die anderen Hortas das gleiche taten. Die Sicherheitswächter waren gezwungen, die vorderen Hortas mit den Einzelteilen einer Diagnoseeinheit zu füttern, um sie davon abzuhalten, sich aus Enttäuschung in den Boden des Korridors zu graben.

Ein Starfleet-Fähnrich packte Quark am Oberarm und führte ihn vom Schauplatz des Geschehens fort. Quark registrierte es kaum. Er blickte sich immer wieder zu der rötlich-silbrigen Substanz um, die der Horta zurückgelassen hatte.

Ich fasse es nicht! dachte er. Er wollte es einfach nicht glauben, konnte aber die Augen unmöglich vor der schrecklichen Wahrheit verschließen.

Sogar die Hortas verschmähten Kamoy-Sirup.

15

Nachdem Kira die Falle über dem Loch im Fußboden angebracht hatte, trat sie zurück, um ihre Arbeit zu begutachten. Alles wirkte perfekt – beim leichtesten Druck auf den Stolperdraht würden die Granaten hochgehen. Das sollte den Cardassianern eine Lehre sein. Sogar eine einzige Bajoranerin konnte eine Armee in Schach halten.

Sie machte kehrt und lief in den Korridor hinaus. Er war immer noch leer. Der Alarm schrillte hier draußen lauter als je zuvor, ein heulendes Geräusch, das so sehr an ihren Nerven zerrte, daß sie den Drang verspürte, sich die Ohren zuzuhalten. Doch wenn sie darunter litt, würde es ihren Verfolgern genauso ergehen.

»Hier entlang«, sagte sie und wandte sich nach links. Sie lief zielstrebig durch den Korridor. Als sie um eine Ecke bog, stand sie plötzlich einem cardassianischen Techniker in einteiliger blauer Uniform gegenüber. Der Cardassianer ließ den Datenblock fallen, den er in der Hand gehalten hatte, und flüchtete zu einem Raum in der Nähe.

Kira betäubte ihn und drehte sich dann zu Fähnrich Aponte um. »Beim nächsten Mal möchte ich vorgewarnt werden, Fähnrich.« Sie fügte nicht hinzu: *Wenn er ein Soldat gewesen wäre, hätten wir diese Begegnung nicht überlebt.*

»Tut mir leid, Major.« Aponte blickte verlegen auf ihren Tricorder. »Wir werden verfolgt«, sagte sie. »Von etwa fünfzehn Cardassianern. Ich glaube nicht, daß sie in die letzte Falle getappt sind, die Sie aufgestellt haben, Major.«

»Verdammt!« entfuhr es Kira. *Nun gut,* dachte sie, *die Cardassianer werden nicht immer wieder auf denselben Trick hereinfallen.* »Was liegt vor uns?«

»Ein Lift… warten Sie! Er ist besetzt. Es sind sogar ziemlich viele Leute.«

Kira blickte sich hektisch um. Wo konnten sie sich verstecken? Sie sah nirgendwo eine Deckung, nur die Tür, durch die der Techniker hatte verschwinden wollen. Als sie auf die Schaltfläche drückte, tat sich nichts. Ein Zirpen verriet ihr, daß die Tür verschlossen war.

Sie trat einen Schritt zurück, stellte ihren Phaser mit dem Daumen auf volle Energie und schoß. Der Verriegelungsmechanismus löste sich, und die Tür glitt zischend zur Seite. Dahinter wurde eine Art Labor sichtbar. Drei Cardassianer in blauen Kitteln standen hinter einem Tisch, der mit zerlegten Bauteilen übersät war. Einer von ihnen hob einen Phaser vom Tisch auf und feuerte, aber Kira duckte sich rechtzeitig. Wenn der Cardassianer die schnellen Reflexe eines Soldaten gehabt hätte, wäre sie jetzt tot, dachte sie.

Mit pochendem Herzen preßte sie sich neben der Tür an die Wand und holte eine Betäubungsgranate hervor. Sie hoffte, daß sie auch funktionierte. Sie stellte die Zündung auf zwei Sekunden Verzögerung ein und warf die Granate in den Raum.

Dabei hätte ihr ein Phaserstrahl beinahe die Hand zerfetzt.

»Zwei… eins…«, zählte sie.

Die Granate detonierte mit einem wohltuenden lauten *Wumm*. Der Korridor erzitterte, und eine Staubwolke quoll aus dem Labor.

Kira wartete nicht. Sie wirbelte herum und sprang durch die Tür. Dann ging sie in die Hocke und schwenkte ihren Phaser, um sofort abzudrücken, falls sie noch eine Bewegung registrierte. Als sich der Staub senkte, sah sie die drei Cardassianer bewußtlos auf einem Haufen liegen. Die meisten Bauteile waren verstreut und sahen aus, als wären sie nicht mehr zu reparieren.

Schnell durchquerte sie den Raum, während sie über zerbrochene Tische und zertrümmerte Geräte stieg. Zu ihrem Pech hatte der Raum keine weiteren Ein- oder Ausgänge. Sie mußten sich einen neuen Durchgang schneiden.

»Achten Sie auf Soldaten«, sagte sie zu den zwei Fähnrichen. »Halten Sie sie so lange auf, wie es geht. Und ich möchte ständig auf dem laufenden gehalten werden.«

»In Ordnung, Major«, sagte Aponte.

Kira zog sich tiefer in den Raum zurück und schnitt dort mit ihrem Phaser ein Loch in den Boden. Diesmal warf sie zuerst ein paar Betäubungsgranaten hinein, um jeden möglichen Widerstand von unten zu brechen. Doch dann stieg sie nicht in das nächste Stockwerk hinunter, sondern lief zurück in den Korridor. Erleichtert stellte sie fest, daß noch nichts von ihren Verfolgern zu sehen war.

»Hier entlang«, sagte sie und lief weiter den Korridor entlang. »Ich habe ein Loch in den Boden geschnitten«, rief sie über die Schulter zurück. »Ich hoffe, daß sie dann glauben, wir wären nach unten gegangen. Vielleicht gewinnen wir dadurch ein paar Minuten, während sie dort nach uns suchen. Wie weit ist Ttan noch entfernt?«

»Sie befindet sich etwa sechzig Meter geradeaus«, sagte Aponte. »Immer noch ein Stockwerk höher als wir. Sie hat sich nicht von der Stelle bewegt.«

»Was ist mit den Cardassianern hinter uns?«

»Sie rücken nur langsam vor. Ich glaube, sie überprüfen alles auf Fallen. Meiner Einschätzung nach haben wir noch höchstens vier Minuten, bis sie den Raum finden. Größere Sorgen macht mir allerdings der Lift – denn gerade haben sich die Türen geöffnet.«

Großartig, dachte Kira. Daran hatte sie überhaupt

nicht mehr gedacht. »Wie viele Leute sind in der Kabine?« wollte sie wissen.

»Zweiundfünfzig, Major …« Plötzlich blickte sie überrascht auf. »Die Anzeigen deuten darauf hin, daß es sich um Bajoraner handelt!«

»Nein!« stöhnte Kira auf. Es konnte nicht Bashir sein, denn sie hatte ihm gesagt, er sollte sich nicht von der Stelle rühren.

»Doch«, erwiderte Aponte, während sie die Anzeigen des Tricorders studierte. »Es scheinen zwei Menschen unter ihnen zu sein.«

»Dieser Idiot!« tobte Kira. »Warum konnte er sich nicht an meine Befehle halten und bleiben, wo er war? Warum …?« Sie verstummte plötzlich. Jetzt war nicht der richtige Zeitpunkt, sich darüber aufzuregen. Was geschehen war, war geschehen. Sie würde sich später mit ihm auseinandersetzen. Sie hoffte für ihn, daß er eine gute Entschuldigung parat hatte. Jetzt mußte sie das Beste aus der Situation machen.

»Kommen Sie«, sagte sie. »Wir werden zu ihnen stoßen und den Cardassianern, die uns verfolgen, einen echten Hinterhalt legen.« Sie tippte zum ersten Mal während der Aktion auf ihren Kommunikator. »Doktor, hören Sie mich?«

»Ja«, kam es aus dem kleinen Gerät. »Wir sind ein paar Stockwerke höher …«

»Ich weiß, wo Sie sind«, sagte sie. »Bleiben Sie dort. Wir werden in drei Minuten bei Ihnen sein. Passen Sie auf, daß Sie uns nicht unter Feuer nehmen. Ende.«

Julian trat vor und winkte, als Kira und der Rest des Teams am Ende des Korridors auftauchten. Nachdem sie sich jetzt wiedergefunden hatten, konnten sie sich endlich um die Rettung Ttans kümmern, dachte er.

Kira lief auf ihn zu. »Gehen Sie zurück in den Lift!« rief sie. »Beeilen Sie sich!«

Ihrem Tonfall nach zu urteilen, mußte ihr die halbe

Basis unmittelbar auf den Fersen sein, dachte Julian. Er murrte innerlich, drehte sich jedoch um und gab Befehle aus. Zum Glück war ihm Captain Dyoran eine große Hilfe.

Er stützte einige der Schwerverletzten, denen auf dem Weg zum Lift die Kräfte geschwunden waren. Sie hatten keine Waffen und konnten sich nicht verteidigen. Nachdem sie in die Kabine gebracht worden waren, sprang er wieder heraus und zählte Köpfe, während die übrigen Bajoraner hineinmarschierten. Zum Glück schien ihnen klar zu sein, wie wichtig es war, sich schnell zu bewegen. In Rekordzeit waren alle wieder in der Liftkabine und ließen vorne gerade genügend Platz für Kira, die Fähnriche und ihn.

Er streckte seinen Kopf hinaus und blickte in den Korridor. Kira war auf halbem Weg zum Lift stehengeblieben, während die anderen weiterliefen. Sie drängten sich an ihm vorbei in die Kabine.

Julian wandte sich an Muckerheide. »Zu welchem Stockwerk sollen wir fahren?« fragte er.

»Zum nächsthöheren«, sagte der Fähnrich. »Machen Sie sich bereit. Es sind Cardassianer direkt hinter uns.«

»Das Stockwerk ist programmiert«, rief Captain Dyoran. »Ich halte die Türen offen. Sagen Sie ihr, sie soll sich beeilen.«

Julian trat nach draußen. Kira zog sich langsam im Krebsgang zurück und war nur noch vier oder fünf Meter entfernt. Jetzt konnte er sehen, was sie tat – sie stellte Zeitzünder an kleinen Granaten ein, die offenbar cardassianischen Ursprungs waren. Dann warf sie sie, so weit sie konnte, in den Korridor zurück. Als sie die letzte Granate entschärft hatte, drehte sie sich um und lief zu Julian.

Als er wieder hinaustrat, um Kira in den Lift zu helfen, sah er zwei cardassianische Soldaten, die am Ende des Korridors in Deckung gingen. Zwei weitere sprangen hervor, gingen in die Knie und hoben ihre Phasergewehre. Julian riß seinen eigenen Phaser heraus, um zurückzuschießen, doch bevor er dazu kam, wurde der Korridor von einer Explosion erschüttert. Kira prallte gegen ihn, so daß er aus dem Gleichgewicht gebracht wurde und zu Boden ging. Rauch und Staub erfüllten die Luft. Mehrere Deckenplatten fielen herab, und ein Leuchtkörper nach dem anderen erlosch flackernd. Julians Augen brannten. Er blinzelte hektisch und begann dann zu husten. *Etwas hat Feuer gefangen,* dachte er.

Er stand auf, um Kira zu helfen, doch sie trat mit den Füßen nach seinen Knie, so daß er zu Boden ging, während im selben Augenblick ein heißer Energiestrahl an seinem Gesicht vorbeizischte.

»Bleiben Sie unten!« rief sie. »Wir werden kriechen müssen!«

»Gut!« erwiderte er. Mehr brachte er nicht hervor. Seine Brust fühlte sich an, als würde darin ein Feuer brennen, und seine Augen tränten. Eine dritte und vierte Detonation ließ den Korridor erzittern. Jetzt erlosch die Beleuchtung vollständig. Nur aus dem Lift drang noch ein wenig Licht. Julian erhob sich mühsam auf die Knie, doch dann wurde er von weiteren Phaserschüssen eingedeckt. Er ließ sich wieder flach auf den Boden fallen, wußte nun nicht mehr, wohin er sich wenden sollte.

Dann spürte er eine Hand an seinem Arm. Er sah, daß es Kira war. Sie drückte ihr Gesicht nah an sein Ohr. »Beobachten Sie meine Füße!« sagte sie leise zu ihm. »Folgen Sie ihnen!«

Sie drehte sich um und begann, auf dem Bauch durch den Korridor zu rutschen, wobei sie sich mit Händen und Knien vorwärtsschob. Julian schluckte, als er einen bitteren Geschmack in der Kehle spürte, und versuchte, ihre Bewegungen nachzuahmen. Es war wesentlich schwieriger, als er sich vorgestellt hatte, und seine Arme und Beine taten ihm schon nach kurzer Zeit weh.

Er hob den Kopf, als sie sich dem Lift näherten, und sah, wie Kira sich hineinschob. Mit eingezogenem Kopf kroch er die letzten zwei Meter und rollte sich dann seitwärts hinein. Die Türen schlossen sich zischend, und die Kabine setzte sich in Bewegung.

»Sie Idiot!« fauchte Kira.

»Wie bitte?« Julian blickte durch einen Schleier aus Tränen zu ihr auf und empfand nur Verwirrung.

»Das hier ist nicht der geeignete Ort für dumme Heldentaten! Sie hätten bei den anderen in der Liftkabine warten sollen!«

Er atmete tief durch, hustete kurz, stellte fest, daß es ihm bereits besser ging, und kam dann auf die Beine. Einen Moment lang wurde ihm schwindlig, dann spürte er mehrere bajoranische Hände, die ihn stützten.

»Major«, sagte er. »Danke.«

Kira blickte sich um. »Sie waren fleißig«, sagte sie. »Hier gibt es mehr Waffen, als ich Ihnen geschickt habe.«

»Wir hatten unten eine Begegnung mit einem cardassianischen Sicherheitsteam«, sagte er. »Ich dachte, es wäre besser, wenn wir hier zu Ihnen stoßen.«

Kira nickte langsam. »Sobald wir Ttan gefunden haben, machen wir uns auf den Weg nach oben und suchen nach einem cardassianischen Transportschiff.«

Der Lift kam mit einem plötzlichen Ruck zum Stehen. Julian konnte gerade noch verhindern, daß er stürzte. Dann sah er, wie Captain Dyoran auf die Kontrollen einhämmerte. Doch die Türen öffneten sich nicht.

»Sie haben uns die Energie abgedreht«, sagte Dyoran.

»Was machen wir jetzt?« fragte Julian und blickte Kira an. Wenn es jemanden gab, der einen Plan hatte, dann bestimmt sie.

Kira trat vor, schob ihre Finger zwischen die Türflügel und zog. Sie bewegten sich ein paar Zentimeter auseinander.

Julian erkannte sofort, was sie vorhatte. »Kommen Sie«, sagte er, »helfen Sie uns.« Er griff ebenfalls nach einem Türflügel, worauf andere seinem Beispiel folgten. Dann zerrten sie gemeinsam die inneren Türen auf. Sie befanden sich einen halben Meter unter dem nächsten Stockwerk, wie Julian sah. Jetzt kam es nur darauf an, auch die äußere Tür zu öffnen, die den Korridor vom Liftschacht trennte.

Er half dabei, die äußere Tür aufzudrücken. Die Flügel glitten leichter als die Innentür auseinander, worauf er in einen Korridor hinausblickte, der genauso wie der untere aussah. Hier funktionierte die Beleuchtung allerdings noch, und der Gang war verlassen.

»Major?« Er verschränkte die Hände und bot sie Kira als Leiter an. Mit einem Nicken stellte sie ihren Fuß hinein. Dann hob er auch Dyoran und Muckerheide hinauf.

»Wir werden nach Ttan suchen«, sagte Kira.

»Verstanden«, erwiderte Julian. Er reichte ihr seinen Tricorder. »Den werden Sie brauchen. Ich bringe inzwischen die Leute aus dem Lift. Rufen Sie mich, wenn es ein Problem gibt.«

Kira nahm seinen Tricorder entgegen. Er blickte ihr nach, als sie und Dyoran den Korridor hinunterliefen, um nach der Horta zu suchen.

Dax begutachtete das Durcheinander, das sie im Flitzer angerichtet hatte. Haufen aus Decken, Kissen, Ersatzteilen und Notrationen übersäten den Boden. Nach einstündiger Suche hatte sie die Werkzeuge immer noch nicht gefunden. Sie hatte bereits das erste Fenster verpaßt, in dem sie Kontakt mit Kira und den anderen hätte aufnehmen können, und wenn sie die Tasche nicht bald fand, befürchtete sie, daß die cardassianische Verstärkung eintraf, bevor sie ihre Leute warnen konnte.

Wohin würde ich die Sachen legen, wenn ich ein unerfah-

rener menschlicher Arzt wäre? überlegte Dax. Sie setzte sich auf den Platz, an dem Julian gesessen hatte, zog den Tisch aus der Wand und versuchte sich vorzustellen, in seiner Haut zu stecken. Es war schon lange her, seit sie sich so jung und unbeholfen gefühlt hatte.

Natürlich, erkannte sie. Er würde sich für die schnellste und einfachste Lösung entscheiden. Er würde die Werkzeugtasche in den nächsten verfügbaren freien Raum werfen. Was in diesem Fall die Öffnung wäre, die sich nach dem Herausziehen des Tisches in der Wand gebildet hatte.

Sie griff hinein und ertastete den glatten, kühlen Plastikgriff, daneben eine Tasse mit kaltem Replikator-Kaffee und etwas, das sich wie der Rest des Schinkensandwiches anfühlte, das er gegessen hatte. Sie schluckte angewidert!

Dax holte die Werkzeugtasche heraus, öffnete sie und entnahm ihr die drei glänzenden Instrumente, die sie brauchte: einen elliptischen diatronischen Kalibrator, einen würfelförmigen Phaseninduktor und als Wichtigstes einen genormten Föderationsschraubenzieher.

Sie kehrte zur Kommunikationskonsole zurück, ging zu Boden und rollte sich darunter, um sich an die Arbeit zu machen. Die Zeit wurde allmählich knapp. Zum Glück würde es nicht lange dauern, einen einzigen Kristall auszuwechseln…

Als Kira glaubte, Stimmen zu hören, winkte sie Dyoran, damit er anhielt. Er trat hinter sie.

Sie hob zwei Finger und blickte ihn fragend an.

Er nickte zur Bestätigung.

Kira wagte einen kurzen Blick um die Ecke und erkannte zwei Wachen vor einer Tür. Sie ärgerte sich, als der Wachmann, der ihr am nächsten stand, plötzlich herumfuhr und feuerte. Der Schuß ging weit daneben, aber sie ließ sich fallen und rollte sich in die Deckung zurück.

»Wirklich nur zwei?« fragte Dyoran.

»Ja«, sagte sie, während sie sich wieder aufrappelte.

Ihr Kommunikator meldete sich mit einem Zirpen. »Major«, hörte sie Dax' Stimme.

Kira tippte auf den Kommunikator. »Jetzt ist wirklich kein günstiger Augenblick, Jadzia.« Sie schob ihren Arm um die Ecke und feuerte blindlings den Phaser ab. Jemand schrie auf.

»Ich muß Ihnen etwas Wichtiges mitteilen«, sagte Dax. »In Kürze wird ein cardassianischer Konvoi eintreffen.«

»Das weiß ich bereits!« entgegnete Kira. »Kira Ende!«

Sie riskierte wieder einen schnellen Blick um die Ecke, wobei ihr Kopf beinahe von einem Energiestrahl getroffen wurde. Verdammt schlau, dachte sie, auf diese Weise einen Treffer vorzutäuschen. Sie feuerte erneut blind um die Ecke.

»Geben Sie mir Deckung«, sagte Dyoran. »Ich will auf die andere Seite des Korridors.«

»Ich bin bereit«, sagte Kira mit grimmiger Entschlossenheit.

Ttan erwachte zu vollem Bewußtsein, als sie den Lärm von Phaserschüssen wahrnahm. Sie erhob sich und ging zur Tür ihrer Zelle. Durch die Linien des Kraftfelds konnte sie in den Korridor sehen. Beide Wachen waren verschwunden.

Wieder hörte sie Phaserschüsse und dann den Schrei eines verletzten Humanoiden. Sie hielt inne. Sollte sie ihre Zelle verlassen? Gul Mavek tat vielleicht ihren Kindern etwas an, wenn er es bemerkte. Aber irgend etwas stimmte nicht. War die Föderation gekommen, um sie zu retten?

Bisher hatte sie noch nicht gewagt, über diese Möglichkeit nachzudenken. Der Kampflärm wurde immer lauter. Sie wußte, daß sie etwas unternehmen mußte, und zwar bald.

Dann beschloß sie, einen Blick nach draußen zu werfen. Wenn sie gekommen waren, um sie zu retten, dann mußte sie ihnen von ihren Kindern erzählen. Vielleicht hatten sie sie sogar schon gerettet. Vielleicht ging es nur noch darum, Ttan zu finden und auf ihr Schiff zurückzubeamen, bis sie wieder mit ihnen vereint war!

Sie grub sich durch die steinerne Wand und hinaus auf den Korridor, befand sich nun genau hinter den zwei Männern, die ihre Zelle bewacht hatten. Einer von ihnen wirbelte herum und schoß aus kürzester Distanz auf sie. Der Phaserstrahl drang schmerzhaft in ihren Rückenpanzer.

Ttan erzitterte kurz und warf sich dann auf ihn, während sie ihre Säuren freiließ. In wenigen Sekunden war sein zerbrechlicher Kohlenstoffkörper nur noch ein rauchender schwarzer Fleck auf dem Boden.

Der zweite Wachmann schoß immer noch auf jemanden, der sich am anderen Ende des Korridors befinden mußte, doch sicherheitshalber sprang Ttan auch ihn an. Als sein Fleisch sich unter ihr auflöste, empfand sie eine erregende Befriedigung. *Es war reine Notwehr,* dachte sie. *Das werde ich Gul Mavek sagen, falls er mich zur Rede stellt.*

Sie schob sich weiter vor. Zwei Humanoide kamen ihr durch den Korridor entgegen. Sie hatten glatte Haut, so wie Captain Dawson von der *Puyallup,* doch keiner von beiden trug eine Föderationsuniform. Aber sie waren auch keine Cardassianer. Wer waren sie?

Die Frau hob grüßend die Hand. »Ttan!« sagte sie. »Mein Name ist Major Kira. Wir sind gekommen, um Sie zu befreien.«

Freude, Freude! dachte Ttan. Es stimmte also! Die Föderation hatte diese Leute geschickt, um sie zu retten.

Sie hielt vor dem weiblichen Wesen an und fragte: »Wo sind meine Kinder?«

Der automatische Translator gab seltsame gurgelnde

Geräusche von sich. Ttan zögerte verwirrt, dann untersuchte sie das Gerät.

Sie stellte verärgert fest, daß der Cardassianer, der kurz zuvor auf sie geschossen hatte, ihren Translator getroffen hatte. Sie versuchte es erneut, worauf er die gleichen undefinierbaren Geräusche von sich gab.

»Ich kann Sie nicht verstehen«, sagte Kira. »Was ist passiert?«

Langsam und äußerst vorsichtig sonderte Ttan Säure ab, und zwar in den Mustern, die die Föderation zur schriftlichen Kommunikation benutzte. Es war eine sehr schwerfällige Kommunikationsmethode, aber Ttan hatte sie für den Notfall gelernt, und diese Situation stellte zweifellos einen Notfall dar.

Als sie sich zurückzog, wurden die großen Buchstaben in Blockschrift sichtbar, die sie in den Boden gebrannt hatte: KEIN TRANSLATOR.

»Können Sie mich verstehen?« fragte die Frau.

JA, schrieb Ttan. Sie wich zurück und ätzte einen weiteren Satz in den Boden: RETTEN SIE MEINE KINDER!

»Ihre Eier?« sagte Kira. »Sie sind auf *DS Nine* in Sicherheit – der Raumstation, zu der Sie unterwegs waren. Die Cardassianer haben sie nicht entführt. Nur Sie wurden an Bord des angreifenden Schiffes gebeamt.«

Eine Welle der Erleichterung durchströmte Ttan – und dann ein kalter Zorn, wie sie ihn noch nie zuvor empfunden hatte. Gul Mavek hatte sie angelogen. Dadurch wurde alles andere, was er getan hatte, noch viel schrecklicher. Und sie hatte ihm geglaubt! Erste Mutter, sie hatte ihm alles geglaubt!

Mit einem Mal schien sich alles prächtig zu entwickeln, dachte Kira mit einer gewissen Befriedigung. Doch jetzt mußten sie zunächst einmal hier herauskommen. Sie blickte auf ihr Chronometer. Sie hatten noch vierzig

Minuten, bis Dax sich wieder in Transporterreichweite befand ... so lange mußten sie noch aushalten. Dann konnte Dax sie vielleicht der Reihe nach in den Schiffshangar dieser Basis beamen.

»Major!« rief Bashir.

Sie lief zur Ecke. Mit einem Geräusch wie von rollenden Felsbrocken folgte ihr die Horta.

»Was gibt es?« rief sie.

»Nach Fähnrich Apontes Daten«, sagte er, »nähern sich die Cardassianer von allen Seiten!«

»Bringen Sie die anderen hierher«, sagte sie.

Als sie sich zur Horta umdrehte, stellte sie fest, daß Ttan eine neue Nachricht auf dem Boden hinterlassen hatte: ICH WILL HELFEN. SAGEN SIE MIR WIE!

»Ttan«, sagte Kira, ohne sich allzu große Hoffnungen zu machen. »Wir brauchen eine Möglichkeit, von hier wegzukommen. Unser Schiff ist nicht groß genug, um alle Gefangenen aufzunehmen, die wir befreit haben. Wir müssen ein cardassianisches Schiff kapern. Wissen Sie, wo ein Hangar ist?«

JA, schrieb Ttan. FOLGEN SIE MIR!

Die Horta drehte sich um, berührte die Wand und schien dann darin zu versinken. Sie winkelte ihren Körper so an, daß sie einen Tunnel hinterließ, in dem ein Mensch fast aufrecht gehen konnte. Die Wände rauchten noch ein wenig von ihrer Säure, doch sie wurden schon kurze Zeit später fest. Kira schob ihren Kopf in den Tunnel. Ja, dachte sie, so konnte es funktionieren. Sie sah, wie Ttan sich mit beträchtlichem Tempo in einem Winkel von etwa zwanzig Grad nach oben grub. Offenbar wußte die Horta genau, bei welcher Steigung Menschen ihr ohne große Mühe folgen konnten.

Kira trat zurück. Die anderen kamen in Zweierreihen durch den Korridor, angeführt von Dyoran und Muckerheide. Bashir überholte die Schlange und trat neben Kira.

»Wir haben noch etwa fünf Minuten, sagt Aponte«, meldete er. »Die Cardassianer denken, daß sie uns hier eingekesselt haben.« Dann starrte er in den Tunnel der Horta. »Faszinierend«, keuchte er. »Ist alles mit ihr in Ordnung?«

»Sie wurde ein paarmal von Phaserschüssen getroffen, aber sie ist ein zähes Mädchen«, sagte Kira. Sie wünschte sich, sie hätten noch ein Dutzend von ihrer Art zur Verfügung. »Sie können sie nach Herzenslust verarzten, sobald wir an Bord eines Schiffes sind. Sie bringt uns direkt zu einem Hangar.«

Julian sprang von der Tunnelmündung fort. »Sie kommt zurück!«

»Was?« Überrascht beugte Kira sich vor und warf einen Blick in den Tunnel.

Es bestand kein Zweifel, Ttan kehrte auf demselben Weg zurück, den sie gegraben hatte, und vergrößerte den Tunnel dabei noch zusätzlich. Jetzt konnten zwei oder sogar drei Menschen darin aufrecht nebeneinander gehen. Plötzlich scherte Ttan zur Seite aus und verschwand im Fels. Sie bewegte sich mehrere Male hin und her, und als sie fertig war, stand mitten im ersten Abschnitt ihres neuen Tunnels eine große steinerne Säule, die die Decke stützte.

Kira grinste. Wenn sie diese Säule entfernten, würde die Decke mit Sicherheit einbrechen, dachte sie – so daß jede Verfolgung unmöglich wurde. Ttan wußte sehr genau, was sie tat.

»Warum tut sie das?« fragte Bashir. »Das verstehe ich nicht?«

»Sie hat eine Falle aufgestellt«, sagte Kira und nahm sich die Zeit, es ihm zu erklären. Als sie damit fertig war, hatten sich die meisten Gefangenen in einer Reihe aufgestellt.

Dann folgte der schwierige Teil – das Warten, während die Leute in den Tunnel traten.

»Aponte, Muckerheide!« rief sie. »Sie und Captain

Dyoran gehen zuerst hinein, dann Wilkens und Jonsson. Die anderen folgen in Zweiergruppen. Dieser Tunnel führt direkt zum Hangar. Wir werden uns dort ein Schiff suchen. Dr. Bashir und ich werden hier die Stellung halten und anschließend den Tunnel verschließen, damit wir von dieser Seite vor den Cardassianern sicher sind.«

»Verstanden!« sagte Fähnrich Aponte. Sie trat in Ttans Tunnel, und die anderen folgten ihr dichtauf.

Zehn, zählte Kira, zwanzig, dreißig. Sie konnte nur daneben stehen und zusehen, mit dem Fuß wippen und sich bemühen, nicht zu ungeduldig zu werden. *Beeilt euch,* dachte sie. Die Cardassianer würden nicht mehr lange auf sich warten lassen.

Sie warf Bashir einen Blick zu. Er las die Anzeigen seines Tricorders ab. »Sie kommen näher!« warnte er. »Von beiden Seiten!«

Vierzig, zählte Kira. Zweiundvierzig, vierundvierzig. *Kommt schon, kommt schon.* Dann wurde ihr klar, daß sie es nicht schaffen würden.

Sie hob ihren Phaser. »Machen Sie sich auf einen Kampf gefaßt«, sagte sie zu Bashir. »Sobald Sie eine Bewegung bemerken, verschwinden Sie im Tunnel.«

Vierundvierzig, sechsundvierzig …

»Was ist mit Ihnen?« fragte Bashir.

»Ich komme schon allein zurecht«, sagte sie. Achtundvierzig …

Etwas polterte durch den Korridor auf sie zu. Sie benötigte eine halbe Sekunde, um es ins Auge zu fassen. »Betäubungsgranate!« rief sie und warf sich dann instinktiv auf Bashir.

Sie riß den Arzt im selben Augenblick zu Boden, als die Granate zündete – und als gerade die letzten zwei Bajoraner in den Tunnel treten wollten.

Dann erzitterten die Wände, und sie spürte, wie sich der Boden hob, als wäre er ein lebendes Wesen. Das Licht flackerte und erlosch, und mit einem gräßlichen reißenden Geräusch fiel etwas von der Decke auf sie herab.

Sie mußte eine Sekunde lang weggetreten sein, denn als nächstes bemerkte sie, daß sie mit Dr. Bashir im Tunnel war. Er schnappte im Halbdunkel keuchend nach Luft und hatte die Augen vor Schreck aufgerissen.

»Die letzten zwei …«, stöhnte sie.

Er schüttelte den Kopf. »Sie haben es nicht mehr in den Tunnel geschafft. Sie sind beide tot, von der einstürzenden Decke erschlagen.«

Kira versuchte aufzustehen, wäre jedoch beinahe wieder in Ohnmacht gefallen, als ein heftiger Schmerz durch ihre gesamte linke Körperhälfte schoß. Sie blickte nach unten. Ihr linkes Bein stand in einem ungewöhnlichen Winkel nach hinten ab. *Bei den Propheten, bitte nicht!* Doch sie wußte, daß es gebrochen war. Sie verspürte Übelkeit und biß sich auf die Lippe. Er mußte ihr ein schmerzstillendes Mittel verabreicht haben, da sie trotzdem noch bei Bewußtsein war, dachte sie.

Bashir drehte behutsam ihren Kopf herum, so daß sie ihn ansehen mußte. »Immer mit der Ruhe, Major«, sagte er mit ernster Stimme. »Haben Sie noch eine Betäubungsgranate? Oder etwas anderes Explosives?«

»Nein«, antwortete sie. Ihre Stimme klang so leise und fern. *Die Schockwirkung macht sich bemerkbar,* erkannte sie. *Das darf nicht sein! Die Leute brauchen mich noch.* Sie blickte wieder zu ihrem Bein hinunter und starrte es ungläubig an. Wie konnte es nur so aussehen? Das konnte unmöglich ihr eigenes Bein sein, entschied sie.

»Major?« Bashir zwang ihren Blick wieder in seine Richtung. »Major! Die Säule steht noch! Ttans Tunnel ist noch nicht eingestürzt!«

»Ja«, sagte sie schwach. Sie wollte nach ihrer Waffe greifen, aber sie war fort. »Geben Sie mir Ihren Phaser«, sagte sie.

»Ich habe ihn bei der Explosion verloren«, erwiderte er.

Kira sog den Atem ein und stieß ihn keuchend wieder aus. Der Schmerz in ihrer Seite war so intensiv, daß sie sich nicht mehr bewegen oder atmen konnte.

»Major?« drängte Bashir. »Was soll ich machen? Helfen Sie mir, Major. Ich bin auf Sie angewiesen.«

Sie flüsterte: »Lassen Sie mich. Ich habe getan, was ich konnte. Ich würde Sie nur behindern. Schnappen Sie sich ein Schiff ... und bringen Sie die anderen hier raus ...«

»Das kann ich nicht tun«, sagte er.

»Es ist ein Befehl!« stöhnte sie.

»Was immer Sie sagen«, erwiderte Bashir. »Sie sind eine wahre Heldin, Major. Vergessen Sie das niemals.«

Für einen Moment lächelte Kira. Dann wurde alles um sie herum schwarz.

16

Nach mehreren Versuchen hatte Sisko es geschafft, den Sekretär zu umgehen. Vedek Sloi, die Leiterin des Bajoranischen Rates für Ökologische Aufsicht erschien auf dem kleinen Bildschirm in Siskos Büro. Es war keine gute Übertragung; das Bild wurde immer wieder undeutlich und gelegentlich von Flimmern verzerrt. Ein weiterer Beweis für die gründliche destruktive Arbeit der Hortas.

»Vedek Sloi, ich danke Ihnen, daß Sie zu einem Gespräch bereit sind.« *Endlich!* fügte er insgeheim hinzu. Sie hatte bisher nicht auf seine Anrufe reagiert, obwohl er sie schon seit Stunden zu erreichen versucht hatte. In dieser Zeit hatten die allesfressenden Hortas die Station praktisch bis auf das blanke Skelett ausgeweidet.

Die bajoranische Geistliche, deren hageres Gesicht von einem Kopfschmuck aus kunstvoll gefaltetem roten Stoff eingerahmt wurde, erwiderte seine Begrüßung mit einem Nicken. »Ich muß mich für die Verzögerung entschuldigen«, sagte sie. Die Störungen verliehen ihrer Stimme einen unnatürlichen blechernen Klang. »Die Arbeit im Dienst der Propheten und für den Rat hat niemals ein Ende.«

Sisko war nicht überrascht, daß sich die Vorgesetzte des Sekretärs Pova als religiöse Führerin erwies. Auf Bajor war die Grenze zwischen Kirche und Staat an vielen Stellen bedenklich dünn. Er hoffte, daß Sloi mehr wie Kai Opaka und weniger wie Vedek Winn und ihre Anhänger dachte. Kira hätte ihn diskret über

Slois Ruf und politische Einstellung informieren können, aber Kira war leider nicht verfügbar. *Major,* fragte er sich, *wo zum Teufel stecken Sie? Ich brauche die Horta-Mutter wirklich sehr dringend!*

»Ich verstehe«, sagte er. »Trotzdem ist unsere Lage prekär. Ich vermute, Sie wurden über die Situation auf *DS Nine* informiert.«

»Mein ehrenwerter Kollege Pova Lerg hat mich über alle Einzelheiten in Kenntnis gesetzt. Außerdem hat er mir seine Ansicht über die Lage anvertraut, der ich mich anschließen möchte. Die Hortas gehören weder auf noch unter den heiligen Boden Bajors.«

Verdammt! Er hatte zwar halbwegs mit einer solchen Reaktion gerechnet, aber Sisko wollte jetzt nicht mehr kampflos aufgeben. »Bei allem gebührenden Respekt für Ihren Freund Pova«, sagte er, wobei er absichtlich etwas von seiner Gereiztheit durchklingen ließ, »möchte ich auf die Möglichkeit hinweisen, daß er unsere Situation vielleicht nicht in vollem Umfang erfaßt hat. In diesem Augenblick stehen die Hortas kurz davor, in den zentralen Bereich von *DS Nine* einzudringen. Trotz unserer größten Anstrengungen sind sie dabei, die Station zu zerstören und das Leben aller zu gefährden, die sich an Bord befinden – von Menschen wie von Bajoranern. Wir müssen die Hortas sofort nach Bajor bringen!«

Vedek Sloi schüttelte den Kopf. »Die Propheten erschufen Bajor nach ihrem göttlichen Plan, und in diesem Plan sind zweifellos keine Hortas vorgesehen. Wenn solche Geschöpfe auf Bajor existieren sollten, hätten sie seit der Schöpfung hier gelebt. Was Sie vorschlagen, wäre ein Sakrileg.«

Unter seinem Schreibtisch, wo Sloi es nicht sehen konnte, klopfte Sisko wütend mit dem Fuß auf den Boden. Zu seiner eigenen Überraschung stellte er fest, daß er Pova vermißte, der wenigstens weltliche Gründe vorschob. »Aber Bajor wurde schon zuvor von fremden Lebensformen besucht«, warf er ein. Die Propheten selbst waren wesentlich fremdartiger als die Hortas, obwohl ein Vedek sich von einem solchen Argument sicherlich nicht beeindrucken lassen würde.

»Und unser Volk hat schwer darunter gelitten«, sagte Sloi. »Oder haben Sie die Cardassianer vergessen?«

»Die Hortas sind keine Eroberer, Vedek. Es sind Kinder!«

»Kinder, die Ihre kostbare Station in den Ruin treiben. Je mehr Sie über die Gefahr sprechen, in der Sie schweben, desto mehr fürchte ich um die Sicherheit meines Planeten.«

»Das ist nicht dasselbe!« widersprach Sisko. »Die Station ist ein geschlossener, künstlich aufrechterhaltener Lebensraum ...« Sloi versuchte ihm mit einer Handbewegung das Wort abschneiden, aber Sisko wollte sich nicht ohne weiteres zum Schweigen bringen lassen. »Sie können keinen Planeten zerstören. Sie kamen sogar hierher, um Bajor zu helfen.«

»Nicht auf mein Verlangen«, warf sie ein, »oder auf das der provisorischen Regierung.«

Sisko probierte es mit einem anderen Ansatz. »Dann reden wir also nicht mehr von den Rechten der Hortas. Aber wie steht es mit den Rechten der anderen Intelligenzen, die hier in Lebensgefahr sind? Es geht um das Leben von Bajoranern!«

»Unser Volk ist daran gewöhnt, Opfer zu bringen«, antwortete sie gelassen, ohne sich von Siskos zunehmendem Zorn einschüchtern zu lassen. Streifenförmige Interferenzen liefen über den Bildschirm und deformierten das Gesicht Vedek Slois wie in einem Zerrspiegel. »Es gibt natürlich noch eine andere Möglichkeit«, sagte sie. Die Störungen verzogen die gerade Linie ihrer Lippen zu einer hämischen Grimasse.

»Und die wäre?« fragte Sisko.

»Vernichten Sie die Hortas. Es wäre reine Notwehr.«

Sisko erkannte keinen Sinn mehr darin, seine Wut länger zu unterdrücken. »Das ist exakt das gleiche, meine Werteste, was uns auch der cardassianische Stationscomputer vorgeschlagen hat.«

Trotz der Störungen konnte Sisko erkennen, daß Slois Augen wütend über seinen Vergleich aufblitzten. »Unser Gespräch ist beendet, Commander. Die Entscheidung des Rates ist endgültig. Jeder Versuch, die Hortas irgendwo auf Bajor abzusetzen, wird von uns als territoriale Verletzung durch Starfleet betrachtet. Bajor Ende.«

Unvermittelt erlosch der Bildschirm. Soviel zum Versuch einer diplomatischen Lösung, dachte Sisko. Er starrte auf den Monitor, als könnte er seine Gedanken direkt in das Büro der Vedek auf Bajor hinunterbeamen.

»Ich werde schon einen Weg finden, Sloi«, sagte er laut, »um die Station und die Hortas zu retten. Sie und Ihr verdammter Rat können mir den Buckel runterrutschen!«

Sisko stand abrupt auf. Er trat von seinem Schreibtisch zurück und machte sich auf den Weg in die Zentrale. Es gab zwar noch andere Räte und Komitees, die Vedek Sloi samt ihrer Xenophobie umgehen oder überstimmen konnten, doch er hatte jetzt weder die Zeit noch die Geduld, sich länger mit den Feinheiten der bajoranischen Politik herumzuärgern. Nicht solange ihm eine Horde wilder Hortas auf die Pelle rückte.

Die doppelte Tür glitt automatisch auf und nahm ihm damit das Vergnügen, sie hinter sich zuschlagen zu können. Sisko betrat die obere Ebene der Zentrale. Niemand blickte auf, um sein Eintreffen zu registrieren. Alle schienen völlig in ihre Bemühungen vertieft, den Hortas auf der Spur zu bleiben oder eine der hundert Fehlfunktionen der Systeme auszugleichen.

Die Ambientenkontrolle hatte unverkennbar mit Problemen zu kämpfen – genauso wie die Lüftungsssteme.

Trotz der Abwesenheit von Dax, Kira und O'Brien war es in der Zentrale voller als gewöhnlich. Ein schlechtes Zeichen, erkannte er. Während sie immer mehr Territorium an die Hortas verloren, zwängte sich ein immer höherer Prozentsatz seines Personals in die Zentrale, um sich hier irgendwie nützlich zu machen. Sogar Dawson und Shirar von der *Puyallup* waren trotz ihrer Verletzungen eingesprungen. Captain Dawson überwachte den Situationstisch, während sein vulkanischer Navigator die Umgebung nach Übertragungen von der *Amazonas* absuchte.

Als Sisko sich in der Zentrale umsah, bemerkte er verblüfft einen jungen Fähnrich, der als einziges Kleidungsstück eine Decke trug. Im Augenblick kniete er gerade neben der wissenschaftlichen Station und stellte hastig die Anzeigen der Fernbereichssensoren ein, während er sich mit der anderen Hand bemühte, seine provisorische Toga zusammenzuhalten. Sisko verdrehte erschöpft die Augen. Er fragte sich, unter welchen widrigen Umständen der Fähnrich seine Kleidung verloren haben mochte, doch er hatte nicht die Zeit, sich darum zu kümmern. Offenbar ging es den übrigen Leuten genauso. Es war ein sicheres Anzeichen dafür, wie schlimm es stand, wenn sich niemand mit diesem jungen Mann auseinandersetzte.

Sisko beschloß, sich die Neuigkeiten direkt von der Front zu holen. »Chief O'Brien«, sagte er, nachdem er seinen Kommunikator aktiviert hatte. »Sisko hier. Bericht!«

Die Stimme des Iren war deutlicher zu hören als die Übertragung von Bajor. »Wir verlieren zunehmend an Boden, Commander, und zwar in bedenklichem Ausmaß. Wir haben diese häßlichen Steinratten mit allem gefüttert, was wir haben – mit Ausnahme der Andockmasten. Trotzdem rücken sie immer noch vor.«

»Wie weit sind sie noch vom Zentrum entfernt?« fragte Sisko.

»Commander, sie sind bereits in den zentralen Bereich vorgedrungen. Sie sind vor etwa zehn Minuten an uns vorbeimarschiert.«

Stumm verfluchte Sisko Sloi und Pova und ihren nutzlosen Rat und verdammte sie in den dunkelsten Winkel der bajoranischen Unterwelt. »Chief, ich brauche Sie wieder in der Zentrale. Machen Sie sich bereit, direkt hierhergebeamt zu werden.«

Am anderen Ende der Verbindung herrschte kurzes Schweigen. »Chief?« fragte Sisko.

O'Briens Stimme klang ein wenig verlegen. »Äh, wenn es Ihnen nichts ausmacht, Commander, würde ich lieber den Turbolift nehmen.«

»Ich möchte nicht riskieren, daß Sie für die nächsten drei Stunden in einem Liftschacht feststecken. Wenn Sie herauskommen, gibt es vielleicht schon keine Station mehr«, sagte Sisko. Er hoffte, daß er übertrieb, aber er hätte keine Wette darauf abgeschlossen.

»In Ordnung, Sir«, gab O'Brien sich geschlagen.

Sisko gab den Befehl an den nackten Fähnrich weiter, wobei er bemerkte, daß dem jungen Mann die Decke inzwischen bis zu den Knien heruntergerutscht war. Niemand machte sich die Mühe, ihn wieder zu verhüllen. Fast im selben Augenblick bildete sich Chief O'Briens Gestalt in einer Säule aus strahlender Energie über der Transporterplattform. Sobald das Leuchten verblaßt war, trat O'Brien von der Plattform. Sanger ging beiseite, damit der Chief seinen Platz an der technischen Station einnehmen konnte.

Trotz der Zuspitzung der Krise fühlte Sisko sich erleichtert, daß einer seiner wichtigsten Offiziere wieder in der Zentrale war. »Wo ist Odo zur Zeit?« fragte er laut.

O'Brien blickte von seiner Station auf. »Indisponiert, wenn Sie wissen, was ich meine.«

Mit anderen Worten: Er war in seinem Eimer. Sisko nickte, und O'Brien wandte sich wieder seiner Arbeit zu. *Nur schade,* dachte Sisko, *daß Odo sich nicht wie eine Amöbe aufteilen kann.* Im Augenblick könnte ich mehrere von seiner Sorte gebrauchen. »Wie steht es um die Hortas?« wollte er wissen. »Wie weit sind sie noch von der Zentrale entfernt?«

O'Brien ließ eine schematische Darstellung auf dem Hauptbildschirm entstehen. Es war ein vertikaler Querschnitt des zentralen Bereich mit der OPS an der Spitze, knapp unterhalb den Kommunikationseinrichtungen. Sisko entdeckte einen Haufen rötlicher Dreiecke, die sich ein paar Decks unter der Promenade verteilt hatten, bis sie sich plötzlich nach unten bewegten. »Das ist eigenartig«, bemerkte O'Brien. »Diesmal scheinen sie überhaupt nicht am oberen Zentralbereich interessiert zu sein. Sie bewegen sich geschlossen in den unteren Kern, aber dort unten gibt es überhaupt nichts außer Frachträumen, Lagertanks und« – O'Brien riß erschrocken die Augen auf, als er erkannte, was er gerade sagte – »und die Fusionsreaktoren!«

Sisko war längst zur gleichen Schlußfolgerung gelangt. Plötzlich ergab alles Sinn. »Natürlich«, erklärte er, »danach haben sie schon die ganze Zeit gesucht. Die Reaktoren. Denken Sie nach, Chief! Die Reaktorkammern erzeugen Energie, die dann in Batterien aus flüssigem Natrium und *Silizium* gespeichert wird. Silizium ist der Schlüssel. Die gesamte Biologie der Hortas beruht auf diesem Element.«

»Mein Gott!« sagte O'Brien, als ihm die Konsequenzen dieser Offenbarung klarwurden. »Tanks voll mit heißem, flüssigem Silizium. Das muß für sie wie Muttermilch sein!«

»Genau«, stimmte Sisko ihm zu. »Bis jetzt waren sie

verwirrt und abgelenkt, aber trotzdem müssen sie in der Lage sein, es irgendwie zu spüren. Deshalb kehren sie immer wieder zum zentralen Bereich zurück, und dorthin sind sie jetzt unterwegs.«

O'Briens Gesicht wurde bleich. »Aber wenn sie mit den Reaktoren das gleiche machen, was sie auch mit dem Rest der Station getan haben, wenn sie die Reaktorkammern zerfressen …« Er mußte diesen Gedanken nicht weiter ausführen. *Deep Space Nine* konnte es überleben, wenn einige Wohnquartiere zerstört waren oder wenn sogar an einigen Stellen die Hülle verletzt wurde. Aber wenn die Reaktoren ausfielen, würde sich die gesamte Station in ein lebloses, unbewohnbares Massengrab verwandeln, das in der Nähe des Wurmlochs dahintrieb.

Sisko starrte auf den Hauptbildschirm. Die Hortas waren noch mehrere Decks vom Reaktor entfernt. Sie erkundeten die Reparaturausrüstungen und die Lagerbereiche des unteren Kerns, aber die Situation trieb unweigerlich einer Katastrophe zu, die jeden auf der Station das Leben kosten würde. Er konnte nicht länger abwarten, bis Kira zurückkehrte.

»Chief«, sagte er mit fester, beherrschter Stimme. »Ich will, daß Sie so viele Schilde wie möglich zwischen den Hortas und den Reaktoren aktivieren. Zapfen Sie dazu die Energie aller Systeme außer der Lebenserhaltung an, wenn es sein muß.«

»Aber Schilde können sie nicht aufhalten«, warf O'Brien ein. »Auch wenn ich mir wünschte, es wäre so.«

»Mit den Schilden will ich nur Zeit gewinnen.« Sisko tippte auf seinen Kommunikator. »Lieutenant Moru, stellen Sie ein Team aus Sicherheitswächtern zusammen und bewaffnen Sie sich mit den leistungsfähigsten Phasern, die Sie haben. Gehen Sie in den unteren Zentralbereich und schirmen Sie die Reaktoren mit einem Feuerriegel von den Hortas ab.« Sisko hielt inne, während er kurz an Jake, Jennifer und Ttan dachte. Dann gab er den Befehl, vor dem er sich die ganze Zeit gefürchtet hatte: »Stellen Sie die Phaser auf maximale Energie. Töten Sie die Hortas, wenn sie nicht zurückweichen!«

Vergib mir, Ttan! dachte er. *Vergib uns allen!*

Mit einem lauten hellen Summen ertönte plötzlich eine Sirene von der wissenschaftlichen Station und riß Sisko aus seinen Gewissensqualen. *Was ist jetzt wieder los?* fragte er sich gereizt. Er wandte seinen strengen, fragenden Blick Lieutenant Eddon zu.

»Alarm«, erklärte die Andorianerin. Mit ein paar schnellen Bewegungen ihrer blaßblauen Finger schaltete sie die Sirene ab. »Der Verlorene Sohn erreicht seine größte Nähe zu *DS Nine.*« Sie konsultierte eilig ihre Monitore, dann fügte sie hinzu: »Die Station ist nicht in Gefahr, solange unsere Trägheitsfelder die Gravitationskraft des Mondes ausgleichen.«

»Chief?« fragte Sisko.

»Vorläufig kein Problem«, beruhigte O'Brien ihn. »Offen gesagt, der Mond ist im Augenblick unsere geringste Sorge.«

Dem Himmel sei Dank für diesen kleineren Gefallen, dachte Sisko. Über Ttans Entführung, die Rettungsmission und den folgenden Amoklauf der Horta-Babys hatte er die angekündigte Annäherung des verlorenen Sohnes völlig vergessen. Schade, dachte er wehmütig. Unter anderen Umständen hätte er sich darauf gefreut, den Vorbeiflug des Mondes zusammen mit Jake zu beobachten. Der Anblick sollte recht beeindruckend sein, da der Mond ihnen so nahe kam, daß viele Einzelheiten seiner Oberfläche mit dem bloßen Auge zu erkennen wären. So nahe, daß ...

»Chief«, sagte er plötzlich. Sein drängender Tonfall erregte die Aufmerksamkeit aller Anwesenden in der Zentrale, so daß die murmelnden Gespräche urplötzlich erstarben. »Ist der Mond in Transporterreichweite der Station?«

»Fast«, antwortete O'Brien nach einer kurzen Berechnung. »Wir dürften ein Fenster von sechsunddreißig Bogenminuten haben, das sich in schätzungsweise zehn Minuten öffnet.« In O'Briens Augen war plötzlich genauso wie in Siskos Hoffnung erschienen. »Denken Sie das gleiche wie ich, Commander?«

»Erfassen Sie die Hortas, Chief. Machen Sie sich bereit, sie auf mein Kommando wegzubeamen.«

Zum ersten Mal seit vielen Stunden hatte Sisko das Gefühl, daß sich die Gefahr vielleicht doch noch unter Kontrolle bringen ließ. Er öffnete eine Verbindung zum Sicherheitsteam, das im unteren Zentralbereich Stellung bezogen hatte. »Lieutenant Moru, warten Sie! Eröffnen Sie erst das Feuer, wenn es absolut notwendig ist. Wir haben vielleicht eine Möglichkeit gefunden, dieses Massaker zu vermeiden.« Ein optimistisches Lächeln erschien auf seinem Gesicht. *Vedek Sloi wird Augen machen,* dachte er. *Und ihr kleiner Wachhund ebenfalls.*

Dann gingen ohne jede Vorwarnung die Lichter aus, so daß die Zentrale in tiefste Finsternis getaucht war. Sisko hörte erschrockene Rufe von unten. Allerdings keine Schreie, wie er nicht ohne Stolz bemerkte. Sein Personal war viel zu professionell für solche Panikreaktionen.

Die Notbeleuchtung sprang an, und auch der Hauptbildschirm und einige der Monitoren liefen wieder. Das gedämpfte rötliche Licht warf unheimliche violette Schatten, doch Sisko bemerkte es kaum. Er mußte sofort wissen, was geschehen war. »Chief O'Brien«, rief er. »Bericht!«

»Das Energieniveau von Reaktor eins sinkt«, teilte O'Brien ihm mit. Schweißperlen standen auf der Stirn des Ingenieurs. »Ich glaube, wir haben einen Horta in der Silizium-Batterie.«

»Was?« Sisko war einen Moment lang wie vor den Kopf geschlagen. Das Diagramm auf dem Hauptschirm zeigte immer noch an, daß die Hortas ein paar Decks von den Reaktoren entfernt waren. Und Lieutenant Moru hatte noch nicht gemeldet, daß sie sie schon gesichtet hatte. Er beobachtete die achtzehn Dreiecke, die in die unteren Bereiche von *DS Nine* vorstießen. Sie konnten die Reaktoren noch gar nicht erreicht haben, es sei denn…

»Der vermißte Horta«, erkannte er plötzlich. Irgendwie hatte er die anderen überholt.

Damit war ihre Zeit abgelaufen.

Endlich! Die kleine Horta badete glücklich in Wärme und Befriedigung. Reine Nahrung, besser als alles, was sie in ihrem bisherigen Leben zu sich genommen hatte, umgab sie von allen Seiten. Sie hatte gefunden, wonach sie gesucht hatte. Sie schwamm buchstäblich darin.

Alle Gedanken an die Kohlenstoffwesen, an verschwindende Holoszenen und an die lange Wanderung durch den Turboliftschacht waren vergessen angesichts der Wonne der sofortigen, unverfälschten Erfüllung. Sie saugte energiereiches Silizium durch ihre Fühler ein. Sie absorbierte es direkt durch die Haut. Doch die köstliche Nahrung stillte nicht nur ihren Appetit, sondern vergrößerte ihren Hunger immer mehr. Sie konnte ihre neue Umwelt gar nicht schnell genug verzehren.

Während des Festmahls erinnerte sie sich jedoch auf einmal wieder an ihre Brüder und Schwestern. Sie spürte, daß sie gar nicht weit entfernt waren, und in ihrer Freude war sie begierig darauf, diesen Überfluß zu teilen.

Kommt! Kommt! Kommt! sang die Horta und lockte ihre Geschwister herbei, indem sie den Schatz rühmte, auf den sie gestoßen war. *Beeilt euch!* drängte sie, und sie glaubte zu hören, wie die anderen Hortas ihr antworteten.

Bald wäre sie wieder mit ihnen vereint, dachte sie glücklich. Es war genug für alle da. Sie konnten nach Herzenslust essen, bis zum Ende der Welt.

17

Ttan hatte schließlich das Ende ihres Fluchttunnels verlassen. Nachdem sie einen Durchgang geschaffen hatte, den ihre Retter von der Föderation benutzen konnten, bohrte sie sich durch die Platten aus Beton, die mit Rhodinium verstärkt waren, bis sie den Boden des Schiffshangars durchbrach.

Als sie dort auftauchte, war sie von Cardassianern mit Phasergewehren umringt. Sie zögerte. Ihr Rücken schmerzte immer noch ein wenig an der Stelle, wo der Wachmann sie getroffen hatte. Bei höchster Einstellung konnten diese Waffen ihr durchaus gefährlich werden – und jetzt waren sie bestimmt auf höchste Leistung eingestellt.

»Nicht schießen!« befahl eine vertraute Stimme.

Gul Mavek schob sich zwischen seinen Männern hindurch, bis er vor ihr stand. Er verschränkte die Arme und starrte sie an. Sein Gesichtsausdruck war für die Horta nicht zu durchschauen.

»Ich bin sehr wütend, Ttan«, sagte er mit leiser, drohender Stimme. »*Sehr* wütend. So wütend, daß ich angeordnet habe, alle deine Kinder in fünf Minuten töten zu lassen. Wenn du uns dabei hilfst, die rebellischen Sklaven wieder einzufangen, werde ich diesen Befehl widerrufen. Deine Kinder müssen nicht sterben.«

Ttan spürte, wie ihr blinder Zorn zurückkehrte. Sie begann langsam vorwärts zu kriechen.

»Ttan«, sagte Mavek in warnendem Tonfall. »Hast du deine Kinder vergessen? Alle neunzehn werden sterben, wenn du mir nicht gehorchst.«

»Lügner«, sagte Ttan. Der automatische Translator gab ein unverständliches Krächzen von sich. *Zwei Meter. Ein Meter.*

»Ttan...« Zum ersten Mal sah sie einen beunruhigten Ausdruck auf Gul Maveks Gesicht. Er trat einen Schritt zurück, dann noch einen.

»Lügner«, wiederholte Ttan. Sie spannte die Fransen auf ihrer Körperunterseite an.

Gul Mavek schrie auf, als Ttan sprang. Die Wachen schossen. Schmerz durchzuckte Ttans Körper, doch sie ließ sich davon nicht aufhalten. Es war zu spät. Sie versprühte Säurestrahlen aus jeder Drüse ihres Körpers, nicht nur auf Gul Mavek, sondern in jede Richtung.

Durch den Aufprall wurde Mavek zu Boden geworfen, so daß sie auf ihm landete, während sie weiterhin Säure verspritzte. Das Phaserfeuer hatte aufgehört, wie sie bemerkte, aber das spielte keine Rolle. Das einzige, was für sie zählte, war Gul Maveks schwacher Körper aus Kohlenstoff und Kalzium, der nun unter ihr lag und sich rapide auflöste.

Das ist für meine Kinder, dachte sie, *und für den Schmerz, den du uns allen bereitet hast.*

Als sie aufblickte, sah sie, daß die anderen Cardassianer ihre Waffen fallengelassen und die Flucht ergriffen hatten. Viele schrien in Todesqualen, nachdem sie von den Säurestrahlen getroffen worden waren, die Ttan bei ihrem Angriff auf Gul Mavek versprüht hatte.

Dann kamen die ersten ihrer humanoiden Verbündeten aus dem Tunnel und blickten sich überrascht um. Die Leute mit den Föderationsuniformen reagierten schneller auf die neue Situation.

Ttan gab sich damit zufrieden, einfach nur zuzusehen, wie sie die *Messerklinge* stürmten, das ehemalige Schiff Gul Maveks.

Dem Himmel sei Dank für diesen kleineren Gefallen, dachte Julian Bashir. Auch wenn er seinen Phaser verloren hatte, war er immer noch im Besitz seiner Arzttasche. Und in der verringerten Schwerkraft konnte er sich plötzlich wie ein Akrobat in Höchstform bewegen.

Der Injektor, mit dem er Major Kira ein Schlafmittel verabreicht hatte, klappte sich wieder zusammen. Julian holte zwei Schienen hervor, eine Rolle Klebeband und eine Tube mit Silikon, die er für den Fall einer Verletzung Ttans mitgebracht hatte. Er hätte niemals gedacht, daß er sie für einen bajoranischen Patienten gebrauchen würde.

Er untersuchte schnell mit dem Medoscanner Kiras gebrochenes Bein. Es war ein recht sauberer Bruch knapp über dem ausgekugelten Knie, stellte er fest. Dann wurde ihm klar, daß es eine ziemlich einfache Möglichkeit gab, sie zu behandeln. Er holte tief Luft und renkte das Gelenk mit einem kurzen, heftigen Ruck wieder ein. Wenn Kira wach gewesen wäre, hätte sie jetzt wie am Spieß geschrien. Doch im tiefen Nebel der Schmerzmittel stöhnte sie nur wie ein verwundetes Tier auf. Das war die schlimmste Seite am Beruf eines Arztes, dachte Julian. Er haßte es, Menschen leiden zu sehen.

Während er ihr Bein ausgestreckt hielt, befestigte er die Schienen mit dem Klebeband und benutzte dann das Silikon, um einen festen Verband anzulegen. Es war primitivste Feldmedizin, aber fürs erste würde es genügen. Er konnte sie jetzt bewegen, ohne befürchten zu müssen, daß er sie umbrachte.

Er stand etwas unsicher auf, klemmte sich die Tasche unter den einen Arm und hob Kira mit dem anderen auf. Dann folgte er den anderen. Zum Glück war die Schwerkraft des Mondes nur gering. Auch mit Kira im Arm trug er nicht mehr als zwei Drittel seines eigenen normalen Körpergewichts.

Als er glaubte, vor sich im Tunnel größere Helligkeit zu bemerken, eilte er voller Freude weiter. Bald stellte er fest, daß Ttan kleine Löcher gebohrt hatte, die zu anderen Stockwerken der Basis führten und durch die zusätzliches Licht drang, um den Weg zu erhellen. Dann sah er die entkommenen Bajoraner – zumindest zwei von ihnen. Ein Mann und eine Frau, die in besserer Verfassung als er selbst waren, hatten an einer helleren Stelle Pause gemacht. Sie standen sofort auf, als er sich ihnen näherte.

»Lassen Sie mich Ihre Tasche tragen«, sagte die Frau.

Julian reichte sie ihr dankbar. Dabei hatte er Kira offenbar in eine falsche Richtung gedreht, denn trotz der Schmerzmittel rührte sie sich plötzlich und stöhnte auf.

»Warten Sie«, sagte der Mann und stützte Julians Arm. »Wie kann ich Ihnen helfen?«

Julian versuchte, Kira so zu halten, daß er einen Arm frei hatte, ohne daß sie ihm entgleiten konnte. Dann streckte er dem Bajoraner seine andere Hand hin.

»Packen Sie mein Handgelenk … ja, so ist es richtig … und ich werde Ihres greifen«, sagte er. »Darauf kann sie sitzen, so daß ihr Bein entlastet wird.« Das war das Beste, was er im Augenblick für Kira tun konnte.

Mit Hilfe des Bajoraners schaffte er es, Kira etwas bequemer zu tragen. Er und der Mann folgten der Frau, die die Arzttasche genommen hatte, und überwanden schnell die restlichen dreißig Meter bis zu der Stelle, wo der Tunnel durch eine dicke Betonplatte stieß.

Dort blieb er kurz stehen, um sich im Hangar umzublicken. Über ihnen schimmerte ein Kraftfeld, hinter dem Julian die Schwärze des interstellaren Raums erkannte, die mit glitzernden Sternen übersät war. Das mußte der Schiffshangar sein. Genau vor ihnen stand in der Mitte der freien Fläche ein cardassianisches Schiff, und zwar eins der Bruja-Klasse, wenn er sich nicht täuschte. Er dachte, daß es durchaus dasselbe sein könnte, das die *Puyallup* angegriffen hatte, war sich aber natürlich nicht sicher. Die Frachtluke stand offen, und die Bajoraner stürmten hinein, während Aponte, Muckerheide und Wilkens daneben mit gezogenen Phasern Wache hielten.

Dann entdeckte er Ttan. Die Horta befand sich auf dem Boden neben der Luke, als würde auch sie Wache halten. Neben ihr zeichnete sich auf dem Boden der Umriß eines verbrannten humanoiden Körpers ab. Sollte das eine Warnung an die Adresse der Cardassianer darstellen? Falls ja, erfüllte sie ihren Zweck, denn Julian erschauderte bei diesem Anblick.

Dann hörte er hinter sich plötzlich Phaserschüsse. Julian riß den Kopf herum und versuchte, im dunklen Gang etwas zu erkennen. Die Cardassianer hatten offenbar den Tunnel gestürmt. Wenn es ihm doch nur gelangen wäre, ihn zum Einsturz zu bringen, dachte er verzweifelt.

»Beeilen Sie sich«, sagte er zur Bajoranerin an seiner Seite. »Sie sind genau hinter uns.«

Der Mann nickte. »Ich höre sie.«

Julian trat in den Hangar hinaus, wobei er Kira vorsichtig balancierte, und bewegte sich so schnell wie möglich auf das Raumschiff zu. Er hatte erst ein Dutzend Schritte zurückgelegt, als er plötzlich bemerkte, daß Blut aus dem Gipsverband um Kiras linkes Bein tropfte. Kein gutes Zeichen, dachte er. Durch das Herumgeschubse war sie anscheinend irgendwie verletzt worden. Er mußte diese Sache behandeln, sobald er die Gelegenheit dazu fand – aber die oberste Priorität bestand darin, sie erst einmal in Sicherheit zu bringen. Es hatte wenig Sinn, anzuhalten und sich um die Blutung zu kümmern, wenn sie dabei von den Cardassianern erwischt wurden.

Als sie sich dem Schiff näherten, kam zu seiner Erleichterung Fähnrich Aponte die Rampe heruntergesprungen.

»Lassen Sie mich helfen …«, sagte sie.

Dann traf sie ein Phaserstrahl in die Brust, und warf

sie mit einem dumpfen Knall gegen die Schiffshülle. Julian erstarrte vor Schreck. Er konnte nicht glauben, was gerade geschehen war. Aponte hatte ein tellergroßes Loch im Brustkorb, das an den Rändern sauber kauterisiert war, so daß kein Blutstropfen floß.

»Natalia …«, sagte er. Doch er wußte, daß er nichts mehr tun konnte, um ihr zu helfen. Nicht einmal die beste medizinische Ausrüstung von Starfleet konnte sie noch retten.

Er schluckte und richtete seine Aufmerksamkeit wieder auf Kira. Ohne Bewaffnung und mit einer Verwundeten im Arm konnte er nicht umkehren und kämpfen, obwohl es ihn dazu drängte. Wenigstens war Apontes Tod nicht umsonst gewesen, dachte er. Sie hatte damit allen anderen geholfen.

Ein weiterer Phaserstrahl schoß an ihm vorbei. Dadurch wurde Julian wieder wachgerüttelt. Sie mußten so schnell wie möglich in Deckung gelangen.

»Schnell!« drängte er den Mann, der ihm dabei half, Kira zu tragen.

»Ich beeile mich ja schon«, erwiderte der Mann.

Wieder schnitten rötliche Strahlen aus Energie durch die Luft. Rechts von ihm schrie jemand etwas, das wie eine unartikulierte Warnung klang, und Julian hielt einen Herzschlag lang an. Ein halbes Dutzend Bajoraner kam aus der Frachtschleuse und brachte sich in Stellung, um ihm Feuerschutz zu geben.

Er zerrte Kira die Rampe hinauf und brachte sie in den Frachtraum. Blut sammelte sich langsam unter ihrem rechten Fuß, und er fragte sich, ob er irgend etwas übersehen hatte. Als er ihr Bein schnell mit dem Medoscanner untersuchte, erkannte er, daß es nicht lebensgefährlich war, nur ein Schnitt unter ihrem Knie, den er im düsteren Tunnel nicht bemerkt hatte. Er konnte sich bedenkenlos zuerst um die anderen kümmern – genauso wie Kira es von ihm verlangt hätte, dachte er mit leichter Ironie.

Der Bajoraner, der ihm geholfen hatte, Kira an Bord zu tragen, berührte ihn am Arm. »Sie wissen, daß wir da draußen eigentlich gar nicht in Gefahr waren«, sagte der Mann.

»Wie kommen Sie darauf?« wollte Julian wissen. Schließlich wäre er ein paarmal beinahe getroffen worden. »Die vielen Phaserschüsse …«

Der Mann schnaufte. »Ich habe mir schon gedacht, daß Sie es nicht bemerkt haben, aber die Cardassianer haben ausschließlich auf bewaffnete Leute geschossen. Wir waren nur ein sekundäres Ziel. Sollten Sie jetzt nicht lieber nach vorne gehen, damit wir diesen Mond verlassen können? Ich bin Arzt. Ich werde mich hier um die Verwundeten kümmern.«

Julian blickte sich um, doch im Frachtraum schien alles unter Kontrolle zu sein. Es gab mehrere Leute mit leichten Verletzungen und ein paar, die sich den Arm gebrochen hatte, doch das war es schon. Der Bajoraner konnte sich um sie kümmern. Die anderen kamen ebenfalls einer nach dem anderen an Bord, während sie sich gegenseitig Deckung gaben. Dann sah er, wie Ttan die Rampe hinaufstürmte. Sie hatte offenbar für die Rückendeckung gesorgt, dachte er.

»Alle sind an Bord«, rief Fähnrich Wilkens ihm zu.

»Schließen Sie die Luke!« rief Julian zurück, doch irgend jemand hatte bereits die Kontrollen aktiviert. Während sich das große Schleusentor schloß, zuckten mehrere Phaserstrahlen hindurch. Zum Glück trafen sie nichts Wichtiges – nur die Rhodinium-Verkleidung der Wände. Dann wurde der Frachtraum mit einem hörbaren Zischen versiegelt.

Julian holte tief Luft, um sich zu sammeln. *Du hast jetzt die Verantwortung für diese Mission,* sagte er sich. *Handle entsprechend.*

Er reichte dem bajoranischen Mediziner seine Arzttasche. »Hier ist alles drin, was Sie brauchen«, sagte er.

»Danke«, erwiderte der Mann und eilte damit zu den Verwundeten.

»Wilkens«, sagte er. »Sie übernehmen hier unten das Kommando. Bereiten Sie alle Leute auf den Start vor. Muckerheide!«

»Hier, Sir«, rief eine schwache Stimme. Julian drehte sich um, bis er die Quelle entdeckt hatte. Muckerheide saß in einer Ecke und sah aus, als hätte er einen Phaserstreifschuß abbekommen. Die Tatsache, daß er noch bei Bewußtsein war, stellte ein gutes Zeichen dar; er würde seine Verletzung überleben.

»Ganz ruhig«, rief Julian. »Ich kümmere mich um die Brücke.«

Er ging zwischen den Bajoranern hindurch, die auf dem Boden saßen, und erreichte einen langen schmalen Korridor mit sargähnlichen Kabinen an beiden Seiten. Die cardassianischen Konstrukteure nahmen keine Rücksicht auf menschliche Ästhetik, sagte er sich, während er eine gewisse Klaustrophobie empfand.

Er schob sich durch eine kleine Luke auf die Brücke des Schiffs. Sie befand sich ganz vorn in der Nase, ein halbkreisförmiger Raum, etwa doppelt so groß wie die Hauptkabine eines Flitzers. Die Station des Captains lag genau in der Mitte, während sechs weitere Stationen für die Besatzung in gleichen Abständen davon eingerichtet waren. Captain Dyoran und fünf andere Bajoraner, die er nicht mit Namen kannte, hatten nun diese Stationen besetzt.

Der Sitz des Captains war leer. Julian kam sich ziemlich fehl am Platze vor, als er sich hineinsinken ließ. Er war überrascht, wie weich der Sitz war, da er bisher kaum eine Bequemlichkeit in der cardassianischen Militärgesellschaft kennengelernt hatte.

Jetzt zur Sache, dachte er und studierte den Hauptbildschirm, der den Hangar zeigte. Mehrere Dutzend cardassianische Soldaten bauten etwas auf, was eine Energiekanone zu sein schien. Sie hatten zweifellos vor, sie gegen das Schiff einzusetzen. Was hätte Sisko getan? Informationen gesammelt und dann auf der verfügbaren Datenbasis die bestmögliche Entscheidung getroffen.

»Bericht!« rief er, wobei er sich Mühe gab, wie Sisko zu klingen.

Captain Dyoran sah sich mit einem merkwürdigen Blick zu ihm um. »Maschinen auf volle Energie. Wir können jederzeit starten.«

»Dann tun Sie es«, sagte Julian.

»Doktor, da wäre noch das Kraftfeld...«

»Dann zerschießen Sie die Kontrollen. Dieses Schiff verfügt doch über Waffen, oder?«

Dyoran grinste. »Genau mein Gedanke.« Er wandte sich an die Frau neben ihm. »Leg los, Cella.«

Sie berührte mehrere Tasten, worauf Phaserfeuer aus dem Schiff schoß.

Die Energiestrahlen schlugen in die Kontrollbaracke und atomisierten sie. Urplötzlich erloschen alle Lichter im Schiffshangar. Einen Herzschlag lang hörte Julian nur absolute Stille, dann war sogar durch die Schiffshülle zu hören, wie ein mächtiges Rauschen einsetzte. Das Vakuum, erkannte er – der Hangar war jetzt dem nackten Vakuum des Weltraums ausgesetzt. Zu seinem Entsetzen beobachtete er, wie alles, was nicht am Boden befestigt war – Cardassianer, Papier, Ausrüstungsgegenstände, eben alles – durch die Öffnung nach oben gesogen wurde, wo sich das Kraftfeld befunden hatte.

Es dauerte nur wenige Sekunden, bis der Hangar luftleer war. Doch das Rauschen hörte nicht auf. Es verringerte sich zu einem pfeifenden Geräusch, etwa wie ein Eisenbahnzug auf einem alten Videoband von der Erde. Warum zischte es immer noch?

Ttans Tunnel! Julian empfand ein ungutes Gefühl in der Magengegend, als ihm klarwurde, daß sich der Effekt im gesamten unterirdischen Komplex bemerkbar machen mußte. Ttan hatte sich vom Herz der Basis durch ein halbes Dutzend Stockwerke bis zum Boden des Hangars gegraben. Jeder Kubikzentimeter Luft würde nun ins All hinausgesogen werden.

Er hatte Dutzende, wenn nicht gar Hunderte von Cardassianern zum Tode verurteilt. Es spielte keine Rolle, daß sie versucht hatten, ihn zu töten, ganz zu schweigen von vorausgegangenen Kriegsverbrechen – die Konsequenzen seiner Tat erschütterten ihn trotzdem. Er hatte den Befehl dazu gegeben. Er hatte noch nie zuvor eine solche Last auf seinen Schultern getragen, die ihn nun zu erdrücken drohte.

»Captain?« sagte Dyoran. »Captain?«

Es dauerte einen Moment, bis Julian klar wurde, daß Dyoran ihn meinte. »Äh, ja?« sagte er.

»Alle Stationen sind bereit.«

»Dann … starten Sie«, sagte er. »Bringen Sie uns hier raus.«

Er ließ sich zurücksinken. Er fühlte sich übel und erschöpft und sah mit gelähmtem Erstaunen zu, wie die Besatzung die Maschinen hochfuhr und das Schiff mit Impulskraft abheben ließ. Sie verließen den Hangar und erreichten den freien Raum. Dann schob sich der Gasriese mit seinen wirbelnden Rot-, Orange- und Gelbtönen auf den Hauptbildschirm, den er fast vollständig ausfüllte.

Es war geschafft, erkannte er. Sie hatten Erfolg gehabt. Sie hatten nicht nur Ttan gerettet, sondern fünfzig bajoranische Gefangene obendrein.

Dann meldete sich sein Kommunikator.

»Julian?« sagte Dax' Stimme. »Was bei den sieben Kreisen der Hölle geht da vor sich?«

Julian keuchte auf. In der Aufregung hatte er sie völlig vergessen. Er tippte auf seinen Kommunikator.

»Bashir hier«, sagte er. Dann teilte er ihr schnell alles Wissenswerte mit.

Als er fertig war, war es längere Zeit still. Schließlich

sagte Dax: »Wir müssen das Beste aus der Situation machen. Gehen Sie auf folgenden Kurs …« Danach gab sie mehrere Zahlen durch.

»Haben Sie verstanden?« wandte Julian sich an Captain Dyoran.

»Ja, Captain«, sagte Dyoran. »Neuer Kurs ist eingegeben.«

»Julian«, sprach Dax weiter. »Hören Sie mir bitte gut zu. Ich orte sechs große cardassianische Schiffe, die genau auf den Mond zuhalten. Fliegen Sie noch fünf Minuten mit Impulskraft Richtung Föderation weiter. Machen Sie sich bereit, bei meinem Befehl auf Warpgeschwindigkeit zu gehen.«

»Roger«, sagte Julian. Er klammerte sich so fest an die Armlehnen des Kommandosessels, daß seine Knöchel schmerzten. Mit Mühe schaffte er es, sich ein wenig zu entspannen.

»Wir werden gerufen«, sagte einer der Bajoraner zu ihm. »Es ist das Flaggschiff – die *Rache des Ramoth*. Soll ich antworten?«

»Nein«, sagte Julian. Dann biß er sich auf die Lippe. Wenn er nicht antwortete, würden sie wissen, daß etwas nicht stimmte. »Doch«, sagte er. »Nur Audio-Kanal – kein Bild.«

»Verbindung geöffnet.«

»Messerklinge!« sagte eine kalte cardassianische Stimme. »Wie ist Ihr Status?«

»In Davonia gab es einen schweren Reaktorunfall«, antwortete Julian und hoffte, daß seine Stimme ähnlich kalt klang. »Wir sind kontaminiert. Keine Annäherung, *Rache des Ramoth.*«

»Öffnen Sie den Bildkanal.«

»Negativ«, sagte Julian und betete verzweifelt, daß der Captain der *Rache des Ramoth* ihm glaubte. »Unsere Systeme sind beschädigt.« Er hielt den Atem an und wartete auf eine Antwort.

Als mehrere Sekunden lang nichts zu hören war,

flüsterte er Dyoran zu. »Können wir gegen sie kämpfen?«

»Das wird schwierig«, sagte Dyoran. »Es sind *sechs* Schiffe, Sir.«

»Sie scannen uns«, rief ein anderer Bajoraner.

»Gehen Sie auf volle Impulskraft.« Julian versuchte das Zittern in seiner Stimme zu unterdrücken. »Halten Sie den Kurs. Wir wollen mal sehen, was sie tun werden.« *Und hoffen, daß Dax einen Plan hat,* fügte er in Gedanken hinzu. *Wenn doch nur Kira bei Bewußtsein wäre – sie wüßte schon, was zu tun ist.*

»Sie rufen uns wieder«, sagte der Bajoraner an der Kommunikationsstation.

»Wir reagieren nicht darauf«, sagte Julian.

»Sir«, rief ein vierter Bajoraner, »vom zweiten Mond ist ein kleines Schiff gestartet. Es fliegt genau auf die sechs Schiffe zu. Es eröffnet das Feuer!«

»Was?« rief Julian. Das mußte Dax sein. Aber sie mußte doch wissen, daß ihr Flitzer es nicht mit den sechs cardassianischen Schiffen aufnehmen konnte! »Legen Sie es auf den Bildschirm!« sagte er.

Das neue Bild zeigte nun, was hinter ihnen geschah. Er sah zu, wie der Flitzer eine Phasersalve und die drei noch übrigen Photonentorpedos abfeuerte. Dann drehte der Flitzer urplötzlich ab und beschleunigte in Richtung cardassianisches Territorium. Vor Julians verblüfften Augen ging er auf Warpgeschwindigkeit.

Zwei der Torpedos waren ins Ziel gegangen, bevor die Cardassianer ihre Schilde aktivieren konnten. Eins der Schiffe wurde von einer Reihe heller Explosionen geschüttelt, worauf es aus der Formation ausscherte.

Die fünf übrigen Schiffe änderten den Kurs, um dem Flitzer zu folgen. Auch sie gingen nach kurzer Beschleunigung auf Warpgeschwindigkeit.

Julian schluckte. Der Flitzer schaffte kaum Warp drei, ohne sich dabei selbst in Stücke zu reißen. Er wußte, daß der Kampf ein plötzliches und brutales

Ende finden würde. Dax hatte sich geopfert, um sie alle zu retten.

Dann rollte die Tür zur Brücke auf, und Dax trat herein.

»Jadzia!« rief Julian. »Aber … wie …?«

»Ich habe mich von Bord gebeamt, bevor der Autopilot den Flitzer auf Warp beschleunigte«, sagte sie. »Ich glaube, Sie sitzen auf meinem Platz, Doktor.«

»Und ich bin froh, daß Sie mich davon erlösen«, sagte er und sprang auf. Er hatte schon gedacht, er würde sie niemals wiedersehen.

»Gehen Sie auf maximale Warpgeschwindigkeit«, befahl Dax und ließ sich in den Kommandositz sinken. »Sie werden den Trick irgendwann durchschauen. Dann dürften sie uns mit allem folgen, was sie haben.«

Der Bildschirm zeigte wieder die Frontsicht. Die Sterne verlängerten sich zu Streifen, als sie beschleunigten.

»Warp fünf Komma drei«, rief einer der Bajoraner. »Mehr werden wir wohl kaum aus der Kiste herausholen können.«

»Ob das ausreicht?« fragte Julian. Er hatte keine Ahnung, welche Geschwindigkeit die cardassianischen Frachter erreichen konnten.

»Wir werden sehen«, sagte Dax. »Ich schätze, die Höchstgeschwindigkeit ihrer Schiffe liegt irgendwo zwischen Warp sechs und sieben.« Sie wandte sich an Julian.

Er grinste sie an. Die Dinge kamen allmählich wieder ins Lot.

»Ich denke«, sagte sie, »ich hätte jetzt gerne einen etwas detaillierteren Bericht. Beginnen wir damit, was mit Major Kira geschehen ist.«

18

»Vergessen Sie die anderen Hortas«, befahl Sisko. »Konzentrieren Sie sich im Augenblick nur auf den einen im Reaktor!«

Chief O'Brien, der eine Ebene unter dem Commander an seiner technischen Station in der Zentrale stand, mühte sich mit seinen Geräten ab. Unglücklicherweise war der Versuch, eine Lebensform auf Siliziumbasis mitten in einem Bad aus flüssigem Silizium zu erfassen, genauso kompliziert, wie es klang. Erschwerend kam hinzu, daß viele der nötigen Sensoren ausgefallen waren und einer der zwei noch funktionierenden Reaktoren von *DS Nine* Schwierigkeiten machte.

Er gab Lieutenant Eddon die Anweisung, die Beschädigungen des Reaktors zu überwachen, und versuchte dann, halbwegs brauchbare Werte für die Transporterkontrollen zu bekommen. »Kontaminierung?« fragte er sie, ohne von seiner Station aufzublicken.

»Bis jetzt ist nur wenig ausgetreten, aber es wird mehr. Etwas unterdrückt den Fluß der leitenden Substanz aus dem beschädigten Tank und dämpft dadurch anscheinend sogar das Strahlungsniveau.« Die Andorianerin klang verwirrt. Wenn der Behälter mit dem Silizium erst einmal ein Leck hatte, mußte die freigesetzte ultraheiße Flüssigkeit eigentlich schwere Schäden an den Reaktorelementen verursachen.

O'Brien wußte, worauf diese Schonung der Anlagen zurückzuführen war. »Der Horta«, sagte er knapp. Die Ironie bestand darin, daß der kleine Mistkerl die radioaktive Substanz schneller aufsaugte, als sie sich in der

Station verbreiten konnte. Doch ihr allesverzehrendes Verdauungssystem würde den Hortas nichts mehr nützen, wenn sie erst einmal die Reaktorkammer selbst erreicht hatten. Über radioaktive Verseuchung mußte man sich keine Sorgen mehr machen, wenn Gefahr durch Antimaterie drohte, wie sie auf der Akademie gewitzelt hatten. O'Brien ging nämlich davon aus, daß sogar ein Horta nicht in der Lage war, einen durch Antimaterie gespeisten Fusionsreaktor zu verdauen. Mit größter Wahrscheinlichkeit würde die resultierende Explosion sie alle auslöschen, bevor das Wesen mehr als nur einen Bissen nehmen konnte.

Es war auch schon zu spät, den Reaktor abzuschalten. Obwohl *DS Nine* noch über einen zweiten funktionierenden Reaktor verfügte, würde das radioaktive Material – und die Antimaterie – nicht durch die Betätigung einer Schaltung verschwinden. Außerdem wäre es besser, dachte O'Brien, wenn der Horta sich im Reaktor eins austobte, statt das Risiko einzugehen, ihn zum Reaktor zwei zu locken. Ein Leck war schon genug.

»Der Verlorene Sohn ist in Transporterreichweite«, gab N'Heydor bekannt.

»Auf den Schirm«, sagte Sisko.

O'Brien konzentrierte sich weiterhin ganz auf die Transporterkontrollen. Irgend jemand am Situationstisch würde der Aufforderung des Commanders schon nachkommen.

Er warf einen kurzen Blick auf den Hauptbildschirm. Dort war das Diagramm der Station durch den Anblick des Weltraums ersetzt worden, der völlig vom Verlorenen Sohn beherrscht wurde. Seine rauhe Oberfläche sah aus wie das Ergebnis jahrhundertelanger vulkanischer Aktivitäten und mehrfacher Begegnungen mit Meteoriten und Asteroiden. Kein Wunder, dachte O'Brien, daß weder die Bajoraner noch die Cardassianer jemals versucht hatten, ihn zu kolonisieren. Der vagabundierende Mond machte den Eindruck eines häßlichen und unwirtlichen Ortes – obwohl er auf die Hortas möglicherweise ganz anders wirken mochte.

Er befand sich nun praktisch neben ihrer Haustür. O'Brien hätte keine Probleme, den abtrünnigen Horta hinüberzubeamen, wenn er die kleine Bestie nur richtig erfassen könnte. Er justierte die Transportersensoren neu, um die Silizium-Batterie besser zu erfassen, doch seine Anzeigen wurden von ständigen Änderungen der Strahlungsniveaus gestört, so daß er keine brauchbaren Daten erhielt. »Computer«, sagte er, da er inzwischen bereit war, von jeder Stelle Hilfe zu akzeptieren. »Erfassung der fremden Lebensform im Reaktorspeicher eins.«

»Ausführung nicht möglich«, antwortete der Computer. »Die Silizium-Lebensform ist nicht von der Silizium-Umgebung zu unterscheiden.«

O'Brien konnte es nicht fassen. Er biß wütend die Zähne zusammen. Der verdammte Computer hatte immer wieder darauf gedrängt, die armen Hortas von der Station zu beamen, und jetzt, wo genau dies ihre letzte Rettung wäre, war dem blöden Programm die ›Ausführung nicht möglich‹! Für O'Brien hatte es fast den Anschein, als wollte der Computer ihn absichtlich auf den Arm nehmen.

»Chemische Zusammensetzung ignorieren. Ausrichtung der Sensoren auf eine feste Masse im Energiespeicher.«

»Unzureichende Kapazitäten für die Ausführung dieses Befehls. Siebzig Prozent der primären Sensoren sind außer Funktion. Sofortige Reparaturen zur Ausführung des Befehls nötig.«

Sisko tauchte hinter O'Briens Schulter auf. »Chief?« fragte er leise. Auch wenn er es nicht sah, wußte O'Brien, daß er jetzt von mehr als einem Dutzend Augenpaaren angestarrt wurde. Jeder zählte auf ihn, und zwar nicht nur die verschiedenen Offiziere, die sich in der Zentrale drängten. Das Schicksal der Station und der Hortas – und auch Mollys und Keikos – hingen davon ab, ob er es schaffte, Commander Siskos letzten verzweifelten Plan auszuführen.

Liegt es nur an mir, dachte er, während er sich den Schweiß von der Stirn wischte, *oder ist es tatsächlich ungewöhnlich heiß hier drinnen?*

»Ich muß es manuell probieren, Sir«, erklärte er, wobei er etwas zuversichtlicher klang, als er sich fühlte. Gleichzeitig bezweifelte er, daß er Benjamin Sisko auch nur einen Augenblick lang täuschen konnte. Er öffnete eine Klappe an der Seite seiner Konsole und legte damit die Transportersensoren frei. *Der Trick besteht darin,* sagte er sich, *die ganze technologische Bürokratie zu umgehen, die Kontrollen, die die Kontrollen kontrollieren und so weiter. Ich muß die Sicherungen des Computers außer Kraft setzen, die Sprachsteuerungssysteme abkoppeln, die leicht zu bedienenden Tasten und Schaltflächen umgehen … um genau zu den Teilen zu gelangen, die die eigentliche Arbeit machen.*

Und wenn alles andere versagt, bleibt nur noch ein Gebet an die Götter, ob sie nun existieren oder nicht.

»Strahlungsniveau steigt«, warnte Eddon von der wissenschaftlichen Station. Ihre Antennen hatten sich alarmierend gekrümmt, obwohl auf ihrem Gesicht keine Spur von Furcht zu erkennen war.

»Die übrigen Hortas nähern sich den Reaktoren«, warf Sanger ein. »Zwischen ihnen und dem Sicherheitsteam liegt nur noch ein Deck.«

O'Brien steckte seine Finger in die Innereien der Konsole. *Im Grunde muß ich nicht mehr tun,* dachte er, *als die Subprozessor-Module der Nahbereichssensoren zu rekalibrieren …*

Überraschend erzitterte der Boden der Station unter seinen Füßen. O'Brien hielt sich krampfhaft an seiner Konsole fest. Die gesamte Zentrale kippte etwa zehn Grad zur Seite. Mehrere Offiziere verloren das Gleichgewicht und stürzten zu Boden. Eine Vulkanierin mit einem Gipsverband am Bein prallte gegen O'Brien, doch er schaffte es, auf den Beinen zu bleiben. Sisko hielt sich mit einer Hand am Geländer fest und fing die Vulkanierin mit der anderen auf, damit sie nicht zu Boden ging. Kurz darauf landete ein nackter Mann genau auf dem Situationstisch.

Ein nackter Mann?

»Die Gravitation des Verlorenen Sohns stört das Trägheitsfeld der Station«, rief N'Heydor. O'Brien wußte, daß der Mond normalerweise niemals ein Problem dargestellt hätte. Das Feld mußte aufgrund mangelnder Energieversorgung oder einer direkten Beschädigung durch die Hortas ausgefallen sein. »Die Manöverdüsen gleichen den Zug aus«, sagte N'Heydor.

Die Zentrale geriet wieder ins Lot, und O'Brien vermutete, daß sie noch nicht aus ihrem Orbit gerissen worden waren. Er hörte, wie Sisko hinter ihm den Atem einsog. »Es kommt auf jede Sekunde an, Chief«, sagte er mit der ruhigen, emotionslosen Stimme, die er sich nur für die schlimmsten Notlagen vorbehielt.

Eilig programmierte O'Brien die Subprozessoren um. Er verdrängte alles um sich herum aus seinen Gedanken, einschließlich des Schmerzes aufgrund seiner Prellungen und seiner Angst, um sich ganz auf die Maschine und die Aufgabe zu konzentrieren. Abschätzung der Masse. Ausfiltern der Strahlung. Die Erfassung von Lebenszeichen, aber nicht nach den Standard-Parametern für Wesen auf Kohlenstoffbasis …

»Ich hab ihn!« rief O'Brien triumphierend. Aber vielleicht nicht lange, fügte er in Gedanken hinzu.

»Schicken Sie ihn zum Verlorenen Sohn, Chief O'Brien! Jetzt!« befahl Sisko.

Mit dem Transporterstrahl erfaßte O'Brien den Horta, riß ihn aus dem Energiespeicher und warf ihn auf die Oberfläche des Mondes. Er bemerkte überhaupt nicht, daß er den Atem angehalten hatte, bis der Transporter das Signal des Horta freigab und anzeigte, daß er vollständig auf dem Mond, den der Bildschirm zeigte, rematerialisiert war. Dann stieß O'Brien einen Seufzer aus, den man vermutlich noch auf Bajor hören konnte, wenn nicht sogar bis Dublin.

»Geschafft?« fragte Sisko.

»Geschafft«, bestätigte O'Brien.

»Die Fernbereichsensoren registrieren die Biowerte eines Horta auf dem Verlorenen Sohn«, teilte Lieutenant Eddon ihnen mit. »Ich glaube, er gräbt sich in das Innere des Mondes.« Während sie sprach, erhoben sich die blauen Antennen, die aus ihrem weißen Haar ragten, wie Blumen, die sich der Sonne entgegenreckten.

Sisko lächelte. Die unmittelbare Katastrophe war abgewendet worden, aber die Arbeit war noch nicht erledigt. »Erfassen Sie die übrigen Hortas, Chief. Schicken Sie sie ebenfalls hinüber.«

O'Brien nickte. Er schloß die Klappe und stellte wieder die normale Konfiguration des Transporters her. Im Vergleich zur Suche nach dem einen Horta im Heuhaufen aus Silizium würde es ein Kinderspiel sein, seine Geschwister fortzubeamen. Es dauerte nur ein bis zwei Minuten, bis alle übrigen Hortas (außer ihrem toten Artgenossen, der in der Krankenstation lag, wie er sich bedauernd ins Gedächtnis rief) zum Verlorenen Sohn befördert waren.

In der Zwischenzeit deckte der Commander die Besatzung der OPS mit Befehlen ein. »Schalten Sie Reaktor eins ab«, sagte er, »und legen Sie ein Isolierfeld um den beschädigten Speicher. Sagen Sie Lieutenant Moru und ihren Leuten, daß sie sich zurückziehen können. Sie sollen den verstrahlten Bereich verlassen. Ein Reparaturteam soll sich sofort auf den Weg zum Reaktor machen.« Sisko überlegte einen Moment. »Im Augenblick haben allerdings die Geschütztürme höchste Priorität.«

Dieser letzte Befehl dämpfte ein wenig O'Briens

Freude darüber, daß *DS Nine* nun frei von Hortas war. Dort draußen gab es immer noch ein feindseliges cardassianisches Schiff, und nach der Verwüstung durch die Hortas war die Station alles andere als kampfbereit. Außerdem war immer noch die Horta-Mutter verschwunden, zusammen mit Kira, Bashir, Dax und den anderen.

Er hoffte, daß das Rettungsteam weniger Probleme als er gehabt hatte, doch je länger ihre Rückkehr auf sich warten ließ, desto unwahrscheinlicher wurde diese Hoffnung.

19

Dax spürte die Anspannung auf der Brücke. Als die cardassianischen Schiffe sich näherten, fragte sie sich, ob sie es noch schaffen würden.

»Ihre Waffensysteme stehen unter Energie«, sagte der Bajoraner an der Geschützkonsole.

»Schilde hochfahren«, befahl Dax. »Machen Sie sich bereit, den Warptransit zu verlassen und eine Nachricht an *DS Nine* abzuschicken – wir brauchen sehr schnell Hilfe.«

Die Cardassianer hatten sich durch ihren Trick mit dem Flitzer nicht lange zum Narren halten lassen. Seit acht Stunden waren sie ihnen jetzt auf den Fersen und hatten ständig den Abstand verringert. Dax hatte jeden ihr bekannten Trick versucht, um ihnen zu entkommen, aber dadurch hatte sie nur etwas mehr Zeit gewonnen. Die Cardassianer hatten zwar noch keinen einzigen Schuß auf die *Messerklinge* abgegeben, aber sie vermutete, daß sich das sehr bald ändern konnte.

»Status?« fragte sie wieder.

»Bereit«, meldete eine Station nach der anderen.

Eine Phasersalve traf das Heck der *Messerklinge* und schüttelte das Schiff heftig durch. Dax hielt sich an den Armlehnen des Kommandosessels fest und wünschte sich, die Cardassianer würden ihre Schiffe mit Sicherheitsgurten ausrüsten, wie es bei intelligenten Rassen üblich war.

Das Schiff erhielt einen weiteren Treffer. Nur noch ein paar Sekunden, dachte sie … denn nach den Daten des Computers würden sie jeden Augenblick in den bajoranischen Sektor einfliegen.

»Die Deflektorschilde haben nur noch achtundsiebzig Prozent Leistung«, rief jemand.

»Jetzt!« schrie Dax.

Die *Messerklinge* verzögerte ohne Vorwarnung auf Impulsgeschwindigkeit. Sie hatte gehofft, die Cardassianer würden über ihr Ziel hinausschießen, so daß sie erst umkehren mußten, doch es kam anders. Ein drittes Mal wurde das Schiff von einem schweren Treffer durchgeschüttelt. Die Beleuchtung erstarb flackernd und sprang dann mit halber Leistung wieder an. Sie hoffte, daß die Passagiere im Frachtraum die Stöße ohne ernsten Schaden überstanden hatten. Ihr Abschnitt des Schiffes wurde am heftigsten durchgeschüttelt.

»Sir«, rief der nackte Fähnrich dem Commander zu. »Ich registriere ein Schiff, das mit hoher Geschwindigkeit in dieses System eindringt. Warten Sie … es sind insgesamt sechs Schiffe … allesamt cardassianisch!«

Sisko fuhr herum. »Cardassianer?«

»Das erste ist ein militärisches Schiff der Bruja-Klasse. Die anderen sind wesentlich größer …«

Kira, fragte er sich, *was zum Teufel haben Sie mir da eingebrockt?* Und wo war die *Amazonas*?

»Gehen Sie auf Kampfalarm«, sagte Sisko und lief zum Situationstisch hinüber. Eine Sirene ertönte. »Odo soll sich auf der Stelle in der Zentrale einfinden, wenn er seinen Eimer schon wieder verlassen hat. Chief O'Brien, wie ist unser Status?«

O'Brien schüttelte mürrisch den Kopf. »Nur ein Geschützturm ist einsatzbereit, Sir. Wir haben nur eine einzige Phaserbank zur Verfügung.« Er blickte Sisko entschuldigend an. »Meine Leute arbeiten so schnell, wie sie können, aber diese Hortas haben eine Menge Schäden angerichtet.«

Zu allem Unglück verfügten sechs cardassianische Kampfschiffe über so viel Feuerkraft, daß die Verwüstungen durch die Hortas überhaupt nicht mehr ins Gewicht fallen würden, dachte Sisko. »Ich möchte, daß diese Phaser feuerbereit sind«, sagte er zu O'Brien. Er war zwar unterlegen, aber wenigstens nicht völlig wehrlos. »Lieutenant Eddon, geben Sie mir eine Verbindung zu den Cardassianern.«

»Commander«, gab Eddon bekannt, »wir werden bereits vom ersten Schiff gerufen.« Dann drehte sie sich mit verblüfftem Gesicht um. »Es ist Lieutenant Dax!«

»Gut«, sagte Sisko. »Stellen Sie durch.«

Ein flackerndes Bild erschien auf dem Hauptbildschirm. Es war zweifellos Dax, und der kleine Bildausschnitt zeigte ihm, daß sie mit einer bajoranischen Besatzung flog. Er erkannte Dr. Bashir, aber sonst niemanden.

Tausend Fragen schossen ihm gleichzeitig durch den Kopf. Woher kamen all diese Bajoraner? Was war mit Ttan? Und mit Kira?

»Keine Zeit für Erklärungen, Benjamin«, sagte Dax. »Ich habe hier ein ganzes Schiff voller Bajoraner. Wir sind in ziemlich schlechter Verfassung. Unsere Schilde haben nur noch vierundvierzig Prozent Energie, und unser Warpantrieb ist ausgefallen. Die Cardassianer machen sich bereit, erneut auf uns zu schießen.«

»Halten Sie sich fest«, sagte Sisko. »Ich werde mit ihrem Kommandanten reden.«

Er wandte sich Eddon an der Kommunikationskonsole zu. »Rufen Sie diese Schiffe.«

»Ja, Sir«, antwortete sie. »Keine Antwort.«

»Senden Sie trotzdem, was ich zu sagen haben. Sie werden es sich schon anhören.« Er machte eine kurze Pause. »An die cardassianischen Verfolgungsschiffe, hier spricht Commander Benjamin Sisko von *Deep Space Nine*. Ich fordere Sie auf, sich zu identifizieren.

Setzen Sie die Geschwindigkeit herab und warten Sie weitere Anweisungen ab.«

»Keine Reaktion, Sir.«

»Dann werden wir ihnen eine Nachricht schicken, die sie unmöglich ignorieren können.« Sisko nickte Chief O'Brien zu. »Feuern Sie eine Phasersalve genau vor den Bug des führenden Schiffes.«

»Aber, Commander!« protestierte O'Brien. »Das ist alles, was wir haben! Wir wären ohne Verteidigung.«

»Ich weiß, Chief, ich weiß.« Er drehte sich zu einem verwundeten Mann mit rotem Bart um. »Captain Dawson, wenn ich Ihnen diese Ehre überlassen darf ...?«

»Mit dem größten Vergnügen, Commander!« Der Captain der *Puyallup* beugte sich entschlossen über eine Konsole, und eine halbe Sekunde später schossen drei kurze Feuerstöße aus den Phaserbänken zwischen Dax' Schiff und den Cardassianern hindurch.

»Sir!« rief Eddon. »Ich empfange jetzt eine Übertragung von Gul Nogar von der *Rache des Ramoth*.«

»Auf den Schirm.«

Das Bild eines cardassianischen Offiziers füllte den Hauptbildschirm aus. Er trug eine schwarz-silberne Uniform, hatte einen schuppigen Hals und eine arrogante, hochnäsige Art, die Siskos Wut aufbrodeln ließ. Nogar beugte sich vor, fletschte die Zähne und knurrte: »Stellen Sie das Feuer ein, Commander Sisko. Wir verfolgen ein Schiff mit Kriminellen. Ihre Hilfe ist weder notwendig noch erwünscht. Es handelt sich um eine interne cardassianische Angelegenheit.«

»Dieses Schiff hat hier um politisches Asyl ersucht«, log Sisko, »und ich bedaure Ihnen mitteilen zu müssen, daß die provisorische Regierung diesem Gesuch nachgegeben hat.« Sisko beugte sich über den Situationstisch. Für einen Mann, der sich ohne Waffen einer Armada entgegenstellte, mußte er erstaunlich unbesorgt wirken, dachte Sisko. »Ihnen ist bestimmt bekannt, daß die Besatzung dieses Schiffs aus bajoranischen Staatsangehörigen besteht.«

Captain Nogar starrte ihn an, ohne mit der Wimper zu zucken. »Das war mir nicht bekannt.«

»Natürlich sind Sie herzlich willkommen«, sprach Sisko mit größter Liebenswürdigkeit weiter, »an *DS Nine* anzudocken und unsere Freizeiteinrichtungen zu nutzen, während die bajoranische Regierung über Ihr Ansinnen entscheidet. Auf Bajor wird man sich bestimmt sehr für Ihre Aussage interessieren. Ich bin sicher, daß innerhalb von... sagen wir sechs bis acht Wochen eine endgültige Entscheidung getroffen wird.«

»Das ist für uns nicht akzeptabel.« Nogar kniff die Augen leicht zusammen, während er Sisko vom Bildschirm anblickte. »Wie ich hörte, hatte Ihre Station in letzter Zeit gewisse... Schwierigkeiten.«

Jetzt kommt es drauf an, dachte Sisko. *Entweder er fällt auf meinen Bluff herein, oder wir enden als Sternenstaub.*

»Nur ein paar Unregelmäßigkeiten, nichts Ernsthaftes«, sagte Sisko beiläufig. »Ungezogene Kinder, Sie wissen ja, wie sie manchmal sein können. Die Station war niemals in besserer Verfassung, einschließlich unserer tadellosen Waffensysteme. Wenn Sie noch einmal auf dieses Schiff feuern, habe ich leider keine andere Wahl, als zu seinem Schutz das Feuer zu erwidern. Das Abkommen zwischen Bajor und der Föderation schließt ein, daß wir jederzeit Bajor und bajoranische Staatsbürger verteidigen, wie Ihnen sicherlich bekannt ist.«

»Warten Sie«, sagte Nogar, und der Bildschirm wurde schwarz.

»Commander«, sagte Fähnrich Sanger, »wir werden von den Cardassianern gescannt.«

»Verhindern oder stören Sie den Scan«, befahl Sisko. »Unser Leben hängt davon ab.«

»Ja, Sir!« sagte Sanger mit neuer Motivation.

Nach einer scheinbar endlosen Weile stellte Nogar die Verbindung wieder her. Sisko lächelte gelassen, auch wenn die Anspannung in der Zentrale immer größer wurde. »Commander«, sagte Nogar mit einem gewissen, fast schelmischen Unterton, »im Interesse der Förderung des Geistes der Freundschaft« – es schien ihn große Mühe zu kosten, dieses Wort auszuspucken – »und der Kooperation zwischen unseren Völkern überlassen wir Ihnen diese bajoranischen Staatsangehörigen, falls es sich tatsächlich um solche handelt.«

»Vielen Dank«, sagte Sisko. »Und wenn Sie oder Ihre Besatzung gerne unsere Station besuchen möchten …«

Captain Nogar stieß ein widerwilliges Knurren aus und unterbrach die Verbindung.

Odo traf sich mit Sisko an der Schleuse, als die *Messerklinge* an der Station andockte. Sisko war froh, den Constable wieder in fester Form zu sehen. Vor ihren Augen rollte die große Zahnradtür zur Seite und legte einen schmalen Schleusengang frei.

Julian Bashir war der einzige, der dort wartete. »Krankenstation, ich brauche hier unten sofort fünfzehn Antigravbahren!« rief er und eilte dann an Sisko und Odo vorbei, ohne ihnen kaum mehr als ein »Hallo, Sir« zuzumurmeln. Er sprintete den Korridor hinunter und verschwand aus dem Blickfeld.

Sisko tauschte einen verwirrten Blick mit Odo. »Vielleicht sollten wir lieber an Bord gehen«, schlug Odo vor.

»Das war auch mein Gedanke«, sagte Sisko.

Odo trat durch den Schleusengang ins Schiff. Dort ging es zunächst in einen Vorraum, der völlig leer war, und dann in einen Korridor. Odo wandte sich nach rechts, und Sisko folgte ihm. Von weiter vorne konnten sie Stimmen hören.

Der Korridor öffnete sich in einen Frachtraum, in

dem Dutzende verletzter bajoranischer Männer und Frauen lagen und auf ihre Behandlung warteten. Der Geruch nach Blut hing in der Luft. Es schien allerdings nur wenige Schwerverletzte zu geben. Ein halbes Dutzend Körper an einer Seite war von Tüchern verhüllt – die Todesopfer?

Und mitten im Raum hockte Ttan. Sisko nickte erleichtert. Die Mission hatte Erfolg gehabt… es war sogar mehr als ein voller Erfolg geworden, wie es aussah.

»Benjamin, hier bin ich!«

Sisko drehte sich um, bis er Dax entdeckt hatte. Sie befand sich im Hintergrund und hatte sich über einen der verletzten Bajoraner gebeugt. Sisko trat zu ihr. Der Patient stellte sich als Major Kira heraus, deren Bein von einer Schiene gehalten wurde. Kira blickte so wütend wie ein denebianischer Horngrolch.

»Major?« fragte Sisko, als er in die Knie ging. »Wie geht es Ihnen?«

»Gut«, preßte Kira zwischen zusammengebissenen Zähnen hervor. »Mission erfolgreich abgeschlossen, Sir. Und einiges mehr.«

»Das sehe ich. Hervorragende Arbeit, Major. Ich wäre nicht überrascht, wenn es demnächst einige Auszeichnungen gäbe, sobald die Einzelheiten bekannt sind. Da wäre nur noch eins …«

»Und das wäre?« fragte Dax.

»Was zum Teufel ist eigentlich passiert?«

Dax lachte und teilte ihm das Wesentliche mit. Kira zog während der gesamten Geschichte eine finstere Miene, aber sie fügte gehorsam die Teile hinzu, von denen Dax noch nichts wußte.

Als sie fertig waren, nickte Sisko nachdenklich. »Das ist eine recht abenteuerliche Geschichte«, sagte er. »Aber ich verstehe immer noch nicht ganz, wie Sie zum Schiff zurückkommen konnten, nachdem Sie sich das Bein gebrochen haben, Major.«

»Julian sagte mir«, warf Dax ein, »daß sie unter der Schockeinwirkung ohnmächtig wurde. Er hat sie an Bord getragen.«

Kira schnaufte. »Ohnmächtig, ha!«

Sisko hob seine Augenbrauen. »Es scheint, daß Sie beide ein hervorragendes Team abgeben.« Offenbar steckte noch mehr hinter der Geschichte, als er bis jetzt gehört hatte. Er würde die restlichen Einzelheiten später aus Bashir herauskitzeln müssen.

Dann wurde der Arzt mit einem Dutzend Helfer ins Schiff gebeamt. Er gab sofort Befehle aus und ließ die Schwerverletzten in Rekordzeit direkt in die Krankenstation beamen.

»Ich glaube, alles ist unter Kontrolle«, sagte Sisko und stand auf. »Bis morgen erwarte ich von jedem einen vollständigen Bericht. Odo, helfen Sie dabei, die Leute in die Station zu bringen. Ich muß noch ein paar Anrufe erledigen … und eine Familie zusammenführen.«

»Ja, Sir«, antwortete Odo.

Sisko ging zu der Stelle hinüber, wo Ttan geduldig gewartet hatte. Die Horta regte sich, als er näherkam.

»Ich weiß, daß Sie mich verstehen, aber nicht antworten können«, sagte er. »Ich möchte Ihnen mitteilen, daß Ihre Eier geschlüpft sind und alle Ihre Kinder bis auf eins wohlauf sind.«

Der automatische Translator auf Ttans Rücken gab ein gurgelndes Geräusch von sich.

»Wenn Sie mir folgen«, sagte Sisko, »bringe ich Sie zu unserem Chefingenieur. Wenn er Ihren Translator nicht mehr reparieren kann, wird er Sie mit einem neuen ausstatten.«

Er drehte sich um und tippte auf seinen Kommunikator. »Chief O'Brien, kommen Sie bitte sofort zum Andockring.«

Unter anderen Umständen wäre Ttan von der Promenade fasziniert gewesen. Überall gingen Humanoide in unterschiedlicher Gestalt und Zusammensetzung ihren Geschäften nach, während das farbige und geräumige Ambiente ganz anders als das Höhlensystem von Janus VI war. Die meisten kümmerten sich um die Reparaturen von Läden und Anzeigen.

Ttan verspürte ein Gefühl der Beklemmung, als sie sich der Krankenstation näherten. Der Commander der Station hatte ihr erklärt, wie er ihre Kinder auf den nahen Mond in Sicherheit gebeamt hatte. Trotzdem hatte sie Angst, den Überresten des einzigen Kindes gegenüberzutreten, das nicht überlebt hatte.

Der Mensch namens O'Brien lief neben ihr. Er schien voller Mitgefühl für ihren Verlust zu sein. »Ich habe selbst ein Kind«, vertraute er ihr an. »Ich kann mir in etwa vorstellen, was Sie jetzt durchmachen. Ich wünsche mir, wir hätten es retten können.«

»Vielen Dank«, entgegnete Ttan. Ihr neuer Translator funktionierte tadellos, doch er konnte nicht das ganze Ausmaß der Trauer übermitteln, die sie in sich verspürte.

»Wir sind da«, sagte O'Brien. Er blieb vor einer schwarzen Tür neben der Krankenstation stehen. »Dr. Bashir benötigt sämtliche medizinischen Einrichtungen für die Verwundeten, also haben sie Ihr Kind in diesem Aufbewahrungsraum untergebracht.« Er berührte eine Schaltfläche, worauf die Tür zur Seite glitt.

Der Ort des Todes in dieser Station war sauber und schlicht. Es gab nicht einmal einfachsten zeremoniellen Schmuck. Es war ein Ort ohne Seele, ohne die tröstende Last der Tradition und der Geschichte.

Im Zentrum des Raums lag oben auf einer seltsamen Maschinerie, die mit Kontrollen und Monitoren übersät war, das Kind. Ein Junge, wie sie sofort erkannte, der so groß und gesund aussah, daß sie gar nicht glauben konnte, daß er tot sein sollte.

Ach, mein Sohn, klagte sie stumm, *warum bist du so weit gereist, um an einem so tristen Ort zu enden? Bitte, verzeih mir. Ich hätte niemals gedacht, daß meine ehrgeizigen Träume vom Abenteuer dich das Leben kosten würden.*

»Ich werde das Stasisfeld abschalten«, sagte der Mensch und berührte eine der Kontrollen. Das goldene Leuchten um ihren Sohn erlosch, als das Energiefeld zusammenbrach. »Nehmen Sie sich so viel Zeit, wie Sie brauchen. Ich weiß, daß Sie sich gerne verabschieden möchten.«

Ttan glitt über den Boden zu ihrem Sohn. Der Translator gab das unmißverständliche Geräusch von Schluchzern von sich.

O'Brien räusperte sich. »Ich werde draußen warten«, sagte er.

Bevor der Mensch den Raum verlassen konnte, war ein seltsames zischendes Geräusch zu hören. Es kam aus der medizinischen Apparatur unter dem toten Horta. Plötzlich sprühten Funken aus durchgebrannten Schaltkreisen. Rauch quoll auf und stieg zur Decke empor.

Ttan erstarrte. War das eine Art Fehlfunktion, fragte sie sich, oder ein bizarres menschliches Ritual der Totenverbrennung?

O'Brien stürmte mit einem alarmierten Ausruf vor. Ihr Baby zuckte. Säure tropfte von seinen Fühlern. »Mein Gott, es frißt das Gerät auf!« rief der Mensch.

Überglücklich machte sie einen Satz nach vorn, um zu ihrem Sohn zu gelangen. Sie hielt ihn fest, als wollte sie ihn nie wieder loslassen. Sie spürte, wie er sich an sie kuschelte. Der zarte Duft seiner Babysäuren, die im Vergleich zu ihren eigenen noch so schwach waren, erfüllten sie mit mütterlichem Stolz.

»Commander«, hörte sie O'Brien sagen. »Ich glaube, Sie sollten schnellstens zur Krankenstation kommen.

Ich weiß nicht, was los ist, aber ... das Baby lebt! Durch den Schock des Vakuums ist es offenbar in eine Art Koma gefallen.«

Mutter? fragte das Baby.

Ja, antwortete sie. *Ich bin hier.*

EPILOG

Quark blickte sich stolz in seiner Bar um. Die Schaulustigen waren gegangen, aber der Profit war geblieben. Fünf Tage nachdem die Hortas auf den Mond gebeamt worden waren, hatte sich fast alles wieder normalisiert. Nein, noch war nicht alles wieder normal, dachte Quark. Odo war schlimmer als je zuvor.

Der Constable stützte sich auf die Theke, schüttelte den Kopf und zog eine finstere Miene, wie er es während der vergangenen Tage immer wieder getan hatte.

»Was ist es diesmal?« fragte Quark.

»Ich erinnere mich gerade daran, wie angenehm amorph die Gestalt der Horta-Mutter war«, sagte er. »Jetzt muß ich wieder sechzehn Stunden täglich in dieser widerwärtigen humanoiden Gestalt verbringen und mich mit Leuten wie Ihnen herumschlagen.«

»Sie können sich meinetwegen jederzeit in einen Spieltisch verwandeln«, sagte Quark. »Ich werde Sie für einen sinnvollen Zweck einsetzen. Die zweihundertdreiundvierzigste Erwerbsregel besagt eindeutig, daß …«

»Ich könnte mich auch wieder in eine Horta verwandeln und diese Bar zu Mittag verspeisen«, knurrte Odo.

»Kein Bedarf, kein Bedarf!« Kopfschüttelnd trottete Quark zum Tisch hinüber, an dem Dr. Bashir saß und wie gewöhnlich mit Dax flirtete. Quark bezweifelte, daß der Arzt diesmal mehr Erfolg als früher haben würde. *Wenn nicht einmal ich bei ihr landen kann,* dachte Quark, *hat dieser Grünschnabel erst recht keine Chancen.*

»Noch eine Flasche von diesem ausgezeichneten Jahrgang«, rief Bashir mit einer großzügigen Geste.

»Kommt sofort!« rief Quark zurück. »Den Chateau Picard, nicht wahr?«

»Äh, nein, den besseren, bitte«, sagte Bashir.

Als Quark gerade eine neue Flasche unter der Theke hervorholte, kam Major Kira hereingestürmt. Ihr Bein war ordentlich verheilt, dachte Quark, aber nicht ihr Jähzorn.

Sie baute sich vor Bashir auf und keuchte wütend: »Ich bin niemals vor Schock ohnmächtig geworden!« Dann machte sie kehrt und stapfte wieder hinaus. Bashir errötete heftig. Dax wirkte amüsiert.

Kopfschüttelnd brachte Quark die Flasche mit fünfzig Jahre altem Thunderbird zu Bashir und Dax, schraubte den Verschluß ab und schenkte beiden nach.

»Noch etwas?« fragte er.

»Im Augenblick nicht«, sagte Dr. Bashir. Er wandte sich an Dax. »Eine Sekunde lang dachte ich, sie wollte mich zur Schnecke machen.«

Dax' Gesicht hatte sich in eine eisige Maske verwandelt. »Ich habe allmählich genug von Ihren Anspielungen auf Schnecken, Julian.« Sie stand auf und folgte Kira nach draußen.

Julian erhob sich ebenfalls. »Aber Jadzia ...!« Er lief ihr nach.

Ja, dachte Quark, es bestand kein Zweifel, daß sich die Dinge wieder normalisierten. Er wischte sich die Hände an der Schürze ab und schraubte seelenruhig den Verschluß wieder auf die Flasche, um sie dann hinter die Theke zu bringen. Sie ließ sich immer noch verwerten, auch wenn sie natürlich komplett auf Dr. Bashirs Rechnung stehen würde.

Dann ging er in den Lagerraum, um seine neuen Arbeiter zu kontrollieren. Nog und Jake sahen sehr unglücklich aus, während sie sich auf Händen und Knien abrackerten, den Boden neu zu fliesen.

»Wir sind fast mit den Löchern im Boden fertig, Onkel«, sagte Nog.

»Gut«, erwiderte Quark. »Dann könnt ihr euch als nächstes um die Wände kümmern.«

Jake stöhnte. Nog zischte mürrisch.

»Es sei denn«, sprach Quark weiter, »ihr zieht es vor, daß ich gegenüber euren Vätern erwähne, wie das erste Horta-Baby freikam. Und nicht zu vergessen, wer das Stasisfeld deaktivierte.«

Zur Antwort arbeiteten die beiden Jungen doppelt so schnell wie zuvor. Keiner von ihnen blickte ihm in die Augen. Quark kicherte zufrieden. Mit etwas Glück konnte er ihr schlechtes Gewissen während der nächsten sechs Monate ausnutzen. Es gab noch jede Menge zu reparieren… durch sie würde er ein Vermögen an Wartungskosten einsparen.

In Wirklichkeit hatte Jake seinem Vater längst gebeichtet. Das konnte er Nog gegenüber allerdings niemals zugeben. Er wußte, daß sein Freund jeden Respekt vor ihm verlieren würde, wenn er davon erfuhr. *Also muß ich meinen Freund belügen, daß ich meinem Vater die Wahrheit gesagt habe,* dachte Jake, während er sorgsam eine weitere neue Bodenplatte einsetzte. Er stöhnte, aber nicht nur wegen seiner schmerzenden Muskeln. Es bereitete ihm Kopfschmerzen, gleichzeitig mit Menschen und Ferengi auskommen zu müssen.

Nicht daß es einen Unterschied gemacht hätte. Sein Vater hatte trotzdem darauf bestanden, daß Jake bei den Reparaturen half, um den angerichteten Schaden wiedergutzumachen. Und Jake wußte, daß sein Vater auf irgendeine Weise fast immer das erreichte, was er sich in den Kopf setzte.

In den vergangenen fünf Tagen hatte Benjamin Sisko die ständigen Anrufe von Vedek Sloi ignoriert. In der

Abgeschiedenheit seines Privatbüros ließ er sich schließlich zu einer Antwort herab.

Auf dem Bildschirm war Slois Gesicht rot vor Wut. »Das ist ein unerhörter Frevel«, begann sie ohne Begrüßung. »Sie hatten kein Recht, diese Hortas auf einen von Bajors heiligen Monden zu beamen. Ich werde eine offizielle Beschwerde an Starfleet verfassen und Ihre sofortige Amtsenthebung fordern.«

»Mit welcher Begründung?« fragte er völlig ruhig.

»Sie hatten die ausdrückliche Anweisung, diese unheiligen Monstren auf *Deep Space Nine* zu belassen«, knurrte sie.

»Entschuldigen Sie bitte, aber ich glaube, Sie sagten – ich zitiere: ›Die Hortas gehören weder auf noch unter den heiligen Boden Bajors.‹ Von Bajors Monden haben Sie nichts erwähnt. Wenn Sie möchten, kann ich Ihnen gerne die Aufzeichnung unseres Gesprächs vorspielen.«

»Eine schamlose Wortklauberei, die Ihrer unwürdig ist. Sie wußten ganz genau, daß sie auf *jeglichem* bajoranischen Territorium unerwünscht sind.«

»Es tut mir leid«, sagte er. »Dann muß ich Sie mißverstanden haben. Wenn Sie möchten, werde ich die Hortas zurückholen lassen. Aber dann werden sie es vermutlich nicht mehr schaffen, ihren Bericht abzuschließen.«

»Was für einen Bericht?«

»Über die wertvollen Mineralvorkommen unter der Oberfläche des Mondes.«

Sie hielt inne. »Wertvolle Mineralvorkommen?«

»Ach, nichts, was Sie interessieren dürfte, denke ich. Nur etwas Uran, Pergium und auch ein wenig Latinum. Aber wie ich weiß, ist Ihr Sinnen und Trachten nur auf religiöse Ziele gerichtet, die natürlich von viel größerer Wichtigkeit sind.«

Vedek Sloi lehnte sich nachdenklich zurück. Die Stille zwischen ihnen beiden wurde fast greifbar.

»Vedek?« fragte er.

»Vielleicht«, sagte sie schließlich, »war unsere Reaktion etwas zu überstürzt. Schließlich handelt es sich bei diesem Mond nicht um Bajor!«

»Dann möchten Sie nicht, daß ich die Hortas nach Janus VI zurückschicke?« fragte Benjamin.

Erneut gab es eine längere Pause, bis Vedek Sloi wieder sprach.

»Vielleicht«, sagte sie langsam, »läßt sich doch noch ein Kompromiß schließen…«

Sisko lächelte.

STAR TREK™

in der Reihe
HEYNE SCIENCE FICTION & FANTASY

STAR TREK: CLASSIC SERIE

Vonda N. McIntyre, Star Trek II: Der Zorn des Khan · 06/3971
Vonda N. McIntyre, Der Entropie-Effekt · 06/3988
Robert E. Vardeman, Das Klingonen-Gambit · 06/4035
Lee Correy, Hort des Lebens · 06/4083
Vonda N. McIntyre, Star Trek III: Auf der Suche nach Mr. Spock · 06/4181
S. M. Murdock, Das Netz der Romulaner · 06/4209
Sonni Cooper, Schwarzes Feuer · 06/4270
Robert E. Vardeman, Meuterei auf der Enterprise · 06/4285
Howard Weinstein, Die Macht der Krone · 06/4342
Sondra Marshak & Myrna Culbreath, Das Prometheus-Projekt · 06/4379
Sondra Marshak & Myrna Culbreath, Tödliches Dreieck · 06/4411
A. C. Crispin, Sohn der Vergangenheit · 06/4431
Diane Duane, Der verwundete Himmel · 06/4458
David Dvorkin, Die Trellisane-Konfrontation · 06/4474
Vonda N. McIntyre, Star Trek IV: Zurück in die Gegenwart · 06/4486
Greg Bear, Corona · 06/4499
John M. Ford, Der letzte Schachzug · 06/4528
Diane Duane, Der Feind – mein Verbündeter · 06/4535
Melinda Snodgrass, Die Tränen der Sänger · 06/4551
Jean Lorrah, Mord an der Vulkan Akademie · 06/4568
Janet Kagan, Uhuras Lied · 06/4605
Laurence Yep, Herr der Schatten · 06/4627
Barbara Hambly, Ishmael · 06/4662
J. M. Dillard, Star Trek V: Am Rande des Universums · 06/4682
Della van Hise, Zeit zu töten · 06/4698
Margaret Wander Bonanno, Geiseln für den Frieden · 06/4724
Majliss Larson, Das Faustpfand der Klingonen · 06/4741
J. M. Dillard, Bewußtseinsschatten · 06/4762
Brad Ferguson, Krise auf Centaurus · 06/4776
Diane Carey, Das Schlachtschiff · 06/4804
J. M. Dillard, Dämonen · 06/4819
Diane Duane, Spocks Welt · 06/4830
Diane Carey, Der Verräter · 06/4848
Gene DeWeese, Zwischen den Fronten · 06/4862
J. M. Dillard, Die verlorenen Jahre · 06/4869

STAR TREK™

Howard Weinstein, Akkalla · 06/4879
Carmen Carter, McCoys Träume · 06/4898
Diane Duane & Peter Norwood, Die Romulaner · 06/4907
John M. Ford, Was kostet dieser Planet? · 06/4922
J. M. Dillard, Blutdurst · 06/4929
Gene Roddenberry, Star Trek (I): Der Film · 06/4942
J. M. Dillard, Star Trek VI: Das unentdeckte Land · 06/4943
David Dvorkin, Die Zeitfalle · 06/4996
Barbara Paul, Das Drei-Minuten-Universum · 06/5005
Judith & Garfield Reeves-Stevens, Das Zentralgehirn · 06/5015
Gene DeWeese, Nexus · 06/5019
D. C. Fontana, Vulkans Ruhm · 06/5043
Judith & Garfield Reeves-Stevens, Die erste Direktive · 06/5051
Michael Jan Friedman, Das Doppelgänger-Komplott · 06/5067
Judy Klass, Der Boacozwischenfall · 06/5086
Julia Ecklar, Kobayashi Maru · 06/5103
Peter Norwood, Angriff auf Dekkanar · 06/5147
Carolyn Clowes, Das Pandora-Prinzip · 06/5167
Diana Duane, Die Befehle des Doktors · 06/5247
V. E. Mitchell, Der unsichtbare Gegner · 06/5248
Dana Kramer-Rolls, Der Prüfstein ihrer Vergangenheit · 06/5273
Michael Jan Friedman, Schatten auf der Sonne · 06/5179
Barbara Hambly, Der Kampf ums nackte Überleben · 06/5334
Brad Ferguson, Eine Flagge voller Sterne · 06/5349
Gene DeWeese, Die Kolonie der Abtrünnigen · 06/5375
Michael Jan Friedman, Späte Rache · 06/5412
Peter David, Der Riß im Kontinuum · 06/5464
Michael Jan Friedman, Gesichter aus Feuer · 06/5465
Peter David/Michael Jan Friedman/Robert Greenberger, Die Enterbten · 06/5466
L. A. Graf, Die Eisfalle · 06/5467

STAR TREK: THE NEXT GENERATION
David Gerrold, Mission Farpoint · 06/4589
Gene DeWeese, Die Friedenswächter · 06/4646
Carmen Carter, Die Kinder von Hamlin · 06/4685
Jean Lorrah, Überlebende · 06/4705
Peter David, Planet der Waffen · 06/4733
Diane Carey, Gespensterschiff · 06/4757
Howard Weinstein, Macht Hunger · 06/4771

STAR TREK™

John Vornholt, Masken · 06/4787
David & Daniel Dvorkin, Die Ehre des Captain · 06/4793
Michael Jan Friedman, Ein Ruf in die Dunkelheit · 06/4814
Peter David, Eine Hölle namens Paradies · 06/4837
Jean Lorrah, Metamorphose · 06/4856
Keith Sharee, Gullivers Flüchtlinge · 06/4889
Carmen Carter u. a., Planet des Untergangs · 06/4899
A. C. Crispin, Die Augen der Betrachter · 06/4914
Howard Weinstein, Im Exil · 06/4937
Michael Jan Friedman, Das verschwundene Juwel · 06/4958
John Vornholt, Kontamination · 06/4986
Mel Gilden, Baldwins Entdeckungen · 06/5024
Peter David, Vendetta · 06/5057
Peter David, Eine Lektion in Liebe · 06/5077
Howard Weinstein, Die Macht der Former · 06/5096
Michael Jan Friedman, Wieder vereint · 06/5142
T. L. Mancour, Spartacus · 06/5158
Bill McCay/Eloise Flood, Ketten der Gewalt · 06/5242
V. E. Mitchell, Die Jarada · 06/5279
John Vornholt, Kriegstrommeln · 06/5312
Laurell K. Hamilton, Nacht über Oriana · 06/5342
David Bischoff, Die Epidemie · 06/5356
Diane Carey, Abstieg · 06/5416
Michael Jan Friedman, Relikte · 06/5419
Michael Jan Friedman, Die Verurteilung · 06/5444
Simon Hawke, Die Beute der Romulaner · 06/5413
Rebecca Neason, Der Kronprinz · 06/5414

STAR TREK: DIE ANFÄNGE
Vonda N. McIntyre, Die erste Mission · 06/4619
Margaret Wander Bonanno, Fremde vom Himmel · 06/4669
Diane Carey, Die letzte Grenze · 06/4714

STAR TREK: DEEP SPACE NINE
J. M. Dillard, Botschafter · 06/5115
Peter David, Die Belagerung · 06/5129
K. W. Jeter, Die Station der Cardassianer · 06/5130
Sandy Schofield, Das große Spiel · 06/5187
Lois Tilton, Verrat · 06/5323
Diane Carey, Die Suche · 06/5432

STAR TREK™

Esther Friesner, Kriegskind · 06/5430
Melissa Scott, Der Pirat · 06/5434
Nathan Archer, Walhalla · 06/5512

STAR TREK: STARFLEET KADETTEN
John Vornholt, Generationen · 06/6501
Peter David, Worfs erstes Abenteuer · 06/6502
Peter David, Mission auf Dantar · 06/6503
Peter David, Überleben · 06/6504
Brad Strickland, Das Sternengespenst · 06/6505
Brad Strickland, In den Wüsten von Bajor · 06/6506
John Peel, Freiheitskämpfer · 06/6507
Mel Gilden & Ted Pedersen, Das Schoßtierchen · 06/6508
John Vornholt, Erobert die Flagge! · 06/6509
V. E. Mitchell, Die Atlantis Station · 06/6510
Michael Jan Friedman, Die verschwundene Besatzung · 06/6511
Michael Jan Friedman, Das Echsenvolk · 06/6512

STAR TREK: VOYAGER
L. A. Graf, Der Beschützer · 06/5401
Peter David, Die Flucht · 06/5402
Nathan Archer, Ragnarök · 06/5403
Susan Wright, Verletzungen · 06/5404
John Betancourt, Der Arbuk-Zwischenfall · 06/5405

DAS STAR TREK-UNIVERSUM, 2 Bde.,
überarbeitete und aktualisierte Neuausgabe!
von Ralph Sander · 06/5150

DAS STAR TREK-UNIVERSUM, Ergänzungsband
von Ralph Sander · 06/5151

William Shatner/Chris Kreski, Star Trek Erinnerungen · 06/5188
William Shatner/Chris Kreski, Star Trek Erinnerungen. Die Filme · 06/5450

Phil Farrand, Cap'n Beckmessers Führer durch STAR TREK – DIE NÄCHSTE GENERATION · 06/5199
Phil Farrand, Cap'n Beckmessers Führer durch STAR TREK – DIE CLASSIC SERIE · 06/5451

Diese Liste ist eine Bibliographie erschienener Titel
KEIN VERZEICHNIS LIEFERBARER BÜCHER!

HEYNE BÜCHER

Das Comeback einer Legende

George Lucas ultimatives Weltraumabenteuer geht weiter!

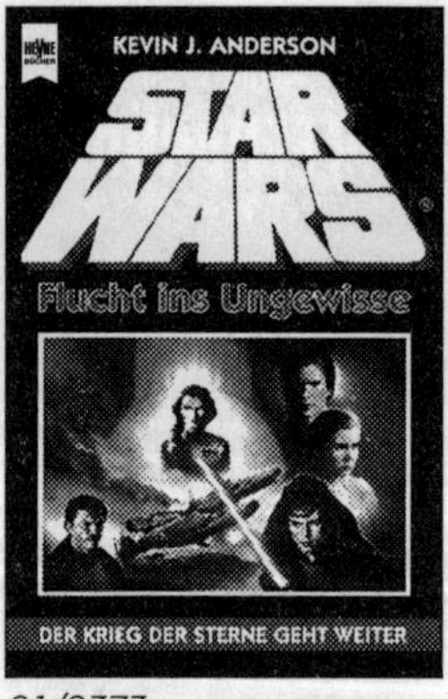

01/9373

Kevin J. Anderson
Flucht ins Ungewisse
1. Roman der Trilogie »Die Akademie der Jedi Ritter«
01/9373

Der Geist des Dunklen Lords
2. Roman der Trilogie »Die Akademie der Jedi Ritter«
01/9375

Die Meister der Macht
3. Roman der Trilogie »Die Akademie der Jedi Ritter«
01/9376

Roger MacBride Allen
Der Hinterhalt
1. Roman der Corellia-Trilogie
01/10201

Angriff auf Selonia
2. Roman der Corellia-Trilogie
01/10202

Vonda McIntyre
Der Kristallstern
01/9970

Kathy Tyers
Der Pakt von Bakura
01/9372

Dave Wolverton
Entführung nach Dathomir
01/9374

Oliver Denker
STAR WARS – Die Filme
32/244

H e y n e - T a s c h e n b ü c h e r